CARO CARVER

BAD
TOURISTS

Sie sind gute Freundinnen.
Aber noch bessere Lügnerinnen

Aus dem Englischen
von Janine Malz

 FISCHER

Die deutsche Übersetzung des Zitats von William Blake auf S. 7 stammt aus William Blake: Zwischen Feuer und Feier. Poetische Werke. Zweisprachig. Dt. von Thomas Eichhorn. München: dtv 2007, S. 94, mit freundlicher Genehmigung von dtv Verlagsgesellschaft mbH & Co. KG.

Deutsche Erstausgabe
Erschienen bei FISCHER Taschenbuch

© 2024 by Jess-Cooke Ltd
Die Originalausgabe erschien 2024 unter dem Titel
»Bad Tourists« bei Bantam, einem Imprint von
Transworld Publishers, London.
Für die deutschsprachige Ausgabe:
© 2025 S. Fischer Verlag GmbH,
Hedderichstraße 114, 60596 Frankfurt am Main
Die Nutzung unserer Werke für Text- und Data-Mining im Sinne
von § 44b UrhG behalten wir uns explizit vor.
Redaktion: Claudia Jürgens, Berlin
Satz: C.H.Beck.Media.Solutions, Nördlingen
Druck und Bindung: CPI books GmbH, Leck
ISBN 978-3-596-72022-4

Kontaktadresse nach EU-Produktsicherheitsverordnung:
produktsicherheit@fischerverlage.de

*Für Alice Lutyens,
meine Agentin und Freundin*

Tyger Tyger, burning bright,
In the forests of the night;
What immortal hand or eye,
Could frame thy fearful symmetry?

William Blake, The Tyger

Tiger! Tiger! Brand entfacht
In den Wäldern tiefer Nacht,
Welch unsterblich Aug' und Hand
Hat dich in dein Maß gebannt?

William Blake, Tiger

Es beginnt mit dem Indischen Ozean. Die Nacht hat das ultramarinblaue Wasser in Schattierungen eines Blutergusses verwandelt, ein marineblauer Teppich, in dem sich schillernd Milliarden toter Dinge spiegeln. Sterne, mit anderen Worten, denn auch Totes kann wunderschön sein.

Wie die Leiche im Wasser, die ihr Blut ins Riff ergießt. Selbst im Tod ist er bildschön – ganz besonders sogar; das schwarze Haar umschwirrt von gelben und silbernen Fischen, abgetrenntes Gewebe, das in der Strömung dahintreibt, als wäre er ein Teil des Ozeans. Eine seltene Anemone. Alles ist anmutiger unter Wasser. Selbst Mord wird zum Ballett.

Die Nacht lockt Raubtiere an. Bis zum Morgen wird nicht mehr viel übrig, werden seine menschlichen Konturen ausgelöscht sein. Nichts ahnende Resortgäste werden vielleicht mit dem Kajak rausfahren und mit dessen Bauch aus Fiberglas durch ein düsteres Geheimnis schneiden.

Der Gedanke bereitet mir Vergnügen. Die dramatische Komponente, die in der Möglichkeit liegt, entdeckt zu werden. Es ist ein Geschenk gewissermaßen, ein unverhoffter Schatz, mit dem ich mich immer und immer wieder selbst belohnen kann.

Alles, was es dazu braucht, ist ein Messerstich.

TEIL 1

Dover, England
10. September 2001

Sie ist der letzte Gast, der eincheckt.

Es ist nach Mitternacht. Die Exkursion soll am nächsten Morgen um sechs Uhr starten. Eigentlich wollte sie schon viel früher im Bett sein, um frisch und munter bei der Ausgrabung aufzutauchen. Um Professor Berry stolz zu machen.

Heute Abend ist einfach alles schiefgegangen. Erst hatte sie ihren Studierendenausweis verloren, dann hatte der Zug Verspätung, und dann brachte der Taxifahrer sie zu einer anderen Unterkunft mit Spinnaker im Namen – dem Spinnaker House auf der anderen Seite der Stadt. Ein einziges Chaos.

Das Spinnaker Guesthouse – das Haus, in dem sie untergebracht ist – ist ein freistehendes viktorianisches Haus mitten im Nirgendwo, am ausgestorbenen Ende eines Industriegebiets. Keine Läden in der Nähe, nur wenige Straßenlaternen. Nachts sieht alles noch schlimmer aus, denkt sie und schleppt ihren Rucksack die Stufen zur Haustür hinauf. Wo ist die Klingel? Drinnen ist es dunkel. Sie wird den Besitzer wecken müssen, der sie bestimmt zusammenscheißen wird, weil sie so spät kommt.

Aber nein – die Eingangstür ist angelehnt, und von innen dringt ein schwacher Lichtschein aus einer Tür, die zu dem kleinen Empfangsbüro führt. Sie geht leise hinein und ist erleichtert, einen älteren Mann am Schreibtisch zu entdecken, Mitte fünfzig, so alt wie ihr Vater.

»Sorry«, flüstert sie. »Das Taxi hat mich zuerst zur falschen Adresse gefahren.«

Er lächelt, sagt aber nichts und schiebt ein Klemmbrett über den Schreibtisch. »Sind Sie das?«, fragt er. Sie geht die Liste mit

Namen durch. Ihr Name ist der einzige, der nicht abgehakt ist. Sie nickt und beobachtet, wie er ein Häkchen setzt.

Der Mann steht in einer seltsamen Pose da, die rechte Hand in eine enge Jeanstasche gesteckt. Und die Art, wie er sie schweigend anlächelt ... irgendwie merkwürdig, wie eine erstarrte Grimasse.

»Kann ich meinen Zimmerschlüssel haben?«, fragt sie schließlich.

Er dreht sich um, nimmt einen Schlüssel vom Brett und reicht ihn ihr. Auf dem Anhänger steht Zimmer drei.

»Danke.«

Sie dreht sich um und geht zurück in den Gang und die Treppe hinauf zu einem dunklen Flur, gesäumt von Türen. Zimmer drei ist das, das ihr am nächsten liegt. Die Messingnummer glänzt im matten Lichtschein.

Das Zimmer ist schlicht und riecht nach Gras, aber das ist ihr egal – das Bett fühlt sich herrlich an, als sie sich hineinfallen lässt. Sie zieht sich nicht aus, stellt sich nicht den Wecker.

Mit einem Ruck wacht sie auf. Wie spät ist es? Laut ihrer Armbanduhr ist es Viertel vor sechs. Es war dumm von ihr, so dumm, ihren Wecker nicht zu stellen, aber sie hat Glück, dass sie nicht verschlafen hat. Gerade so. Dieser Termin ist seit dem letzten Semester auf dem Tischkalender in ihrer Studentenbude fett eingekreist.

Sie wäscht sich das Gesicht, putzt sich die Zähne. Sie fährt sich mit einem Deoroller unter die Achseln, wechselt Socken und Unterhose. Draußen ist es noch dunkel, aber der Schlaf hat ihr gutgetan.

Ihr Magen knurrt. Professor Berry hatte gesagt, er würde mit ihnen in einem Café nahe der Grabungsstelle Kaffee und Croissants holen, bevor sie loslegen.

Sie stopft ihren Kulturbeutel und Kleinkram in den Rucksack, wirft einen letzten Blick in den Badspiegel, richtet ein blaues Haar und wischt sich den Schlaf aus den Augen. Dann öffnet sie die Zimmertür und tritt auf den Flur hinaus.

Keine Spur von irgendwem. Der Wartebereich in dem kleinen Empfangsbüro ist leer, keine Spur von dem unheimlichen Typen von gestern Abend.

Fünf Minuten vor sechs.

Sie hatte erwartet, Professor Berry unten zu treffen, in ungeduldiger Erwartung, endlich loszugehen, oder Bao vielleicht, ihren Kommilitonen aus dem PhD-Programm, von dem sie weiß, dass er ebenfalls in diesem Gästehaus übernachtet. Die anderen Doktoranden, ungefähr ein Dutzend, wohnen in einem anderen Haus, da dieses ausgebucht war. Der Kleinbus sollte auch bereitstehen. Wo sind denn alle?

Panik ergreift sie – was, wenn das hier doch das falsche Gästehaus ist? Die letzte Nacht war ein solches Desaster, dass es sie nicht überraschen würde.

Sie setzt ihren Rucksack ab und geht zurück nach oben, in der Hoffnung, jemanden zu finden, den sie kennt, jemanden, den sie fragen kann.

Aber das Haus ist still wie ein Grab.

Sie bemerkt, dass die Tür zu Zimmer sechs einen Spalt offen steht. Vielleicht kann sie einen Blick hineinwerfen, um zu sehen, ob sie ein bekanntes Gesicht entdeckt. Sie klopft.

»Hallo?«

Durch den Spalt sieht sie einen Rucksack und ein vertrautes Paar brauner Wanderschuhe, die ordentlich daneben abgestellt sind. Das ist das Zimmer von Professor Berry. Ein Moment der Erleichterung: Sie ist am richtigen Ort.

»Professor Berry, sind Sie da drin?«

Sie riskiert einen Blick um die Ecke, und was sie sieht, ist so verwirrend, so falsch, dass sie zurücktaumelt, keine Luft bekommt und würgt, als hätte ihr jemand einen Schlag mitten in die Magengrube versetzt.

Ihr geliebter Professor liegt in einer glänzenden Blutlache auf dem Bett, die Beine merkwürdig unter sich verrenkt. Sie eilt zu ihm, ihre Gedanken überschlagen sich. *Wie funktioniert noch mal eine Wiederbelebung? Sollte ich seinen Puls fühlen?*

»Professor Berry«, keucht sie. »Professor Berry!«

Doch dann sieht sie die klaffende Wunde an seiner Kehle, den tiefen Schlitz über seinem Pyjamaoberteil, die dunkle Höhle, wo sein linkes Auge sein sollte. Geronnenes Blut in der Farbe von Pflaumen.

Sie schreit und taumelt, unfähig zu begreifen, was sie da sieht. »Hilfe!«, schreit sie. »Kann mir irgendjemand helfen?«

Keine Antwort. Sie stolpert blindlings den Gang entlang, im Kopf ein einziger Wirrwarr. Eine der anderen Türen steht offen, und sie stürzt dagegen.

Im Zimmer beginnt sie, den Mann im Bett anzuflehen, ihr zu helfen. Er schläft, denkt sie, die weinrote Decke ist bis zum Hals hochgezogen. Aber über dem Kopfteil ist ein langer schmieriger roter Fleck, wie ein Zeichen aus dem Alten Testament. Sie nähert sich wimmernd, widersteht der Stimme in ihrem Kopf, die sie anschreit, sofort abzuhauen. Die Vorhänge sind geöffnet, das Fenster gibt den Blick frei auf graue, leere Industrieflächen. Der Fremde im Bett hat eine Grimasse im Gesicht, die Laken sind mit seinem Blut getränkt.

Im Laufe der Jahre wird sie zuerst den Geschworenen, dann einer Psychologin erzählen, wie sie nach draußen rannte, auf dem Gehweg auf die Knie fiel und sich übergab. Wie der Kleinbus ankam und der Fahrer sie heulend auf dem Boden fand. Wie er dachte, sie hätte einen Anfall.

Im hinteren Teil des Krankenwagens zitterte sie krampfhaft und unkontrollierbar, während sie zusah, wie ein Leichensack nach dem anderen die Stufen des Gästehauses hinuntergetragen wurde.

Sechs Menschen, kaltblütig ermordet von dem Mann am Empfang mit dem Lächeln, bei dem sich ihr die Nackenhaare aufstellten.

Von dem Mann, der sie am Leben ließ.

Zweiundzwanzig Jahre später

1

DARCY

Sie fürchtet sich davor, die Jungs zurückzulassen.

Neun Tage ohne sie. So lange wie noch nie. Charlie redet nicht mehr mit ihr, was den Abschied noch schwieriger macht. Was, wenn er sich nicht verabschieden will? Er ist zwölf, und Marsha sagt, ihr Junge war in diesem Alter genauso. Einen Neugeborenen zu umsorgen war schon hart, aber die Erziehung eines Zwölfjährigen fühlt sich an wie Masochismus, insbesondere jetzt, da sie geschieden ist. Letztes Jahr hat Charlie sie noch geknuddelt und ihr gesagt, dass er sie liebt. Aber er hat immer zu Jacob, seinem Vater, aufgeschaut. Er ist ihm auch wie aus dem Gesicht geschnitten: die gleiche intellektuelle Stirn, das gleiche federleichte blonde Haar, die gleichen blauen, tiefliegenden Augen. Als Charlie eine Hauptrolle in der Schulaufführung bekam, bot sie ihm an, ihm beim Proben zu helfen. Aber ihre Hilfe war nach hinten losgegangen, und nun sprach er nicht mehr mit ihr.

Durch das Schlafzimmerfenster sieht Darcy, wie sich das Metalltor öffnet und ein schwarzes Auto die Einfahrt herauffährt. Sie atmet tief durch.

»Er ist da, Marsha«, ruft sie der Babysitterin zu, die unten bei den Kindern ist.

»Na dann, kommt, Jungs«, hört sie Marsha sagen. »Verabschieden wir uns von Mummy.«

Darcys Koffer stehen bereits im Flur, aber sie verbringt noch ein paar Augenblicke damit, den Raum mit den Augen abzuscannen, ob sie etwas vergessen hat. Natürlich hat sie nichts vergessen – immerhin ist sie Darcy, Königin der Listen, und hat ihre Malediven-Liste schon ein Dutzend Mal durchgesehen –, aber nun schlägt die Nervosität zu und überzieht ihr Gehirn mit einer Wolke. Sie betrachtet sich im Spiegel, streicht sich eine Strähne ihres frisch gefärbten kastanienbraunen Haars hinters Ohr. Einen Moment lang ärgert sie sich über den Farbton, in dem die Nageldesignerin ihre Nägel lackiert hat – er ist knallpink, keine Farbe, mit der sie sich mit ihren einundvierzig Jahren wohlfühlte. Camilla hatte ihr geraten, sich Acrylnägel mit sogenanntem Nailart machen zu lassen – Miniaturkakteen oder Lamas, um Himmels willen. Sie war sich nicht sicher, ob Camilla sie verarschen wollte. Das Pink war schon gewagt genug für sie. Für den Flug hatte sie sich ein knielanges Baumwollkleid von Boden ausgesucht – marineblau mit Wellenschliff am weißen Saum – und dazu passende marineblaue Espadrilles und eine zarte Goldkette um den Hals. Kein Makeup. Dafür hat Darcy nie Zeit, schließlich muss sie sich um drei Jungs kümmern.

Sie hat diesen Urlaub verdient. Gott weiß, dass sie ihn verdient hat.

Sie geht hinunter in die Eingangshalle, wo Ben und Ed, sieben und neun Jahre alt, wie kleine Soldaten aufgereiht stehen und, wie von Marsha gewünscht, auf sie warten.

»Danke, dass du so kurzfristig babysitten konntest«, sagt sie zu Marsha. Sie ist eine Frau Mitte sechzig, deren eigene Kinder das Nest bereits verlassen haben. Sie passt manchmal auf die Jungs auf, wenn Darcy in Meetings ist.

Marsha schenkt ihr ein freundliches Lächeln. »Ich helfe doch gern.«

»Jacob holt sie um sechs ab, aber falls es irgendwelche Probleme gibt, ruf mich einfach an.«

»Darcy, ich komme schon zurecht«, sagt Marsha herzlich. »Amüsier dich gut. Du hast es dir verdient.«

Sie lächelt Marsha an und berührt sie an der Schulter.

Die Jungen schauen geknickt, als sie sich zu ihnen hinunterbeugt.

»Tschüss, Mummy«, sagt Ben. »Rufst du uns an?«

Sie streichelt über sein Gesicht. »Natürlich. Seid brav zu Marsha, okay?« Dann dreht sie sich zur Türöffnung, wo ein Stück von Charlie zu sehen ist: »Ich hab dich lieb, Charlie.«

Keine Antwort. Sie macht einen Schritt auf ihn zu, aber die Tür schließt sich mit einem Knall vor ihrer Nase. Sie seufzt und blickt zu Marsha, die ihr ein mitfühlendes Lächeln schenkt.

»Viel Spaß«, sagt Marsha zu ihr, als sie zum Taxi geht. »Und mach dir keine Sorgen. Das wird schon.«

Heathrow liegt nur dreizehn Meilen entfernt, aber für gewöhnlich herrscht irre viel Verkehr, und sie holt ihr Handy heraus, um zu prüfen, ob sie Nachrichten von Camilla und Kate hat. Nicht von Kate, aber eine Nachricht von Camilla, mit der üblichen Häufung an Emojis:

Bin in Terminal 5 und kaufe Gin! 🤟 🍸 🍷 🔥 🥴 Sehen wir uns vorm Pret a Manger?

Sie spürt, wie ihr das Herz aufgeht. Diese Reise wird ihr guttun. Manchmal muss man sich selbst daran erinnern, warum man etwas macht, um die mütterlichen Schuldgefühle zu verdrängen.

Das hier ist ihre Scheidungsreise, das höchste aller Feste, um das Ende eines furchtbaren Sorgerechtsstreits und regelrechten Rosenkriegs einzuläuten, den sie geführt hat, um sicherzustellen, dass sie die finanzielle Entschädigung erhält, die ihr zusteht. Jacobs Unternehmen ist auf Software für künstliche Intelligenz spezialisiert, und er hat damit ein Vermögen gemacht. Darcy war diejenige, die ihm beim Aufbau geholfen hat. Am Anfang hat sie seine Buchhaltung gemacht, E-Mails geschrieben, seine Verträge gegengelesen und Pitches verfasst. Sie kam nie auf die Idee, nach einer Beteiligung am Unternehmen zu fragen. Sie ging davon aus, dass ihre Ehe ein sicherer Deal war. Der einzige Vertrag, den sie brauchte.

Außerdem jährt sich in dieser Woche ein einschneidendes Ereignis, das ihr Leben für immer verändert hat.

Der Taxifahrer nimmt ihr das Gepäck ab, und sie winkt Marsha, Ed und Ben mit Tränen in den Augen zu.

»Entschuldigung«, sagt sie zum Taxifahrer und zieht ein Taschentuch aus der Schachtel zwischen ihnen. »Das ist das erste Mal, dass ich ohne sie verreise.«

Und dann fahren sie davon, lassen das Haus und ihre drei Jungs hinter sich.

Was hatte ihr die Dame in der Beratungsstelle gesagt? *Nicht mein Zirkus, nicht meine Affen.* Dieses Mantra wiederholte Darcy jedes Mal, wenn sie sich dabei ertappte, dass ihre Gedanken zurückwanderten zu ihrer Ehe, zu ihrem alten Leben. Eine der wunderbaren Seiten der sonst so unglückseligen Scheidungsangelegenheit war die Freiheit, die sie jetzt hatte, die Eigenständigkeit.

Darauf versuchte sie sich jetzt zu konzentrieren. Eigenständigkeit, Macht, Unabhängigkeit … Die Sache war bloß die, dass sie sich nichts aus diesen Dingen machte. So was war wichtig für Leute wie Camilla und Kate. Darcy hingegen genoss es, die Familie zu managen; wenn sie verlorene Schlüssel wiederfand, Mahlzeiten zubereitete, Wäsche wusch, Splitter entfernte, Zehennägel schnitt, einen ganzen Tag beim Sportfest durchstand. Zwei Jahre hintereinander war sie die ganze Nacht aufgeblieben, um Kostüme für den Welttag des Buches zu basteln. Komplett in Eigenregie. Jacob wusste nicht einmal, wie man den Geschirrspüler bedient, Herrgott noch mal. Darcy war die Kapitänin, eine Vollzeit-Ehefrau und -Mutter, der CEO der Familie – und sie machte ihre Sache gut.

Und jetzt ist alles weg. Sie hat ihren Körper, ihre Karriere, ihre Zeit und ihre Identität geopfert – und wofür? Ihre Rollen als Vorsitzende des Elternrats an der Schule ihrer Kinder und als gewählte Elternvertreterin sowohl im Schwimm- als auch im Fußballverein haben sie stets mit großem Stolz erfüllt. Aber ihr Ruf wurde durch den Klatsch und Tratsch ruiniert, als Jacob sie verließ. Daraufhin ist sie von ihren Ämtern zurückgetreten und hat dies mit »Zeitmangel« begründet, um ihr Gesicht zu wahren. Der wahre Grund war Scham. Sie konnte es nicht ertragen, anders, mitleidig behandelt zu werden. Ihre Würde war ausgelöscht.

Alles in Darcys Leben ist mit einer Präzision geordnet gewesen, die ihrem Vater, einem Lieutenant der Navy, gefallen hätte, wenn er lange genug gelebt hätte, um Zeuge zu werden. Sie hatte geglaubt, all ihre Bemühungen wären der Garant für eine glückliche Ehe gewesen. Aber ein Lippenstiftfleck auf einem Hemdkragen machte alles zunichte.

Nun ist sie auf ein Klischee reduziert. Trudelt umher wie eine Kondomverpackung im Wäschetrockner. Zum ersten Mal seit vielen Jahren juckt ihr etwas unter der Haut.

Heathrow ist schwindelerregend und chaotisch, Reisende drängeln sich an ihr vorbei, rempeln sie an. Sie fühlt sich aufgeregt, gereizt, bis eine Stimme von hinten ihren Namen ruft.

»Darcy?«

Sie dreht sich um und entdeckt Camilla, die ihr zuwinkt. Sie trägt einen schlaffen Filzhut mit orangefarbenem Band. Sie hat sich seit ihrem letzten Treffen eine Haarverlängerung machen lassen, dreißig Zentimeter lange, glänzende schwarze Locken, die zu beiden Seiten des Hutes herabfallen. Sie trägt ein orangefarbenes Seidenkleid – ohne BH –, eine Menge goldene Halsketten und hochhackige Sandalen. Ihre Brust und ihre Arme sind muskulös, und ihre Schultern glänzen, rund und fest. Darcy fühlt sich in ihrer Gegenwart sofort unscheinbar.

»Camilla«, sagt Darcy und drückt sie fest an sich. Camilla riecht immer gut und sieht immer umwerfend aus. Sie tritt zurück und mustert Darcy, ihre dunklen Augen glitzern. Camilla ist philippinischer Abstammung, ist aber in Cambridge geboren und aufgewachsen.

»Bist du bereit?«, fragt sie.

Darcy hebt ihren Blick und sieht mit ihren haselnussbraunen Augen in die von Camilla. Die Nervosität, die sie eben noch verspürte, legt sich, und sie nickt zuversichtlich. Auf ihrem Handy geht piepend eine Flugbenachrichtigung ein.

»Bereit.«

2

KATE

Vermutlich, nimmt Kate an, gibt es niemanden, der so wenig Lust hat, auf die Malediven zu fliegen, wie sie.

See, Sand, Sonne und Schweiß – die vier widerlichsten »S«, die sie sich vorstellen kann. Außerdem: Salat und Spritze. Beides mag sie auch nicht, und was Sex betrifft … ehrlich gesagt ist es schon so lange her, dass sie keine Meinung mehr dazu hat.

Sie stopft sich noch einen Jaffa Cake in den Mund und betrachtet das schwarze Quadrat der Fluganzeigetafel, das in der Mitte der Halle hängt. Es ist wie ein Objekt aus der Tiefenzeit, denkt sie, ein Klumpen Gneis, durchzogen von weißen Mineralien. Ihr Blick wandert zu den blinkenden roten Ziffern auf der linken Seite des Displays. Sie springt auf – die roten Zahlen bedeuten, dass sich ihr Gate schließt. Wie konnte das nur so schnell passieren?

Sie hievt ihren Rucksack auf den Rücken und stapft zu den Schildern, die besagen, dass sich die Gates 11–23 links befinden. Als sie den linken Korridor erreicht, ist sie schweißgebadet und stellt entsetzt fest, dass er ungefähr einen Kilometer lang ist. Wo ist das verdammte Gate?

Kate hastet vorwärts, die Innenseiten der Oberschenkel scheuern unangenehm aneinander, ein scharfer Schmerz macht sich in ihrer Lunge breit. Sie hält die Augen gesenkt, um den Blicken der anderen Passagiere auszuweichen. Endlich taucht ein Schild auf – Gate 22. Noch im Laufen kramt sie in der Seitentasche ihres Rucksacks nach ihrem Reisepass und ihrer Bordkarte und drückt sie der Dame vom Flughafenpersonal in die Hand.

»Guten Flug«, sagt die Frau, und Kate spürt, wie ihre Knie fast nachgeben.

Als sie ihren Platz im Flugzeug findet, ist sie atemlos und rot im Gesicht und zu kaputt, um sich Sorgen zu machen, ob es jemand sieht.

Sie setzt sich und verzieht das Gesicht angesichts des engen Raums, in den sie sich zwängen muss – und das zwischen zwei Fremden. Sie denkt an ihren Lieblingssessel, geräumig und bequem, vor dem Fenster ihres Hauses in Carmarthenshire. Ein rustikales Cottage, das sie im Laufe der Jahre mit Blumenampeln und viel harter Arbeit im Vor- und Hintergarten verschönert hat. Letztes Jahr hat sie die Tür- und Fensterrahmen salbeigrün gestrichen. Mrs. Williams am Ende der Straße hat ihr Gartentor kurz darauf in einer ähnlichen Farbe gestrichen. Kate, eine Trendsetterin! Sie hat zwar nichts mit Mode oder Trends am Hut, ist aber stolz auf ihr Häuschen. Hier arbeitet, vergnügt und ruht sie sich aus. Sie hat absolut kein Bedürfnis, irgendwo anders hinzufahren.

Sie blickt hinunter zum Boden, während sich das Flugzeug von ihm entfernt und die Straßen und Häuser von Cardiff zu kleinen Punkten in der walisischen Landschaft werden. Sie hätte in den Zug nach Heathrow steigen und mit Darcy und Camilla fliegen können, aber sie ist erleichtert, dass sie nicht zehn Stunden lang neben Camilla sitzen muss. Camilla ernährt sich von Luft und Chiasamen und hat eine klare Meinung zu Makronährstoffen. Kate hat nichts gegen Leute, die zwei Stunden am Tag ihre Körpermitte trainieren wollen, aber Camilla hält allen anderen gerne Vorträge darüber, wie wichtig diese Übungen sind. Und da Kate ihre Körpermitte seit 1992 nicht mehr gesehen oder gefühlt hat, ist sie froh, dass sie dem aus dem Weg gehen kann.

Das Anschnallzeichen erlischt. Seufzend greift sie nach ihrem Rucksack unter dem Sitz und holt ihren Laptop heraus.

Kate ist Ghostwriterin. Bei ihrem neuesten Projekt arbeitet sie mit Niall Hardman zusammen, einem Fußballspieler aus den Nullerjahren, der beschlossen hat, die Menschheit mit seinen literarischen Talenten in Form einer Krimireihe zu beglücken. Im ersten geht es um einen psychopathischen Serienmörder, wofür sie umfangreiche Recherchen über die Psyche eines Psychopathen anstellen musste. Wie bei früheren Kunden auch besteht die Abmachung darin, dass Niall das Grundgerüst einer Geschichte liefert und sie das fertige Buch. Aber Nialls Ideen sind abgedroschen, und seine ideologische Ausrichtung ist, gelinde gesagt, altmodisch, so dass es Kate schwerfällt, eine vernünftige Handlung zu entwickeln. Schlimmer noch, Niall ist davon überzeugt, dass er ein Meister im Geschichtenerzählen ist und dass Kates Rolle in diesem Prozess lediglich darin besteht, seine schrecklichen Plots Wort für Wort abzuschreiben wie eine Schreibkraft. Sie vermied es, den Begriff »frauenfeindlich« zu verwenden, wenn sie über seine Handlungsstränge sprach, was viel Diplomatie erforderte. Als sie versuchte, ihn darauf hinzuweisen, dass einige Leserinnen und Leser die Anzahl an weiblichen Leichen in seinen Büchern problematisch finden könnten, meinte er, sie verstehe nicht viel vom Schreiben.

»Solltest du die Geschichte nicht um meinen Plot herum bauen?«, sagte er bei einem Zoom-Call.

»Bis zu einem gewissen Grad«, schaltete sich Arthur ein. Arthur ist Kates Agent und ein guter Freund. »Warum überlässt du nicht Kate die Drehungen und Wendungen? Dafür hast du sie doch angeheuert, oder?«

Niall verstummte und kaute auf der Nagelhaut herum, so dass seine stark tätowierte Hand zu sehen war. Spätere E-Mails seiner Agentin deuteten darauf hin, dass er sich »aus dem Prozess herausgedrängt« gefühlt hatte, aber es war ihr ziemlich schnuppe, wie Niall sich fühlte. Sie hatte schon für viele Promis geschrieben und sich von ihrem theatralischen Auftreten nicht aus der Ruhe bringen lassen. Niall hatte schließlich nachgegeben, genau wie sie erwartet hatte.

Insgeheim hat sie Nialls Buch jedoch beiseitegelegt und arbeitet momentan unter Pseudonym an ihrem eigenen Roman. Nicht einmal Arthur weiß davon. Darin kommen keine Psychopathen vor. Es geht um ein junges Mädchen, das allein in eine abgelegene Wildnis reist und mit den Dämonen ihrer Vergangenheit Frieden schließt. Es wird der erste Roman sein, den sie als eigenes Werk veröffentlicht, nachdem sie über fünfzehn Jahre lang für andere geschrieben hat. Das Ganze ist ziemlich nervenaufreibend, und zuletzt hat sie überlegt, die Idee ganz aufzugeben. Mit Ghostwriting verdient sie gut, warum sich also noch mehr Arbeit machen?

Aber es geht nicht um das Geld. Es geht um … etwas, das sie nicht genau benennen kann.

Kate öffnet das Dokument mit dem neuen Roman und schließt es dann wieder. Sie ist fast fertig, kann sich aber nicht dazu überwinden. Stattdessen ruft sie die PDF-Broschüre über das Resort auf den Malediven auf, die Darcy ihr geschickt hat. Es sieht traumhaft aus, keine Frage. Eine puderweiße Insel inmitten eines unberührten türkisfarbenen Ozeans. Daneben Bilder von farbenfrohen Riffen und Delfinen, von Menschen, die sich auf Liegestühlen oder Massagebetten entspannen und sich den Rücken mit schwarzem Zeug einreiben lassen. Bilder von Menschen, die schnorcheln und allerlei sportlichen Aktivitäten nachgehen. Bilder von Cocktails und kunstvoll drapiertem Essen.

Kate versucht, ein wenig Begeisterung aufzubringen und dankbar zu sein für diese zweifellos einmalige Gelegenheit. Darcy hat das alles aus ihrer Scheidungsabfindung bezahlt; Kate hat den Preis gesehen, als der QR-Code ihre Buchung anzeigte – fünfzigtausend. *Fünfzig Riesen* für drei Personen und neun Tage Urlaub. Klar, sie hatten last minute gebucht, vor weniger als zwei Wochen, aber Kates Cottage in Carmarthenshire kostete fünfzigtausend, und dafür hatte sie eine fünfundzwanzigjährige Hypothek aufnehmen müssen.

Neun Tage wird sie im Resort sein, um Darcys Scheidung von Jacob mit Cocktails und Spa-Behandlungen und moderatem Sonnenbaden zu feiern. Die Vorstellung, sich einen Cocktail zu genehmigen, gefällt ihr, aber drinnen, etwa am Kamin, zusammengerollt auf einem Sessel statt in der prallen Sonne auf einer Liege. Mit ihrem Laptop oder einem Buch. Und vielleicht mit einer dampfenden Kanne Tee statt mit einem Cocktail.

Warum jemand den ganzen Tag am Strand liegen will, ist ihr schleierhaft.

Aber bei dieser Reise geht es um weit mehr als nur darum, am Strand zu liegen.

Das muss sie sich immer vor Augen halten.

3

KATE

Kate landet gut gelaunt in Malé. Für den Anschlussflug von Amsterdam war sie in ein viel größeres Flugzeug gestiegen, und Darcy hatte für sie die erste Klasse gebucht, was eine wahre Freude war. Kate hatte eine Kabine für sich allein und einen Sitz, der sich auf Knopfdruck zu einem Bett ausklappen ließ. Sie hatte ihren eigenen Fernseher, eine Minibar und eine Gänsedaunenbettdecke, und das Essen war ausgezeichnet. Sie schrieb und schlief während der gesamten Reise und merkte kaum, wie die Zeit verging.

Und jetzt ist sie hier.

»Sie sind verhaftet«, sagt eine Stimme hinter ihr. Kate erstarrt. Sie dreht sich um, und da steht Darcy mit breitem Grinsen im Gesicht und ausgebreiteten Armen. Kate schlingt die Arme um sie und drückt sie fest an sich.

»Es ist so schön, dich zu sehen!«, sagt sie. Es ist sieben Monate her seit ihrem letzten Treffen, obwohl sie seither jede Menge Zoom-Calls abgehalten haben. Aber erst jetzt sieht sie in vollem Ausmaß, welchen Tribut Darcys Scheidung gefordert hat; sie ist ein ganzes Stück dünner, ihr Gesicht knochiger, in ihren Augen liegt eine Anspannung, die vorher nicht da war. Ein Bildschirm zeigt nur einen Bruchteil der Realität, wie Kate feststellt.

»Hallo, meine Schöne«, sagt Camilla und breitet die Arme aus. Camillas Umarmungen sind seltsam, sie fühlen sich an, als wollte sie einen nicht mehr berühren als unbedingt nötig. Dennoch ist Kate froh, Camilla zu sehen. Niemand außer Camilla nennt sie jemals »meine Schöne«, »Babe« oder – gelegentlich – »Sahneschnitte«.

»Nehmen wir ein Taxi zum Hotel?«, fragt Kate, als sie das Terminal verlassen.

»Ein Wasserflugzeug«, sagt Darcy und nickt in Richtung einer Flotte von kleinen Flugzeugen, die gegenüber dem Gebäude geparkt sind. Beim Einsteigen registriert Kate die geringe Größe des Flugzeugs, die klapprigen Propeller und die knarzenden Stufen, wird aber nicht so nervös, wie sie es normalerweise wäre. Wahrscheinlich ist das auch besser so.

Und während sie über den saphirblauen Ozean auf das Palmenparadies ihres Resorts zusteuern, denkt Kate an die Vergangenheit. Kleinigkeiten, nichts Traumatisches, noch nicht – nur eine geliebte Jeans mit zwei aufgestickten Palmen auf der Gesäßtasche. Sie hat diese Jeans getragen, bis sie auseinanderfiel, damals mit Anfang zwanzig, als sie noch so was wie Jeans trug. Sie denkt daran zurück, wie sie im Dreck kniete und mit dem Pinsel sanft über den Stein strich, um die Vergangenheit Korn für Korn freizulegen. Sie denkt an Professor Berry, an die Art, wie seine Augen funkelten, wenn er sprach, und wie sich ein Dreiklang aus Lachfalten tief in seine Haut grub. Er wirkte lebendig und sprühte vor Energie, wenn sie auf einer Ausgrabungsstätte waren. Eine Energie, die sie auch besitzen wollte.

Sie beobachtet Darcy und Camilla auf den Sitzen gegenüber, die aus dem Fenster schauen, während das Flugzeug auf einen weißen Streifen auf der Insel zusteuert.

»Wir sind uns also einig«, sagt Camilla. »Keine E-Mails. Einverstanden?«

»Einverstanden«, antworten Kate und Darcy im Chor.

»Gut.« Camilla zieht ein gefaltetes Papierbündel aus ihrer Chanel-Handtasche. »Ich habe einen Terminplan.«

»Terminplan?«, fragt Darcy mit einem nervösen Lachen und blickt zu Kate.

Camilla teilt die Blätter aus, die oben zusammengeheftet sind, wie Kate bemerkt. »Wie ich herausgefunden habe, gibt es nur einen Weg, wie man eine Scheidungsreise richtig begeht, also habe ich es für richtig erachtet, mich an die Regeln zu halten. Keine Sorge, es wird nicht allzu anstrengend. Na ja, abgesehen von dem Feuerlauf, aber das können wir noch besprechen.«

»Was ist ein Feuerlauf?«, fragt Kate und überfliegt die Blätter. Auf jeder Seite befindet sich eine Tabelle, mit dem jeweiligen Datum, Wetterbericht und einer ausführlichen Beschreibung der einzelnen Aktivitäten, abgetippt in Times New Roman.

»Du meinst, über heiße Kohlen, oder?«, fragt Darcy ein wenig verdattert. Sie blickt von Camilla zu Kate, um sich ihren Verdacht bestätigen zu lassen. »Das ist doch ein Feuerlauf, richtig?«

Kate ist entsetzt. Über heiße Kohlen laufen?

»Gibt es auch eine öffentliche Steinigung?«, fragt Kate verhalten. »Oder eine Auspeitschung?«

»Keine Panik«, sagt Camilla und lacht. »Niemand *muss* den Feuerlauf machen. Alles freiwillig, das sind nur Ideen. Der Feuerlauf ist eine Art Übergangsritus, insofern dachte ich, das wäre doch passend für eine Scheidungsreise, oder?«

»War die Scheidung nicht schon ein Gang über heiße Kohlen, bildlich gesprochen?«, wendet sich Kate an Darcy.

Darcy lächelt. »Ich werde über den Feuerlauf nachdenken. Was steht denn hier sonst noch so? Oh, eine Champagner-Party auf einer privaten Sandbank? Das klingt doch nett, oder, Kate?«

Die Idee mit dem Feuerlauf hat Kate misstrauisch gegenüber so ziemlich allem gemacht, was auf dem Terminplan steht. »Was genau ist eine private Sandbank?«

»Eigentlich ist es eine winzige Insel mitten im Indischen Ozean«, sagt Camilla.

»Fahren wir nicht schon auf eine winzige Insel mitten im Indischen Ozean?«, fragt Kate.

»Na ja, eine kleine Insel, ja. Bei der Sandbank-Exkursion fahren sie uns mit einem Schnellboot raus und setzen uns auf einer Insel ab, die buchstäblich nur aus Sand besteht. Sie stellen uns eine Picknickdecke und Lichterketten hin, und wir trinken Champagner unter den Sternen.«

»Ooooh«, sagt Darcy. »Das klingt phantastisch.«

Kate bringt es nicht über sich, einen erfreuten Blick vorzutäuschen. Ihre Gedanken kreisen in Windeseile um die verschiedenen Katastrophen, die sich hinter dieser Idee verbergen. Der Planet schmilzt unter ihren Füßen dahin, die Erderwärmung vernichtet Gletscher und Küstenstädte. In zwanzig Jahren wird es die Malediven wahrscheinlich nicht mehr geben, weil sie vom steigenden Meeresspiegel verschluckt werden. Sie sieht vor sich, wie das Schnellboot mitten im Ozean ausfällt, wie eine zerstörerische Welle über die Sandbank schwappt. Haie.

»Gibt es auf den Malediven Haie?«, fragt sie laut und ist perplex, als sowohl Camilla als auch Darcy in Gelächter ausbrechen.

»Du wirst schon nicht von einem Hai gefressen, meine Süße«, sagt Camilla beruhigend, aber ihr Tonfall lässt Kate stutzen. Woher will Camilla wissen, dass sie nicht von einem Hai gefressen wird? Ist sie jetzt auch noch Hellseherin neben ihrem Dasein als Pilates-Guru und Social-Media-Influencerin?

»Es gibt Hammerhaie«, sagt Darcy. »Ammenhaie am Riff, aber die haben keine Zähne. Keine weißen Haie oder so was. Ich habe nachgeschaut.«

Kate lässt ihren Blick über die Liste schweifen. »Paddleboarding? Was ist das?«

»Ah, also *das* macht echt jede Menge Spaß«, sagt Camilla, und Kate rutscht augenblicklich das Herz in die Hose. »Ein Paddleboard ist praktisch ein großes Surfbrett, das auf dem Meer schwimmt. Man sitzt oder steht darauf.«

Kate starrt sie an und wartet auf mehr. »Und wieso?«

»Weil ... es Spaß macht?«, sagt Camilla, die sich sichtlich zurückhält, um nicht zu zeigen, wie irritiert sie von Kates Frage ist. »Es ist auch jede Menge Zeit zum Ausruhen eingeplant, also macht euch keine Sorgen. Ich bin nicht hier, um euch beide zu bestrafen. Und dieser Plan ist lediglich ein *Vorschlag*. Es ist schließlich deine Reise, Darcy, Liebes. Du hast das Sagen, okay?«

»Mir gefällt das Mantarochen-Abenteuer«, sagt Darcy.

»Oh ja«, sagt Camilla und blättert zu Blatt fünf. »Das ist auch mein Favorit. Dabei werden wir von unserem persönlichen Tauchlehrer begleitet. Er – oder sie – fährt mit uns in einem Schnellboot zu der Stelle, wo sich alle Mantarochen tummeln, und wir dürfen mit ihnen schwimmen. Unglaublich, oder?«

»Unglaublich«, sagt Kate und bemüht sich, nicht sarkastisch zu klingen. Deshalb ist sie verwundert, als Darcy und Camilla wieder anfangen zu lachen.

»Was?«, fragt sie.

Darcy drückt ihre Hand. »Ach, Kate«, sagt sie. »Ich bin so froh, dass du hier bist.«

Kate lächelt und fühlt sich angesichts von Camillas Plan vorübergehend überflüssig. Camilla ist mehrfach geschieden; Kate war nie verheiratet und hat keine Ahnung von Scheidungen. Sie kann weder behaupten, sie würde verstehen, was Darcy durchmacht, noch, was sie dagegen tun kann. Und sie ist auch nicht geneigt, etwas anderes zu behaupten.

Das Flugzeug setzt zum Landeanflug auf das Resort an, eine größere Insel, die über einen langen, gewundenen Holzsteg mit einer kleineren Insel verbunden ist. Am Rande der größeren Insel entdeckt sie Wasserbungalows, während ein buschiger grüner Mittelteil auf verdammt viele tropische Bäume hindeutet. Bäume bedeuten Ungeziefer. Gott sei Dank hat sie ein Arsenal an Insektensprays eingepackt. Ihr fällt auf, wie isoliert sie hier draußen sein werden, keine Inseln oder Segelboote in der Nähe. Keine Krankenhäuser oder Notaufnahmen.

Aber … es erwarten sie auch Ruhe und Abgeschiedenheit. Leckeres Essen. Zeit zum Schreiben. Camilla und Darcy können gern auf heißen Kohlen spazieren gehen, solang sie wollen.

Vielleicht ist die Isolation gar nicht so übel.

4

KATE

Das Wasserflugzeug landet, und Kate ist fasziniert von der postkartenreifen Aussicht, die sich ihr am Boden bietet. Welch pure Blautöne! Die Flugzeugtür wird geöffnet, und nur wenige Meter von der kleinen Leiter entfernt liegt das weite Meer, das sich sanft in warmen Farbabstufungen wiegt: Türkis, Himmelblau, Lapislazuli. Das Wasser, das ihre Füße umspült, ist glasklar, und auf dem cremefarbenen Sand krabbeln rote Einsiedlerkrebse herum. Am Horizont sind ein paar Inseln zu sehen. Emerald Island – die Smaragdinsel, das kleinere Schwesterresort, liegt etwa eine Viertelmeile weiter westlich, eine mit Palmen bewachsene Sandbank, die so grün ist wie ihr Name.

Ein großer schwarzer Vogel schießt aus den Bäumen hervor, aber im Vorbeifliegen erkennt sie, dass es gar kein Vogel ist, sondern eine Fledermaus mit einem pelzigen braunen Körper und lederartigen Flügeln.

Das Personal in schwarzen Hosen und weißen Tuniken mit dem aufgestickten goldenen Logo »Sapphire Island Resort & Spa« wartet in einer Reihe am Pier, um sie zu begrüßen.

Die Hitze ist erstaunlich, Kate bläst eine Wand aus Wärme

ins Gesicht, als hätte sie die Tür ihres Backofens geöffnet, der auf vollen Touren läuft. Sie ist erst zwei Minuten hier und schon schweißgebadet.

Eine Frau in der Uniform des Resorts nähert sich mit einem glänzenden Silbertablett, auf dem drei Gläser mit etwas stehen, das wie Champagner aussieht. Mist, noch mehr davon und sie kippt um. Aber sie trinkt ihr Glas trotzdem und sieht gerade noch, wie ihr Koffer auf einem Motordreirad weggefahren wird. Wahrscheinlich hätte sie in schickeres Gepäck investieren sollen, denkt sie. Ihr alter Samsonite-Koffer sieht schäbig aus neben Camillas Louis-Vuitton-Koffer mit Goldgriff.

Einer der Männer tritt vor und stellt sich als Rafi vor. Es ist ein älterer Herr mit einem freundlichen Gesicht und einem graziösen Auftreten, seine Tunika spannt am Bauch etwas.

»Miss Kate, ich werde Ihr Butler sein, solange Sie sich auf Sapphire Island aufhalten. Was immer Sie sich wünschen, geben Sie mir bitte Bescheid, okay?«

Kate ist ziemlich verblüfft. Ein *Butler*? Sie wirft einen Blick zu Camilla, die ein ähnliches Gespräch mit einem anderen Gentleman führt. Offenbar haben sie alle einen Butler. Ach du meine Güte.

»Danke«, sagt sie, aber ihr ist bereits jetzt mulmig angesichts der imperialistischen Anklänge, wenn sie daran denkt, wie ihr dieser Mann zu Diensten steht.

Darcy kommt aus reichem Haus, und Kate sieht sich oft mit langgehegten Vorurteilen konfrontiert, von denen sie weiß, dass sie in ihrer Freundschaft mit Darcy und Camilla keinen Platz haben. Selbst jetzt, da sie sich an einem so idyllischen Ort befindet, alles bezahlt von Darcy, erinnert sich Kate nur zu gut daran, wie sie sich für ihre Armut schämte. Sie erinnert sich daran, wie sie hungrig zur Schule ging, an ihre schäbige und zu große, von ihren Geschwistern aufgetragene Kleidung, an eine Lehrerin, die sie in betroffenem Ton nach »der Situation zu Hause« fragte. Sie macht sich Sorgen, keine angemessene Kleidung eingepackt zu haben. Das heißt, sie muss sich keine Sorgen machen – sie *weiß*, dass das der Fall ist. In ihrem Kleiderschrank gibt es nichts, was für einen Abend mit Champagner auf einer privaten Sandbank geeignet wäre. Und wenn sie es recht bedenkt, weiß sie nicht einmal, was man zu so einer Gelegenheit anzieht oder wo man danach anfangen soll zu suchen.

Vielleicht hätte sie Camilla um Rat fragen sollen. Zumindest hätte sie ihre Klamotten bügeln sollen.

Rafi bedeutet ihnen, in einen Golfcart zu steigen, wo sie eng beieinandersitzen, die Knie an der Brust, während er sie durch einen Miniaturdschungel über Sandwege zu ihrer Unterkunft fährt. Hier sind alle barfuß. Es gibt Holzschilder, die den Weg weisen zu so Dingen wie »Serenity Spa« und »Peace Den«, und hier und da erhaschen sie durch die Bäume einen Blick auf das Hauptrestaurant, ein kleineres, intimeres Bistro und von Buchten umrahmte Strände. Rafi zeigt ihnen den Treffpunkt für Ausflüge wie das Mantarochen-Abenteuer oder die Schildkrötentour. Er weist sie auf die Bar hin, die sich am Rande der Insel unter einer großen weißen Pergola befindet, in der sich Stühle und Tische um einen kristallklaren Pool gruppieren.

Der hohe Schrei einer Frau durchbricht die Stille, eine Männerstimme ruft etwas in einer Sprache, die Kate nicht einordnen kann. Deutsch oder Niederländisch vielleicht – sie ist sich nicht sicher.

»Was ist da los?«, fragt Darcy Rafi, und als sie an einer Baumlücke vorbeikommen, sieht Kate ein paar Gäste am Strand, die das uniformierte Personal anschreien. Ein Boot fährt an den Steg heran, auf dem das Wort »POLIZEI« steht.

»Manchmal haben wir Besucher aus dem Emerald Resort«, sagt Rafi. »Und manchmal machen sie Probleme.«

»Ach herrje, wird jemand verhaftet?«, fragt Camilla interessiert und hält ihr Handy in die Höhe, um zu filmen. »Wie aufregend.«

»Das kommt nicht oft vor«, sagt Rafi mit einem Lächeln.

»Darf ich Sie um einen Gefallen bitten, Rafi?«, sagt Camilla dann. »Ich unterrichte Pilates und habe vor ein paar Tagen eine E-Mail geschickt, um den Gästen einen kostenlosen Pilates-Kurs anzubieten. Könnten Sie nachfragen, ob Interesse besteht? Ich würde nichts dafür verlangen, solange ich es auf meinen Kanälen streamen darf.«

Rafi nickt gütig. »Ich werde mit der Managerin sprechen.«

»Danke.«

Kate beobachtet, wie Camilla wieder ihr Handy zückt, um die Landschaft zu fotografieren, bevor sie Darcy und sie für ein Selfie zu sich heranzieht. Camilla streckt die Zunge heraus, als wäre sie beim Arzt; Kate versucht zu lächeln, sieht aber aus, als hätte sie in eine Zitrone gebissen. Sie bemerkt, dass Camilla sie aus dem Bild herausschneidet, ehe sie es auf Instagram postet.

Ein paar Minuten später kommen sie an einer Reihe von Wasserbungalows an. Sie wusste, dass jede von ihnen ihre eigene Villa bekommen würde, aber sie hatte angenommen, das läge daran, dass die Strandhütten zu klein seien, als dass alle drei Frauen bequem in einer unterzubringen wären. Dem ist nicht so: Die Villen, die vom Flugzeug aus wie Hütten wirkten, sind geradezu riesig.

Vor der sechsten Villa überreicht Rafi jeder von ihnen eine Schlüsselkarte. »Ihre Zimmerschlüssel«, sagt er. »Sie sind unser Gast in Villa zwei«, sagt er zu Kate. »Miss Darcy, Sie wohnen in Villa sechs und Miss Camilla in Villa vier.«

»Wie spät ist es jetzt?«, fragt Darcy, sobald Rafi mit dem Golfcart davonfährt.

Camilla schaut auf ihrem Handy nach. »In maledivischer Zeit? Kurz nach halb neun Uhr morgens.«

»Sollen wir uns später auf einen Drink treffen?«, sagt Darcy. »Dann haben wir Zeit, uns erst mal frisch zu machen. Vielleicht ein Nickerchen zu halten.«

Kate drückt die Schlüsselkarte gegen das digitale Bedienfeld an der Holztür der Villa. Die Tür springt mit einem Surren auf. Drinnen erblickt sie hohe Decken mit Holzbalken, ein offenes Wohnzimmer mit weißen Leinenstoffen, Makramee-Wandkunst und einer Delfin-Keramikfigur auf einem Beistelltisch. Im Obergeschoss befindet sich das Hauptschlafzimmer mit einem Himmelbett, drapiert mit einem Moskitonetz und bestreut mit Rosenblättern. Ein riesiger Fernseher, begehbare Kleiderschränke und eine Glaswand, die sich auf Knopfdruck geschmeidig zum Meer hin öffnet.

Sie tritt auf den Balkon hinaus und hält einen Moment inne, um die warme, salzige Luft einzuatmen.

»Kate!«

Darcy winkt aufgeregt vom Balkon einer Villa etwas weiter links.

»Es ist atemberaubend!«, ruft Kate zurück.

Darcy hebt ein Glas Champagner und lacht zustimmend.

Kate wendet sich, noch immer lächelnd, wieder dem weiten,

seidigen Meer vor ihr zu und zwingt sich, die Schultern zu senken. Aber hinter ihrer Freude verbirgt sich ein Gefühl, das sie nicht loswird, das sich in ihrem Bauch zusammenzieht, nun, wo sie hier ist.

Es ist Angst.

5

JADE

Ich suche mit den Augen das Zimmer ab, bevor ich mich im Bett aufrichte. Rob ist nicht da. Ich halte den Atem an und lausche angestrengt, ob ich hinter der geschlossenen Badezimmertür ein Geräusch von ihm vernehme. Auf dem Nachttisch fällt helles Sonnenlicht auf etwas Metallisches – seinen Platin-Ehering, der noch vor wenigen Tagen in einer Samtschachtel steckte. Wahrscheinlich ist er im Fitnessstudio.

Auf Zehenspitzen schleiche ich ins Bad, nur für alle Fälle. Mein kleiner Gecko-Freund sitzt dort auf meiner Schminktasche. Sein langer Schwanz ruht quer über meiner Zahnbürste.

Ein kleines Auge verfolgt mich, als ich vor dem Waschbecken stehe und den blauen Fleck betrachte, der sich unter meiner linken Augenbraue immer dunkler färbt.

Ich fühle mich wie in einem Albtraum, als hätte ich ein Paralleluniversum betreten.

Zwei Jahre. So lange waren Rob und ich schon zusammen, bevor es anfing. Wir hatten uns gerade verlobt, und er hatte zu diesem Anlass eine Riesenparty mit all unseren Freunden organisiert. Ich war die glücklichste Frau der Welt.

Zwei Abende später war Rob irgendwie verstimmt und fing an, mich über einen Typen auszufragen, mit dem ich auf der Party geplaudert hätte. Ich hatte buchstäblich keine Ahnung, von wem er sprach. Er redete immer weiter und ließ nicht locker. Ich war gerade von der Arbeit nach Hause gekommen und nach einer langen Schicht völlig erschöpft. Ich hatte nicht einmal Zeit zum Mittagessen gehabt. Ich kramte im Schrank, um Nudeln oder irgendwas anderes Essbares zu finden, denn Rob hatte sich nicht die Mühe gemacht zu kochen. Als ich den Gasherd einschaltete, trat er auf mich zu, sein Gesicht ganz nah an meinem. Ich erinnere mich, dass ich bei seinem Gesichtsausdruck zusammenzuckte – er sah überhaupt nicht aus wie er selber. Es war, als stünde ein Fremder vor mir, der nur so tat, als wäre er mein Verlobter, mein attraktiver Freund. Der, von dem alle sagten, ich könne mich glücklich schätzen, ihn zu haben.

Er fing an, den Zeigefinger drohend auf mein Gesicht zu richten, und bohrte dann den Finger zwischen meine Schulter und Brust. Das tat richtig weh, und ich wich zurück. »Hey!«, rief ich. »Rob, verdammt nochmal!«

Und dann schlug er mich. Fegte mit der flachen Hand rasch über mein Gesicht.

Es war eine sanfte Ohrfeige, nicht hart genug, um mich umzuwerfen oder so. Doch allein die Tatsache, dass er es getan hatte, warf mich aus der Bahn, und mir schwirrten die Worte *Rob hat mich gerade geohrfeigt* durch den Kopf.

Er entschuldigte sich sofort, und ich beobachtete, wie der seltsame Doppelgänger zu verschwinden schien und der Mann zurückkehrte, den ich liebte. Er sagte, er hätte Probleme bei der Arbeit. Daran musste es liegen. Es ergab Sinn. Rob würde mich nie schlagen, nicht absichtlich. Er war ausgerastet. Er meinte es nicht so.

Acht Monate vergingen. Wir planten die Hochzeit. Rob gab sich alle Mühe und wollte unbedingt, dass alles so wäre, wie ich es mir immer erträumt hatte. Dasselbe galt für die Flitterwochen. Ich wäre mit ein paar Tagen auf Kreta zufrieden gewesen. Aber dann heiratete Robs Neffe, und die frisch Vermählten flogen in den Flitterwochen auf die Malediven.

Rob erzählte allen, wir würden unsere Flitterwochen ebenfalls auf den Malediven verbringen, noch ehe wir überhaupt darüber gesprochen hatten. Ich wusste, er hatte ein wenig Geld geerbt, als seine Mutter starb, aber ich dachte, wir würden es für den Kauf eines Hauses sparen. Nein, sagte er. Für so langweiligen Kram hätten wir noch den Rest unseres Lebens Zeit.

An dem Tag, als wir die Flitterwochen buchten, zog er mich an den Haaren. Ich erinnere mich, wie verunsichert ich mich fühlte, sobald ich nach Hause kam, als läge ein unsichtbarer Code in der Luft, den ich sofort entschlüsselte. Der Doppelgänger war wieder da – ich konnte es in seinem Gesicht sehen, konnte ihn regelrecht riechen.

Rob fragte mich, ob ich die E-Mail mit der Buchungsbestätigung für die Malediven erhalten hätte. Ich bejahte. Dann erinnere ich mich, wie ich eine Packung Chips aufmachte, weil ich wieder keine Zeit fürs Mittagessen gehabt hatte, und ihn fragte, ob er auch das richtige Datum gebucht habe. Ich fragte deshalb, weil unsere Hochzeitslocation – Lindhurst Hall – sich erkundigt hatte, ob wir unseren gewünschten Hochzeitstermin am Zweiten auf den Dritten verschieben könnten. Seither hatten wir beide ständig die Termine durcheinandergebracht, und ich hatte Sorge, dass wir versehentlich die Flitterwochen vor der verdammten Hochzeit gebucht haben könnten.

Ich sah, wie sich sein Blick verhärtete. Ich hatte ihn nur gefragt, ob er auch für das richtige Datum gebucht hatte. Aber er schlug mir die Packung aus der Hand, so dass es Chips auf den Boden regnete.

»Rob!«, rief ich und warf ihm einen verwirrten Blick zu, ehe ich mich bückte, um die Chips aufzuheben. Als ich mich hinabbeugte, packte er mich an den Haaren und zog mich mit einem Schrei hoch auf die Beine. Entsetzt drehte ich mich zu ihm um und sah die Wut in seinen Augen. Er ließ los und stürmte davon.

Wieder flüchtete der Doppelgänger, und der Mann, den ich liebte, kehrte zurück, zutiefst beschämt und reumütig. Es wirkte so echt, so plausibel. Und der Gedanke, ihn zu verlieren, war niederschmetternd.

Ich freute mich auf unsere Hochzeit, wirklich. Aber ich hatte auch ein komisches Gefühl im Bauch.

Das Jahr ging zu Ende, und Rob war wieder ganz der Alte: witzig, freundlich, sexy. Dass er zweiundvierzig war, sah man ihm nicht an. Jedenfalls war ich fest entschlossen, unsere Hochzeit zu etwas Besonderem zu machen. Alles plante ich selbst. Das Menü für den Empfang, die Kleideranprobe, die Tortenverkostung. Die Sitzordnung, um sicherzustellen, dass verkrachte Verwandte nicht beieinandersaßen.

In der Nacht vor unserer Hochzeit schlug mich Rob mit der geschlossenen Faust.

Nicht fest genug, dass ich zu Boden ging. Aber es war ein Schlag, und er tat weh. Er hinterließ einen blauen Fleck, der von Stunde zu Stunde schlimmer aussah.

Ich hatte von anderen Frauen gehört, die geschlagen wurden, und sie insgeheim verurteilt, weil sie nicht ihre Sachen packten und gingen. Aber das hier war nicht dasselbe. Jede Beziehung ist schließlich anders, richtig? Er entschuldigte sich; der Hochzeitsstress setze ihm zu. Wir hätten zudem unser Budget gesprengt, da wir uns statt für ein paar Tage auf Kreta für die Malediven entschieden hätten. Ich überlegte, ob ich erwähnen sollte, dass die Flitterwochen auf den Malediven und die fette Hochzeitsparty seine Idee gewesen waren, ließ es aber lieber bleiben. Immerhin schämte er sich für sein Verhalten, sagte, er stehe auf ewig in meiner Schuld – aber jetzt, wo ich zurückblicke, sehe ich, dass seine Entschuldigung einen neuen Twist hatte. Eine neue Qualität.

Einen Hauch von Schuldzuweisung.

Es tat ihm zwar leid, aber ich hatte einen Tonfall verwendet, der ihn ausrasten ließ.

Ich verdrängte diese Schuldzuweisung und sagte mir, dass ich nie wieder in diesem Ton mit ihm reden würde.

Ich hatte das verursacht. Ich war diejenige, die unsere Beziehung kaputtmachte.

Statt mit Freudentränen zum Traualtar zu schreiten, ging ich auf meinen zukünftigen Ehemann zu und machte mir Sorgen, dass ich nicht genug Make-up aufgetragen hatte, um den blauen Fleck zu verbergen, den er in meinem Gesicht hinterlassen hatte. Als ich ja sagte, fühlte ich mich wie betäubt. Als ich den Trauschein unterschrieb, wollte ich mich übergeben.

Es ist so heiß hier, zweiunddreißig Grad, achtzig Prozent Luftfeuchtigkeit. Aber ich fühle mich innerlich kalt, die Taubheit, die sich vor ein paar Tagen eingeschlichen hat, steckt mir in den Knochen.

Ich putze mir die Zähne, schlüpfe dann aus dem Spitzennegligé, das ich für unsere Hochzeitsnacht gekauft habe, und ziehe wieder meinen Bikini an. Hier ist es sinnlos, den blauen Fleck mit Make-up zu kaschieren – es zerläuft ja doch nur. Am Flughafen habe ich mir eine Sonnenbrille und einen Strandhut mit breiter Krempe gekauft. Das sollte mein Auge verdecken. Wenn jemand fragt, sage ich einfach, dass ich mir eine Schranktür gegen das Gesicht geschlagen habe.

Von irgendwo in der Villa ertönt ein Klopfen, als wolle jemand meine Aufmerksamkeit erregen. Ich erstarre und lausche auf die schweren Schritte, die Rob ankündigen. In Sekundenschnelle wird mir klar, dass er es nicht ist – ich kenne inzwischen jede seiner Bewegungen und wittere seine Stimmung schon aus einer Meile Entfernung. Nein, wer auch immer in der Villa ist, es ist nicht Rob. Vielleicht ist es Devaj, unser Butler.

»Hallo?«, rufe ich. »Ich brauche keine neuen Handtücher, danke.«

»Oh, sorry«, sagt eine Stimme. Ein englischer Akzent. Ich schaue aus der Schlafzimmertür zum Zwischengeschoss. Eine Frau in einem orangefarbenen Kleid steht dort, eine Chanel-Tasche unter den Arm geklemmt.

»Sorry«, sagt sie wieder und sieht zu mir hoch. »Ich muss die falsche Villa erwischt haben.«

Sie holt ein paar Papiere heraus, um nachzusehen, und ich ziehe meinen Bademantel an, um hinunterzugehen.

»Brauchen Sie Hilfe, um Ihre Villa zu finden?«, frage ich höflich.

Sie studiert ihren Papierkram. »Ich wohne in Villa Nummer vier.« Sie lässt ihren Blick über mich gleiten, und ich zucke zusammen. »Welche Nummer ist das hier?«

»Villa drei.«

»Oh Gott, das tut mir leid. Meine Schlüsselkarte hat aber funktioniert ...«

»Schon okay. Nicht so schlimm, wirklich. Ich habe wohl die Tür nicht richtig abgeschlossen.«

Ich frage sie, ob sie möchte, dass ich ihr zeige, wo ihre Villa ist, woraufhin sie sagt, ich solle mir keine Mühe machen, aber ich bestehe darauf. Ich mag es, wie sie gekleidet ist, so stilvoll. Sie ist ungefähr so alt wie meine Mutter, aber in diesen goldenen Sandalen und dem luftigen orangefarbenen Kleid sieht sie umwerfend aus.

Wir gehen hinaus auf den Holzsteg, und ich begleite sie zur nächsten Villa auf der linken Seite.

»Sind Sie schon lange hier?«, fragt sie.

»Drei Tage. Noch zehn Tage.«

Die Frau lächelt. »Gefällt es Ihnen?«

»Es ist schön hier.«

»Woher kommen Sie?«

»Südlondon«, antworte ich. »Obwohl ich ursprünglich aus Liverpool stamme. Die meisten anderen Gäste kommen aus Deutschland und Spanien.« Ich weiß nicht, was ich noch sagen soll. »Sind Sie in den Flitterwochen?«

Sie lacht laut und dreckig. »Oh, nein«, sagt sie. »Eher das Gegenteil. Wir sind zu dritt hier und feiern die Scheidung einer Freundin.«

Ich ziehe die Augenbrauen hoch. Was für ein seltsamer Anlass für eine Reise. Na ja, jede, wie's ihr gefällt.

»Was ist mit Ihnen?«, fragt sie, und ich sehe, wie ihr Blick an dem blauen Fleck über meinem linken Auge hängen bleibt. »Urlaub?«

»Flitterwochen.« Instinktiv streiche ich mir die Ponyfransen in die Stirn. Falscher Impuls – sie merkt es.

»Sieht aus, als hätten Sie sich den Kopf gestoßen«, sagt sie.

»Ich bin mit einer Schranktür aneinandergeraten«, sage ich; die Worte kommen mir leicht über die Zunge. Sie nickt, aber ich bin mir nicht sicher, ob sie überzeugt ist. Ich schaue mich nervös um, ob Rob vom Fitnessstudio zurückkommt.

»Jedenfalls«, sage ich und nicke zu der Villa, vor der wir angekommen sind, »das ist Nummer vier.«

»Ich bin Camilla«, sagt sie, reicht mir die Hand, und ich schüttle sie. »Hat mich gefreut, Sie kennenzulernen.«

»Jade. Mich auch.«

»Trinken Sie doch später was mit uns, ja?«, sagt sie und öffnet die Tür.

Ich spüre, wie ich erröte und mich geschmeichelt fühle, dass sich jemand, der so selbstbewusst und stilvoll ist, für mich interessiert. »Liebend gern.«

6

JACOB

In London feiert Jacob derweil nicht seine Scheidung. Stattdessen gerät er mächtig ins Schwitzen. Der Anhang mit der Datenanalytik auf der Rückseite des Dokuments, das er vor sich liegen hat, ergibt keinen Sinn. Er hat es mehrfach durchgelesen, aber irgendetwas stimmt immer noch nicht. Dembe, ihre neue Partnership-Managerin und gleichzeitig seine neue Freundin, steht vorne im Meetingraum und stellt die beiden Pakete vor, die sie in einer Woche den Kapitalgebern präsentieren werden. Sie bemerkt, dass er abgelenkt ist, und hält inne, woraufhin sein Geschäftspartner Kabir ihm in die Seite knufft.

»Alles okay bei dir?«

Jacob schaut auf. »Äh, ja. Tut mir leid.«

Dembe nickt und klickt sich zur nächsten Slide durch, ein erfrischender Sci-Fi-Hintergrund mit einer lächelnden Frau in der Mitte.

»In einer Gesellschaft, die immer weniger Zeit hat, wirkt sich die Komplexität des Vertragsprozesses nachteilig auf die Kundenzufriedenheit und die Geschäftsentwicklung aus. Unsere Vertragsmanagement-Software beinhaltet Shelley, eine freundliche KI-Assistentin, die den Kunden hilft, indem sie in Sekundenschnelle wichtige Informationen heraussucht ...«

»Entschuldigt mich bitte«, sagt Jacob plötzlich und erhebt sich von seinem Platz. »Ich muss ...«

»Kumpel«, sagt Kabir und sieht, wie Jacob sich auf dem Weg zum Ausgang vorbeiquetscht. »Das Meeting ist nächsten Donnerstag.«

Jacob öffnet die Tür und blickt zurück. »Ich werde Sam bitten, für mich einzuspringen.«

Dann geht er hinaus und schreitet den Flur entlang. Er nimmt seine Krawatte ab und fährt sich mit der Hand durch sein ergrauendes Haar, ehe er in das kleinere Büro nebenan platzt, wo sein Assistent Sam an seinem Schreibtisch sitzt.

»Könntest du bitte für mich im Meetingraum übernehmen? Notizen machen, damit ich im Bilde bin?«

Sam nickt und erhebt sich schnell, als er die Dringlichkeit auf dem Gesicht seines Chefs bemerkt.

In seinem Büro angekommen, ist Jacob zu aufgeregt, um sich hinzusetzen. Er geht auf und ab, eine Hand an der Stirn, das Gesicht schweißgebadet, und liest immer wieder den Analytikbericht zum Softwarepaket. Ja, er hat richtig gesehen, er ist sich sicher, nun, da er allein ist – es hat einen Sicherheitsverstoß im Shelley-Programm gegeben. Es ist ein kleines Detail, leicht zu übersehen, aber es ist da, und er kann sich beim besten Willen nicht erklären, wieso es keinen ihrer Alarme ausgelöst hat.

Scheiße. Er steht an seinem Schreibtisch, sein Herz rast. Letzte Nacht hat er zum ersten Mal seit Monaten wieder gekokst, das merkt er heute. Er ist fünfundvierzig und gut in Form, aber sein Brustkorb fühlt sich an wie in einem Schraubstock, und sein Herz klopft wie wild, selbst jetzt, da er sich gezwungen hat, nicht mehr auf und ab zu gehen.

Ein Klopfen an der Tür. Er blickt hoch, den Mund geöffnet. Es ist Sam.

»Das Meeting wurde vertagt«, sagt Sam und rückt seine Brille zurecht. Ein misstrauischer Blick. »Kann ich was für dich tun?«

Jacob schüttelt den Kopf, wohl wissend, dass er wahrscheinlich aussieht, als stünde er kurz vorm Nervenzusammenbruch. »Oder doch. Komm rein. Mach die Tür zu.«

Sam sieht erschrocken aus, tut aber, was ihm gesagt wurde. Jacob zeigt ihm die Analytik, die ihn beunruhigt, die Zeiten und Daten, die keinen Sinn ergeben.

»Kannst du die Daten dazu abrufen?«, fragt er, holt einen Stift aus seiner Hemdtasche und kreist die fraglichen Daten ein. »Nutzername, Standort, ISP. Alles, was du finden kannst.«

Sam studiert den Anhang. »Bis wann brauchst du das?«

»Gestern.«

Ein Moment Zögern. »Okay.«

Als Sam zurück in sein Büro geht, überlegt Jacob, dass er sich diesen Vorfall selbst zuzuschreiben hat. Gott weiß, er hat in letzter Zeit versucht, sich zusammenzureißen und den Schein zu wahren, aber das Scheitern einer Ehe ist nicht einfach zu bewältigen. Die logistischen Auswirkungen sind unendlich. Darcy, die auf den Malediven ist, hat ihn mit den Jungs ausgerechnet in der Woche allein gelassen, in der er sich konzentrieren muss, und die Babysitterin kann nur bis sechs Uhr bleiben. Dieser Hackerangriff könnte ihn teuer zu stehen kommen. Er befürchtet, dass er eine Schwachstelle in genau der Software aufdecken könnte, die sie den Investoren präsentieren wollen.

Shit.

Sein Gehirn kreist in mehrere Richtungen gleichzeitig und versucht, die Gründe für den Sicherheitsverstoß, die Ursache und – noch besser – die Lösung herauszufinden. Das letzte Mal, als es eine Cyberattacke gab, war es jemand aus einem konkurrierenden Unternehmen, mit dem er vor Jahren zusammengearbeitet hatte. Er hatte den Kerl ausbezahlen wollen, aber Kabir hatte die Polizei eingeschaltet. Doch wie sich herausstellte, griff das Gesetz noch nicht, und so kam der Mann frei. Die Software konnte man hinterher im Grunde genommen in die Tonne treten.

Das würde er nicht noch einmal zulassen.

»Ich habe etwas«, ertönt Sams Stimme.

Er blickt hoch und merkt, dass er sich hingesetzt hat und seine Krawatte wieder trägt. Sam starrt ihn an, draußen regnet es. Vorher war es sonnig. Wann hat es angefangen zu regnen?

»Ich konnte ein paar Nutzernamen und E-Mail-Adressen rausziehen«, sagt Sam. »Wahrscheinlich ist es nicht das, wonach du suchst…«

»Gib her«, sagt Jacob und reißt Sam das Blatt Papier aus der Hand.

Er sieht es sich an, und seine Augen weiten sich, als er die Namen sieht.

»Fuck.«

7

CAMILLA

Camilla sieht zu, wie Jade zurück zu ihrer Villa geht. Ein ganz schönes Veilchen, denkt sie und erinnert sich an frühere Zeiten, als sie dieselbe Ausrede benutzt hat. Eine Schranktür. Wie unoriginell. Aber in den *Flitterwochen*? Der Ehemann muss ein echter Drecksack sein. Das arme Ding. Und so jung, fast noch ein Mädchen. Sie kann kaum älter als dreiundzwanzig sein, ein bisschen älter als Camillas Tochter Natasha, wenn auch nicht annähernd so mutig, so bissig. Camilla notiert sich in Gedanken, dass sie ein Auge auf Jade haben muss, um sicherzugehen, dass es ihr gutgeht.

Mit einem freudigen Seufzer betritt sie ihre Villa. Dies ist einer der seltenen Fälle, bei denen die Fotos auf der Website der Unterkunft nicht gerecht werden. Sie staunt, dass sie das ganze Haus für sich allein hat, diese riesige Villa direkt über dem Meer, mit den Designer-Deckenventilatoren, die wie Miniaturflugzeuge an den Balken hängen, den Marmorwaschbecken mit teuren Messingarmaturen und der großzügigen Glasfläche im Wohnzimmerboden, durch die bunte Fische zu sehen sind. Genau das Richtige für sie.

Sie hängt ihren Hut an den Haken neben der Eingangstür, geht die Treppe hinauf und schaut sich das Badezimmer an. In der Mitte des Raumes eine freistehende Badewanne auf Marmorfliesen. Sie stellt sich vor, welche Instagram-Inhalte sie hier produzieren kann. Sie hat sich vorgenommen, mehr Entspannungsbilder zu posten, um die Work-out-Videos aufzulockern – zu viel des Gleichen kostet sie Follower, deshalb hat sie angefangen, Bilder von Mahlzeiten, ihrem Garten und sogar ihrem Sofa zu posten. Interessant, dass sie auf manche dieser Bilder mehr Reaktionen bekommt als auf ihre besten Workouts. Ein Foto von ihr in der Badewanne dürfte gut ankommen.

In der Ecke des Badezimmers befinden sich eine Wasserfalldusche aus Messing mit einer schmalen Glasabtrennung, eine lange Arbeitsplatte mit zwei Waschbecken und ein Begrüßungskorb mit lauter teuren Lotionen und Gelen. Dazu eine Vase mit frischen weißen Lilien und ein Einbauschrank mit fluffigen weißen Handtüchern. Sie seufzt erneut. Einfach himmlisch. Vor allem aber hat sie endlich etwas Ruhe.

Sie schreitet über den Holzboden des Zwischengeschosses und blickt hinunter ins Wohnzimmer. Sie schaudert – sie kann nicht aus der Höhe nach unten schauen, ohne sich vorzustellen, wie der Kopf von jemandem wie eine Melone aufplatzt. Das ist die Folge von zu viel Cannabis oder vielleicht ein unverarbeitetes Trauma, obwohl ironischerweise das Cannabis das Trauma beheben sollte. *C'est la vie.*

Am Ende des Flurs befindet sich ein Eckbalkon. Mit ihrem Handy knipst sie ein Foto und postet es in ihren Instagram Stories mit einem Link zum Standort, dann schickt sie das Bild per WhatsApp an Natasha. Einen Augenblick später kommt eine Nachricht zurück:

Sehr schön.
Mein Ganztagsklient ist nicht aufgetaucht.

Natasha meint, dass ein Kunde, der eine ganztägige Tattoosession gebucht hatte, nicht aufgekreuzt ist. Die Kunden müssen vorab eine Kaution hinterlegen. Damit kann Natasha die Mietkosten für das Tattoo-Studio und ihre Reisekosten abdecken, aber der Lohn eines ganzen Tages ist futsch. Sie schreibt ihr zurück.

Wie viel hast du verloren? X

Warum?

Sag es mir, und ich überweise dir das Geld x

Das musst du nicht, Mum. Ich bin mittlerweile erwachsen, falls du dich erinnerst? ☺

Ich möchte es aber.

seufz 450 Pfund

Camilla öffnet ihre Bank-App und zahlt das Geld auf Natashas Konto ein.

Erledigt. Hab dich lieb xx

Hab dich auch lieb, Mum. Wenn du das nächste Mal ein Tattoo willst, geht das auf mich xo

Camilla hat ein großes Herz, wenn es um Natasha geht. Sie stammt aus Camillas erster Ehe und lebt mit ihrem Partner Sîan und ihrer Bulldogge Clio in einer winzigen Wohnung in London. Natasha ist zwanzig, Tätowiererin und hat null Interesse an Pilates, obwohl sie die perfekte Figur hat, die Camilla seit Jahren anstrebt. Natasha hat als Teenager getanzt, aber eines Tages abrupt aufgehört, sehr zu Camillas Bedauern. Camilla hat kein einziges Tattoo, Natasha hingegen über ein Dutzend, einer ihrer Arme ist komplett von Narzissen, Tintenfischtentakeln und einem Porträt der Nofretete bedeckt. Auf ihrer Brust prangt ein Widderschädel, dessen dicke schwarze Hörner sich auf ihrer Haut winden. Sie hat langes rotes Haar, moosgrüne Augen und eine blasse, sommersprossige Haut, die kaum etwas von ihrer philippinischen Abstammung erkennen lässt. Natasha kann nicht verstehen, warum Camilla sich Botox spritzen lässt; Camilla kann nicht verstehen, warum Natasha unbedingt jede Körperöffnung piercen lassen muss.

Dennoch lieben sie einander abgöttisch.

Camillas Blick schweift über den Essbereich im Freien mit einem runden Tisch und Stühlen aus Birkenholz, einem Sonnenschirm mit Fransen und vier künstlichen Bäumen in großen goldenen Töpfen. Er ähnelt sehr dem Terrassenbereich, den sie kürzlich vor ihrem Haus in Berkshire anlegen ließ. Sie wohnt jetzt seit drei Jahren dort und fühlt sich beinahe zu Hause. Camilla ist eine rastlose Seele und zieht es vor, ständig von A nach B zu ziehen. Es geht nichts über ein neues Zuhause, das einem das Gefühl gibt, im Leben vorwärtszukommen. Mit ihren neunundvierzig Jahren ist Camilla nicht sicher, ob sie jemals das Gefühl haben wird, *anzukommen*, wo auch immer dieses Vorwärts sie hinführt. Vielleicht wird sie es erkennen, wenn es so weit ist. Bislang haben ihr drei Ehemänner auf diesem Weg nicht geholfen, und auch der Erfolg ihres Pilates-Business hat sie nicht wirklich weitergebracht.

Auf dem Weg ins Schlafzimmer überprüft sie die Reaktionen auf ihren Post. Fünfzig Likes und mehrere Kommentare, eine Handvoll persönlicher Nachrichten mit Fragen. Gut.

Sie hat ihren Instagram-Account über ein paar Jahre hinweg

ausgebaut und damit ihr Coaching-Business aufgebaut. Heute hat sie eine Trainingsakademie mit lauter selbständigen Trainern, die anderen bei der Erreichung ihrer Fitness- und Gesundheitsziele helfen. Seither führt sie nicht mehr so viele Einzelgespräche. Leider. Siebentausend Menschen, die deinen Beitrag liken und kommentieren, sind super, aber es hat seine Kehrseiten. Vor allem das Trolling, die persönlichen Beleidigungen, die die Leute in den Kommentaren posten. In letzter Zeit empfindet sie das als sehr anstrengend. Ein Kommentar über ihr Gesicht neulich brachte sie zum Weinen. Warum liest sie die Nachrichten überhaupt? Sie weiß inzwischen, dass das eine dumme Idee ist. Aber sie ist auch nur ein Mensch und hängt an dem Business, das sie sich aufgebaut hat.

Ihr Körper ist steif nach dem Flug, vor allem nach der letzten, beengten Etappe im Wasserflugzeug. Sie zieht ihre Sandalen aus und stellt sich vor den Ganzkörperspiegel im Schlafzimmer, kippt die Hüfte vor und zurück, wobei sie ihre Bauchmuskeln anspannt. Dann beugt sie sich nach vorne, drückt die Handflächen auf den Boden und atmet tief durch, bevor sie sich im Schneidersitz hinsetzt und ihr schmerzendes Steißbein knetet.

Sie hält nicht lange durch, bis sie dem Impuls nachgibt und ihren Posteingang öffnet. Ein Aufflackern von Schuldgefühlen – immerhin war sie diejenige, die auf dieser Reise ein E-Mail-Verbot verhängt hatte –, aber sie betreibt ein Online-Geschäft; es war wirklich dumm von ihr zu glauben, sie würde neun Tage lang durchhalten, ohne ein einziges Mal ihren Posteingang zu überprüfen. Sie nimmt sich vor, nur einmal am Tag nachzusehen. Vielleicht auch zweimal.

Es ist eine Handvoll Nachrichten eingegangen, darunter eine

von ihrem virtuellen persönlichen Assistenten, ein paar Erinnerungen an die Pilates-Konferenz, die sie im November in Mexiko besuchen wird. Aber eine Nachricht sticht ihr besonders ins Auge, und sie muss zweimal hinsehen. Der Name des Absenders ist Jacob Levitt.

Darcys Ex-Ehemann.

Von: j.levitt@immersiveAI.com
An: Camilla_papaki1973@gmail.com

Camilla,
ich muss dringend mit Ihnen reden. Ich nehme an, Sie wissen, worum es geht.
Danke, Jacob

Sie liest die Nachricht vier Mal, ehe sie das Handy hinlegt und aus dem Fenster starrt. Sie hat schon viel von Jacob gehört, ihn aber noch nie getroffen. Warum zum Teufel mailt er ihr? Und dieser zweite Satz – *Ich nehme an, Sie wissen, worum es geht.*

Sie beginnt, eine Antwort zu verfassen, hält dann aber inne. Sie ist leicht reizbar, vor allem nach einem Langstreckenflug, und die Erfahrung – beziehungsweise ihre Tochter – hat sie gelehrt, dass sie sich besser zurückhalten sollte.

Sie setzt sich auf das Sofa, starrt auf die Nachricht und merkt, dass sie in einer Zwickmühle steckt. Ob es ihr gefällt oder nicht, sie droht den Urlaub, auf den sich Darcy so sehr gefreut hat und den sie wirklich verdient hat, zu ruinieren, denn wenn sie Darcy davon erzählt, wird diese sich wieder aufregen und sich fragen, warum ihr Ex plötzlich E-Mails an ihre Freundinnen sendet. Aber wenn Camilla es ihr nicht sagt, könnte es am Ende so aussehen, als hätte sie Geheimnisse vor Darcy.

Oh Gott!

Camilla ist versucht, die Handynummer in der Signatur der E-Mail anzurufen, nur um herauszufinden, was Jacob zu sagen hat. Seine Scheidung von Darcy ist durch, was hat er also davon, sie noch zu belästigen? Aber das ist das Problem mit Mistkerlen wie Jacob – sie handeln nicht rational. Camilla hat ihr ganzes Leben lang Erfahrungen mit Mistkerlen gemacht. Sie wollen alles und jeden in ihrer Umgebung sabotieren, einfach nur so zum Spaß.

Das ist genau der Grund, warum Jacob ihr die E-Mail geschickt hat, beschließt sie. Er kann nichts mehr tun und will ihnen deshalb den Urlaub vermiesen, so wie er seine Ehe ruiniert hat. Rasch tippt sie eine ausweichende Antwort und schließt ihren Posteingang, wobei sie sich selbst dafür rügt, ihre E-Mails überhaupt abgerufen zu haben.

Das wird ihr eine Lehre sein, denkt sie. Das kommt davon, dass sie ihre eigenen Regeln bricht.

8

DARCY

Sie ist spät dran, was sie hasst. Darcy kommt nie zu spät, nicht einmal im Urlaub, aber sie muss erschöpfter sein, als sie dachte, denn sie hat einfach weitergeschlafen und den Wecker überhört, den sie auf halb eins gestellt hatte, weil sie sich dann mit Camilla und Kate auf einen Drink treffen wollte. Dieser Plan ist wahrscheinlich etwas zu optimistisch gewesen, da sie alle eine lange Reise hinter sich haben. Sie hat mal gehört, was mit dem Körper passiert, wenn man einmal nicht wegen der Arbeit oder kleiner Kinder in aller Herrgottsfrühe aufstehen muss – er zwingt einen zum Schlafen und kompensiert so die entgangene Erholung.

Und dann diese Hitze! Gott, ist das heiß. Sie liebt, wie warm es ist und wie das Wasser überall glitzert, wohin das Auge auch fällt, die Palmen, die hoch über ihr aufragen, viel größer als alle, die sie bisher gesehen hat. Das Resort ist wie ein Miniaturdschungel, ein riesiger grüner Baldachin aus tropischen Blättern. Kleine Wege führen zu den verschiedenen Gebäuden. Sie geht über den Holzsteg, an dessen Ende sich das Fitnessstudio befindet, ein weißes Gebäude mit Klimaanlage. Es gibt auch einen Swimmingpool. Sie hat vor, ihn zu nutzen, solange sie hier ist. Warum auch nicht? Sie hat wieder mit dem Training begonnen. Vor vielen Jahren wurde sie Fünfte bei den britischen Schwimmmeisterschaften der Unter-Achtzehnjährigen. Acht Kilometer waren damals keine Hürde. Jetzt findet sie schon hundert Bahnen anstrengend, muss auf halber Strecke aufs Klo, da ihr Beckenboden völlig hinüber ist, seit sie Kinder bekommen hat. Die Freuden des Älterwerdens. Aber ihre Arme sind immer noch durchtrainiert, die Rundung ihres definierten Deltamuskels ist in der Ärmelöffnung ihres Kaftans gut sichtbar. Sie trägt roten Lippenstift und die goldenen Armbänder, die sie extra für diese Reise gekauft hat. Jetzt ist sie doch froh, dass sie sich die Nägel hat machen lassen. In London wirkten sie grell, aber hier draußen, wo das Licht alle Farben zum Leuchten bringt, sind sie perfekt. Sie macht sich eine gedankliche Notiz, Camilla zu sagen, wie dankbar sie dafür ist, dass sie sie dazu überredet hat. Manchmal braucht man Freunde, die die eigenen Ausreden durchschauen, nicht wahr?

Sie geht zurück und folgt dem Weg, der zum Restaurant abzweigt, wo Frühstück, Mittag- und Abendessen serviert werden, in Form eines Buffets, das sich über drei Räume erstreckt, von denen einer komplett den Salaten gewidmet ist. Draußen auf der Terrasse am Meer stehen weitere Tische, wo das Restaurantpersonal gerade die Stühle zurechtrückt.

»Darcy!«

Ein winkender Arm ragt über einem der Liegestühle am Außenpool empor, die mit Blick aufs Meer ausgerichtet sind. Sie erkennt Camillas Hut und geht auf sie zu. Kate ist ebenfalls da, und neben Camilla sitzt eine weitere Frau. Sie ist jung, etwa Anfang zwanzig, trägt einen weißen String-Bikini, die schlanken, cellulitefreien Gliedmaßen sind mittels Selbstbräuner in einem Bronzeton gefärbt. Sie hat ein Lippenpiercing, und ihre schwarze Sonnenbrille verdeckt ihr halbes Gesicht. Sie hat platinblondes, bügelglattes Haar mit einem langen Pony, und ihre Nägel sind aus Acryl wie die von Darcy, aber scharf wie Krallen, French Nails mit dekorativen Diamanten. Darcys Nägel sehen im Vergleich dazu regelrecht brav aus.

»Sorry, Mädels, ich habe verschlafen«, sagt Darcy.

»Wir dachten schon, vielleicht vögelst du irgendeinen sexy Unbekannten«, sagt Camilla und schirmt ihre Augen ab.

»Wir haben es vielmehr *gehofft*«, korrigiert sie Kate. »Nicht, dass wir dich nicht vermisst hätten.«

Darcy betrachtet Camilla und Kate und lächelt in sich hinein – zwei gegensätzlichere Frauen könnte man wahrlich nicht finden. Camilla sieht aus, als wäre sie direkt einer Zeitschrift entsprungen: eine Bohnenstange in einem roten Bikini mit goldenen Verschlüssen, roter Lippenstift, glänzendes schwarzes Haar, perfekt tätowierte Microblading-Augenbrauen, jeder Teil ihres Körpers in Form gebracht und schimmernd. Kate schwitzt unter einem seltsamen Fischerhut, der in ihrem Gepäck stark zerknittert wurde. Sie sieht mitgenommen aus, graue Haarsträhnen kleben an ihren Wangen, und ihre blassen Beine liegen seltsam verdreht auf der Sonnenliege. Sie trägt ein schweres grünes Kleid, keinen Nagellack, kein Make-up. Ihre Hände sind geschwollen und ihre Wangen gerötet, und Darcy fragt sich kurz, was sie da mit dem Handtuch macht, das sie strategisch um sich herumwickelt – ah ja, sie benutzt es, um die Teile ihres Körpers zu verbergen, die ihr unangenehm sind. Arme Kate.

Sie setzt sich auf die Sonnenliege neben der neu hinzugekommenen Frau und lächelt sie an. »Hallo«, sagt sie. »Ich bin Darcy.«

»Das ist Jade«, sagt Camilla und beugt sich vor. »Sie kommt aus London. Sie wohnt in der Villa neben mir.«

»Hallo«, sagt Jade. »Camilla hat mir schon viel über dich erzählt.«

»Alles Lügen«, sagt Darcy und greift nach der Sonnencreme auf dem Tisch neben ihr, und Jade lacht. »Du hast aber keinen Londoner Akzent, oder?«

»Ich komme ursprünglich aus Liverpool«, sagt Jade. »Ich bin vor ein paar Jahren nach London gezogen.«

»Schön«, sagt Darcy. »Wo genau in London?«

»Stockwell. Gar nicht so schlecht dort. Wo wohnst du?«

»Ursprünglich in Dudley, aber inzwischen wohnen wir in Richmond.«

»Schicke Gegend.«

»*Diese* Gegend hier ist schick«, sagt Camilla zu Jade. »Insofern bist du es auch.«

Jade strahlt.

»Cocktail oder Wein?«, fragt Kate Darcy.

»Ooh, was trinkst du denn da?«, fragt Darcy und beäugt das eindrucksvolle Getränk auf Kates Beistelltisch – ein hohes Glas, gefüllt mit etwas Gelbem und einem kunstvoll garnierten Spieß mit Wassermelonen-, Mango- und Drachenfruchtbällchen.

»Einen Pfirsich-Bellini-Mocktail«, sagt Kate und verrenkt sich den Hals, um die Aufmerksamkeit der Bedienung zu erregen, damit Darcy bestellen kann.

»Ich gehe einen holen«, sagt Darcy und springt auf, um zur Bar zu gehen. »Will sonst noch jemand etwas?«

»Jamie aus *Outlander*«, sagt Camilla. »Vorzugsweise nackt. *Je suis prest*, Baby.«

»Ich nehme noch einen Negroni«, sagt Jade.

»Könntest du fragen, ob sie Fächer haben?«, sagt Kate. »Wechseljahre und Sonne vertragen sich nicht so gut, fürchte ich.«

Darcy bestellt zwei Pfirsich-Bellini-Mocktails und einen Negroni an der Bar, dazu ein großes Glas Wasser. Sie hat Durst nach der Flugreise und vor lauter Sorge um ihre Jungs und ob sie Sonnencreme eingepackt hat oder nicht. Ihre olivfarbene Haut neigt nicht zu Sonnenbrand, aber sie hat mehrere große Leberflecke auf den Schultern, die der Kaftan nicht verdeckt, und man weiß ja nie. Hautkrebs ist so weit verbreitet heutzutage. Das ist es nicht wert, auch wenn Jacob ihr immer Komplimente gemacht hat, wenn sie aus dem Urlaub zurückkamen und sie fabelhaft aussah, weil ihre Bräune die feurigen Schattierungen ihrer braunen Augen hervorhob.

Sie nimmt das Tablett mit den Getränken hoch und geht zurück.

»Oh«, sagt sie, als sie ihren Liegestuhl erreicht. »Entschuldige, Kate. Ich habe vergessen, dir einen Fächer zu holen.«

»Ist schon gut«, sagt Kate und wedelt sich mit einer Serviette Luft zu. »Ich glaube, ich habe einen eingepackt.«

»Wir könnten in den Pool hüpfen«, sagt Camilla. »Uns abkühlen.«

»Nein, danke«, sagt Kate und breitet das Handtuch über ihre Beine aus.

»Bist du schon auf HRT?«, fragt Camilla Kate, während Jade sie neugierig und schüchtern zugleich beobachtet.

Kate verzieht das Gesicht. »Der Hausarzt sagt, meine Blutwerte seien in Ordnung. Er hat mir ein Rezept für Night Nurse ausgestellt, und das war's.«

»*Night Nurse?*«, ruft Camilla aus. »Nicht mal richtige Schlaftabletten?«

»Nö.«

»Ich habe dir doch gesagt, du musst in eine Privatklinik gehen. Ich habe mein Estradiol-Gel mitgebracht, falls du es ausprobieren willst.«

Darcy bemerkt, dass Jade durch die Wendung des Gesprächs verwirrt wirkt. »Bist du schon lange hier?«, fragt sie sie, um sich angenehmeren Themen zuzuwenden.

»Erst seit ein paar Tagen. Ich bin mit meinem Verlobten hier ... ich meine, mit meinem Mann.«

»Aha«, sagt Darcy und lächelt. »Frisch verheiratet also. Das sind eure Flitterwochen, nehme ich an?«

Jade nickt lächelnd. Sie wendet den Blick ab, und Darcy bemerkt etwas unter der Sonnenbrille des Mädchens. Einen lila Bluterguss um ihr Auge. Autsch. Sie beschließt, nicht weiter nachzufragen.

»Kannst du einen Ausflug empfehlen?«, fragt Darcy stattdessen. »Wir überlegen, mit Mantarochen zu schwimmen.«

»An unserem ersten Tag haben wir die Delfintour gemacht«, sagt Jade. »Ich liebe Delfine. Aber Rob mag es eher sportlich, deshalb ist er entweder im Fitnessstudio oder schwimmt. Es fällt ihm schwer, still zu sitzen.«

Es klingt wie eine Rechtfertigung. Darcy nickt und lächelt, wobei ihr Blick zu Camilla huscht. Bestimmt hat ihre Freundin den Bluterguss längst bemerkt.

»Findet heute Abend die Delfintour statt?«, fragt Kate. »Das würde ich gerne machen.«

»Ich dachte, du wärst gegen Ausflüge?«, erwidert Camilla.

»Ich bin nicht *dagegen*«, sagt Kate. »Ich war nur nicht scharf darauf, zu sterben, das ist alles.«

»Sterben?«, fragt Jade amüsiert.

»Du musst wissen, Kate ist ein Kontrollfreak …«, sagt Camilla zu Jade.

»Ich *bin* kein Kontrollfreak«, entgegnet Kate.

»… und bloß weil ich ein paar spaßige Aktivitäten geplant habe, ist sie sauer geworden.«

»Über glühende Kohlen zu laufen«, sagt Kate laut, »klingt nicht gerade s*paßig*.«

Jade verzieht das Gesicht. »Um ehrlich zu sein, war ich auch nicht sonderlich scharf darauf.«

Kate fühlt sich bestätigt. »Siehst du? Endlich jemand Vernünftiges.«

Camilla wirft ihr langes Haar schwungvoll über ihre Schulter. »Veränderung findet nicht in deiner Komfortzone statt, Liebes.«

»Wer sagt, dass ich mich verändern will?«, sagt Kate und zwinkert Jade zu.

»Hört schon auf, ihr zwei«, sagt Darcy und schirmt ihre Augen von der Sonne ab. »Ihr klingt ja wie ein zänkisches altes Ehepaar.«

»Habt ihr traditionell geheiratet?«, fragt Kate Jade. »Oder hatte es eher etwas … Durchbrennerisches?«

»Durchbrennerisches?«, wiederholt Camilla lachend.

»Ich war noch nie verheiratet«, fügt Kate erklärend an. »Und die letzte Hochzeit, auf der ich war, fand 2003 statt, also habe ich keine Ahnung, was heute so üblich ist.«

»Wir hatten eine riesige Hochzeit«, sagt Jade und grinst.

»Kennt ihr Lindhurst Hall? Rob und ich sind beide Einzelkinder, also wollten unsere Familien etwas Besonderes. Und nach Covid dachten wir, was soll's.«

Das Trio gibt Geräusche des Verständnisses von sich.

»Das ist sehr nett von dir«, sagt Camilla. »Dass du so an deine Eltern denkst.«

»Es war Robs Idee«, sagt sie. »Es geht doch nichts über eine große Hochzeit, um die ganze Familie zusammenzubringen, nicht wahr?«

»Meiner Erfahrung nach ganz im Gegenteil«, sagt Camilla mit einem Stirnrunzeln. »Bei meiner ersten Hochzeit kam es zu einer Schlägerei.«

»Eine *Schlägerei*?«, echot Jade und hält sich eine Hand vor den Mund.

Camilla nickt und lächelt. »Zwischen zwei der Brautjungfern. Eine Cousine und eine Freundin der Familie. So richtig mit Fäusten, zerrissenen Kleidern, ausgerissenen Haaren und allem. Wahnsinn.«

»Die Fotos waren bestimmt spektakulär«, sagt Kate.

Camilla lacht resigniert. »Ein einziges Desaster«, sagt sie. »Eine Schwiegermutter, die völlig in Tränen aufgelöst ist. Eine Braut, die den Brautjungfern tödliche Blicke zuwirft. Und ein besoffener Bräutigam, der nicht mehr gerade stehen kann.« Sie zuckt mit den Schultern. »Das Übliche halt.«

»Worüber in aller Welt haben sie gestritten?«, fragt Darcy.

»Ich glaube, die eine hat die andere mit ihrem Freund betrogen«, sagt Camilla. »Auch wenn ich nicht mehr weiß, wer es war. Immerhin ist das ein Vierteljahrhundert her.«

»Du siehst nicht alt genug aus, um schon so lange verheiratet zu sein«, sagt Jade zuckersüß, und Camilla umarmt sie mit einem gespielten Schluchzen.

»Darling«, erwidert sie theatralisch. »Du bist meine neue beste Freundin.«

»Das ist das Botox«, bemerkt Kate und reibt sich eine frische Schicht Sonnencreme auf ihre sommersprossigen Arme.

»Und das ist der Grund, warum wir beide uns nicht verstehen, Kate, Darling«, sagt Camilla und zupft irritiert an ihrem Haar.

»Ich bin nur hier, um ein bisschen Realismus reinzubringen«, sagt Kate, was so überhaupt nicht nach ihr klingt, dass Darcy laut lachen muss.

»Und wie war dein Kleid?«, fragt sie Jade und versucht, einen unbeschwerten Tonfall anzuschlagen.

»Oh, es war prächtig«, sagt Jade. »Schulterfrei. Perlenbesetztes Mieder. Elfenbeinfarbener Satinrock mit kurzer Schleppe. Ganz klassisch. Und ich habe keinen Schleier getragen. Nur weiße Rosen im Haar. Die Haare hatte ich zu einem langen Zopf geflochten, wie Elsa. Ihr wisst schon, aus *Frozen*.« Ihr Blick wandert zu Darcy, und sie sieht auf einmal schuldbewusst drein. »Tut mir furchtbar leid, das war unsensibel von mir«, sagt sie. »Immerhin hast du gerade eine Scheidung hinter dir.«

»Oh Gott, nein«, sagt Darcy. »Bitte fühl dich nicht schlecht deswegen. Ich bin froh, dass ich geschieden bin, ehrlich. Es war ein langer Weg bis dahin.«

»Froh?«, wiederholt Jade. »War er dir so ein schlechter Ehemann?«

Darcy zuckt mit den Schultern. »Wenn mehrere Affären einen schlechten Ehemann ausmachen, dann ja.«

»Tut mir leid«, sagt Jade.

Darcy spürt ein Kribbeln auf der Haut, die Scham steckt ihr noch in den Knochen. »Ach was, ist ja nicht deine Schuld.«

»Jacob ist ein erstklassiger Bastard«, wirft Camilla ein, und Darcy macht ein missbilligendes Geräusch.

»Du bist nicht der Meinung?«, fragt Kate und rutscht nach vorn.

Darcy überlegt und zögert. Das Gespräch ist persönlicher geworden, als sie beabsichtigt hatte. »Ach, ich glaube einfach, Menschen sind vielschichtiger, das ist alles. Er hat sich verändert, als seine Firma durchstartete.«

Jades Interesse scheint geweckt. »In welchem Bereich arbeitet er denn?«

»Er leitet ein IT-Unternehmen. Künstliche Intelligenz.«

Jade schnappt nach Luft. »Darüber habe ich zuletzt jede Menge in den Nachrichten gehört. Die Leute sind ziemlich verunsichert, nicht wahr?«

Darcy rollt mit den Augen. »Das ist alles Quatsch. Fake News.«

Kate nimmt ihre Sonnenbrille ab. »Glaubst du?«

»Ja, es gibt negative Aspekte der KI«, sagt Darcy, »aber das meiste ist nur Angstmacherei, weil bestimmte Unternehmen versuchen, die Märkte zu beeinflussen.«

»Oh, da wäre ich mir nicht so sicher«, sagt Kate. »Ich glaube, dass an der Angst mehr dran ist. Was ist mit den selbstfahrenden Autos, die in Menschen hineingerast sind?«

»Ich habe neulich etwas über einen KI-Chatbot für psychische Erkrankungen gelesen, der Menschen zum Selbstmord ermutigt hat«, wirft Camilla ein.

»Ach du Scheiße«, sagt Darcy.

Camilla nickt Kate zu. »Und was ist mit der KI, die Texte verfasst? Nicht mehr lange, und du bist arbeitslos, Babe. Die Roboter werden *alle* Romane schreiben, du wirst schon sehen.«

Kate denkt darüber nach. »Meinst du etwa, ein Roboter wäre nicht in der Lage, jemandem den herabschauenden Hund beizubringen?«

»Das ist Yoga«, sagt Camilla und nippt an ihrem Drink.

»Dann eben Pilates«, schnaubt Kate. »Ich bin mir jedenfalls ziemlich sicher, dass *dein* Job in Gefahr ist.«

»Ladys, bleibt bitte fair«, sagt Darcy, um die Wogen zu glätten.

Jade sieht aus, als wüsste sie nicht, was sie von alldem halten soll. »Wie lange wart ihr verheiratet?«, fragt sie Darcy nach ein paar Augenblicken.

»Fünfzehn Jahre.«

»Wow«, sagt Jade. »Das ist eine lange Zeit. Du musst bei eurer Hochzeit ziemlich jung gewesen sein, so wie ich.«

»Ich war sechsundzwanzig«, sagt Darcy wehmütig. »Er war meine erste große Liebe.«

»Ich bin dreiundzwanzig«, sagt Jade. »Rob ist zweiundvierzig. Was jeder ständig kommentiert.«

Die anderen machen missbilligende Geräusche.

»Das geht niemanden etwas an«, sagt Kate.

»Ich glaube, man weiß selbst am besten, ob jemand zu einem passt«, sagt Darcy beruhigend zu Jade. »Das Alter ist schließlich nur eine Zahl, nicht wahr?«

»Im Dezember sind wir achtzehn Jahre verheiratet«, bemerkt Camilla.

»Und, was ist das Geheimnis eurer Ehe?«, fragt Jade.

»Ich glaube, keiner von uns beiden hat Lust, sich scheiden zu lassen, ehrlich gesagt«, antwortet Camilla, woraufhin Jade lacht. »Viel zu anstrengend. Und wir mögen uns, Bernie und ich. Wenn auch inzwischen vielleicht eher wie Bruder und Schwester. Wir führen so etwas wie eine stillschweigende offene Ehe.«

»Eine stillschweigende offene Ehe?«, echot Kate. »Ist das eine elegante Umschreibung dafür, dass ihr beide Affären habt?«

Camilla zuckt mit den Schultern. »Bernie schaut sich gern ASMR-Videos an, wenn er gestresst ist. Videos, wie Teppiche gereinigt werden. Wie Tierärzte Kühen Nägel aus den Hufen ziehen. Ich dachte, er sei verrückt, aber dann habe ich sie mir auch angesehen. Erstaunlich beruhigend.«

»Was hat das damit zu tun?«, fragt Darcy und lacht.

»Hm?«, entgegnet Camilla. »Ach so, ich meine, dass man sich gegenseitig beeinflusst, ohne es zu merken. Die Leben sind so miteinander verflochten, dass es schwierig ist, sie zu trennen, selbst wenn man es wollte.«

»Also Jacob ist es gar nicht schwergefallen«, sagt Darcy trocken.

»Scheiße«, sagt Camilla und setzt sich aufrecht hin. »Entschuldige, Darcy. Ich wollte nicht unsensibel sein.«

Darcy erhebt ihr Glas und lächelt tapfer. »Deshalb sind wir doch hier, oder? Um zu feiern. Auf ein neues Kapitel für mich *und* Jade.«

»Prost«, sagen alle und stoßen mit ihren Gläsern an.

»Nägel aus Hufen zu ziehen ist beruhigend?«, fragt Kate.

»Ist es wirklich«, sagt Camilla. »Ich schicke dir einen Link per WhatsApp. Und dann sag mir, ob ich mich täusche.«

»Und wo ist er?«, fragt Kate Jade und stellt ihr Glas auf den Tisch neben dem Liegestuhl. »Dein frischgebackener Ehemann?«

»Im Fitnessstudio«, antwortet Jade. »Er trainiert für den Battersea Park Marathon.«

»Der ist bald, oder?«, fragt Darcy. »In der dritten Oktoberwoche?«

Jade nickt. »Er hat noch etwas mehr als sechs Wochen. Letztes Jahr ist er den Halbmarathon gelaufen. Das ist sein erster richtiger Marathon. Ich kann nicht einmal zwei Kilometer laufen, geschweige denn zweiundvierzig.«

Plötzlich verhärtet sich ihre Miene, und Darcy folgt ihrem Blick zu einer Gestalt, die auf sie zukommt. Ein dunkelhaariger Mann, deutlich älter als Jade. Er könnte ihr Vater sein, denkt Darcy. Er ist etwa 1,80 Meter groß und ein echter Schrank im Vergleich zu seiner Frau, aber ebenso gebräunt wie sie. Seine muskulösen Arme und seine Brust sind mit Tattoos bedeckt, auf dem linken Arm trägt er das Bildnis einer barbusigen Meerjungfrau.

Sie entdeckt die Tätowierung eines Tigers an seinem Hals, und ihr Magen krampft sich zusammen. Als seine Augen ihren begegnen, schaut sie schnell weg und spürt, wie Hitze in ihr aufsteigt.

»Rob«, sagt Jade, als er sich ihr nähert. Darcy sieht, wie die Angst über ihr Gesicht gleitet, ein unwillkürlicher Reflex, den sie schnell mit einem Lächeln überspielt. »Das sind Camilla, Kate und ...«

Sie ist so aufgeregt, dass sie Darcys Namen vergessen hat. »Darcy«, hilft ihr Darcy auf die Sprünge und lächelt zu ihm hoch. »Freut mich.«

Rob grinst die Frauen an. Er sieht gut aus, und sein Verhalten gegenüber Jade ist liebevoll, wenngleich ein wenig kühl: Er nimmt ihre Hand und drückt sie an seine Lippen. Darcy beobachtet ihn genau und versucht herauszufinden, ob er die Ursache für den blauen Fleck in Jades Gesicht ist. »Ich habe mir Sorgen gemacht«, sagt er zu Jade, »als ich gemerkt habe, dass du nicht in der Villa bist.«

»Oh«, sagt sie. »Tut mir leid. Ich war nur …«

»Ich seh schon, du hast neue Freundinnen gefunden.« Sein Blick ruht auf Darcy. Im grellen Sonnenlicht ist es schwer zu erkennen, aber einen Moment lang zögert er, als würde er sie wiedererkennen.

Jade steht auf. »Ich komme später wieder …«

»Nein, nein«, sagt er und weicht zurück. »Lass dir Zeit. Schön zu sehen, dass du dich amüsierst.«

Mit einem Zwinkern wirft er sich sein Handtuch über die Schulter und geht in Richtung der Villen. Jade zögert, sie wägt sichtlich ab. Schließlich dreht sie sich um. »Tut mir leid, Mädels«, sagt sie. »Wir sehen uns später, ja?«

»Natürlich«, sagt Camilla und hebt ihr Glas.

»Wir sind noch die ganze Woche hier«, fügt Kate hinzu.

Darcy sagt nichts und beobachtet, wie Jade verzweifelt hinter Rob herläuft. Sie denkt an ihr jüngeres Ich, daran, wie auch sie ihrer Liebe hinterherlief.

An die Dinge, die sie anders gemacht hätte, wenn sie damals gewusst hätte, was sie heute weiß.

9

KATE

Erste Liebe?

Darcys Bemerkung geht ihr nicht mehr aus dem Kopf. Warum hat sie behauptet, Jacob sei ihre erste Liebe gewesen?

Wieder zurück in ihrer Villa, denkt sie an Elijah, Darcys erste große Liebe. Der Junge, dessen Tod Darcys restliches Leben, einschließlich ihrer Ehe mit Jacob, überschattet hatte. Elijah Morrison war gerade mal neunzehn, als er starb, ein gutaussehender Fußballer, der im zweiten Jahr Chemieingenieurwesen an der Universität Exeter studierte. Darcy sagte, sie habe nie aufgehört, ihn zu lieben, und sie hätte erkannt, dass sie Jacob nie wirklich geliebt habe. Kate weiß, dass Darcy nicht die Art von Mensch ist, die so etwas leichtfertig dahinsagt.

Wahrscheinlich interpretiert sie zu viel in die Aussage hinein, sagt sie sich, aber sie kann es nicht lassen. Darcy hat ihr so viel über dieses Kapitel ihres Lebens, über Elijah, erzählt, dass es fast so ist, als hätte sie es selbst erlebt.

Am nächsten Morgen verschläft sie das Frühstück und genießt ihren Kaffee auf dem Balkon, während sie in ihr Notizbuch schreibt. Ideen für ihren Roman beginnen in ihrem Kopf Gestalt anzunehmen, ein Plottwist taucht aus dem Schlick ihrer Erinnerung auf.

Um zehn Uhr zieht sie sich ein sauberes Kleid über den Badeanzug und macht sich auf den Weg zum Spa. Darcy und Camilla warten bereits in der Lobby, umgeben von getopften Orchideen und Buddha-Statuen.

»Babe«, sagt Camilla, als sie den Platz neben ihr einnimmt. »Geht es dir gut?«

»Ich habe dich beim Frühstück vermisst, Kate«, sagt Darcy sanft. »Hast du gut geschlafen?«

»Hab ich«, sagt Kate und fächelt sich Luft zu. »Nur meine Arthritis macht mir zu schaffen. Aber das wird schon wieder.«

»Oh nein«, sagt Darcy. »Das wird die Hitze sein. Die setzt bestimmt deinen Gelenken zu, nicht wahr?«

Kate nickt zögernd. »Verdammte Wechseljahre. Immerhin ist es kalt hier drin.«

»Ich hol dir mein Estradiol-Gel«, sagt Camilla und steht auf. »Im Ernst, ich hatte das Gleiche, und es hat innerhalb von Tagen gewirkt...«

Kate zieht sie wieder nach unten. »Mir geht's gut«, sagt sie.

»Gott sei Dank gibt es Klimaanlagen«, sagt Darcy. »Und eine Massage hilft bestimmt auch gegen die Symptome.«

»Ich weiß nicht recht«, sagt Kate. »Ich war noch nie bei der Massage.«

Darcy greift nach dem Behandlungsangebot auf dem Couchtisch. »Vielleicht solltest du die anstrengenden meiden«, sagt sie zu Kate und fährt mit dem Finger über den Flyer. »Wie wäre es mit dieser hier? Frangipani Cocoon? ›Eine nährende Packung, die Ihnen hilft, sich zu entspannen, während stimmungsaufhellende Öle ihre magische Wirkung entfalten.‹«

»Herrjemine«, sagt Camilla. »Stimmungsaufhellend? Vielleicht ist dieses Spa nur Tarnung und in Wirklichkeit ein Drogenumschlagplatz. Ich wette, Magic Mushrooms würden *megamäßig* helfen, Katey Baby.«

Kate stöhnt und reibt sich den Ellbogen. »Inzwischen wäre ich für alles offen.«

»Oh, bevor ich es vergesse«, sagt Camilla und streicht sich eine lange schwarze Haarsträhne über die Schulter. »Ich dachte, wir könnten heute Abend die Delfintour machen.«

Darcy zuckt mit den Schultern. »Klar.«

»Kommt drauf an«, sagt Kate wenig begeistert. »Wie lange dauert die?«

»Ich glaube, eine Stunde«, sagt Camilla. »Und es ist wirklich nicht anstrengend. Man sitzt einfach auf dem Boot und beobachtet die Delfine, während man Cocktails trinkt.«

»Klingt gut. Allerdings würde ich mich von den Cocktails fernhalten.«

»Gute Idee«, sagt Darcy. »Der Prosecco zum Frühstück ist mir wirklich zu Kopf gestiegen.«

Camilla rollt mit den Augen. »Luschen.«

»Sollen wir Jade einladen?«, fragt Kate, die sie durch die Glaswand zu ihrer Rechten erblickt hat.

»Da ist ihr Mann«, sagt Darcy, als Rob vorbeigeht. Er trägt ein kurzärmeliges, offenes Hemd und enge rote Shorts. Er legt einen Arm um Jades Schultern und zieht sie zu sich.

»Sie ist extrem nervös in seiner Nähe«, bemerkt Kate.

Camilla nickt. »Ich vermute, dass er sie vermöbelt.«

»Gott«, sagt Darcy traurig. »Hoffentlich nicht? Ich meine, das sind ihre Flitterwochen ...«

»Hoffe, was du willst«, sagt Camilla. »Ihre Körpersprache schreit es geradezu heraus.«

»Hätte sie ihn nicht vor dem Altar stehenlassen, wenn das der Fall wäre?«, überlegt Kate. »Ich meine, warum sollte man das durchziehen, wenn man misshandelt wird?«

»Es gibt *tausend* Gründe, warum man jemanden heiratet, der einen schlägt«, sagt Camilla ein wenig zu laut, woraufhin Darcy sie anstupst und ihr bedeutet, leiser zu sein.

»Und welche wären das?«, hakt Kate nach.

»Stell dir vor, du sitzt in einem brennenden Zug, der mit zweihundert Stundenkilometern über die Gleise rast«, sagt Camilla. »Springst du, um dich zu retten? Oder ist die Vorstellung, bei laufender Fahrt zu springen, zu beängstigend?«

Da begrüßt sie die Leiterin des Spas, Chinda, mit einer Verbeugung und fragt sie nach den gewünschten Behandlungen.

»Die Tiefengewebemassage«, sagt Camilla.

»Wir bekommen beide den Frangipani Cocoon«, sagt Darcy und deutet auf Kate.

Mit einer weiteren Verbeugung lädt Chinda sie ein, ihr in einen Innenhof mit einem großen Seerosenteich und sanft plätschernden Fontänen und dann über eine Steinbrücke zu einem anderen Gebäude zu folgen. Darin erwartet sie ein abgedunkelter Raum, der von Kerzen sanft beleuchtet wird. Aus einem Lautsprecher ertönt beruhigende Musik, und drei Massagebetten sind nebeneinander aufgestellt.

Chinda nickt zu den Einwegunterhosen auf den Betten und den Handtüchern, mit denen sie sich bei Bedarf bedecken können.

Camilla ist die Erste, die sich auszieht und sich, ohne zu zögern, ihres Kaftans und ihres Bikinis entledigt. »Mist«, sagt sie. »Ich habe vergessen, ein Haargummi mitzunehmen.«

»Hier«, sagt Darcy und nimmt eins vom Handgelenk. »Ich habe immer Ersatz dabei.«

Kate schlüpft unbeholfen aus ihren Kleidern, ehe sie auf die Liege krabbelt und sich mit dem Handtuch bedeckt. Schließlich erscheinen drei Masseurinnen, die jeweils am Kopfende einer Liege ihren Platz einnehmen.

Kates Kopf pocht, und der vertraute Muskelschmerz hat eingesetzt, als wären Elefanten auf ihr herumgetrampelt. Sie überlegt, ob sie das Ganze abblasen und ihre Medizin holen sollte. Aber die Masseurin hat bereits damit angefangen, ihren Rücken mit einem duftenden Öl einzureiben, und fragt in beruhigendem Ton, ob der Druck in Ordnung ist. Es fühlt sich gut an. Kate liegt ganz still, während die Frau ihre Arme, ihre Schultern, ihre Waden und ihre Kopfhaut massiert. Langsam lässt der Schmerz in ihren Gliedern nach. Vielleicht hätte sie so eine Massage schon früher ausprobieren sollen.

»Drehen Sie sich bitte um«, sagt Kates Masseurin, und sie legt sich auf den Rücken und spürt den warmen Druck eines Hotelhandtuchs, in das sie gewickelt wird, dann eines weiteren.

»Jetzt entspannen Sie sich«, sagt eine Stimme, und die drei Masseurinnen verlassen den Raum und schließen die Tür.

»Ich habe ganz vergessen zu fragen«, beginnt Camilla und unterbricht damit die Stille. »Wie hat es Charlie eigentlich aufgenommen, als du gegangen bist, Darcy?«

Stille. Kate dreht den Kopf, um zu sehen, was mit Darcy los ist. Sie hört ein Wimmern und merkt, dass Darcy weint.

»Darcy?«, ruft sie.

»Oh, *Darcy*«, sagt Camilla und richtet sich auf. »Entschuldige, das war dumm von mir.«

Kate gelingt es, den Kokon aus Handtüchern fest umklammert, von der Liege aufzustehen, um Darcy eine Packung Taschentücher zu holen, und beugt sich zu ihr hinab, um sie zu umarmen.

»Entschuldigt«, sagt Darcy und tupft sich die Augen ab. »Ich hatte gehofft, Charlie würde anfangen, mit mir zu reden, bevor ich gehe. Aber ...« Sie verstummt. »Tut mir leid. Ich wollte unseren Wellnesstag nicht ruinieren.«

»Du musst dich nicht entschuldigen«, sagt Kate mitfühlend und drückt Darcys Schulter. »Du ruinierst gar nichts.«

»Du liebst deine Jungs«, sagt Camilla, und Darcy nickt.

»Mehr als alles andere.«

»Weißt du, als Natasha in Charlies Alter war«, sagt Camilla, »hat sie mich eine Zeitlang abgrundtief gehasst. Das hatte nichts mit einer Scheidung zu tun. Sie war einfach ein Teenager und fand, dass ich das personifizierte Böse bin. Und weißt du, was ich getan habe?«

»Was?«, fragt Darcy mit schwacher Stimme.

»Genau das, was du jetzt tust. Ich habe geweint, mich schuldig gefühlt, ich dachte, sie würde mich für immer hassen. Nichts hat funktioniert, und ich meine *nichts*.«

Kate runzelt die Stirn. Camilla war noch nie sonderlich taktvoll, aber das klingt nicht besonders beruhigend.

»Und was ist dann passiert?«, erkundigt sich Kate.

»Sie hat es überwunden«, antwortet Camilla. »Sobald sie sechzehn wurde, *bing!*, war sie wie ausgewechselt.«

»Er kriegt sich schon wieder ein«, redet Kate Darcy gut zu.

»Meint ihr?«, sagt Darcy. »Es kommt mir so vor, als wäre er eben noch ein Baby gewesen, und jetzt hasst er mich.«

»Ehrlich gesagt, sind Teenager-Hormone das Allerschlimmste«, sagt Camilla. »Die Jahre zwischen elf und sechzehn sind die Hölle.«

Darcy lacht und schenkt beiden dann ein verweintes Lächeln. »Ihr zwei seid einfach die Besten. Ich bin so froh, dass ihr hier seid.«

Kate spürt, wie Darcy ihre Hand nimmt; ein Gefühl, das ihr einen Schauer über den Rücken jagt. Es ist schon so lange her, dass jemand ihre Hand gehalten hat. Vor zwei Jahren wusste sie nicht einmal, dass es Darcy und Camilla überhaupt gibt, und jetzt sind sie enge Freundinnen.

Komisch, wie schnell sich die Dinge ändern können. Manchmal sogar zum Positiven.

10

KATE

Sieben Monate zuvor

Sie nahm im Café in der Nähe des Fensters Platz. Es war Februar, und durch den starken Regen sah London so verändert aus, dass sie sich kaum noch auskannte.

Sie wünschte, sie hätte sie in ihr Cottage eingeladen.

»Möchten Sie bestellen?« Die Frage der Kellnerin ließ Kate hochschrecken. Sie merkte, dass sie seit etwa fünf Minuten auf die Speisekarte starrte, ohne etwas zu sehen.

»Ich warte noch«, sagte sie.

Die Kellnerin nickte und ging zum nächsten Tisch. Kate kaute an ihren Nägeln und blickte zum Eingang. Camilla und Darcy waren nette Menschen, rief sie sich ins Gedächtnis. Camilla war eine Pilates-Trainerin mit hunderttausend Followern auf Instagram. Darcy war mit einem Tech-Millionär verheiratet und lebte in einem Herrenhaus in Richmond. Nicht die Art von Leuten, mit denen sie üblicherweise Umgang pflegte.

Eine Frau stand in der Tür des Cafés und schaute sich um. Ihr kastanienbraunes Haar reichte ihr bis knapp übers Kinn und steckte hinter den Ohren, dazu trug sie eine praktische Steppjacke und Turnschuhe. Es war Darcy.

Kate winkte ihr zu, und Darcy kam auf sie zu.

»Kate«, sagte sie lächelnd, und es folgte ein unbeholfener Moment, in dem sie sich nicht sicher waren, ob sie sich umarmen oder die Hand geben sollten. Schließlich beugte sich Darcy vor, um ihr Küsschen auf die Wangen zu hauchen, und trat dann zurück, um Kate zu mustern.

»Menschen sehen im echten Leben immer ganz anders aus, nicht wahr?«, bemerkte sie.

Kate berührte verunsichert ihr Haar. »Ja, das stimmt.«

»Das liegt an der Umgebung«, sagte Darcy und deutete auf das Café. »Ich bin es gewohnt, dich auf dem Bildschirm mit der Zeichnung von Skara Brae im Hintergrund zu sehen.«

»Ah, du hast es erkannt«, erwiderte Kate und strahlte. »Nicht viele Menschen wissen, was auf dem Bild zu sehen ist, geschweige denn, was Skara Brae ist.«

»Wir waren sogar schon einmal dort«, sagte Darcy. »Jacobs Vorfahren stammen von den Orkney-Inseln, also haben wir vor ein paar Jahren einen Familienausflug dorthin gemacht.«

Eine weitere Frau näherte sich und streifte ihren Mantel ab. »Meine Damen«, sagte sie und breitete ihre Arme zu einer Umarmung aus. Es war Camilla – groß, schlank, rabenschwarzes Haar, ein teures, weit ausgeschnittenes Seidenhemd, schwarze Lederhose und eine Handvoll goldener Halsketten, die auf der goldenen Haut schimmerten.

Sie umarmte Darcy, dann Kate, die sich plötzlich total underdressed fühlte und deren Geruchsnerven durch den Duft von Camillas teurem Parfüm verrücktspielten. Camillas Anwesenheit hatte das Café elektrisiert, und Kate sah, wie andere Gäste zu ihrem Tisch herüberschauten. Sie fragen sich, dachte sie, was um alles in der Welt jemand wie Camilla an einem Tisch mit jemandem wie mir zu suchen hat. Und dann Darcy – sie sah aus, als käme sie geradewegs von einem Kuchenbasar, um Geld für die Schulaufführung zu sammeln. Die drei gaben ein merkwürdiges Trio ab.

»Tja«, sagte Darcy mit einem warmen Lächeln. »Da sind wir.«

»Da sind wir«, stimmte Kate zu, und ihr Herz raste.

Sie hatte mit Camilla und Darcy schon per WhatsApp und Zoom gesprochen, aber sie heute zum ersten Mal persönlich zu treffen, hier in diesem unbekannten Café, war überraschend emotional. Sie schaute Camilla an und sah, dass sie die Hände rang. Offenbar war sie nicht die Einzige, die nervös war.

»Das fühlt sich total seltsam an«, begann Kate und wagte, es laut auszusprechen. Dann, als sie sah, wie Darcy das Gesicht verzog, fügte sie an: »Schön, aber seltsam.«

»Wirklich schön«, sagte Darcy, und man hörte ihr die Anspannung an, die sie hinter einem Lächeln verbarg. »Ich weiß, du hast gesagt, du willst dich treffen, um etwas zu besprechen, Camilla, aber vor allem freue ich mich einfach, euch beide endlich mal persönlich kennenzulernen.«

»Ich weiß ja nicht, wie es euch geht«, sagte Camilla und versteckte schließlich ihre Hände unter dem Tisch, »aber ich habe einen Bärenhunger. Hast du schon bestellt?«

»Noch nicht«, sagte Kate. »Ich wollte warten, bis ihr beide hier seid.«

Camilla beugte sich vor und versuchte betont auffällig, den Blick der Kellnerin zu erhaschen. Diese sah es und kam sofort.

»Ich nehme den Chia-Pudding und einen Hafermilch-Latte, bitte«, sagte Camilla.

»Ich nehme das Gleiche«, sagte Kate, die wissen wollte, was ein Chia-Pudding war.

»Den Avocado-Toast, bitte«, sagte Darcy.

Die Kellnerin verschwand in der Küche, und das Gespräch verlagerte sich darauf, wie sie jeweils zum Café gekommen waren, wie sich dieser Teil Londons verändert hatte, auf das Wetter. Darcy war die Erste, die in Gelächter ausbrach, dann Camilla, obwohl sie schnell nach der Serviette auf dem Tisch griff, um sich die Augen zu tupfen. Offenbar wurde sie von ihren Gefühlen überwältigt.

»Oh, Süße«, beruhigte sie Darcy und streichelte Camilla über den Rücken.

»Schon in Ordnung«, sagte sie. »Tut mir leid. Es ist nur …« Sie schnäuzte sich die Nase, als ihr erneut die Tränen kamen. »Das ist alles so … Ich dachte, ich wäre inzwischen darüber hinweg, aber …«

»Es kommt nicht jeden Tag vor, dass man zwei anderen Menschen begegnet, die das Gleiche durchgemacht haben wie man selbst«, sprang Kate ihr bei.

Die beiden waren in der Tat genauso von den Morden im Spinnaker Guesthouse betroffen wie sie, denn Darcy hatte ihren Freund und Camilla einen Bruder an den Mann verloren, der Kate am Leben gelassen hatte. Das Massaker, das sie als Doktorandin überlebt hatte, war eines der abscheulichsten Verbrechen des 21. Jahrhunderts in Großbritannien gewesen, von dem wegen der zeitlichen Nähe zum 11. September niemand je etwas gehört hatte. An dem Tag, als sie aufgewacht war und festgestellt hatte, dass sie in einem Haus voller blutiger Leichen geschlafen hatte, stürzten die Zwillingstürme ein, und die Welt war für immer verändert. Sämtliche Kameras und Mikrophone richteten sich auf New York, so dass kaum jemand über das Gästehaus-Massaker berichtete.

Sie hielt den Blick auf den Tisch vor sich gerichtet, um sich zu beruhigen. Sie fühlte sich Camilla und Darcy nahe, viel näher, als wenn sie unter normalen Umständen Freundinnen geworden wären. Zwischen ihnen gab es ein unsichtbares Band – die einzigartig intime Verbindung, die einen an andere Menschen bindet, die ein ähnliches Trauma wie man selbst erlebt haben.

Kate hieß eigentlich Briony Conley, doch während des Prozesses hatte sie sich in Kate Miller umbenannt. Ein gewöhnlicher Name, wie ihn Tausende Frauen auf der Welt trugen. Ein erster Schritt in die Anonymität.

Aber einige Leute erinnerten sich daran, wer sie einst gewesen war.

2021 hatte Camilla eine private Facebook-Gruppe für die Angehörigen der Opfer eingerichtet. Darcys erste Liebe, Elijah, war ebenfalls unter den Opfern gewesen, so dass sie zu den Administratoren der Facebook-Gruppe gehörte. Obwohl sie während des Prozesses nicht miteinander gesprochen hatten, hatten sie sich an Kate erinnert, und als Darcys Nachricht in ihrem Posteingang aufploppte, löste das eine Flut an Emotionen bei Kate aus. Doch nach einigen zögerlichen Nachrichten war ihr, als würde sie allmählich wieder Licht am Ende des Tunnels sehen.

»Ich will ehrlich sein«, sagte Camilla und schaltete ihr Telefon auf lautlos, »ich freue mich, euch beide endlich kennenzulernen, wirklich. Aber ich habe letzte Nacht kein Auge zugetan.«

Darcy nickte verständnisvoll. »Vor Nervosität?«

»Mir gingen immer wieder die letzten Worte meines Bruders an mich durch den Kopf«, erklärte Camilla. »Ich habe zehn Jahre lang Therapie gemacht, um diesen Anruf *nicht mehr* zu hören.«

»Welcher Anruf?«, fragte Kate und legte den Kopf schief.

Camilla blickte von ihr zu Darcy. »Erinnert ihr euch nicht mehr daran? Aus der Verhandlung?«

Darcy und Kate schüttelten den Kopf.

Camilla blies die Wangen auf und stieß die Luft aus. »Cameron rief mich in jener Nacht an. Kurz bevor er getötet wurde ...«

»Was hat er gesagt?«, fragte Kate, und ihr Herz begann zu klopfen.

»Er sagte, er habe im Zimmer nebenan einen Schrei gehört. Als er auf den Flur hinausging und sah, dass die Tür offen stand, warf er einen Blick hinein und stellte fest, dass der Mann erstochen worden war. Die Bettwäsche war voller Blut.« Camilla hielt inne und richtete sich auf.

»Es war Elijah, den er gefunden hatte«, sagte Darcy leise. »Nicht wahr?«

Camilla nickte und drückte Darcys Hand. »Ja. Zu diesem Zeitpunkt war er bereits tot. Cam rannte zurück in sein Zimmer und, na ja, wir werden nie erfahren, warum, aber statt die Polizei zu rufen, rief er mich an.«

Camilla erklärte in angespanntem Tonfall, dass Cameron kurz zuvor sein Leben umgekrempelt und einen Job in einer Baufirma in Dover angenommen hatte, ohne dass sie davon wusste. Er wohnte eine Woche lang im Gästehaus, nur ein paar Meter von Kate entfernt.

»Er wusste nicht, was er tun soll«, fuhr Camilla mit einem

Zittern in der Stimme fort. »Er sagte, es sei stockdunkel und er würde nicht hinausfinden. Ich hatte keine Ahnung, dass er überhaupt im Land war. Ich fragte ihn nach der Adresse, aber da hörte ich ein Krachen, als hätte er das Telefon fallen lassen. Und dann … hörte ich ihn aufschreien. Ich habe es sogar gespürt, einen seltsamen, stechenden Schmerz in meinen Rippen.« Sie drehte sich und zeigte ihnen die Stelle am unteren Rücken. »Als es vorbei war, wusste ich, dass er tot war. Ich *wusste* es einfach.«

Kate war, als müsse sie sich übergeben. Das alles hatte sich ereignet, kurz bevor sie im Gästehaus eingecheckt hatte, und Camillas Erzählung versetzte sie direkt wieder in die Tage des Prozesses zurück, als sie starr vor Angst und wie betäubt dasaß und von den Leben erfuhr, die so gewaltsam beendet worden waren; von den Leichen, die in den Zimmern neben ihr lagen, während sie schlief. Es folgten Jahre der Schlaflosigkeit. Jahre der Schuldgefühle, weil sie überlebt hatte, während sechs andere Menschen ihr Leben verloren hatten.

»Die Ermittlungen waren eine Schande«, hörte sich Kate sagen. Darcy und Camilla nickten bitter. »Neulich habe ich im Radio von einer Studie gehört, in der untersucht wurde, wie es Überlebenden von Gewalttaten ergeht. Ratet mal, was das Wichtigste ist, damit man das Trauma überwindet?«

Darcy zuckte mit den Schultern. »Die Unterstützung von Freunden und Familie?«

Kate schüttelte den Kopf. »Gerechtigkeit. Nichts kann das aufwiegen. Kein familiärer Halt, keine Entschuldigung, keine finanzielle Entschädigung. Erst wenn das Opfer eines Verbrechens das Gefühl hat, dass der Gerechtigkeit Genüge getan wurde, kann ein Trauma heilen.«

Camilla holte tief Luft. »Das erklärt wohl, warum ich nach dem Mord an Cameron immer noch völlig fertig bin.«

Darcy nickte traurig. »Meine Ehe ist kaputt.«

»Oh Gott«, sagte Kate. »Darcy, es tut mir so leid.«

Sie zuckte mit den Schultern. »Er hat mich betrogen. Es heißt, es gehören immer zwei dazu, und vielleicht stimmt das. Vielleicht habe ich es vermasselt. Ich bin nie über Elijah hinweggekommen. Meine erste Liebe. Trotzdem habe ich versucht, es mit Jacob hinzukriegen. Den Kindern zuliebe. Ich dachte wohl, die Zeit heilt alle Wunden.«

»Die Zeit heilt gar nichts«, sagte Camilla verbittert. »Das Einzige, was hilft, sind *Taten*. Deshalb habe ich auch diese Facebook-Gruppe für die Angehörigen der Opfer gegründet. Ich wollte herausfinden, ob noch jemand das Gefühl hat, dass die Ermittlungen ein einziges Desaster waren.«

Am Tag nach dem Massaker war ein blutüberströmter Hugh Finnegan ins Polizeirevier gekommen und hatte die Morde gestanden. Dennoch wurde eine sinnlose Untersuchung eingeleitet, um herauszufinden, ob der getötete Inhaber des Gästehauses, Mike Rotzien, aufgrund seines Vorstrafenregisters etwas damit zu tun hatte.

Zudem wurde die Berichterstattung durch den 11. September überschattet. Die wenigen Reaktionen, die den Gästehaus-Morden zuteilwurden, waren äußerst konfus, und die chaotischen Ermittlungen führten zu Fehlinformationen in den großen Zeitungen. Ein Radiosender berichtete, die Morde hätten sich in Dorset ereignet und nicht in Dover. In einem Bericht wurde spekuliert, die Morde hätten mit Drogen zu tun, offenbar vor dem Hintergrund der langwierigen Ermittlungen wegen der kriminellen Vergangenheit von Rotzien. Und in mehreren Zeitungen wurde Briony Conley unter den Opfern aufgeführt anstatt als einzige Überlebende.

Von ihrem eigenen Tod zu lesen hatte Kate dazu veranlasst, mit dem Schreiben zu beginnen, sich in Geschichten zu vergraben, als wollte sie ihre eigene noch einmal neu erzählen.

»Ich höre immer, *immer* auf mein Bauchgefühl«, sagte Camilla und unterstrich ihre Worte, indem sie mit den Fingernägeln auf den Tisch klopfte. »Und mein Bauchgefühl hat mir von Anfang an gesagt, dass in dieser Nacht mehr passiert ist, als dass Hugh Finnegan einen Amoklauf begangen hat.«

Kate erstarrte, wie sie es immer tat, wenn sie den Namen des Spinnaker-Mörders hörte oder las. Finnegan, ein achtundfünfzigjähriger Pädophiler mit einer abscheulichen Vergangenheit. Der Mann mit dieser unheimlichen Ausstrahlung, der sie in jener Nacht eingecheckt hatte. Vor Gericht hatte er erbärmlich ausgesehen – zusammengekrümmt und dünn, mit gelblicher Haut, in ein Taschentuch hustend. Er hatte keine Reue für seine Verbrechen gezeigt. Sein Motiv, so der Richter, sei die Diagnose Krebs im Endstadium gewesen. Sie erinnerte sich daran, wie er sie in jener Nacht in der Dunkelheit angelächelt hatte.

»Ich glaube nicht, dass Finnegan der alleinige Mörder war«, sagte Camilla.

Darcy blieb der Mund offen stehen. Sie drehte sich zu Kate und dann wieder zu Camilla. »Was?«

»Vor ein paar Jahren fiel mir etwas verdammt Wichtiges ein«, fuhr Camilla fort. »Etwas, das ich vergessen hatte, als die Polizei mich 2001 befragte.«

»Was denn?«, hakte Kate nach, und ihr Magen drehte sich um.

»Als Cam mich anrief«, sagte Camilla, »schaute ich auf den

Wecker neben meinem Bett. Das war das Erste, was ich zu ihm sagte: ›Grundgütiger, Cam, es ist Mitternacht. Manche von uns müssen morgen früh raus …‹ Es war eine dieser Digitaluhren, und laut Display war es drei Minuten nach Mitternacht.«

Kate dachte an den Prozess zurück. Finnegan war nachts kurz in einen Laden an der Ecke gegangen, der unweit vom Spinnaker Guesthouse lag. Laut Angaben der Polizei war er zwischen fünf Minuten vor und sechzehn Minuten nach Mitternacht abwesend.

»Cameron starb sechs Minuten nach zwölf«, sagte Camilla und sprach die Zahlen klar und deutlich aus. »Das heißt, Finnegan war nicht derjenige, der ihn getötet hat.«

Kate und Darcy starrten sie an.

»Bist du dir sicher?«, fragte Kate. »Ich meine, die Zeiten liegen so nah beieinander. Es ist schwierig, den Zeitpunkt genau zu bestimmen …«

»Ich *bin* mir sicher«, sagte Camilla, und ihre dunklen Augen leuchteten. »Ich war deswegen sogar bei der Polizei.«

»Und was haben sie gesagt?«, fragte Darcy.

Ein Muskel zuckte in Camillas Gesicht. »Sie haben mir gesagt, ich solle mich verpissen. Nicht wortwörtlich natürlich. Zuerst haben sie Interesse geheuchelt, alles aufgenommen. Ich habe mir wirklich Hoffnungen gemacht«, spottete sie. »Aber dann sagten sie mir, der Fall könne nicht wieder aufgerollt werden. Finnegan hatte gestanden, die forensischen Beweise waren eindeutig und der Fall abgeschlossen. Und ich hatte schließlich keine Beweise, richtig? Zwanzig Jahre nach der Tat kam ich nicht mehr an die Telefondaten heran.« Sie hielt inne und schluckte eine bittere Erinnerung hinunter. »Die Polizei fragte mich auch, warum ich es nicht schon damals erwähnt hätte. Ich sagte ihnen, ich sei zu sehr mit meiner Trauer beschäftigt gewesen. Ich hasse mich dafür, dass ich mich nicht früher daran erinnert habe.«

»Du solltest dich nicht hassen«, sagte Darcy leise.

»Warum nicht?«, entgegnete Camilla. »Vielleicht wäre die Verhandlung anders verlaufen, wenn ich mich früher erinnert hätte.« Sie wandte sich an Kate. »Und an dem Punkt liegt deine Studie völlig daneben. Gerechtigkeit spielt für mich keine Rolle. Es ist mir egal, dass Finnegan sechsmal lebenslänglich bekommen hat. Tatsache ist, dass ich zum Zeitpunkt, als Cam starb, genau sechs Minuten nach Mitternacht, noch mit ihm telefoniert habe, und gleichzeitig behauptet ein Typ, er hätte Finnegan genau zu dieser Zeit einen Nudelsalat und zwei Dosen Cola verkauft. Warum sollte er zwei Dosen Cola im Laden kaufen?«

»Weil er durstig war?«, fragte Kate.

»Warum nicht eine große Flasche?«, fragte Camilla zurück.

»Hatte der Ladenbesitzer irgendwelche Beweise? Oder war das einfach nur seine Aussage?«

»Nur seine Aussage. Er konnte sich erinnern. Und der Einkauf deutet darauf hin, dass Finnegan nicht allein war, oder?«, sagte Camilla. »Wie auch immer, der Mann lag im Sterben, er hatte Krebs. Wir haben ihn alle bei der Verhandlung gesehen. Er konnte kaum die Arme heben. Wie sollte er die Kraft besitzen, sechs Menschen zu töten?«

»Er hat sie im Schlaf umgebracht«, sagte Kate, während ihre Gedanken rasten.

»Nicht Cam«, sagte Camilla. »Er hat mit mir telefoniert, falls du dich erinnerst. Mein Bruder war Bauarbeiter, konnte zehn Kilometer rennen, ohne ins Schwitzen zu kommen, und du willst mir erzählen, dass Finnegan ihn angegriffen haben soll?« Sie schüttelte den Kopf.

»Ich bekomme Rosen von einem unbekannten Absender«, sagte Kate dann. Sie atmete zittrig ein. »Ich habe das noch nie jemandem erzählt, außer der Polizei. Aber ... jedes Jahr am Jahrestag schickt mir jemand sechs rote Rosen. Eine für jedes Opfer.«

»Oh Gott«, sagte Camilla.

»Und die Polizei hat noch nicht herausgefunden, wer dahintersteckt?«, fragte Darcy.

Kate schüttelte den Kopf und holte noch einmal tief Luft. »Nein. Sie gehen dem nicht weiter nach, es sei denn, es liegt eine Bedrohung vor.«

»Und du hast sie jedes Jahr bekommen?«, erkundigte sich Camilla. »Das heißt, du kriegst sie immer noch?«

Kate nickte, ihr wurde schlecht bei dem Gedanken daran.

»Mein Gott«, sagte Darcy.

»Es gibt jede Menge Irre da draußen«, sagte Camilla finster.

»Wahrscheinlich ist es jemand, der ein morbides Interesse an dem Fall hat«, sagte Kate und riss sich zusammen, »aber insgeheim habe ich mich manchmal gefragt – oder befürchtet –, ob es vielleicht jemand ist, der mehr als nur ein Interesse hat. Jemand, der daran beteiligt war.«

Die drei verstummten und dachten darüber nach.

»Ich wurde von einer Journalistin, Motsi Sibanda, kontaktiert«, sagte Camilla dann. »Sie hat vor ein paar Monaten einen kurzen Artikel über die Morde veröffentlicht.«

»Mich hat sie auch kontaktiert«, sagte Kate und fügte vorsichtig an: »Ich habe das Interview letztlich doch nicht gegeben.«

»Wieso das?«, wollte Camilla wissen, und Kate senkte den Blick.

»Es war kurz nach Weihnachten. Ich machte gerade eine schwere Zeit durch.«

Camilla war es entweder egal, dass Kates Stimme belegt war, oder sie hörte es nicht. »Hat sie dich auch kontaktiert, Darcy?«

Darcy schüttelte den Kopf. »Vielleicht wollte sie nur mit direkten Angehörigen reden. Bestimmt hat sie mit Elijahs Eltern gesprochen.«

»Seine Eltern sind doch schon vor Jahren verstorben?«, gab Camilla zu bedenken.

»Natürlich, du hast recht«, sagte Darcy betroffen. »Ansonsten fallen mir noch die Familien der Mädchen ein, die gestorben sind ...«

»Bao und Chan-Juan«, fügte Kate an.

»Die Familien von Bao und Chan-Juan leben in China und sprechen kein Englisch«, sagte Camilla. »Dann wäre da noch die Familie von Mike Rotzien, aber die haben kein Interesse, und der Professor hatte keine Familie ...«

»Professor Berry«, sagte Kate.

»Richtig. Also sind es eigentlich nur wir drei, die daran interessiert sind, den Fall wieder aufzurollen.«

»Das ist jede Menge Verantwortung«, sagte Darcy seufzend.

»Motsi hat grünes Licht für einen weiteren Artikel bekommen«, erzählte Camilla und beugte sich vor. »Diesmal ein ganzseitiger Bericht. Mit viel mehr Raum für Details. Sie sagte, sie wolle sich Zeit nehmen und mit den Angehörigen der Opfer sprechen, um ein Gefühl für die Jahre nach dem Prozess und die Monate vor dem Massaker zu bekommen.« Sie sah zu Kate herüber und bemerkte wohl, dass ihr die Farbe in die Wangen stieg. »Und stellt euch nur mal vor, sie will tiefer in Finnegans Vergangenheit einsteigen. Mit Leuten reden, die ihn kannten. Mit seinen Opfern, seiner Familie.«

»Wie kommt sie darauf?«, fragte Darcy und wich zurück.

»Ich habe ihr von dem Telefonanruf erzählt.«

»Und was hat sie gesagt?«, fragte Darcy. »Ich meine, gibt es überhaupt eine Chance, dass das alles noch einmal untersucht wird?«

»Na ja, wie wir ja wissen, wurde das Gästehaus abgerissen«, sagte Kate. »Insofern können sie ja gar keine weiteren forensischen Untersuchungen durchführen …«

»Es gibt jetzt diese neumodische Technologie«, berichtete Camilla. »Motsi will eine unabhängige Untersuchung darüber erreichen, wie der Fall gehandhabt wurde. Aber ich möchte noch einen Schritt weiter gehen.« Sie warf ihnen einen vielsagenden Blick zu. »Ich will, dass der Fall neu aufgerollt wird. Keine Schwachsinnsargumente mehr, keine Spekulationen, kein Gaslighting. Ich will mir nicht länger einreden, sie hätten den Mörder ja hinter Gitter gebracht …«

»Ich verstehe«, sagte Kate. »Aber bist du sicher, dass du nicht einfach nur frustriert bist, weil die Medien dich ignoriert haben? Mir ging es so. Ich meine, ich wollte bestimmt keine Paparazzi vor der Nase und ganz sicher nicht mit der Presse darüber sprechen. Aber ich hatte immer Mitleid mit den Angehörigen der Opfer. Mit *euch* …«

Darcy nickte zustimmend. »Es war furchtbar, wirklich. Einfach … nichts. Es kam kaum etwas in den Nachrichten. Als wäre nie etwas passiert.«

Camilla schüttelte den Kopf und wies den Gedanken zurück, sie könne von Frust getrieben sein. »Ich weiß, dass es ein

Risiko ist. Ich weiß, es könnte sein, dass ich auf erneute Untersuchungen dränge und schlussendlich herausfinde, dass Finnegan in dieser Nacht tatsächlich allein gehandelt hat. Aber mein Gefühl sagt mir etwas anderes. Motsi meint, die Forensik ist heute Lichtjahre von dem entfernt, was im Jahr 2001 möglich war. Wenn wir genug Druck machen, können wir sie dazu bringen, die Beweise noch einmal zu überprüfen.«

Es herrschte langes, betretenes Schweigen, während die Frauen die Möglichkeit in Betracht zogen, dass Camilla mit ihrer Vermutung recht haben könnte. Es war eine Sache, sich zu treffen, mehr als einundzwanzig Jahre nach dem schrecklichen Ereignis, das ihr Leben auf den Kopf gestellt und sie in vielfältiger Weise gezeichnet hatte. Aber sich mit ihrer anhaltenden Verzweiflung darüber zusammenzutun, wie die Morde von der Polizei und den Medien behandelt worden waren, fühlte sich an, als hätten sie einen Phönix erschaffen, der kurz davor war, aus der Asche aufzusteigen. Damals waren sie junge Frauen gewesen, zarte Pflänzchen, die im Sturm einer unvorstellbaren Tragödie erzitterten. Darcy war die Jüngste von ihnen, damals gerade einmal neunzehn Jahre alt. Camilla war siebenundzwanzig gewesen, Kate vierundzwanzig. Aber heute waren sie im besten Alter, lebenserfahren, furchtlos und unerschütterlich. In den Wechseljahren, endlich ganz sie selbst und fertig mit dem ganzen Scheiß. Mit anderen Worten: Sie waren bereit, in den Krieg zu ziehen.

»Es gibt da etwas, das mir seltsam vorkam«, hörte Kate sich sagen. »Aber bis jetzt habe ich es noch nie laut ausgesprochen.«

»Schieß los«, ermunterte sie Darcy.

»Am Tag, bevor Finnegan starb. Ihr erinnert euch bestimmt, dass er das Massaker erwähnte.«

Camilla nickte.

»Die ganze Zeit im Gefängnis hat er nicht darüber gesprochen«, fuhr Kate fort, »aber an diesem Tag tat er es. Es war eines der letzten Dinge, die er sagte. Er sagte zu einem der Wärter: ›Ich habe sie gerettet, müssen Sie wissen. Beinahe wären es sieben gewesen.‹«

Darcy nickte. »Er hat dich gemeint, nicht wahr?«

»Richtig. Dieses ›Ich habe sie gerettet‹, das hat mich nicht mehr losgelassen.«

»Hat er nicht einfach gemeint, dass er dich am Leben ließ?«, fragte Camilla und blickte von Darcy zu Kate. »Das hat er doch der Polizei gesagt, als sie ihn verhaftet haben, oder?«

»Ja«, sagte Kate. »Aber während des gesamten Prozesses hat Finnegan gesagt, er hätte mich *verschont*. Nur dieses eine Mal sagte er, er hätte mich *gerettet*. Der Wortlaut ist anders.«

»Du hast recht«, sagte Camilla nach kurzem Überlegen. »Es gibt einen Unterschied zwischen beiden Aussagen. Ich meine, du bist hier die Autorin. Du achtest auf solche Dinge.«

Kate fühlte sich so erleichtert, dass sie am liebsten vom Stuhl unter den Tisch gerutscht wäre. Wie sehr hatte sie mit ihren eigenen Zweifeln gekämpft! Die Verhandlung war kurz gewesen, und die Fakten lagen klar auf der Hand: Hugh Finnegan hatte alle in dem Gebäude abgeschlachtet, außer ihr. Am nächsten Morgen war er auf die Polizeiwache gegangen und hatte gestanden. Es gab kein Motiv, nur das, was er als »einen Moment des Wahnsinns« bezeichnete.

Aber Finnegans Geschichte änderte sich ständig. Details darüber, wie er die Opfer getötet hatte und in welcher Reihenfolge. Er behauptete, einen Blackout gehabt zu haben, und schob seine unterschiedlichen Erinnerungen auf den Krebs, der ihn nur einen Monat nach Antritt seiner Haftstrafe tötete.

»Ich finde, wir sollten einen Privatdetektiv engagieren«, sagte Darcy leise. »Wenn die Polizei unsere Sorgen nicht ernst nimmt, sollten wir es selbst in die Hand nehmen. Den Worten *Taten* folgen lassen, wie du gesagt hast, Camilla. Die Fakten herausfinden.«

Camilla warf die Hände hoch. »Ganz genau.«

Kate fing an zu weinen. Der Schrecken, die Erleichterung, die Schuldgefühle und all die Jahre, in denen sie nervös über die Schulter geblickt hatte, brachen über sie herein. Einen Augenblick lang wollte sie Darcy und Camilla bitten, es seinzulassen, die Vergangenheit ruhen zu lassen. Sie mit ihren Geschichten, ihren Katzen und ihrer neuen Identität als Kate Miller in Ruhe zu lassen.

Briony Conley sollte in der Vergangenheit begraben bleiben, gemeinsam mit ihrem geliebten Professor.

Doch dann drückte Darcy ihre Hand, der Blick voller Entschlossenheit. »Überlass das mir. Wir werden jemanden finden, der wirklich gut ist und die Antworten herauskriegt. Das verspreche ich.«

»Gerechtigkeit«, sagte Kate und wandte sich an Darcy. »Das ist es, was ich will. Nicht bloß Antworten.«

Camilla nickte. »Abgemacht.«

11

JADE

Rob ist wieder im Fitnessstudio, und ich bin angespannt. Ich merke, dass Rob es nicht mag, wenn ich mich mit Darcy, Camilla und Kate treffe. Vielleicht weil sie deutlich älter sind, eher in seinem Alter als in meinem. Keine Ahnung. Im Nachhinein besehen war es wahrscheinlich ein bisschen selbstsüchtig von mir. Immerhin sind wir in den Flitterwochen auf den Malediven – wir sollten uns tief in die Augen schauen und nicht mit Fremden abhängen.

Seit einer Stunde sitze ich nun schon auf dem Sofa und versuche, eine Zeitschrift zu lesen. Ich habe darüber nachgedacht, Annabella eine SMS zu schreiben oder sie sogar anzurufen. Minutenlang habe ich auf ihre Nummer auf meinem Handydisplay gestarrt. Sie hat mich vor etwa einem halben Jahr blockiert, als ich nicht zu ihrem fünfundzwanzigsten Geburtstag mitgefahren bin. Sie wollte mit ein paar Freundinnen nach Barcelona fliegen und hatte es mir schon Monate im Voraus gesagt, damit ich dafür sparen konnte, und ich wäre auch dabei gewesen, aber Rob hatte bereits geplant, dass wir an dem Wochenende mit seiner Grandma – genannt »Nana« – nach Peterborough fahren würden, um ihre anderen Enkelkinder zu treffen. Ich kannte seine Stiefbrüder noch nicht und wusste, dass ihm seine Familie sehr viel bedeutet. Also habe ich Anna gesagt, dass ich nicht mitkommen kann.

Allerdings hatte er mir erst eröffnet, dass wir sie genau an *diesem* Wochenende besuchen würden, als ich sagte, dass ich vorhatte, nach Barcelona zu fliegen. Ich hatte sogar schon meinen Flug gebucht und das Hotel bezahlt. Lily und Olu würden sich ein Zimmer teilen, ebenso Anna und ich. Jedenfalls war er ziemlich aufgebracht, weil es Nana angeblich schlechtginge. Er sagte, es sei wichtig, dass wir sie besuchen, weil er das Gefühl habe, sie würde nicht mehr lange leben.

Eine echte Zwickmühle. Ich hoffte, Rob würde seine Meinung noch ändern oder das Wochenende doch nicht freibekommen, aber das war nicht der Fall. Für ihn war klar, dass wir an besagtem Wochenende nach Peterborough fahren würden. Was hätte ich tun sollen? Egal, wie ich mich entschied, ich würde jemanden enttäuschen.

Letztlich war ich so feige, dass ich es Anna erst am Abend vor der Abreise gebeichtet habe. Dabei hätte ich zu ihr gehen und ihr von Angesicht zu Angesicht sagen sollen, dass ich nicht nach Barcelona mitkomme. Stattdessen habe ich ihr eine SMS geschickt.

Sie war wütend auf mich. Sagte, ich sei egoistisch, ich hätte mich *verändert*. Es tat weh, das ausgerechnet von ihr zu hören. Seitdem herrscht Funkstille zwischen uns. Sie kam weder zu meinem Junggesellinnenabschied noch zu meiner Hochzeit. Ich kenne Olu und Anna, seit ich fünf Jahre alt war und wir zusammen zum Tanzunterricht gingen. Und jetzt haben beide mich blockiert.

Sie fehlen mir, sie fehlen mir wirklich. Irgendwie habe ich in letzter Zeit viele meiner Freundinnen und Freunde vor den Kopf gestoßen, ohne es zu wollen. Auch meine Familie – es ist schon lange her, dass ich Zeit mit ihnen verbracht habe. Rob ist alles, was ich noch habe. Und ich will nicht allein sein.

Ich stehe auf und beschließe, das Zimmer ein wenig herzurichten, damit es schön romantisch ist, wenn Rob zurückkommt. Wir haben dem Personal gesagt, dass wir in den Flitterwochen sind, daraufhin haben sie Lichterketten um das große Fenster im Wohnzimmer gehängt und Rosenblätter auf das Bett gestreut. Sehr süß von ihnen.

Ich schalte das Licht aus und schiebe die Glastüren beiseite, damit wir aufs Meer blicken können, dann hole ich eine Flasche Holunderblütensekt aus der Kühlbox und stelle sie mit zwei Gläsern auf den Tisch. Ich möchte, dass Rob direkt gute Laune bekommt. Er trinkt nur abends Alkohol, um nicht zu viele Kalorien zu sich zu nehmen. Ich konnte regelrecht spüren, wie seine Stimmung kippte, als ich mit den Frauen am Pool saß. Er sagt, er möchte einfach nur Zeit mit mir verbringen und er würde bei mir immer an zweiter Stelle kommen. Es stimmt, ich habe im Vorfeld der Hochzeit Überstunden gemacht, damit wir uns alles leisten können und ich meinen Anteil beitragen kann. Wir haben in der Zeit praktisch aneinander vorbeigelebt. Dabei habe ich mich wirklich enorm bemüht, ihn nicht zu vernachlässigen.

Die Haustür öffnet sich knarrend, und ich springe auf. Rob steht im Flur. Er ist geduscht und umgezogen – offenbar hat er das im Fitnessstudio erledigt. Er schaut mich an, dann die Lichterketten.

»Sieht schön aus«, sagt er.

Meine Schultern entspannen sich. »Gefällt es dir?«

Er sieht die Flasche Holunderblütensekt und die Weingläser und grinst mich an. Ich versuche, in seinem Gesicht zu lesen, aber es gelingt mir nicht. Ich weiß nicht, warum. Vielleicht weil wir beide so viel gearbeitet haben und so sehr mit der Hochzeit beschäftigt waren, dass wir uns nicht mehr kennen.

Oder vielleicht weil er genau so gelächelt hat, bevor er mir ins Gesicht geschlagen hat.

Ich beobachte, wie er die Schuhe auszieht und sie ordentlich neben die Haustür stellt, dann zieht er die Tür zu und schließt ab. Mein Auge ist immer noch empfindlich. Es ist jetzt fast eine Woche her.

Wir haben immer noch nicht über diesen Abend gesprochen. Ich weiß, dass er nervös und gestresst war. Hochzeiten sind in Wirklichkeit gar nicht für die Leute da, die heiraten – zumindest war es bei uns so. Es fühlte sich eher an wie eine große Inszenierung und nicht wie die intime Feier von zwei verliebten Menschen. Aber ich wusste auch, wie viel es ihm bedeutete, alle zusammenzubringen.

»Hast du schon gegessen?«, frage ich.

Er nickt. »Ich hatte Hunger nach dem Sport. Und du?«

Ich schüttle den Kopf. »Ich war mir nicht sicher, wann du zurück bist. Hast du meine SMS nicht bekommen?«

»Dann hätte ich dir zurückgeschrieben. Das weißt du doch.«

Ich setze mein sanftmütigstes Lächeln auf. »Willst du einen Drink?«

Er durchquert den Raum, eine Hand in der Hosentasche, die andere am Kinn. Er grübelt über etwas nach. Als wir zusammenkamen, haben wir uns immer erzählt, was uns umtrieb.

Mein altes Ich hätte ihn gefragt, was los ist, und er hätte etwas gesagt wie: *Ach, Babe, ich mache mir Sorgen wegen XYZ* oder *Ich hab nur gerade gedacht, wir sollten unbedingt mal XYZ*. Aber jetzt bleibt mir die Frage im Hals stecken. Ich weiß nicht mehr, was ich fragen darf.

Er kommt langsam auf mich zu, öffnet die Flasche mit dem Holunderblütensekt und schenkt uns beiden ein. Ich nehme das Glas entgegen und beobachte ihn aufmerksam.

»Ich wollte etwas mit dir besprechen«, sagt er.

»Ja?«

Er steht immer noch. Ich sitze auf einem der Sessel und weiß nicht, ob ich aufstehen oder sitzen bleiben soll. Geht es um den blauen Fleck an meinem Auge, den er komplett ignoriert? Vielleicht will er sich entschuldigen.

»Lass uns auf den Balkon gehen«, sagt er. »Komm. Da können wir aufs Meer schauen, während wir reden.«

Einen Moment lang ist der alte Rob wieder da, in seinen Augen, in seinem Lächeln. Puh. Was für eine Erleichterung.

Ich folge ihm auf den Balkon und höre zu, während er mir von seinem Nachmittag im Fitnessstudio erzählt – er ist den Marathon in vier Stunden gelaufen, seine Bestzeit bisher, aber er versucht, die Zeit noch zu unterbieten.

»Das ist ja phantastisch«, sage ich.

Er dreht sich um und sieht mir in die Augen, und ich spüre, wie sich etwas in meiner Magengrube zusammenzieht. War mein Ton falsch? Habe ich sarkastisch geklungen? Mein altes Ich hätte einen Witz gemacht, so was wie: *Um Himmels willen, Rob, eine Schildkröte hätte das in vier Stunden geschafft.* Und der alte Rob hätte gelacht. Aber wenn ich jetzt mit ihm spreche, wäge ich jedes Wort ab, ob es irgendwie beleidigend rüberkommen, ob mein Tonfall einen Streit auslösen könnte. Ich klinge wie ein Roboter.

Und ich habe das Gefühl, er weiß es.

Er setzt sich auf den Holzliegestuhl auf dem Balkon, und ich setze mich auf den neben ihm. Lange nippt er nur an seinem Sekt und blickt aufs Meer hinaus. Ich tue dasselbe: Ich sitze da, mit dem Glas in der Hand, die Knie zusammengepresst, und starre aufs Meer hinaus. Ich warte darauf, dass er etwas sagt.

»Ich möchte gern, dass wir versuchen, ein Baby zu bekommen«, sagt er schließlich.

Er dreht den Kopf, um mich anzuschauen, aber es gelingt mir nicht, eine glückliche Reaktion vorzutäuschen.

»Nicht?«, sagt er und bemerkt die Angst, die sich auf meinem Gesicht breitmacht. »Willst du kein Kind mit mir?«

»Doch, schon ...«, sage ich und bemühe mich, aufgekratzt oder glücklich auszusehen. Warum versagt meine Mimik?

Er wendet mir den ganzen Körper zu und legt den Kopf schief, als könnte er meine Gedanken lesen. »Ich finde, wir sollten es jetzt gleich versuchen.«

»Jetzt? Du meinst ... hier im Urlaub?« Meine Worte kommen zu laut heraus.

»Ja, warum nicht? Ich werde ja auch nicht jünger. So lernt Nana vielleicht noch unser erstes Kind kennen.«

Ich denke an Nana. Diese Frau ist fit wie ein Turnschuh. Sie hat ihn großgezogen und behandelt ihn, als wäre er immer noch ein Kind. Sie ist siebenundachtzig und läuft mit einem Krückstock. Aber ansonsten ist sie auf Zack und bei weitem nicht so krank, wie Rob sie hinstellt. Bei unserer Hochzeit war sie der heimliche Star und hat alle unterhalten.

»Du hast ja sowieso letzten Monat die Pille abgesetzt«, sagt er. Dann misstrauisch: »Stimmt doch, oder?«

»Ja.« Ich erinnere mich mit einem mulmigen Gefühl daran. Ich bekam Migräne, konnte kaum noch sehen, und meine rechte Kopfhälfte fühlte sich an, als hätte jemand darauf eingedroschen. An manchen Tagen musste ich mich von den Schmerzen übergeben. Der Hausarzt riet mir, sofort die Pille abzusetzen, und verschrieb mir eine Spirale. Mein Termin zum Einsetzen der Spirale ist erst in sechs Wochen, deshalb haben wir in der Zwischenzeit Kondome benutzt.

»Wir könnten gleich heute Abend damit anfangen, wenn du willst«, sagt er, als ich mich nicht weiter äußere. »Es kann schließlich Jahre dauern, bis es klappt, nicht wahr?«

Es kann auch ganz schnell gehen, denke ich. Meine Mutter wurde mit mir schwanger, als sie das erste Mal mit meinem Vater schlief. Meine Grandma war auch super fruchtbar. Mit Schrecken wird mir klar, dass das absolut Letzte, was ich jetzt will, ist, von Rob schwanger zu werden.

Doch er steht freudestrahlend auf, nimmt mir das Glas aus der Hand, stellt es auf den Boden und führt mich ins Schlafzimmer. Ich habe immer noch nicht zugestimmt. Er umfasst meine Brust mit einer Hand.

»Gott, Jade«, sagt er mit einem Beben in der Stimme. »Ich hätte nie gedacht, dass ich mal so eine schöne Frau heiraten würde.«

Er küsst mich und zieht mir mit der freien Hand den Slip aus. Einen Moment lang ist er wieder der zärtliche alte Rob. Seine braunen Augen begegnen meinen, und ich erkenne den Blick, mit dem er mich früher ansah.

Aber der Moment vergeht so schnell, wie er gekommen ist.

Rob legt mich aufs Bett und dringt in mich ein. Ohne Kondom. Ich sehe mich im Zimmer um, konzentriere mich auf das Moskitonetz rings ums Bett, das Summen der Klimaanlage, das weiß gerahmte Aquarell eines Bootes an der Wand gegenüber. Ich wünschte, ich könnte mit dem Boot fahren. Aber wohin?

Ich denke an die Worte meines Dads am Morgen meiner Hochzeit. *Das ist die letzte Chance, einen Rückzieher zu machen.* Ich sah ihn an und lachte nervös, in der Erwartung, er würde gleich sagen, er mache nur einen Scherz. Doch er scherzte nicht.

Wie immer dauert der Sex nicht lange. Ich sehe, wie sich Robs Gesichtsausdruck verändert, höre das vertraute Keuchen, dann warte ich darauf, dass er sich rüberrollt. Schnell gehe ich ins Bad und pinkle alles raus ins Toilettenbecken. *Hoffentlich,* denke ich schaudernd, *hoffentlich ist es nicht weit genug vorgedrungen.*

Als ich wieder ins Bett komme, schläft er schon fest.

Und ich habe immer noch nicht ja gesagt.

12

KATE

Das Boot für die Delfintour liegt im Hafen am nördlichen Ende der Insel. Die Hitze des Tages hat sich abgekühlt, nun, da die Sonne untergeht, und eine belebende Brise weht vom Meer her. Der Bootsführer lädt Kate, Camilla und Darcy ein, die Leiter an der Seite zum Bootsdach hinaufzusteigen, und nachdem sie ein wenig mit den schmalen Stufen zu kämpfen hatte, bestaunt Kate die in der Ferne auftauchenden Inseln und die Fische, die wie Schatten im Wasser unter ihr umherhuschen.

Oben sitzen acht Gäste, vier auf jeder Seite, auf gepolsterten Matten auf dem Holzdach, in der Mitte stehen in Eiskübeln kleine Flaschen Wein und Softdrinks. Darcy und Camilla sitzen nebeneinander und sind ins Gespräch vertieft; zu Kates Linken liegt ein Pärchen eng beieinander, und auf der anderen Seite sitzt ein Paar um die siebzig. Ein gemeinsamer Urlaub, um den Ruhestand zu feiern, denkt sie. Zu ihrer Rechten sitzt ein Mann. Ihre Blicke begegnen sich.

Er geht nach vorn auf die Knie, holt eine Flasche Weißwein aus dem Eiskübel und wendet sich an Kate.

»Was möchten Sie?«, fragt er mit starkem Akzent.

Sie lächelt ihn an und fragt sich, was seine Muttersprache ist – Spanisch oder Italienisch, sie kann es nicht genau zuordnen. »Eine Cola, bitte.«

Er reicht ihr eine Flasche Cola, dann einen Plastikbecher von einem Stapel neben dem Eimer.

»Cheers.«

»*Salud.*« Er gießt den Inhalt einer Weinflasche in seinen Becher. »Sie trinken nicht?«, fragt er.

»Nur gelegentlich«, sagt sie. »Seit ich vierzig bin, bekomme ich vom Alkohol unruhige Beine. Wissen Sie, was das ist?«

»Sie meinen, es juckt Sie in den Füßen, als ob Sie sich langweilen und ein Abenteuer suchen?«

Sie lächelt und schüttelt den Kopf. »Das ist eine Krankheit. Das Restless-Legs-Syndrom. Man hat das Gefühl, als ob Käfer unter der Haut krabbeln.«

Er verzieht das Gesicht. »Uff. Tut mir leid, das zu hören. Ja, in dem Fall ist es sehr klug, Alkohol zu meiden.«

Er ist älter als sie, Mitte bis Ende fünfzig, und auf unaufgeregte Art und Weise attraktiv. Grau melierte Koteletten und Tolle, ansonsten pechschwarzes Haar. Buschige Augenbrauen, scharfe Wangenknochen, dunkelbraune Augen, denen nichts entgeht. Er trägt ein weißes Leinenhemd, Khaki-Shorts, aus denen stark behaarte Beine ragen, und Flip-Flops. Er ist ihr auf Anhieb sympathisch. Mit aufmerksamem Verhalten Fremden gegenüber kann man bei Kate punkten. Außerdem ist sein Blick noch nicht zu ihren Brüsten gewandert.

»Waren Sie schon im Schwesterresort?«, fragt er und nickt in Richtung der Insel, an der sie vorbeifahren.

»Nein, noch nicht«, sagt Kate.

»Es ist identisch mit diesem hier«, sagt er. »Man kann gut mit dem Kajak hinüberfahren. Sind nur zwanzig Minuten. Das Wasser ist so klar, dass man bis auf den Grund sehen kann. Man kann auch Kajaks mit Glasboden mieten. Das Riff ist wunderschön.«

»Sind Sie allein im Urlaub?«, fragt sie.

»Ich bin mit meinem Neffen hier«, sagt er. »Salvador. Er ist achtzehn und hat gerade sein Abitur gemacht, also habe ich ihn zur Feier des Tages hierher eingeladen. Aber leider interessieren ihn Bootsfahrten wie diese nicht.«

Sie lacht. »Teenager!«

»Wenn man mir in seinem Alter angeboten hätte, mich auf eine Bootstour im Indischen Ozean mitzunehmen, um Delfine zu sehen, wäre ich persönlich hergeschwommen«, sagt er, und sie lacht. »Aber er hängt die ganze Zeit auf TikTok herum, oder wie das heißt, insofern sind Delfine uninteressant.« Er nippt an seinem Wein. »Und was ist mit Ihnen? Machen Sie allein Urlaub?«

»Ich bin mit ein paar Freundinnen hier«, sagt sie und nickt zu Darcy und Camilla hinüber. »Darcy hat sich gerade scheiden lassen, das muss gefeiert werden.«

Er nickt verständnisvoll. »Glückwunsch. Eine Scheidung kann durchaus eine gute Sache sein. Vor allem, wenn keine Kinder im Spiel sind.«

»Na ja, leider waren tatsächlich Kinder im Spiel«, sagt sie.

»Die Scheidung ging nicht von ihr aus?«

Kate schüttelt den Kopf und lächelt. »Nein, ganz und gar nicht.«

Er scheint die Info zu verarbeiten. »Wollen wir uns nicht duzen? Ich bin Antoni«, sagt er dann. »Freut mich, deine Bekanntschaft zu machen.«

»Kate. Die Freude ist ganz meinerseits.«

»Du bist Engländerin?«

Sie nickt. »Und du?«

»Katalane.«

»Oh«, sagt sie, ihr Interesse ist geweckt. »Ich war schon ein paarmal in Barcelona. Wohnst du dort?«

»Nicht ganz. In Girona. Aber Salvador hat vor, an die Uni in Barcelona zu gehen.«

»Toll. Und was will er studieren?«

»Archäologie«, sagt er. »Ich weiß, das ist ein etwas abseitiges Fach heutzutage. Aber seine Leidenschaft gilt alten Dingen ...«

»Das ist überhaupt nicht abseitig«, wirft Kate ein. »Ich war schon mal in der Höhle von Altamira.«

»Ach, wirklich? Das ist Salvadors absoluter Lieblingsort. Das ist so eine Höhle mit Wandmalereien, nicht wahr?«

Sie nickt und genießt es, zur Abwechslung mal über etwas zu reden, das sie begeistert. »Aus der Steinzeit. Ein fünfjähriges Mädchen hat die Malereien entdeckt, wusstest du das?«

»Nein, wusste ich nicht.«

»Leider ist die Original-Höhle für die Öffentlichkeit nicht mehr zugänglich. Zwischenzeitlich durften nur wenige, ausgewählte Besucher die Höhle betreten. Und selbst dann musste man einen Schutzanzug und Atemmaske tragen.«

Er studiert sie mit einem Lächeln. »Aber du – du warst schon drinnen? In der echten Höhle, nicht in der Nachbildung?«

Sie errötet. »Oh ja, vor vielen Jahren. Das war ein ganz besonderer Moment.«

»Das muss ich Salvador erzählen«, sagt er begeistert. Dann beugt er sich zu ihr vor: »Kann sein, dass er dich dann anfassen will, weil du in dieser Höhle warst.«

Kate wirft den Kopf zurück und lacht. »Er kann eine Haarlocke von mir haben. Aber ehrlich gesagt, ist die Nachbildung genauso gut.«

»Du bist also Archäologin?«, fragt er und nippt an seinem Wein. »Ist das dein Beruf?«

Sie zögert, da es ihr schwerfällt zu sagen, dass dem nicht so ist. »Ich bin Autorin.«

»Autorin? Für Zeitungen oder …?«

»Für andere Leute«, antwortet sie. »Ich bin Ghostwriter. Ich schreibe Romane, von denen andere Leute behaupten, sie hätten sie geschrieben.«

Antoni schaut einen Moment lang verwirrt, bis eine Stimme seine Gedanken unterbricht.

»Wie ich sehe, haben Sie den letzten Wein genommen«, sagt die Stimme anklagend. Kate blickt hoch und sieht Camilla auf allen vieren den Inhalt des Getränkekübels überprüfen. Sie hebt den Kopf und starrt Antoni an, der den Becher mit Wein in seiner Hand studiert.

»Den letzten?«

Camilla zieht enttäuscht die anderen Flaschen aus dem Eiskübel. »Cola, Cola, Fanta, Sprite.«

»Hier«, sagt Antoni und reicht ihr seinen Becher. »Sie können den Rest von meinem haben. Ich habe nur ein wenig getrunken …«

Camilla lacht und winkt ab. »Nein, Sie können Ihre Keime behalten, vielen Dank auch.«

»Meine Keime sind alle kerngesund, versprochen«, sagt Antoni und hält ihr weiterhin den Becher hin.

Kate lächelt und bemerkt, wie wütend Camilla wird, ihre Augen funkeln angriffslustig.

»Sie könnten alle möglichen Krankheiten haben«, schießt Camilla zurück. »Ich weiß nicht einmal, wer Sie sind ...«

»Antoni Caballé, geboren am 12. Oktober 1964«, rattert Antoni herunter. »Ich bin Tanzlehrer aus Girona.«

Kate ist amüsiert. Sie riskiert einen Blick auf Camilla, die innerlich mit den Augen zu rollen scheint.

Antoni lässt sich nicht aus der Ruhe bringen und streckt Camilla seine andere Hand entgegen. »Und Sie sind?«

»Nicht interessiert«, sagt Camilla, dreht ihm den Rücken zu und legt sich mit angewinkelten Knien auf den Bauch.

Antoni sieht Kate achselzuckend an. »Ich habe es versucht«, sagt er leichthin.

Da werden sie von Geschrei vom Unterdeck aufgeschreckt, und das Boot wird langsamer.

»Oh nein«, sagt Kate und fächelt sich Luft zu. »Was ist los? Ein Motorschaden?«

»Delfine«, erwidert Antoni. Er deutet über den Rand, und als sie sich umdreht, erblickt sie die glatten, stahlgrauen Körper, die durch die Wellen gleiten. Sie sind wunderschön und in einer großen Gruppe unterwegs. Goldenes Licht spiegelt sich in den Kurven, die sie durchs Wasser schneiden, und in der aufspritzenden Gischt, die in der tiefstehenden Sonne transparent wirkt. Als das Boot wieder Fahrt aufnimmt, um ihnen zu folgen, schwimmen die Delfine schneller, und der Bootsführer beginnt zu klatschen, um sie anzulocken.

Als die Delfine näher kommen, macht sich Kate Sorgen, dass sie zu nah am Boot sind, dass der Motor in ihre Haut schneiden könnte. Beunruhigt steht sie auf. Alle um sie herum klatschen jetzt und rufen den Delfinen zu. Sie wirft einen Blick nach hinten und bemerkt, dass einige der Delfine in der weißen Furche, die das Boot durch das Meer pflügt, schwimmen. Was, wenn sie sich im Motor verfangen? Was, wenn sich die Schiffsschraube in ihre schöne Haut fräst und sie zerfetzt? Sie kann nicht verhindern, dass ihre Gedanken zu einem Schreckensszenario aus Blut und Kadavern wandern.

Ihr geistiges Auge taucht unter Wasser und sieht die Szene von unter dem Boot: das Wirbeln des Propellers, die Schreie der Tiere, Delfinbabys, die in einer roten Wolke verschwinden …

Ihre Haut wird eiskalt, in ihrem Gehirn zieht in Windeseile ein Sturm auf, ihre Kehle schnürt sich zusammen. Ihr Puls geht durch die Decke, und ihr ist so schwindlig, dass sie kaum antworten kann, als Antoni und dann Camilla sich plötzlich über sie beugen und fragen, was los ist.

Sie merkt, dass sie sich wieder hingesetzt hat, die Beine vor sich ausgestreckt, die Handflächen vor die Augen gepresst. Ihr Gesicht ist verzerrt, Tränen laufen ihr über die Wangen, ein einziges Desaster – sie weint nicht gern vor anderen, erst recht nicht vor völlig Fremden, aber sie kann nicht aufhören. Die Luft erreicht ihre Lungen nicht, und egal, wie sehr sie versucht, sie einzusaugen, sie kann es nicht kontrollieren, kann das Hecheln nicht stoppen.

Das Klatschen hat aufgehört, der Motor des Bootes geht aus, und alle Augen sind auf sie gerichtet. *Was ist passiert? Hatte sie einen Herzinfarkt? Sollen wir einen Arzt rufen?*

Jemand bietet ihr einen Schluck Wasser an, aber sie kann es nicht annehmen.

Sie kann nicht atmen.

Die Szene, die sich in ihrem Kopf abspielt, ist plastischer, ja realer als die auf dem Boot – überall Kadaver und Blut. Jetzt sind es keine Delfine mehr. Es sind Menschen.

»Kate? Was ist denn los, Liebes?«

Darcy ist da und kniet vor ihr. Jemand fragt, ob einer der Anwesenden über medizinische Kenntnisse verfügt.

Sie sieht Professor Berry auf dem Bett im Hotelzimmer, mit gedrehtem Kopf und geöffnetem Mund, als wollte er ihr etwas sagen. Sie sieht die entsetzliche Starre seiner Brust, die unnatürlich verdrehten Beine. Niemand kann lange so daliegen, ohne einen Krampf zu bekommen. Im Schritt seiner khakifarbenen Hose ist ein dunkler Fleck zu sehen, wo er sich eingepinkelt hat. Das Glänzen seines Eherings unter einem dunklen Blutfleck. Der tiefe Schnitt fünf Zentimeter über seinem Schlüsselbein, zwei Hautlappen wie ein knurrendes Maul.

»Atme, Kate«, sagt jemand. »Du musst atmen!«

Das beklemmende Gefühl in ihrer Brust nimmt jetzt zu, ihr Blickfeld verschwimmt an den Rändern. Professor Berrys Blick ist auf sie gerichtet.

Es tut mir so leid, denkt sie und kneift die Augen fest zusammen. *Es tut mir so leid.*

13

CAMILLA

Camillas Gehirn fühlt sich an wie Rührei. Sie schenkt sich mit einer Hand ein Glas Wein ein und hört erst auf, als das Glas voll ist, dann dreht sie sich um und betrachtet die Szene hinter sich: Darcy, Antoni und eine erschüttert wirkende Kate sitzen im Wohnzimmer von Kates Villa.

In zwei Tagen ist der zweiundzwanzigste Jahrestag des Spinnaker-Massakers, und jetzt das. Es fühlt sich an, als würde jemand ihre Nerven mit einer Käsereibe bearbeiten. Im Augenblick würde sie alles geben für einen Joint.

Nachdem Kate auf dem Boot übel geworden war, waren sie sofort umgedreht und hatten alle zur Insel zurückgebracht. Sie waren ungefähr eine Stunde vom Resort entfernt, und diese Stunde kam ihr vor wie eine Ewigkeit. Kate hyperventilierte immer noch, und Camilla und Darcy sahen sich entsetzt an. Was zum Teufel sollten sie tun? Hatte sie einen Herzinfarkt? Ihre Gedanken überschlugen sich vor lauter Worst-Case-Szenarien. Wer zum Henker war Kates nächster Angehöriger? Sie hatte sich von ihren Eltern entfremdet und weder einen Ehemann noch Geschwister. Wen sollten sie also kontaktieren? Was tut man, wenn jemand in Übersee stirbt? Müssten sie sofort einen Rückflug organisieren? Wie würde es aussehen, wenn sie einfach den restlichen Urlaub über hier blieben?

Der Bootsführer hatte das Erste-Hilfe-Team des Resorts benachrichtigt, das auf sie wartete, als sie am Steg ankamen. Antoni, der Mann, mit dem Kate sich unterhalten hatte, half ihr beim Aussteigen. Links von Camilla flankiert, rechts von Antoni, stützten sie Kate, während Darcy Kates Füße sanft auf die Stufen setzte und die Treppe vom Dach hinunterführte. Das Erste-Hilfe-Team hatte eine Trage vorbereitet und half Kate, sich daraufzulegen. Dann wurde sie abtransportiert, während der Rest der Gruppe sich von dem Schock erholte.

Niemand konnte sich erklären, was passiert war. In der einen Minute stand Kate noch am Rand des Daches und genoss den Anblick der Delfine. Im nächsten Moment lag sie auf dem Boden, zitternd und nach Luft schnappend. Camillas Kopf wummert, und sie ist aufgewühlt. Verdammt nochmal.

Sie denkt an die E-Mail von Jacob zurück. Vielleicht hätte sie ihn zurückrufen und fragen sollen, worum es ging. Nein, um Himmels willen. Das hat nichts mit dem zu tun, was Kate widerfahren ist. Der Ersthelfer sagte, es sei eine Panikattacke gewesen – eine verfluchte Panikattacke, die Camilla ironischerweise selbst durchlebte, weil sie kurz befürchtete, Kate würde sterben, und keine Ahnung hatte, was sie tun sollte.

Als Kate in den Erste-Hilfe-Raum gerollt wurde, lief Antoni neben Darcy und Camilla her, die der Rettungstrage folgten, ohne zu wissen, was sie erwarten würde. »Ich fühle mich verantwortlich«, sagte er auf eine Art und Weise, die darauf hindeutete, dass er zwar nicht verantwortlich war, sich aber genauso hilflos fühlte wie Camilla und Darcy.

Nachdem Kate behandelt worden war, brachte der Ersthelfer sie in einem Golfcart zu Kates Villa, und nun sitzen sie alle hier – Darcy, Camilla, Kate und Antoni.

»Entschuldigt die ganze Aufregung«, sagt Kate, die mit einem Glas Wasser in einem Sessel neben dem Makramee-Wandbehang sitzt. Sie sieht blass aus, ihr Gesicht ist eingefallen.

»Oh Gott, das muss dir doch nicht leidtun!«, sagt Darcy.

»Tut es aber«, sagt Kate leise und lässt sich in den Sessel zurücksinken.

Vielleicht liegt es nur an der Hitze, den Wechseljahren oder der Tatsache, dass der Jahrestag bevorsteht. *Ja*, denkt Camilla grimmig. *Wahrscheinlich ist es das.*

Die zweite Septemberwoche ist für Camilla jedes Mal die Hölle. Als Darcy ankündigte, sie würde sich irgendein traumhaftes Reiseziel aussuchen, um ihre Scheidung zu feiern, und Kate und Camilla einlud, mitzukommen, wollte Camilla nicht allzu sehr protestieren, aber als Darcy sagte, dass die beste Zeit für sie ausgerechnet in der Woche des Jahrestags war ... nun, da hätte sie sich fast geweigert. Normalerweise verbringt Camilla den Jahrestag unter der Bettdecke, bei verschlossener Tür und zugezogenen Vorhängen, und ist völlig zugedröhnt.

Darcy glaubte, es sei eine gute Idee und heilsam, den Jahrestag des Ereignisses, das sie drei zusammengeschweißt hatte, gemeinsam an einem wunderschönen Ort zu verbringen.

Von wegen, denkt Camilla verbittert. Da haben wir den Beweis – Kate sieht aus wie ein zerrupfter Kohlkopf.

»Wir sind einfach froh, dass du noch lebst, Sahneschnitte«, sagt Camilla trocken und bringt Kate zum Lachen, was herrlich klingt. Aber dann wird es still im Raum, und Camilla sieht Antoni wieder an und wünscht sich, er würde einfach abhauen. Sie kann sich nicht vorstellen, dass ein Mann so besorgt um das Wohlergehen einer völlig Fremden ist, dass er sich damit begnügt, drinnen zu sitzen und besorgte Fragen zu stellen, anstatt das Resort zu genießen.

»Habe ich richtig gehört, du bist Tanzlehrer, Antoni?«, fragt Darcy dann. Sie sitzt neben ihm auf dem Sofa.

»Ja«, sagt er, »ich unterrichte an der Tanzschule in Girona. Unsere Schüler treten in der ganzen Welt auf.«

»Wow«, sagt Darcy. »Hast du schon immer getanzt?«

Er nickt. »Ich habe viele Jahre lang Flamenco getanzt. Ich habe sogar bei einigen Filmen mitgewirkt und den Schauspielern den Tanz beigebracht.«

»Beeindruckend«, sagt Camilla, deren Interesse geweckt ist. »Welche Filme?« Sie setzt sich in den Sessel gegenüber und bekleckert sich mit Wein.

»In einem der *Mission: Impossible*-Filme mit Tom Cruise«, sagt er und senkt die Stimme.

Sie merkt, dass er nicht gerne über sich selbst spricht. Oder vielleicht täuscht er nur Bescheidenheit vor.

»Und in einem mit diesem Mann aus den *Bill & Ted*-Filmen ...«

»Keanu Reeves?«, fragt Darcy, und er nickt.

»Menschenskinder«, staunt Camilla und mustert ihn erneut. »Du bist ja eine richtige Berühmtheit. Wir sollten uns ein Autogramm geben lassen.«

»Wie auch immer, genug von mir«, sagt er und sieht Kate an. »Wie geht es dir jetzt, Kate?«

»Ich glaube, das Valium hat gewirkt«, sagt sie mit einem schwachen Lächeln. »Eine Runde Schlaf wird mir bestimmt auch guttun.«

Er nickt. »Ich hatte schon viele Panikattacken, deshalb war ich sehr besorgt. Das ist keine Kleinigkeit, ganz und gar nicht. Normalerweise gibt es einen Trigger.«

»Was für einen Trigger?«, fragt Darcy.

Antoni zuckt mit den Schultern. »Das kann alles sein. Ein Geräusch, ein Geruch, das Gefühl von etwas, das man berührt ...«

Darcy wendet sich an Kate. »Hast du eine Ahnung, was dein Trigger gewesen sein könnte?«

Camilla beobachtet Kate aufmerksam und überlegt, ob sie einem potenziellen erneuten Trigger zuvorkommen soll. Darcy muss doch wissen, was Kates Panikattacke ausgelöst hat! Dazu braucht sie nur einen Blick auf den Kalender zu werfen.

»Vielleicht die Hitze«, sagt Camilla, und Kate nickt.

»Die Hitze, ja, genau.«

Für Camilla ist klar, dass sie nicht darüber reden will, noch nicht zumindest.

»Wenn ich etwas für dich tun kann, lass es mich bitte wissen«, sagt Antoni in seinem sanften katalanischen Tonfall. »Wenn du reden möchtest, kann ich auch zuhören. Ich weiß alles über diese Krankheit. Es hat viele Jahre gedauert, bis ich diese Anfälle nicht mehr hatte.«

»Ich hatte noch nie eine Panikattacke – jedenfalls nicht, dass ich wüsste«, sagt Darcy.

»Oh, man merkt, wenn man eine Panikattacke bekommt, glaub mir«, sagt Antoni mit einem bitteren Lachen.

»Weißt du, warum du sie bekommen hast?«, fragt Camilla Antoni interessiert. Es kommt nicht oft vor, dass sie einem Mann begegnet, der so offen über seine Gefühle spricht.

»Ich weiß es«, sagt er. »Aber wenn es dir lieber ist, dass ich nichts erzähle, weil es dich wieder triggern könnte, Kate, dann sag es mir bitte.«

Sie schüttelt den Kopf und murmelt, dass es in Ordnung ist.

»Meine Frau und ich hatten einen Autounfall«, sagt er. »Das war vor fünfzehn Jahren. Unser Auto rollte einen steilen Berghang hinunter. Als das Auto zum Stehen kam, konnte ich nicht aussteigen und meine Frau auch nicht. Wir waren eingeklemmt. Schließlich kam der Rettungsdienst und schnitt uns heraus. Sie hat nicht überlebt.«

»Oh mein Gott«, sagt Camilla und hat Gewissensbisse, weil sie ihn auf dem Boot so angeschnauzt hat.

»Schrecklich«, sagt Darcy und presst eine Hand auf den Mund.

Er nimmt einen tiefen Atemzug. »Die körperlichen Verletzungen verheilten innerhalb eines Jahres. Aber die Verletzungen in meinem Kopf und meinem Herzen brauchten viel, viel länger. Anfangs dachte ich, ich würde verrückt werden. Natürlich habe ich um meine Frau getrauert. Aber dann bekam ich diese Attacken. Irgendetwas passierte, und plötzlich fühlte es sich an, als wäre ich wieder im Auto gefangen, käme nicht raus. Ich zitterte und weinte, so wie Kate vorhin.«

»Klingt nach PTBS. Posttraumatische Belastungsstörung«, bemerkt Camilla, und er nickt.

»Ganz genau.«

Es entsteht ein Moment der Stille, in der alle das Gehörte sacken lassen.

Kate unterdrückt ein Gähnen, woraufhin Antoni sein Glas abstellt und zu gehen beschließt. »Das ist ein gutes Zeichen«, sagt er zu Kate. »Die Nebenniere hat aufgehört, Neurotransmitter durch deinen Blutkreislauf zu pumpen, und jetzt bist du müde, was heißt, dass dein Körper bereit ist, sich zu erholen. Ich werde jetzt gehen. Aber bitte ruf mich an, wenn ich dir irgendwie helfen kann.« Er nickt Kate zu, und sie sieht mit einem kleinen Lächeln zu ihm hoch.

»Danke«, sagt sie.

Darcy erhebt sich, richtet murmelnd ein paar Dankesworte an Antoni und schließt die Tür hinter ihm. Dann dreht sie sich um und verschränkt die Arme. Nun sind die drei allein. Camillas Aufregung hat sich ein wenig gelegt, und ihr ist, als könnte sie eine Woche lang schlafen.

»Soll ich bleiben?«, erkundigt sich Darcy.

»Ich kann auch gern bleiben«, bietet Camilla mit einem Blick zu Kate an. »Ganz wie du willst, Kate.«

»Keine von euch muss hier übernachten«, sagt sie. »Mir geht's gut, wirklich.«

»Du siehst aber nicht gut aus«, sagt Camilla.

»Cam«, sagt Darcy mit warnendem Ton in der Stimme.

Camilla fühlt sich, als hätte man ihr einen Klaps auf die Hand gegeben. »Was denn? Ich sage ja nicht, dass sie furchtbar aussieht...«

»Danke«, sagt Kate mit einem kleinen Lachen.

»Wenn du nicht willst, dass wir bleiben, verstehe ich das«, sagt Darcy zu Kate. »Du hast uns nur einen ziemlichen Schrecken eingejagt, das ist alles.«

»Auch für mich kam es aus heiterem Himmel«, sagt Kate.

Darcy reicht Kate ihr Handy und legt es neben sie. »Du schreibst uns, wenn du was brauchst, ja? *Egal was.*«

»Das mache ich.«

14

DARCY

Es ist Samstag, und sie ist früh wach. Selbst wenn sie unter Jetlag leidet, steht Darcy gerne bei Sonnenaufgang auf, um gut in den Tag zu starten. Eine Tasse Kaffee, ein paar Dehnübungen, dann will sie sich auf den Weg ins Fitnessstudio machen. Das Fitnessstudio ist mickrig, gerade mal zwei Laufbänder gibt es. Zu Hause läuft sie im Freien, aber hier sind es schon morgens um sechs Uhr dreißig Grad, außerdem hat sie keine Lust, auf Sand zu laufen.

Sie prüft ihr Handy auf Nachrichten von den Jungs. Marsha hat ihr ein Update dazu geschickt, was die Jungs in der Schule gemacht haben, was sie gegessen haben, wann Jacob sie abgeholt hat. Sie teilen sich das Sorgerecht, eine Woche sind die Kinder bei ihr, die nächste bei ihm. Sie hat sich immer noch nicht an das Wechselmodell gewöhnt und auch nicht an die Ungerechtigkeit, ihre Kinder nur ein halbes Jahr lang zu sehen, weil ihr Mann beschlossen hat, das halbe Land zu vögeln. Wer auch immer gesagt hat, *im Krieg und in der Liebe ist alles erlaubt*, hat offenkundig noch nie eine Scheidung erlebt.

Ed und Ben haben süße kleine Nachrichten von Marshas

Handy geschickt, darunter auch eine Videobotschaft, in der sie ihr sagen, wie sehr sie sie lieben und vermissen. Keine Nachricht von Charlie, der sein eigenes Handy hat. Sie schickt zwei Nachrichten an Marsha zurück, die an Ed und Ben gerichtet sind, und eine weitere an Charlie.

Sie wirft das Handy weg und seufzt. Ein weiterer Schlag ins Gesicht im unbarmherzigen Universum des Elterndaseins. Mit Wutanfällen kann sie umgehen. Schlafentzug – davon kann sie ein Liedchen singen. Aber dieses Mauern? Dieses komplette Dichtmachen? Das kann sie gar nicht ab. Ihre Mutter war darin Spitzenklasse und hat Darcy damit auf die Palme gebracht. Darcy hingegen ist wie ihr Vater ein offenes Buch, von Natur aus geneigt, sich mitzuteilen, über die Dinge zu reden. Sie war auch sprunghaft, bis sie lernte, es zu kontrollieren. Ach ja, die guten alten Gene. Ein großer Teil des Elterndaseins besteht darin, dass man sich mit seinen Eltern noch mal in Gestalt der eigenen Kinder und ihres Verhaltens auseinandersetzen darf. Ein Widerhall der Vergangenheit, sowohl im Guten wie im Schlechten.

Alles ist anders, wenn es um die eigenen Kinder geht. Sie hat keinen blassen Schimmer, wie sie mit dieser Situation umgehen soll. Und schon gar nicht vom anderen Ende der Welt aus.

Vielleicht tut die Auszeit Charlie gut, denkt sie. Vielleicht kommt er von ganz allein, wenn er merkt, wie sehr er sie vermisst.

Ein kleiner Teil von ihr ist jedoch besorgt – was, wenn er nicht auf sie zukommt? Was, wenn es künftig so bleibt?

Am oberen Rand des WhatsApp-Icons prangt die rote Zahl Dreizehn. Sie klickt darauf und wappnet sich für lauter Nachrichten in der Eltern-Gruppe. Im Chat wird nach dem Termin für den Elternabend gefragt, und als sie ihn durchscrollt, wird ihr das Herz schwer. Normalerweise wird sie bei solchen Fragen markiert, weil jeder weiß, dass Darcy *immer* auf dem Laufenden ist. Sie hat jeden einzelnen Schulausflug in ihrem Kalender eingetragen, zusammen mit Angaben zu den Kosten und der empfohlenen Bekleidung. Aber auch das ist eine Folge der Scheidung – weil sie die Jungs nur noch alle zwei Wochen sieht, ist sie nicht mehr die Quelle der Weisheit, die erste Anlaufstelle in Schulfragen. Das hat sich auch auf die anderen WhatsApp-Gruppen ausgewirkt, die zu Diskussionsforen über Rezepte, Tipps für die Heißluftfritteuse oder ökologische Nachhaltigkeit verkommen sind. Darcy hat ein Talent fürs Restaurieren von Möbeln, aber ihr Know-how wird immer seltener in Anspruch genommen. Es kommen auch keine Nachfragen zu ihrer Reise.

Das ärgert sie. Insgeheim gefiel sie sich in ihrer Rolle. Darcy, Königin des Upcyclings! Es schien besser zu funktionieren, als sie noch verheiratet und Vollzeitmutter war. Sie vermutet, dass es vor allem daran liegt, dass die Leute geschiedene Frauen meiden, als wäre es ansteckend, betrogen zu werden.

Zum Teufel mit ihnen, denkt sie und wirft ihr Handy in ihre Tasche.

Sie steht auf, putzt sich die Zähne, bindet sich die Haare zu einem Pferdeschwanz und zieht ihre Sportsachen an. Gott sei Dank hat sie Shorts und keine Leggings dabei – bei der Luftfeuchtigkeit würde sie sich nur die Beine aufscheuern.

Der Fitnesstrainer ist schon da – ein gutaussehender, junger, muskulöser Bursche. Sie spürt die erste Regung von etwas, das jahrelang in ihr geschlummert hat – sexuelle Anziehung. Eine Erinnerung daran, dass sie eine Libido hat. Vielleicht sollte sie

Camillas Rat befolgen und alles vögeln, was nicht bei drei auf den Bäumen ist. Seit Jacob hat es keinen anderen Mann mehr in ihrem Leben gegeben. Nicht seit ihrer ersten Verabredung vor siebzehn Jahren. Sie ist nicht dafür gemacht, untreu zu sein. Sie kann egoistisch sein, hat im Streit so manchen Schlag unterhalb der Gürtellinie ausgeteilt, und Charlies Mauern hat er eindeutig von ihrer Seite der Familie. Aber Fremdgehen entspricht nicht ihrem Naturell. Wenn sie einmal mit jemandem zusammen ist, dann bleibt sie dabei.

»Guten Morgen«, sagt sie zu dem Trainer, den sie auf Anfang zwanzig schätzt. Im Grunde noch ein Junge. Sie fühlt sich alt, wenn sie daran denkt, dass sie seine Mutter sein könnte. Sie sehnt sich nach ihren Zwanzigern zurück, als sie und alle anderen in ihrem Alter atemberaubend schön und sich dessen überhaupt nicht bewusst waren. Nicht ahnten, dass die mühelose Schönheit der Jugend mit jeder Minute dahinschwand.

Sie hat den gesamten Trainingsraum für sich allein. Gut, dass sie so früh aufgestanden ist. Sie hasst Fitnessstudios, sowohl wegen all der Keime, die dort kreuchen und fleuchen, als auch wegen der Vorstellung, dass sie vor Fremden trainieren muss. Aber hier ist es leer, abgesehen von dem heißen Jungspund, der am Wasserspender auf sein Handy starrt.

Sie stellt ihre Wasserflasche in den Becherhalter des Laufbands und läuft dann fünf Minuten lang, um ihre Muskeln aufzuwärmen. Früher konnte sie direkt losjoggen, aber mittlerweile beschweren sich ihre Wadenmuskeln tagelang, wenn sie sich nicht die Zeit nimmt, sich richtig zu dehnen.

Sie beginnt gerade zu joggen, als sie hört, wie sich die Tür öffnet und eine Männerstimme den Trainer begrüßt. Ein paar

Augenblicke später erscheint eine Gestalt auf dem Laufband neben ihr.

Ihr wird flau im Magen. Es ist Rob, Jades Ehemann. Er begegnet ihrem Blick, seine dunklen Augen fixieren ihre. Kein Nicken oder Lächeln, kein Zeichen einer Begrüßung.

Sie wendet sich ab, ehe ihre Mimik etwas verrät, und starrt auf die Zahlen auf dem Laufband-Display.

Rob geht dreißig Sekunden lang gemütlich, ehe er in den Sprintmodus hochschaltet. 14 Stundenkilometer. Ihre Anzeige zeigt 10 Kilometer pro Stunde. Sie drückt auf den Plus-Knopf, um die Geschwindigkeit zu erhöhen. Robs dicke Beine stampfen schnell neben ihr, seine Arme schwingen. Einen Augenblick später erhöht er sein Tempo und sie ihres. Es ist ein Spiel, denkt sie, ein unausgesprochener Wettkampf, auch wenn sie nicht sicher ist, warum. Er schnauft und stöhnt, während er immer schneller sprintet, so dass sich das ganze Laufband bewegt. Die Tür öffnet sich wieder, und aus dem Augenwinkel sieht sie, wie der Trainer geht.

Scheiße, denkt sie. Das Wegfallen der einzigen weiteren Person im Raum ist, als hätte jemand eine neue Chemikalie in einen Topf geworfen und dadurch das Gleichgewicht verändert. Ihre Gereiztheit schlägt in Verletzlichkeit um. Der Fitnessraum ist aus Glas, aber man kann nur von innen durch die Fenster sehen, nicht von außen. Durch die Scheibe vor ihr sieht sie lediglich die Palmen und die Sauna. Kein Anzeichen, dass sonst noch jemand in der Nähe ist.

Sie drosselt das Tempo auf ihrem Display zu einer schnellen Schrittgeschwindigkeit. Ein Teil von ihr will unbedingt zurück zur Villa, und sie ist wütend auf den Angestellten, weil er einfach so gegangen ist. In ihrem Kopf verfasst sie bereits eine Beschwerde. *An die Geschäftsleitung: Fitnessstudiobesucher sollten niemals unbeaufsichtigt sein.* Ein anderer Teil von ihr ist sauer, weil sie tut, was alle Frauen tun, wenn sie mit einem aggressiven Mann konfrontiert sind, nämlich zurückweichen, einen Fluchtweg suchen und sich mental darauf vorbereiten, dem Angreifer in die Eier zu treten. Es ist anstrengend, aufgrund des eigenen Geschlechts ständig mit einer unterschwelligen Bedrohung zu leben. Insgeheim war sie froh, als sie Söhne bekam; für Frauen hat sich wenig geändert, so dass sie sich davor fürchtete, Mädchen großzuziehen und sie auf eine Welt vorbereiten zu müssen, die es einem so verdammt schwer macht, eine Frau zu sein.

Sie bleibt, den Blick geradeaus gerichtet, und dreht den Spieß kurzerhand um. Sie sieht, wie er zu ihr herüberschaut. Er ist in greifbarer Nähe, die Laufbänder stehen dicht beieinander, weil das Fitnessstudio so klein ist. Nicht gerade coronakonform. In Gedanken schreibt sie eine weitere Beschwerde an die Resortleitung.

Rob wird langsamer und passt sich ihrer Geschwindigkeit an. Sein Gesicht ist ihr jetzt direkt zugewandt.

»Woher kenne ich Sie?«, fragt er.

»Hmmm?« Sie dreht den Kopf und lächelt leicht, als hätte sie gerade erst gemerkt, dass er da ist. Gott, sie wünschte, sie hätte Kopfhörer mitgebracht.

»Ich fragte, woher ich Sie kenne«, sagt er und verzieht die Lippen zu einem Grinsen.

»Oh«, sagt sie. »Wir haben uns vorgestern getroffen. Ich habe mit Ihrer Frau am Pool geplaudert.«

»Nein«, sagt er. »Das meine ich nicht. Wir sind uns doch schon früher mal begegnet, oder?«

Sie lacht schriller als beabsichtigt. »Glaube ich nicht.«

Er starrt weiter. »Ich habe eine Begabung. Ich kann mir Namen schlecht merken, aber vergesse nie ein Gesicht.«

»Wirklich?«

»Haben Sie schon mal von diesem Test gehört, den man online machen kann? Der Super-Recogniser-Test?«

Sie schüttelt den Kopf, dabei hat sie davon gehört.

»Ich gehöre zu den besten fünf Prozent.«

Sie schaut zum Fenster vor sich, nicht um seinem Blick auszuweichen, sondern weil sie in der Spiegelung die Tür des Fitnessstudios sehen kann. Sie hält Ausschau nach dem Trainer oder einem anderen Gast, denn ihre Nerven liegen blank, ihre weiblichen Instinkte sind in höchster Alarmbereitschaft. Das Problem ist, dass sich das Fitnessstudio in einem ganz anderen Teil des Resorts befindet. Rob könnte sie mit einer Hantel erschlagen, und sie wäre tot, noch ehe es jemand bemerkt.

Sie drückt den roten Stopp-Knopf auf ihrem Laufband und täuscht Müdigkeit vor, wie sie es schon oft getan hat, wenn sie Jacobs sexuelles Verlangen in seinen Gesten, seiner zunehmenden Zärtlichkeit ihr gegenüber ablesen konnte. Sie seufzt, hebt eine Hand, um sich eine imaginäre Trübung aus dem Auge zu reiben, nimmt einen großen Schluck aus ihrer Wasserflasche. Betont gelassen steigt sie vom Laufband herunter, tupft sich mit einem Handtuch die Stirn ab und geht zur Tür.

Draußen beginnt sie den Weg in Richtung des Holzstegs entlangzuhasten. Sie achtet darauf, nicht so auszusehen, als würde sie weglaufen, aber ihre Schritte werden immer größer, ihr Puls beschleunigt sich. Eine Stimme in ihrem Kopf sagt ihr, dass sie überreagiert. Was ist schon dabei, wenn ein Mann ins Fitnessstudio kommt und neben ihr läuft? Wenn er fragt, ob er sie von irgendwoher kennt? Ein solcher Bericht würde jeden Resortmanager dazu veranlassen, sie schleunigst abzuwimmeln.

Doch als sie einen Blick zurückwirft, sieht sie, wie die Tür des Fitnessstudios aufschwingt und Robs kräftige Gestalt herauskommt. Wie er einen Blick nach links und dann nach rechts wirft. Er sieht sie und beginnt zu rennen.

Oh Gott!

Sie geht schneller. Sie spürt den Holzsteg unter den Sohlen ihrer Turnschuhe, aber sie ist noch gut vierhundert Meter von ihrer Villa entfernt. Kein Mensch weit und breit. Ein Vogel mit einem langen, spitzen Schnabel huscht vor ihr über den Weg, Fledermäuse flattern aus den Bäumen in den blauen Morgenhimmel davon. *Bleib ruhig*, denkt sie, aber es ist zwecklos. Ihr Herz schlägt ihr bis zum Hals, und als sie merkt, wie sehr sie sich vor Rob fürchtet, der schnell hinter ihr herschreitet, wird ihre Angst nur noch größer.

Die lange Reihe von Villen ist in Sicht. Sie bemerkt jemanden auf dem oberen Balkon, der sie und Rob gut sehen kann, und atmet auf.

»Guten Morgen«, ruft sie mit Nachdruck nach oben. Der Mann schaut verwirrt zu ihr herunter und winkt. Sie winkt zurück, den Arm hochgereckt, um Rob zu signalisieren, dass sie jetzt Publikum haben. Als sie zurückblickt, ist Rob langsamer geworden und studiert sein Handy. Als würde er sie gar nicht beachten.

An der Tür ihrer Villa angekommen, stürzt sie sich auf die Klinke, Erleichterung durchflutet sie. Aber die Tür ist verschlossen. *Shit.* Sie kramt in ihren Taschen nach der Schlüsselkarte. Wo ist sie nur?

»Suchen Sie die hier?«, sagt eine Stimme.

Beim Anblick von Rob, der grinsend vor ihr steht, zuckt sie ein wenig zusammen. Er hält ihr die Schlüsselkarte hin. Sie greift danach, aber er zieht sie weg.

»Sag bitte.«

Sie erschrickt über die Arroganz dieses Satzes. Dann lenkt sie ein und sagt: »Geben Sie mir die Karte.«

»Geben Sie mir *bitte* die Karte«, beharrt er.

»Verpiss dich«, knurrt sie, und sein Grinsen wird breiter.

»Lass ich auch gelten«, sagt er und reicht ihr die Karte.

Sie reißt sie ihm aus der Hand, hält sie gegen die Tür, drückt den Griff herunter und betritt die Villa.

»Es wird mir noch einfallen«, sagt er.

»Was?«, fragt sie und dreht sich wütend zu ihm um.

»Woher wir uns kennen«, antwortet er.

Darcy schließt schnell die Tür.

15

CAMILLA

»Spannt eure Bauchmuskeln an, als ob ein Gummiband euren Bauchnabel zur Wirbelsäule zieht.«

Camilla sitzt auf ihrer Matte und leitet am anderen Ende der Insel einen Pilates-Kurs bei Sonnenaufgang auf der hölzernen, halbmondförmigen Plattform mit Blick auf den Ozean. Ein Kuppeldach spendet den siebzehn Teilnehmerinnen und Teilnehmern Schatten, und die hohe Decke verleiht dem Ort etwas Sakrales. Es ist noch nicht einmal sieben Uhr, und es sind bereits dreißig Grad, aber eine Meeresbrise sorgt für Abkühlung. Camillas Handy steht auf einem Stativ in der Nähe und zeichnet den Kurs live für Instagram auf, wo sich weitere vierundachtzig Teilnehmende aus der ganzen Welt zugeschaltet haben. Die Szene ist idyllisch – sich wiegende Palmen, das sanfte Rauschen des Ozeans um sie herum, Camilla sieht aus wie aus dem Ei gepellt – weißes Yoga-Outfit, das schwarze Haar zu einem Dutt hochgesteckt, die charakteristischen goldenen Creolen an Ort und Stelle. Sie ist immer die Ruhe selbst, wenn sie Pilates unterrichtet und praktiziert; die fließenden Bewegungen schalten jenen Teil ihres Gehirns aus, der sich, wie ihr Mann Bernie gerne sagt, jederzeit für einen Kampf wappnet.

»Hebt nun sanft die Beine in einem Winkel von fünfundvierzig Grad an und streckt die Zehen zum Himmel. Versucht, in den Knien locker zu bleiben und die Beine gerade zu halten. Ihr benutzt hier eure Bauchmuskeln, um die Position zu halten.« Sie zieht den Bauch ein, dann hebt sie die Arme. »Haltet Beine und Arme schön gerade, ohne Knie oder Ellbogen zu überstrecken.«

Sie blickt zu den Gästen hinüber, während sie die Pose einnimmt, ruhig wie ein Fels. Sie ärgert sich etwas, dass Darcy und Kate nicht mitmachen. Aber sie entdeckt ein paar vertraute Gesichter – Antoni sitzt ganz hinten und Jade in der dritten Reihe, ihr blondes Haar leuchtet im Sonnenlicht. Sie ist die einzige Teilnehmerin unter vierzig und der einzige Gast, der einen Bikini mit einem Sarong statt Trainingskleidung trägt. Der Herr neben ihr, der ein rotes Bandana trägt, beachtet Camilla nicht weiter, sondern studiert lieber Jade, wobei sein Blick an ihrer Brust klebt. Falls Jade es bemerkt, lässt sie es sich nicht anmerken, ihr Blick ist auf Camilla gerichtet.

»Jetzt dreißig Sekunden lang halten«, sagt Camilla. »Falls ihr die Beine etwas senken müsst, ist das in Ordnung, aber haltet die Spannung in der Bauchdecke. Stellt euch vor, ihr würdet einen Strandball zwischen Händen und Füßen halten.«

Mehrere Gäste kippen um, und jemand furzt.

»Ich war's nicht«, verkündet Antoni, und ein Lachen geht durch die Gruppe. Camilla lächelt ihn an und lässt sich ihren Frust über die Störung nicht anmerken. Hoffentlich hat die Kamera das nicht aufgezeichnet. Antoni ist der einzige Gast, der die Übung richtig ausführt, und sie ist froh, dass er heute Morgen gekommen ist. Einige Gäste hören nicht auf zu gähnen. Vielleicht war es eine schlechte Idee, ein Instagram Live zu machen. Sie nimmt sich vor, morgen früh eine weitere Live-Sendung für ihre Follower aufzunehmen, ohne Gäste. Das Gähnen fängt an zu nerven.

»Wir bleiben in dieser Haltung und bewegen nun unsere Hände auf und ab, als würden wir in einer Pfütze sitzen und das Wasser schlagen.«

Sie bemerkt, wie Antoni aufsteht. »Sorry«, sagt er und geht weiter nach vorn. »Die Sonne blendet mich.«

Sie nickt, und er nimmt neben Jade Platz, wo er sich zwischen sie und den Bandana-Mann quetscht.

»Und jetzt greifen wir mit den Händen unter die Knie und wippen sanft hin und her wie ein Ball«, sagt sie und lächelt ein wenig über den Unmut, der sich auf dem Gesicht von Bandana-Mann breitmacht. »Lasst zuerst den unteren Rücken die Matte berühren, dann die Mitte, dann die Schultern. Dann langsam wieder hoch, mit kontrollierten Bewegungen.«

Sie steht auf, um einem der älteren Teilnehmer zu helfen, von seiner Rückwärtsbewegung hochzukommen, und drückt die Hand sanft auf die Wirbelsäule des Mannes, um ihn zu stützen. Er hat sichtlich Mühe. Mein Gott, der Mann hat keine *Core Strength*. Deshalb brauchen Menschen Pilates, denkt sie.

»Geschafft«, strahlt sie und geht zurück nach vorne. »Jetzt stellt die Beine vor euch auf dem Boden auf und streckt die Arme seitlich aus, während ihr euch aus der Hüfte heraus dreht. Nutzt auch hier die Anspannung in eurer Körpermitte bei der Drehung. Langsam, langsam. Gut.«

Für den Augenblick scheint die Gruppe es verstanden zu haben, und alle drehen sich synchron, wie Marionetten. Sie fordert sie auf, die Beine anzuheben und zu halten, um dann die Arme auf und ab zu bewegen.

Sie wendet sich strahlend zur Kamera. »Wie läuft's bei meinen Followern zu Hause? Denkt immer daran, die Körpermitte anzuspannen. Stellt euch vor, wie ihr in einer Pfütze sitzt und mit den Handflächen aufs Wasser klatscht.«

»Warum sollten wir in einer Pfütze sitzen?«, fragt eine Stimme.

Sie dreht sich um und sieht, dass sich ein weiterer Gast zum Kurs gesellt hat, obwohl er schon zur Hälfte vorbei ist. Es ist Jades Mann, Rob.

»Willkommen«, sagt Camilla und verzieht das Gesicht zu einem breiten Lächeln.

Er steht an eine Säule in der Mitte des Raums gelehnt, neben Jade, die Beine gekreuzt, die Arme verschränkt. Einen finsteren Blick im Gesicht.

»Bitte, setz dich doch zu uns«, sagt Camilla und bedeutet ihm mit ausgestreckter Hand, sich zu setzen. Er schüttelt den Kopf und hebt eine Hand, wie um zu sagen: *Nein, danke.* Sie runzelt die Stirn. Will er wirklich nur dastehen und über seine Frau wachen, als wäre er ihr beschissener Leibwächter?

Anscheinend ja. Er dreht den Kopf zu Jade, die unbehaglich zu ihm hinauflächelt.

»Für die nächste Übung stehen wir alle mal auf«, sagt Camilla. »Ihr werdet ein bisschen Platz brauchen, also verteilt euch. So ist's gut.«

Die Teilnehmer streben auseinander, und Bandana-Mann befindet sich plötzlich in unmittelbarer Nähe von Rob.

»Die rechte Hand hinter den Kopf«, sagt Camilla und demonstriert die Übung, »das linke Bein zur Seite, und dann tippen wir mit der Fußspitze auf den Boden, bevor wir das Bein hochheben und das linke Knie zum rechten Ellbogen führen. So.«

Sie führt die Bewegung äußerst langsam aus und erklärt, welchen kleinen Muskel in der rechten Seite es bei dieser Bewegung zu spüren gilt.

»Gut!«, sagt sie und klatscht in die Hände. »Wir machen zehn Wiederholungen, bevor wir zur anderen Seite wechseln.«

Einige Teilnehmer sind unsicher, aber nach ein oder zwei Augenblicken beginnen die meisten von ihnen, ihre Bewegung zu synchronisieren.

»Jetzt die andere Seite. Diesmal das rechte Bein zum linken Ellbogen führen.«

Jade wackelt und kippt fast um.

Antoni fängt sie rechtzeitig ab, und sie richtet sich auf. »Alles gut?«, erkundigt er sich, eine Hand auf ihrem Bauch, die andere an ihrem Rücken.

Camilla bemerkt, wie Rob die Arme zur Seite fallen lässt und sich seine Augen verengen. Die Anspannung ist spürbar.

»Mir geht's gut«, sagt Jade zu Antoni.

Antoni hält sie eine Sekunde länger fest, wie um sicherzugehen, dass sie nicht umkippt, was für Rob offenbar das Fass zum Überlaufen bringt.

»Hey!«

Eine dröhnende Stimme, die von der Dachkuppel widerhallt. Alle drehen sich zu ihm um, dann wenden sich mehrere Gäste Camilla zu. Sie lächelt, als wäre nichts passiert. Jades Gesicht ist angespannt, ihr Blick starr auf Rob gerichtet. Antoni hebt die Hände, als wolle er sagen: *Schon gut*, und fährt mit der Übung fort. Jade verlässt entschuldigend die Gruppe und geht beschwichtigend auf Rob zu. Sie nimmt seine Hand und drückt sie an ihre Wange, als würde sie ein Kind trösten. Camilla seufzt wütend vor sich hin. Noch so ein vierzigjähriges Kleinkind. So unsicher, dass er sie nicht einmal allein zu einem verdammten Pilates-Kurs gehen lassen kann.

»Alles klar«, sagt Camilla in einem aufmunternden Ton und klatscht in die Hände. »Die nächste Bewegung hat es *wirklich* in sich.«

Sie zeigt ihnen, wie man in die Knie geht, ein Bein in einigem Abstand hinter dem Standbein ausgestreckt, und sich dann auf und ab bewegt, die Hände in die Hüften gestemmt. Jade und Rob stehen immer noch am Rande der Fläche und führen eine hitzige Diskussion. Obwohl sie nicht hören kann, was sie sagen, lenkt das Drama die Teilnehmenden ab. Sie stellt sich vor, wie die Leute im Internet das Geschehen beobachten, wie dieser Streit die professionelle, ruhige Atmosphäre stört, auf die sie so stolz ist. So hatte sie sich ihren ersten Instagram-Live-Beitrag von den Malediven ganz und gar nicht vorgestellt.

Verfluchte Männer.

Nach dem Kurs plaudert Camilla noch kurz mit den Teilnehmerinnen und Teilnehmern und gibt ihnen Tipps, wie sie ihre Rückenschmerzen lindern oder das unangenehme Zwicken in der Schulter beseitigen können. Ein normaler Teil ihres Unterrichts. Einige versprechen, ihr online zu folgen, worüber sie sich freut.

Zurück in ihrer Villa, duscht sie, kocht Kaffee und schreibt Darcy und Kate gemeinsam an.

Guten Morgen! Wie geht es euch? xx

Ihr Handy plingt, und sie nimmt es hoch, weil sie erwartet, dass ihr jemand geantwortet hat. Aber es ist eine E-Mail-Benachrichtigung. Eine weitere Nachricht von Jacob Levitt.

Von: j.levitt@immersiveAI.com
An: Camilla_papaki1973@gmail.com

Ich muss mit Ihnen über Adrian Clifton sprechen. Meine Nummer steht unten – ich bin jederzeit erreichbar.
Jacob

Sie starrt die Nachricht einen langen Moment lang an, liest sie langsam und sorgfältig, als wären die Worte eine Art Code. Woher weiß Jacob von Adrian Clifton?

Hat Darcy es ihm erzählt?

Sie hatten alle geschworen, Adrian niemals einem anderen Menschen gegenüber zu erwähnen.

Und Jacob ist der Letzte, von dem sie erwarten würde, dass Darcy ihm etwas verrät.

Mit zitternden Händen wählt sie »Filter« aus dem Menü aus und sucht nach einer Möglichkeit, Jacobs E-Mails zu blockieren. Sie beginnt, seine Adresse einzugeben, zögert dann aber. Vielleicht sollte sie ihn anrufen.

Ihre Unsicherheit ist überwältigend. Sie ist von blinder Panik ergriffen und versucht zu erahnen, was Jacob damit meint, worin seine Strategie besteht.

Warum sollte er nach Adrian Clifton fragen?

16

KATE

Kate geht die Treppe hinunter und gähnt. Ein weiterer Morgen mit strahlendem Sonnenschein. Sie *möchte* sich darüber freuen, aber sie ahnt, dass sie unwiderruflich ein Geschöpf der Dunkelheit ist, eine Nachteule, geboren, um sich zwischen Baumwurzeln in Erdlöchern zu vergraben. Vielleicht könnte sie ihren Butler um einen Ventilator bitten, um sich abzukühlen, und um eine Decke, um es sich bequem zu machen. Sie vermisst ihre Katzen, das Stupsen einer kleinen Nase an ihrer Wange im Morgengrauen, ein samtenes Kissen zu ihren Füßen.

Sie geht in die Küche, um sich eine Kanne Tee zu kochen, und kehrt dann um, weil ihr etwas auffällt. Die Tür der Villa steht offen. Nur ein wenig, einen Spalt weit, und eine frische Brise weht vom Meer herein. Verwirrt tritt sie näher. Wie lange ist sie schon offen? Hat sie vergessen, sie zu schließen? Ihr Herz beginnt zu pochen, und sie fragt sich, ob jemand in der Nacht hereingekommen ist. Erneut steigt Panik in ihr auf.

Sie greift zum Telefon und drückt auf den Knopf, um ihren Butler anzurufen.

»Hallo, Rafi? Ja, hier ist Kate Miller, aus Villa zwei. Ich glaube, meine Tür ist kaputt. Könnten Sie kommen und einen Blick darauf werfen?«

Zehn Minuten später ist Rafi mit einem jüngeren Kollegen da.

»Das sind neue digitale Schlösser«, sagt er und rüttelt an der Klinke. »Manchmal spinnen sie etwas.«

»Kann man das beheben?«, fragt sie, während sie immer noch versucht, sich die Angst auszureden, die sie ergriffen hat. Es ist schwierig, anderen Menschen PTBS zu erklären, und es ist anstrengend, so viele Ängste in sich zu tragen. Das ständige mentale Sortieren von rationaler und irrationaler Angst. Angst kann dein Leben retten, aber sie kann dich auch in den Wahnsinn treiben.

»Ja«, sagt Rafi bestimmt. »Aber wenn Sie sich Sorgen machen, kann ich Sie in einer anderen Villa einquartieren?«

Sie sieht zu, wie der jüngere Mann das digitale Schließsystem bedient und die Tür fest verschließt, wobei ein rotes Licht auf dem Bedienfeld bestätigt, dass sie endlich verriegelt ist.

»Schon in Ordnung«, sagt sie. »Solange es repariert ist, bin ich zufrieden.«

»Ich gebe Ihnen eine neue Schlüsselkarte«, sagt er. »Und falls noch mal ein Problem auftritt, sagen Sie mir einfach Bescheid. Es ist gar kein Problem, die Villa zu wechseln.«

»Danke«, sagt sie. »Darf ich Sie vielleicht um einen kleinen Gefallen bitten?«

Er nickt, froh, helfen zu können. »Natürlich.«

»Könnte ich vielleicht einen zusätzlichen Ventilator bekommen? Und eine Wolldecke? Eine möglichst dicke.«

Trotz dieser ungewöhnlichen Bitte zuckt er nicht mit der Wimper. »Brauchen Sie noch etwas? Soll ich Ihnen Frühstück bringen?«

Sie will schon nein sagen, hält sich aber zurück. *Warum eigentlich nicht?*, denkt sie. Ihre Standardreaktion ist es, nein zu sagen, wenn ihr jemand Hilfe anbietet, zu behaupten, es ginge ihr gut, selbst wenn dem nicht so ist.

»Frühstück klingt gut«, sagt sie.

Er holt einen gefalteten Zettel aus der Tasche und reicht ihn ihr. »Hier ist die Speisekarte. Sagen Sie mir einfach, was Sie möchten.«

Nachdem sie ihre Wahl getroffen hat, machen sich ihr Butler und sein jüngerer Kollege auf den Weg, während sie von der Holzterrasse auf das Wasser hinunterblickt. Sie fühlt sich instabil, fürchtet sich immer noch vor einer weiteren Panikattacke. Sie überkommen einen einfach so, denkt sie. In der einen Minute geht es einem noch gut, man unterhält sich mit Leuten, trinkt etwas, und in der nächsten wird man von einem unsichtbaren Angreifer überfallen, der heimlich im eigenen Gehirn lebt. Sie hatte seit über zehn Jahren keine Panikattacke mehr. Dazu waren jahrelange Therapien und Antidepressiva nötig, die sie immer noch nimmt. Vielleicht lassen sie nach. Vielleicht braucht sie eine höhere Dosis.

Drinnen brummt ihr Handy. Sie geht rein, nimmt es hoch und sieht, dass es eine Nachricht von Darcy ist, die sie sowohl an sie als auch an Camilla geschickt hat.

Rob ist mir heute Morgen vom Fitnessstudio nach Hause gefolgt.

Noch ehe sie antworten kann, ploppt eine Antwort von Camilla auf:

Was?! Was ist passiert?

Darcy schreibt prompt zurück:

Er hat mich zwar nicht angegriffen, aber er war ziemlich bedrohlich.

Kate studiert die Worte auf dem Display und erinnert sich daran, wie rabiat Rob Jades Hand am Pool gepackt und ihre zarten Finger an seine Lippen gedrückt hatte. Normalerweise versucht sie, Menschen nicht anhand von Äußerlichkeiten zu beurteilen. Rob sticht sicherlich heraus, mit seinem Machogehabe, seinen Tätowierungen und seinen Augen wie Messern. Aber sie macht sich Sorgen um Jade, die zwanzig Jahre jünger ist, die seine Tochter sein könnte und mit einem fiesen Bluterguss über dem Auge herumläuft. Kate versucht, sich Jades Hochzeitstag mit diesem blauen Fleck vorzustellen. Die Blicke. Das Getuschel. Sie erinnert sich daran, wie nervös Jade wurde, als Rob sich ihr näherte.

Kate schickt eine Antwort:

Sollen wir vorbeikommen?

<u>Darcy:</u>
Danke, ihr Lieben. Ich mache jetzt ein Nickerchen.
Treffen wir uns um 12?

<u>Kate:</u>
12 Uhr passt. Ruf uns an, falls irgendwas ist.

Unten geht die Tür auf; Rafi ist mit einem Tablett mit Essen zurückgekehrt, dessen Duft sie bis herauf ins Schlafzimmer riechen kann. Sie geht hinunter.

»Bitte sehr«, sagt er und präsentiert ihr ein herrliches englisches Frühstück sowie eine Schüssel Porridge mit Banane und Honig. Dazu einen Kaffee, ein großes Glas Wasser und ein Glas frisch gepresster Orangensaft. »Möchten Sie es auf dem Balkon einnehmen? Ich trage es nach oben.«

»Ja, danke«, sagt sie und folgt ihm die Treppe hinauf und den Flur entlang bis zum Essbereich draußen.

»Rafi«, sagt sie. »Darf ich Sie etwas fragen?«

Er stellt die Sachen auf den Tisch und nimmt das Tablett hoch, um es zurück in die Küche zu bringen. »Natürlich.«

»Es geht um einen anderen Gast«, sagt sie ein wenig verschämt. »In Villa drei. Ein Engländer namens Rob. Vielleicht sind Sie ihm schon begegnet?«

Rafi denkt nach. »Ich glaube, ich habe ihn gesehen. Kräftige Gestalt. Schwarze Haare. Tätowierungen.«

»Klingt ganz nach ihm. Er hat einen Tiger am Hals tätowiert.«

Rafi nickt. »Ja, ich habe ihn gesehen.«

Sie hält inne und versucht, ihre Frage richtig zu formulieren. »Meine Freundin hatte vorhin eine Auseinandersetzung mit diesem Mann. Wissen Sie, wie wir ihn bei der Inselverwaltung melden können?«

»Eine Auseinandersetzung?«, fragt Rafi verwirrt.

»Eine Art Konfrontation«, sagt sie. »Ich mache mir ein wenig Sorgen. Was unternehmen Sie hier auf der Insel normalerweise, wenn ein Gast Ärger macht?«

Rafi wägt seine Antwort ernst ab. »Ich werde mit der Resortmanagerin sprechen.«

»Aber bitte nennen Sie vorerst keine Namen«, sagt sie. »Und falls Sie etwas über diesen Mann erfahren, lassen Sie es mich bitte wissen.«

Er nickt mit aufrichtiger Miene. »Sie haben mein Wort.«

Als er die Treppe wieder hinunterläuft und zur Haustür hinausgeht, wendet sie sich ihrem Frühstück zu. Doch obwohl es so schön angerichtet ist, ist ihr der Appetit vergangen, und sie kriegt gerade einmal die Hälfte des Kaffees und ein Buttertoastdreieck hinunter. Sie kann sich nun besser daran erinnern, was ihrer Panikattacke vorausging, eine lose Aneinanderreihung von Bildern: Robs knurrendes Tiger-Tattoo am Hals, die zusammengekniffenen Lippen. Dann die Delfine. Irgendwie haben diese beiden Szenen die Erinnerung daran wachgerufen, wie sie damals Professor Berry im Gästehaus gefunden hat. Schon seltsam, wie die Erinnerung nach ihrer eigenen Logik funktioniert, wie ein Tiger-Tattoo diesen schrecklichen Moment heraufbeschwören kann. Die klaffende Wunde am Hals des Professors schien sie anzufauchen, die beiden Hautfalten, aufgeschlitzt mit einer Klinge. Eine halbe Sekunde, die sich zu einer Ewigkeit ausdehnte und in der sie spürte, dass sie die Nächste sein würde.

Es ist nicht real, ermahnt sie sich und ruft die Worte ab, die sie sich vorsagen soll, wenn die Angst sie übermannt. *Ich bin hier, ich rieche das Meer, ich spüre das Holz unter meinen Zehen, ich schmecke den Kaffee auf meinen Lippen.*

Das Mantra ist nur bedingt wirksam. Sie blickt auf die Wellen hinunter und sehnt sich plötzlich nach einer Intervention. Ein Kaltwasserschock könnte helfen, die Erinnerungen fortzuspülen, die aus ihrem Versteck gekrochen kommen.

Im Schlafzimmer holt sie ihren neuen Badeanzug aus der obersten Schublade und begutachtet ihn. Er ist nicht spektakulär, schon gar nicht sexy. Sie hat ihn aus einer Laune heraus im Supermarkt gekauft. Schlichtes Schwarz, praktische Träger, und vor allem: Er passt. Sie reißt die Etiketten ab, zieht ihn an und steckt sich die Haare hoch, ehe sie sich mit Sonnencreme einschmiert. Rafi hat ihr eine Schnorchelmaske und Schwimmflossen dagelassen. Die Flossen meidet sie lieber, aber die Maske kommt ihr gelegen.

Vorsichtig klettert sie die Leiter hinunter, die seitlich am Balkon angebracht ist, und begibt sich auf die Terrasse und von dort ins Meer. Es ist nicht eiskalt, wie sie erwartet hatte, da sie nur die britische Küste kennt. Stattdessen ist es warm wie in der Badewanne. Trotzdem ist es angenehm und eine äußerst effektive Ablenkung.

Sie setzt sich die Schnorchelmaske auf. Es ist eine Vollgesichtsmaske, bei der sie nichts in den Mund stecken muss. Die Plastiklinse bedeckt Augen, Mund und Nase, damit sie das Riff besser sehen kann.

Behutsam taucht sie neugierig ihr Gesicht unter Wasser. Sofort eröffnet sich ihr die Unterwasserwelt: Dutzende gestreifte Fische, die sich von ihrer Anwesenheit nicht beeindrucken lassen und unbekümmert neben ihr schwimmen. Das Riff sieht unwirklich, ja majestätisch aus. Sie erblickt Korallen, die aussehen wie der Schwamm, mit dem sie ihr Geschirr abwäscht, gummiartige Wedel, die aus dem Meeresboden ragen. Es gibt Korallen, die wie Hörner aussehen, andere, die aussehen wie ein großes Gehirn, und jede Menge von denen, die aussehen wie knallig blauer oder orangener Brokkoli und wo kleine Fische Zuflucht suchen.

Es dauert ein, zwei Minuten, bis sie sich an die Schnorchelmaske gewöhnt hat und darauf vertraut, dass sie wirklich unter Wasser atmen kann, solange sie das Rohr, das wie eine Antenne am oberen Ende der Maske herausragt, über der Wasseroberfläche hält. Es gibt kühle Stellen im Wasser, die sich herrlich anfühlen, und sie verweilt einen Moment lang an einer solchen, um eine kurze Pause von der drückenden Hitze zu genießen. In der schattigen Tiefe macht sie eine größere Gestalt zwischen den Fischen aus – eine Schildkröte. Sie ist aufgeregt wie ein Kind, dass sie sie hier, in freier Wildbahn, beobachten kann – nicht in einem Aquarium oder einer Zoohandlung. Es ist ein unfassbares Privileg, denkt sie, so etwas zu erleben, völlig unerwartet, in der unberührten Natur. *Na ja, abgesehen von all dem Plastik, das im Ozean herumschwimmt und in unserem Blutkreislauf*, denkt sie. Aber hier auf der Insel hat sie bislang kein Plastik gesehen, nicht einmal im Restaurant – das Wasser wird in Glasflaschen mit Silikon-Bügelverschlüssen serviert. Nirgendwo liegt Müll herum; sogar das Laub der Bäume wird sorgfältig vom Sand aufgeharkt und entsorgt, bevor die Gäste zum Frühstück nach draußen streben.

Allerdings gibt es auch hier Schäden – an manchen Stellen ist das Riff lebendig, an anderen tot. Biolumineszierende Korallen, hell leuchtend wie eine blaue Gasflamme, neben etwas, das aussieht wie Stein, lebende Korallen Seite an Seite mit toten. Das hier ist sicherlich nicht eins der farbenprächtigen Riffe, wie sie sie aus den Dokumentarfilmen von Jacques Cousteau und David Attenborough kennt, aber es ist ja auch nur das Hausriff. Die farbenprächtigeren, regenbogenartigen Riffe liegen vermutlich draußen im Meer. Sie bewegt sich ein wenig weiter durchs Wasser, zu den Stellen, wo sich das Riff nach außen auffächert. Dort gibt es auch mehr Fische, Schwärme von Doktorfischen, hellblau schimmernd neben flachen Korallen, die sich großflächig ausbreiten wie Wasserpilze.

Die Schildkröte zieht an ihr vorbei, und die Sonnenstrahlen

bringen die kleinen runden Augen und das spitz zulaufende Maul, das schöne Mosaik ihres Panzers zur Geltung.

Da schießt sie davon, aufgeschreckt durch einen plötzlichen Wasserwirbel hinter Kate. Als sie den Kopf in Richtung des aufgewühlten Wassers dreht, durchschneidet ein schwarzes Ruder die Oberfläche und streift ihren Kopf. Ein orangefarbener Lichtblitz über ihr verrät ihr, dass sie einem Kajak im Weg ist. Sie kann nicht ausmachen, wohin es fährt. Ein weiteres Ruder schlägt zu und noch eines. Es klingelt ihr in den Ohren.

Die einzige sichere Option scheint zu sein, abzutauchen, außer Reichweite.

17

DARCY

Darcy putzt sich gerade die Zähne, als sie ein Klopfen an der Tür ihrer Villa hört. Einen Moment später zeigt ihr Handy eine Nachricht von Camilla an, die ihr mitteilt, dass sie unten steht.

»Ich wusste, du würdest nicht schlafen können«, sagt Camilla, als sie sie hereinlässt. »Wie geht's dir? Erzähl mir, was passiert ist.«

»Also, ich war im Fitnessstudio«, sagt Darcy und geht in die Küche. Sie spuckt in die Spüle und spült den Mund aus, ehe sie sich an Camilla wendet. »Und Rob kam rein und fing an, auf dem Laufband zu laufen, direkt neben mir. Und dann hat er diese kindische Nummer abgezogen, ich weiß auch nicht ... als wollte er mit mir um die Wette laufen.« Sie beißt sich auf die Lippe, denn sie will weder erwähnen, dass in Wirklichkeit *sie* mit dem Wettrennen angefangen hat, noch, dass er behauptet hat, sie zu kennen. »Und dann ist der Trainer gegangen«, sagt sie. »Es waren also nur noch wir zwei im Raum, direkt nebeneinander. Ich hatte ein merkwürdiges Gefühl im Bauch ... So ganz allein ...«

Camilla nickt und verschränkt die Arme. »Also bist du gegangen.«

»Richtig. Ich war hundert Meter oder so den Weg hochgegangen, als ich mich umdrehte und ihn hinter mir sah. Daraufhin bin ich schnell weitergegangen, er mir dicht auf den Fersen, und als ich bei der Villa ankam, sagte er, ich hätte meine Schlüsselkarte verloren.«

Sie starren sich schweigend an, als könnten sie die Sorgen im Gesicht der anderen ablesen.

»Er ist heute Morgen bei meinem Pilates-Kurs aufgetaucht«, sagt Camilla. »Er muss direkt gekommen sein, nachdem er dich gesehen hat. Was für ein Macho-Arschloch.«

Darcy bleibt der Mund offen stehen. »Was hat er gemacht?«

»Ach, er kam hereinstolziert, baute sich direkt neben seiner Frau auf, als wäre er Tyson Fury, und schrie dann diesen Spanier an, als der versuchte, sie bei einer Gleichgewichtsübung vorm Umfallen zu bewahren.«

»Gott«, sagt Darcy.

»Meinst du, er hat deine Schlüsselkarte absichtlich an sich genommen?«, fragt Camilla.

Darcy zuckt mit den Schultern. »Weiß nicht. Es fühlte sich jedenfalls nach absichtlicher Einschüchterung an.«

Camilla nickt und verzieht den Mund zu einem Strich; sie scheint zu ahnen, dass Darcy ihr etwas verheimlicht. Einen Moment lang fühlt sie sich wie ein offenes Buch. Als würde sie ungewollt zu viel preisgeben.

»Ich muss dich etwas fragen«, sagt Camilla dann.

Hab ich's doch gewusst, denkt Darcy. Camilla hat sie durchschaut. Sie weiß, dass da mehr dahintersteckt. Darcy nickt und verlagert ihr Gewicht auf den anderen Fuß. »Okay.«

Camilla sieht zu Boden und wirkt plötzlich noch misstrauischer. »Hast du Jacob irgendetwas über Adrian Clifton erzählt?«

Darcy schweigt und denkt über die Frage nach. *Wie kommt Camilla darauf?*

»Nein«, sagt sie, und es stimmt, sie hat ihm gegenüber kein Wort über Adrian verloren. »Wir haben es uns versprochen, erinnerst du dich? Gleich am Anfang haben wir gesagt ...«

»Ich weiß«, sagt Camilla matt. »Es ist so: Ich möchte, dass wir ehrlich zueinander sind. Wir alle drei. Es darf keine Geheimnisse geben. Nicht in dieser Situation.«

Darcy nickt. »Natürlich nicht.«

»Wir müssen einander tausendprozentig vertrauen können«, fährt Camilla fort.

»Ich habe Jacob nie von Adrian erzählt«, wiederholt Darcy. Sie beobachtet Camilla genau und bemerkt den Konflikt in ihrem Gesicht. »Hat Jacob dich kontaktiert?«

Jetzt ist es Camilla, die zögert. Darcy sieht es ganz genau – die Frage, die Camilla ins Gesicht geschrieben steht: ob sie die Wahrheit sagen soll oder nicht, trotz allem, was sie gerade über gegenseitiges Vertrauen gesagt hat.

»Ja, Jacob hat mich kontaktiert.«

Darcy zieht scharf die Luft ein. »Wie bitte?«

»Ich habe keine Ahnung, wie er an meine E-Mail-Adresse rangekommen ist«, sagt Camilla schnell.

Eine Million Fragen wirbeln in Darcys Kopf. Was treibt Jacob für ein Spiel? »Und was hat er geschrieben?«

»Er meinte, er wolle mit mir reden. Ich dachte, er wolle uns nur die Reise vermiesen, Unruhe stiften. Also habe ich dir nichts gesagt, weil ich wusste, dass du dir Sorgen machen würdest.

Aber dann hat er mir wieder gemailt und nach Adrian Clifton gefragt.«

»Er hat nach Adrian Clifton gefragt?«, wiederholt Darcy, um sich zu vergewissern, dass sie sie richtig verstanden hat. »Was genau hat er geschrieben?«

Camilla holt ihr Handy aus ihrer Kaftantasche und scrollt hektisch herum. »Ich kann mir nie den genauen Wortlaut merken …«

»Darf ich die Nachricht sehen?«, fragt Darcy.

»Ich glaube, ich habe sie gelöscht«, sagt Camilla. »Ich war wütend.«

Darcy kann nicht verbergen, wie schockiert sie ist, und Camilla verzieht das Gesicht.

»Ich habe nichts gesagt, weil ich dich nicht beunruhigen wollte«, sagt sie verlegen. »Du hast dir diesen Urlaub verdient. Das ist auch der Grund, warum er diese Nummer abzieht, stimmt's? Kurz bevor du gegangen bist, kam er mit diesem blöden Sorgerechtsantrag um die Ecke, der abgelehnt wurde. Er hat keine Munition mehr. Also versucht er jetzt alles, um dir die Reise madigzumachen.«

»Stimmt«, sagt Darcy. Sie fühlt sich erneut betrogen, das Ausmaß von Jacobs Täuschung hagelt auf sie ein wie ein Steinregen. Die Ader über ihrem linken Auge hat zu pulsieren begonnen, das ferne Grollen einer Migräne.

»Aber wenn du Jacob nichts von Adrian erzählt hast«, sagt Camilla, der ein neuer Gedanke kommt, »wer dann?«

»Hast du jemandem von Adrian erzählt?«, fragt Darcy und reibt sich die Stirn.

Camilla schüttelt entschlossen den Kopf. »Genau wie vereinbart. Kein Sterbenswörtchen.«

Darcy presst erleichtert die Hände aufs Gesicht. Wenigstens etwas.

»Meinst du, Kate könnte etwas gesagt haben?«, fragt Camilla leise.

Darcy schnalzt mit der Zunge. »Ich habe ehrlich gesagt keine Ahnung.«

»Jedenfalls«, beginnt Camilla, und Darcy weiß genau, was gleich folgen wird, »ist es nicht so gut, dass er von Adrian weiß, oder?«

»Nein«, sagt Darcy und presst die Fingerspitzen an ihre Lippen. »Das ist ganz und gar nicht gut.«

18

JADE

»Was zum Teufel machst du da?«

Rob schreit mich an, als ich aus dem Kajak steige und mein Ruder in die Halterung stecke. »Jade!«

Ich habe keine Zeit für Erklärungen. Ich stürze mich mit den Füßen voran ins Wasser, vor den Augen der restlichen Gruppe, die mit dem Kajak unterwegs ist, und tauche ab, um nach der Person zu suchen, die ich gerade entdeckt habe. Ich hatte zu Rob noch gesagt, dass hier draußen offenbar jemand schnorchelt, obwohl dies der Bereich des Resorts ist, in dem Schwimmen verboten ist. »Das ist deren Problem, nicht wahr?«, schnauzte er, und wenig später spürte ich, wie ich mit meinem Ruder etwas traf, eine Schnorchelmaske, die schnell an die Oberfläche trieb.

Shit.

Ich bin keine sonderlich gute Schwimmerin, aber daran denke ich nicht. Ich denke daran, dass ich womöglich gerade jemanden getötet und auf dem Grund des Indischen Ozeans versenkt haben könnte. Meine Augen brennen vom Salzwasser, während ich mich umschaue, Blasen trüben meine Sicht. Im Schatten entdecke ich einen weißen Arm.

Als ich mich auf die Gestalt zubewege, sehe ich, dass es Kate ist. Oh, Scheiße – *sie* ist diejenige, die ich mit dem Ruder getroffen habe. Schlimmer noch, sie bewegt sich nicht. Sie schwebt einfach im Wasser, mit hängenden Armen wie bei einer Marionette, während sie langsam sinkt.

Einen Moment lang bleibt mein Herz stehen. Ich habe keine Ahnung, wie man jemanden vorm Ertrinken rettet. Vielleicht habe ich Kate bereits umgebracht.

Ich trete mit den Beinen, um vorwärtszukommen, und ergreife Kates Arm. Es kommt mir vor, als würden Stunden vergehen, während ich sie zur Oberfläche ziehe und zuletzt ans Licht schiebe.

Die Gruppe von Kajakfahrern ist ins Wasser gestiegen, um zu helfen. Ich zittere jetzt, der Schock über das, was gerade passiert ist, holt mich schnell ein.

»Wir müssen sie beide rausholen«, sagt ein Mann.

Ein deutsches Paar schafft es, Kate in ihr Kajak zu ziehen, wo sie sich prompt übergibt. *Wo ist Rob?*, denke ich just in dem Moment, als ich seine Stimme höre.

»Das ist meine Frau«, sagt er zu jemandem. Er sitzt immer noch in seinem Kajak. *Feigling*, denke ich. Schließlich paddelt er auf mich zu und reicht mir die Hand, wie John Wayne, der einem verletzten Cowboy anbietet, ihn auf den Rücken seines Pferdes zu hieven.

Wahrscheinlich sollte ich das nicht tun, aber ich schüttle den Kopf und weise ihn ab.

»Sei nicht albern, Jade«, sagt Rob mit Nachdruck. »Wir müssen dich zurück an Land bringen.«

In der Erste-Hilfe-Station scheint das Personal Kate bereits zu kennen.

»So schnell wieder hier?«, sagt einer von ihnen grinsend.

»Mir hat es hier so gut gefallen, dass ich einfach zurückkommen musste«, entgegnet Kate schwach.

Rob sorgt sich derweil übertrieben um mich und hilft mir auf die Liege auf der anderen Seite des kleinen Raums. Keine seiner großzügigen Gesten ist aufrichtig, obwohl ich wünschte, es wäre so. Er zieht eine Show ab, der ehrenhafte Ritter, der seine holde Maid mit Aufmerksamkeit überschüttet. *Und der Oscar für den besten Hauptdarsteller geht an ... Rob Marlowe!*

»Es gab einen kleinen Unfall im Schwimmverbotsbereich«, erzählt Rob dem Ersthelfer Emir, der zuerst Kate mit einer Decke zudeckt, dann mich. »Ich glaube, die da wurde von einem Ruder am Kopf getroffen.«

»Ich heiße Kate«, murmelt Kate verärgert von der Liege aus. »Meinem Kopf geht es gut. Ich habe zwar jede Menge Meerwasser geschluckt, aber ich habe mich vorhin übergeben, insofern sollte das wieder behoben sein.«

Emir schaut amüsiert. »Ist übergeben neuerdings eine Behandlungsmethode?«

»Na ja, ich atme doch, oder?«, kontert Kate.

»Sieht gut aus«, sagt Emir, der prüft, ob ihre Pupillen geweitet sind. »Aber wenn Sie viel Meerwasser geschluckt haben, müssen wir dafür sorgen, dass Sie viel Flüssigkeit zu sich nehmen. Wir werden den Koch bitten, sämtliches Natrium aus Ihren Mahlzeiten zu streichen. Sie müssen ein oder zwei Tage drinnen bleiben und viel trinken.« Er öffnet einen Wandschrank und holt eine lange Reihe weißer Schachteln heraus. »Und Sie müssen Antibiotika nehmen.«

»Wozu?«, fragt Kate.

»Das Meer enthält Bakterien. Manche dieser Bakterien sprechen auf Antibiotika an, manche nicht. Hoffen wir mal, dass Sie nur die verschluckt haben, die darauf ansprechen.« Er stellt eine Schachtel ab und wäscht sich die Hände im Waschbecken. »Haben Sie sich auch den Kopf gestoßen?«

»Ich glaube, ich habe sie mit meinem Ruder getroffen«, antworte ich ihm.

»Nicht richtig«, sagt Kate. »Ich habe gespürt, wie es mich streifte, deshalb habe ich versucht, ihm auszuweichen.«

Emir steht hinter Kate und prüft ihren Kopf auf Verletzungen. »Tut es hier weh?«, fragt er.

»Ein bisschen«, sagt Kate.

»Und hier?«

»Nein.«

Er kommt zu mir und überprüft meine Vitalwerte. »Haben Sie auch Meerwasser geschluckt?«

»Nicht viel«, sage ich.

»Sie waren nicht schwimmen?«

»Wir waren mit dem Kajak unterwegs, als ich bemerkt habe, dass da jemand schnorchelt und in Schwierigkeiten steckt, also bin ich ins Wasser gesprungen.«

»Wussten Sie nicht, dass in dem Bereich schwimmen verboten ist?«, fragt Emir Kate.

»Offenkundig nicht«, antwortet sie.

»Das war lebensgefährlich«, sagt Rob, und ich rolle mit den Augen. »Noch ein Stück weiter draußen, und du wärst in der Jetskizone gelandet.«

»Sehr hilfreich, danke«, sagt Kate trocken.

»Soll ich meine Frau zurück in die Villa bringen?«, fragt Rob.

»Welche der Damen ist Ihre Frau?«, fragt Emir, woraufhin Rob ihn anschaut, als hätte er den Verstand verloren.

»Die hier«, sagt er und nickt in meine Richtung.

»Beide Frauen sollten mindestens eine Stunde lang auf der Station bleiben«, sagt Emir. »Zur Beobachtung.«

Rob verlagert sein Gewicht auf den anderen Fuß; offenbar erträgt er den Gedanken nicht, so lange an diesem Ort zu sein. Auf der anderen Seite des Raumes klingelt das Telefon, und Emir geht hin, um den Anruf entgegenzunehmen.

»Warum gehst du nicht schwimmen«, schlage ich Rob sanft vor, »und kommst in einer Stunde wieder?«

Er beäugt mich misstrauisch. »Bist du dir sicher?«

Ich drücke seine Hand und lächle tapfer, wie die gerettete Maid, die ihren Ritter für seinen Mut belohnt, indem sie ihn anspornt, zu neuen Abenteuern aufzubrechen. Als ich höre, wie sich seine Schritte entfernen, atme ich erleichtert auf und wende mich an Kate.

»Es tut mir wirklich furchtbar leid.«

Kate sieht mich an. »Aber, aber«, sagt sie mütterlich. »Du brauchst dich doch nicht zu entschuldigen. Ich bin schließlich diejenige, die im Badeverbot geschwommen ist.«

»Ich hab dich erst in letzter Minute gesehen«, sage ich. »Wir haben versucht, unsere Ruder zu synchronisieren, aber ich bin immer wieder mit Robs Ruder zusammengestoßen. Ich hätte aufpassen sollen, wo ich hinsteure.«

»Touché«, sagt Kate. »Der unermessliche Ozean – so viel dazu.«

19

JACOB

Gott, er wünschte, er hätte eine Ausbildung zum Software-Ingenieur absolviert. Er hat einen erstklassigen Abschluss in Informatik, aber da dieser aus dem Jahr 1999 stammt, hätte er genauso gut Zahnmedizin studieren können.

Es ist Samstagmorgen. Er hat fünf Tage Zeit, um die Fehler in diesem Softwareprodukt zu beheben. Es würde viel schneller gehen, wenn einer der Jungs aus der Qualitätssicherung das übernehmen könnte, aber Jacob muss die Sache vorerst unter Verschluss halten. Er hat seiner Freundin Dembe, mit der er seit zwei Monaten zusammen ist, eine sorgfältig formulierte E-Mail geschickt – er will nicht, dass Kabir davon erfährt. Darin hat er sie um Anweisungen für eine weitere Sicherheitsüberprüfung gebeten. Sie hat Penetrationstests vorgeschlagen, die er durchgeführt hat, sowohl Black- als auch White-Box-Tests.

Bis jetzt scheint alles in Ordnung zu sein. Seine größte Sorge war die Befehlseingabe. Investoren für ein KI-Produkt zu suchen, das lauter Bugs beinhaltet, wäre katastrophal.

Jacob kann nicht leugnen, dass das alles seine eigene Schuld ist. In Anbetracht seines Gemütszustandes in letzter Zeit ist es möglich, dass die Analytikprobleme kein Anzeichen für eine Schwachstelle sind, nicht was die Programmierung oder einen Hack angeht.

Vielleicht macht er das Problem auch größer, als es ist.

Trotzdem sollten die E-Mail-Adressen, die Sam ihm gegeben hat, nicht in der Nähe seines Produkts auftauchen. Und dann ist da noch ein Name, den er nicht kennt – Adrian Clifton. Eine Google-Suche hat keine Anhaltspunkte ergeben. Wer ist dieser Typ? Warum gibt es keine E-Mail-Adresse für ihn? Jacob muss tiefer graben. Er war schockiert, als er die Namen der Nutzer erkannte, die hinter dem Hackerangriff standen. Camilla Papaki und Kate Miller. Freundinnen von niemand Geringerem als Darcy. Sie hat die beiden in der Vergangenheit ihm gegenüber mal erwähnt.

Camillas Antwort auf seine E-Mail diesbezüglich sprach eine eindeutige Sprache. *Fick dich.* Nett von ihr. Nicht die Art von Frau, von der er jemals erwartet hätte, dass Darcy mit ihr verkehrt. Haben sie Zugriff auf die Software in Darcys Haus, auf ihrem Computer? Oder steckt sie mit ihnen unter einer Decke? Immerhin weiß sie von dem Investorentreffen. Sie weiß, wie wichtig dieses Produkt ist.

Sie hat ihm geholfen, das Unternehmen groß zu machen. Es war ihm gelungen, sie dazu zu bringen, den Großteil ihrer Anteile an ihn zu überschreiben, so dass sie bei der Scheidung viel weniger bekam, als ihr zugestanden hätte. Vielleicht ist das ihre Rache.

Vielleicht aber auch nur Paranoia.

Er gießt sich noch eine Tasse Kaffee aus der Cafetière ein, die auf seinem Schreibtisch in dem kleinen Zimmer im Dachgeschoss seines Hauses steht, und beschließt, weiterzusuchen. Das Letzte, was er gebrauchen kann, ist, dass die Investition an einer winzigen Sicherheitslücke scheitert, die er nicht finden kann. Adrian Clifton ist das fehlende Puzzlestück. Er schreibt den Namen auf einen Notizblock und kreist ihn ein.

»Dad?«

Jacob sieht vom Schreibtisch hoch. Sein ältester Sohn Charlie steht in der Tür. Er trägt einen Pyjama, sein Haar ist zerzaust.

Er nickt Charlie zu. »Alles in Ordnung, mein Junge?«

»Kann ich reinkommen?«, fragt er.

Jacob stößt einen Seufzer aus. Er kann jetzt wirklich keine Unterbrechung gebrauchen. »Klar. Was gibt's?«

Charlie kommt misstrauisch näher und lässt sich in den Sessel neben dem Schreibtisch fallen. Er ist groß geworden, fällt Jacob auf. Er hat denselben Blick wie Jacob auf seinen alten Schulfotos in diesem Alter. Sturheit, Aufmüpfigkeit. Ihm kommt der Gedanke, dass Charlie Drogen nehmen könnte, und ihm wird übel.

»Wie ist deine neue Freundin so?«, fragt Charlie. »Dembe?«

»Oh«, sagt Jacob. »Sie ist nett. Sie hat eine Tochter. Jasmine. Ich habe sie noch nicht kennengelernt.«

»Werden wir sie kennenlernen?«

»Ja, natürlich. Ich denke schon.«

»Wird sie eine gute Stiefmutter?«

Jacob lacht nervös. Er mag Dembe überraschenderweise tatsächlich sehr. »Was sollen all diese Fragen?«

Charlie senkt den Blick auf seine Hände. »Hast du mit dem Anwalt über das Sorgerecht gesprochen?«

Jacob denkt nach. »Äh, noch nicht.«

Charlie begegnet seinem Blick. »Warum nicht?«

»Na ja, dich komplett zu mir zu nehmen ist eine große Sache. Ich dachte, wir schauen mal, wie es läuft.«

»Ich dachte, du wolltest das volle Sorgerecht«, sagt Charlie, und Jacob schaut weg. Der Antrag auf das alleinige Sorgerecht war die Idee seines Anwalts. Kurz darauf hat er es fallenlassen und sich auf das gemeinsame Sorgerecht geeinigt.

»Charlie. Sieh mal, ich würde dich wirklich gern zu mir nehmen. Aber deine Mum ... sie wäre echt wütend.«

»Ist mir egal«, sagt Charlie.

Jacob hält inne und denkt über seine Worte nach. Charlie ist ein guter Junge, und normalerweise nicht feindselig. Früher hing er sehr an seiner Mutter, genau wie seine jüngeren Brüder. Jacob hätte sich nie vorstellen können, dass eines seiner Kinder nach der Scheidung bei ihm leben wollen würde. Doch nach dem Ausflug, zu dem Darcy ihn mitgenommen hatte, ist Charlie ängstlich geworden. Das Theaterwochenende. Er überlegt, ob er Charlie ein wenig ausfragen sollte, lässt es aber bleiben. Charlie macht zu, sobald man ihn unter Druck setzt.

»Ich möchte sicher sein, dass es wirklich das ist, was du willst, mein Junge«, sagt Jacob.

»Ganz sicher«, sagt Charlie und sieht ihn direkt an. »Das ist es, was ich will.«

Jacob seufzt. »Okay. Ich schicke heute Abend eine E-Mail an meinen Anwalt.«

»Ben und Ed wollen auch hier wohnen.«

Jacob lacht erneut nervös. »Wirklich?«

Charlie nickt. »Das wäre bestimmt cool. Hier sind wir auch näher an unserer Schule. Und die Zimmer sind größer.«

»Äh, das werden wir sehen«, sagt Jacob und kratzt sich am

Bart. Er muss sich rasieren. »Geh jetzt runter in die Küche, na los.«

Charlie sieht erfreut aus, die Mundwinkel deuten zum ersten Mal seit Wochen wieder nach oben. »Weißt du noch, wie ich dir von Lennie Aspey erzählt habe?«, fragt er.

»Der Junge, der dich gemobbt hat?«

Charlie nickt.

»Ich dachte, er hätte aufgehört, dich zu mobben«, sagt Jacob.

»Hat er auch. Mum hat dafür gesorgt.«

Jacob zieht die Augenbrauen hoch. »Das ist doch gut, oder?«

Charlie sieht aus, als wolle er etwas sagen, aber Jacob unterbindet das schnell. Er hat noch zu tun. »Na geh schon«, sagt er. »Ich komme bald runter.«

»Was ist das?«, fragt Charlie und entdeckt den Notizblock auf seinem Schreibtisch, auf dem der Name »Adrian Clifton« in Großbuchstaben steht und mehrfach eingekreist ist.

»Ach«, sagt Jacob. »Niemand. Nur jemand von der Arbeit.«

Charlie macht große Augen. »Ich muss dir was zeigen. Warte.«

Jacob sieht zu, wie er aus dem Zimmer huscht und eine Minute später mit einem kleinen Stück Papier zurückkommt, das von einem größeren Blatt abgerissen wurde.

»Hier«, sagt Charlie und reicht ihm den Zettel.

Jacob nimmt ihn und liest. Es ist eine Reihe aus elf Zahlen, die er für eine Handynummer hält. Auf der Rückseite steht »ADRIAN« in Darcys Handschrift geschrieben.

»Was ist das?«, fragt er und schaut ihn eindringlich an.

Charlie sieht jetzt eingeschüchtert aus. »Ich habe neulich diesen Film gesehen. Über einen Spion. Der hatte so ein Geheimtelefon und …«

»Charlie«, unterbricht ihn Jacob etwas zu laut. »Was ist das?«

Er zögert. »Ich hab zu Hause in Mums Kleiderschrank ein Handy gefunden. Es war wie das Geheimtelefon in dem Film.«

Jacob kneift die Augen zusammen und versucht zu verstehen, was sein Sohn da sagt. »Ein Geheimtelefon?«

Charlie nickt. »Es war kein iPhone. Sondern eins von diesen billigen Prepaidhandys, die sie mir mitgegeben hat, wenn ich ins Zeltlager gefahren bin.«

»Woher weißt du, dass es geheim war?«

»Ich hab sie gesehen«, sagt er. »Sie hat es benutzt. Und dann hab ich gesehen, wie sie es vor uns versteckt hat. Später habe ich danach gesucht. Aber ich konnte es nicht finden.«

Jacob wendet nun den ganzen Körper seinem Sohn zu und fragt sich, ob es sich lohnt, der Angelegenheit seine Aufmerksamkeit zu widmen. »Okay. Und?«

»Dabei habe ich diesen Zettel in ihrer Schublade gefunden. Ich dachte, es könnte wichtig sein.«

Jacob betrachtet die Telefonnummer, seine Gedanken kreisen. »Okay, tja, danke.«

Charlie lächelt, froh, etwas getan zu haben, was sein Vater für nützlich hält. Perplex sieht Jacob zu, wie er sich aus dem Zimmer schleicht. Es ist ein wenig seltsam, dass Charlie mit ihm zusammenleben will. Ein Problem, in vielerlei Hinsicht. Aber er fühlt sich geschmeichelt. Darcy ist immer für die Jungs da gewesen, das weiß er.

Als er sich wieder dem Computer zuwendet, sieht er die E-Mail-Adresse von Kate Miller auf dem Bildschirm.

Er beginnt, eine Nachricht einzutippen.

20

DARCY

Sie trifft früh im Restaurant ein, während das Personal noch die Tischkerzen anzündet und das Geschirr für das Buffet anrichtet. Darcy trägt ein weißes Gaze-Maxikleid, hat die Haare hochgesteckt und eine rote Hibiskusblüte hinters Ohr geklemmt. Sie hat sie nicht selbst gepflückt, sondern die heruntergefallene Blüte unterwegs gefunden.

Es ist Viertel vor sechs, und die Sonne geht mit prächtigen apricotfarbenen und bronzenen Streifen am strahlend blauen Himmel unter, während man am Ufer die Silhouetten der Leute sieht, die das Naturschauspiel mit dem Handy fotografieren.

Morgen ist der Jahrestag des Massakers, das Datum drängt sich ungewollt in den Vordergrund. Der September ist auch der Monat ihres Hochzeitstags, doch zum ersten Mal erfüllt er sie mit Traurigkeit statt mit Stolz.

Sie beobachtet, wie die ersten Gäste zum Abendessen eintreffen und an den Tischen Platz nehmen, und fragt sich einen Moment lang, ob deren Leben jemals so aus den Fugen geraten ist wie ihrs. Ihre Anwesenheit hier an diesem traumhaften Ort fühlt sich plötzlich beschämend und nach purer Verzweiflung an. Sie hat immer gewusst, dass jeder im Leben bestimmte Rollen übernimmt, aber die Rolle der verlassenen Ex-Frau ist keine, die sie jemals spielen wollte. Jacob war eine sichere Nummer, loyal und aus einer alteingesessenen Familie. Darcy ist felsenfest überzeugt, dass es der Erfolg von Jacobs Firma war – der Firma, die *sie* ihm geholfen hat aufzubauen –, der ihn eitel, selbstsüchtig und schließlich untreu gemacht hat.

Dennoch fühlt sich Darcys sogenanntes neues Kapitel immer mehr wie die billige Kopie eines Neuanfangs an. Eine schmuddelige, rissige Leinwand mit einem großen Fragezeichen darauf statt eines unbeschriebenen Blatts.

Mit einem frustrierten Seufzer holt sie ihr Handy heraus und beschließt, ihre Söhne anzurufen. Zu Hause ist es Nachmittag, und sie weiß, dass Jacob Marsha gebeten hat, bis achtzehn Uhr zu babysitten, obwohl Wochenende ist. Jacob behauptete, es stünde eine wichtige Woche auf der Arbeit bevor. Aber das ist lächerlich – in den letzten sechzehn Jahren hat Jacob von *jeder* Woche behauptet, sie sei wichtig. Er ist der geborene Workaholic.

Sie ruft Marsha an und bittet darum, mit den Jungs zu sprechen.

»Warte, ich gebe dir Ben«, sagt Marsha, und Darcy bekommt Herzklopfen, als sie die Stimmen ihrer Jungs im Hintergrund hört, ihr fröhliches Quietschen.

»Mummy! Mummy!«, ruft Ben aufgeregt, den Mund viel zu nah an der Telefonmuschel.

»Hallo, Benny Ben«, sagt sie. »Du fehlst mir so.«

»Mummy, kann ich dich was fragen?«, sagt Ben.

»Natürlich.«

»Ed sagt, wenn man jemandem in den Hintern kackt, kommt es aus dem Mund wieder raus! Stimmt das?«

Angewidert wendet sie sich vom Handy ab. »Was? Nein ...«

»Bist du *sicher*, Mummy?«

»Ja, klar, bin ich sicher ... Ben? Hallo?«

Er ist weg. Im Hintergrund hört sie, wie er wegrennt und seinem Bruder zuruft: »Ich habe dir doch gesagt, dass es nicht zum Mund rauskommt!« Kurz darauf meldet sich Marsha wieder am Telefon.

»Tut mir leid«, sagt Marsha. »Sie sind mit Spielen beschäftigt.«

»Was ist mit Ed?«, fragt Darcy. »Oder Charlie?«

Sie hört, wie Marsha erst nach Ed und dann, als er nicht antwortet, nach Charlie ruft.

»Sie spielen mit ihren Wasserpistolen im Garten«, sagt Marsha. »Wir haben gerade herrliches Wetter hier. Habt ihr eine schöne Zeit?«

»Ja, haben wir, danke.«

»Ich sage den Jungs, dass sie dich anrufen sollen, später, wenn sie sich ein wenig beruhigt haben.«

»Super, danke.«

Sie legt auf und ruft mit einem Wischen den Chat mit Charlie auf WhatsApp auf, plötzlich voller Sehnsucht nach den Tagen, als die Jungs noch klein waren. Als Charlie ihre Hand hielt, wenn sie spazieren gingen, und Ben und Ed sich Küsschen gaben. Hinreißend. Ihre WhatsApp-Nachrichten an Charlie von vor einem Jahr enthalten lauter Herz-Emojis und alberne GIFs. Darunter viele Nachrichten an ihn, in denen sie ihn ermahnt, sich die Zähne zu putzen. Jacob achtet auf solche Dinge nicht, wenn sie bei ihm übernachten. Er hat kein Problem damit, die

Jungs mit zwei unterschiedlichen Socken, ungebügelten Shirts und dreckigen Ohren zur Schule zu schicken. Wahrscheinlich ernähren sie sich bei ihm auch nur von Hotdogs und Eiscreme und kriegen kein Gemüse zu Gesicht. Sie nimmt sich vor, Multivitamintabletten für Kinder zu bestellen, die guten, und sie an Jacobs Adresse schicken zu lassen, mit der strikten Anweisung, dass die Jungs sie einnehmen sollen, wenn sie bei ihm sind.

Sie schreibt eine lange WhatsApp-Nachricht an Charlie.

Charlie, mein Schatz! Ich hoffe, dir geht's gut und du hast viel Spaß. Ich vermisse dich so sehr. Es ist wunderschön hier, du würdest das Meer und die kleinen Einsiedlerkrebse lieben. Ich habe gestern Delfine gesehen und an dich gedacht. Sie waren echt groß und superschnell! Was hältst du davon, wenn wir einen gemeinsamen Ausflug planen, hm, nur wir zwei? Wir könnten ins Kino gehen und danach einen Milchshake trinken, wie klingt das?
Hab dich ganz doll lieb xxx

Sie hat Tränen in den Augen, und die Stimmen der Jungs im Hintergrund während des Telefongesprächs hallen in ihren Ohren nach. Sie vermissen sie nicht. Egal, wie hart sie gearbeitet hat, egal, wie viel Zeit sie für die Kinder aufgewendet hat, sie haben immer zu ihrem Vater aufgeschaut. So sind sie nun einmal veranlagt.

Auch sie ist so veranlagt. Es gibt ein unsichtbares Band, das sie mit ihrem Vater verbindet. Nichts, was er getan oder gesagt hat, hat sie geprägt oder beeinflusst – und trotzdem ist da diese Verbindung.

Sie wischt durch ihre Alben zu den jüngsten Fotos der Kinder. Ein Foto von den dreien, das sie erst diesen Sommer im Garten aufgenommen hat. Alle oberkörperfrei, die Arme umeinandergelegt. Drei Versionen von Jacob. Ein breites Lächeln mit Zahnlücken, sonnengebräunte Haut, schlaffes blondes Haar und blaue Augen. Keine Spur von ihren dunklen Haaren und braunen Augen.

Eine Nachricht von Charlie blinkt auf, und sie klickt eifrig darauf.

LASS MICH IN RUHE! ICH HASSE DICH!!!

Sie starrt auf die Nachricht, ohne zu atmen. Eine Stimme in ihrem Kopf sagt ihr, dass er erst zwölf ist, noch ein Kind. Das aufbrausende Temperament hat er von ihr. Hitzig wie ein Dampfkessel, vor dem man sich in Acht nehmen sollte, wenn man ihn ohne Sicherheitsventil zu lange köcheln lässt.

Aber bislang hat sie diese Wut noch nie abgekriegt. Tränen stehen ihr in den Augen, und als ein Kellner kommt, wischt sie sie schnell weg.

»Darf ich Ihnen einen Drink anbieten, Ma'am?«

»Äh, ja, bitte«, sagt sie und greift nach dem Menü. »Ich nehme ein Glas Rotwein, danke.«

Sie hält das Lächeln aufrecht, während der Kellner losgeht, um ihr etwas zu trinken zu bringen, doch es vergeht ihr, als sie Rob erblickt, der durch das Restaurant stolziert, in einem gestreiften, kurzärmligen Hemd und einer Chino-Shorts, und auch hier drin immer noch seine Sonnenbrille trägt. Dahinter folgt Jade in einem taillierten pastellrosa Kleid unter einem schwarzen Kaftan. Sie nehmen drei Tische rechts von Darcy Platz, wobei eine hohe künstliche Zypresse sie verdeckt. Durch ein verspiegeltes Wandpaneel direkt vor ihr kann sie die beiden beobachten, wie sie einen Moment lang dasitzen, ohne ein Wort zu wechseln. Jade studiert ihr Handy, während Rob die Köche im Buffetbereich beobachtet und ungeduldig mit den Fingern auf den Tisch trommelt.

Sie denkt an Kate, die auf der Erste-Hilfe-Station liegt und ihren Kopf behandeln lässt. Zum Glück ist nichts Schlimmeres passiert. Um ein Haar hätten sie einen Todesfall zu beklagen gehabt. Der Gedanke daran lässt sie erschaudern. Es ist auch merkwürdig, dass Rob in diesen Unfall verwickelt war, nach dem Vorfall von heute Morgen im Fitnessstudio. *Hat er das womöglich geplant?*, fragt sie sich. Interessantes Timing. Alle haben sich darüber aufgeregt, dass Kate im Schwimmverbotsbereich war. Aber *irgendjemand* aus der Gruppe der Kajakfahrer muss sie doch gesehen haben, bevor sie zusammenstießen? Und dann war es auch noch ausgerechnet das Kajak von Rob und Jade, mit dem sie kollidierte.

Er bringt Unheil. Sie kennt solche Leute, erkennt sie auf den ersten Blick.

Sie kennt *ihn*.

Sie denkt an Leoparden, die sich durchs Gras bewegen, Kopf, Hals und Wirbelsäule kerzengerade, während sie sich vorwärtsschleichen, die Augen auf ihre Beute gerichtet. Genau so fühlt sie sich, wenn sie Rob ansieht. Voll brodelnder Wut. Jahrelang aufgestauter Wut, die sich jetzt auf diesen Mann richtet. Sie kennt Männer wie Rob, weiß, wozu sie fähig sind und womit sie durchkommen.

Natürlich hat er sie erkannt, aber sie merkt, dass es ihr gleichgültiger ist, als es vielleicht sein sollte. Sie hatte mit ihrer Vermutung richtiggelegen – sie *wollte*, dass er sie erkennt. Ein Tiger genießt bestimmt den Moment, wenn seine Beute ihn endlich sieht und die Angst in ihren Augen aufblitzt. Gefürchtet zu sein bedeutet, mächtig zu sein. Wer hätte gedacht, dass sich hinter dieser Vollblutmama, dass sich hinter dieser charmanten Elternbeiratsvorsitzenden ein Pulverfass verbirgt?

Sie wartet noch den richtigen Moment ab, bis sie es Kate und Camilla sagt. Sie hat einen Plan im Kopf, einen finsteren Plan. Sie ist sich nicht sicher, ob die beiden anderen dafür bereit sind. Aber falls es klappt, wird alles wieder gut werden. Dann hat alles wieder einen Sinn.

Sie wollte Kate fragen, ob sie mit Jacob gesprochen hat. Ob sie ihm von Adrian Clifton erzählt hat. Der Gedanke daran jagt ihr einen Schauer über den Rücken. Wenn Jacob es weiß ... was dann?

»'n Abend«, sagt Camilla, die ein schillerndes türkisfarbenes, mit Pailletten besetztes Kleid trägt und ihr schwarzes Haar zu zerzausten Wellen frisiert hat.

Darcy wird aus ihren Tagträumen gerissen und blickt lächelnd zu Camilla hoch. »Du siehst umwerfend aus. Wie eine Meerjungfrau.«

»Echt?«, sagt Camilla enttäuscht. »Eine Meerjungfrau? Ich dachte eher an Monica Bellucci.«

Darcy weiß nicht, wer das ist. »Na ja, du siehst jedenfalls richtig toll aus.«

»Damit kann ich leben«, sagt Camilla.

Kate trifft ein und setzt sich neben Darcy. »Ist bei dir alles in Ordnung?«, fragt sie und mustert sie aufmerksam.

»Alles in Ordnung«, sagt Darcy und verzieht den Mund zu einem breiten Lächeln. »Alles bestens.«

Der Kellner kommt mit Darcys Glas Wein auf einem silbernen Tablett und stellt es vor ihr ab.

»Oh, davon nehme ich auch eins«, sagt Camilla.

Darcy spürt, wie sich ihr die Nackenhaare aufstellen. Aus dem Augenwinkel sieht sie im verspiegelten Wandpaneel, dass Rob sie direkt anstarrt, die Schultern in ihre Richtung gedreht. Sie blickt weg, tut so, als würde sie über den Tisch nach dem Salz greifen, und sieht, dass er in Wirklichkeit an ihr vorbeischaut. Sein Gesichtsausdruck ist alarmierend – er sieht wütend aus, sein Mund ist zu einem Strich verzogen. Sie versucht, sich unauffällig umzudrehen, aber Rob ist ohnehin zu sehr von der Person abgelenkt, die hinter ihr steht, als dass er sie beachten würde.

Sie folgt seinem Blick nach links. Vor der Reihe mit silbernen Buffetschalen steht Antoni und hat eine Hand auf den Rücken einer Frau gelegt. Es ist Jade.

Oh Gott, denkt Darcy und wirft einen schnellen Blick zurück, um zu sehen, wie Rob darauf reagiert.

Als sie sich wieder umdreht, hat Antoni seine Hand weggenommen, sein Gespräch mit Jade ist offenbar zu Ende. Doch dann scheint er sich an etwas anderes zu erinnern, etwas von entscheidender Bedeutung, und er beugt sich lachend noch einmal zu ihr, um ihr etwas ins Ohr zu flüstern, wobei sein Arm über ihre Schulter gleitet.

Rob springt von seinem Stuhl auf, und er stürmt auf Jade und Antoni zu. Jade sieht ihn mit Augen groß wie Untertassen an, die Angst steht ihr ins Gesicht geschrieben, aber Antoni ist vertieft in das, was er ihr erzählt, und gestikuliert noch immer amüsiert mit einer freien Hand, bevor er sich wieder dem Buffet zuwendet. *Oh shit*, denkt Darcy und bemerkt den Gesichtsausdruck von Camilla und Kate, als sie sehen, wie Rob durch die Tischreihen schreitet, das Gesicht violett vor Wut und die Fäuste an den Seiten geballt.

Ein Kellner, der ein Tablett mit Getränken trägt, entdeckt Rob und versucht einzugreifen.

»Sir?«, sagt er panisch. »Sir?« Er hebt eine Hand, um Rob davon abzuhalten, das Buffet zu stürmen, doch dieser fegt den Kellner beiseite, der hinfällt, so dass das Tablett samt Getränken mit einem lauten Krachen auf den Fliesen landet und der Rotwein über das Kleid einer Frau spritzt.

»Grundgütiger«, flüstert Kate und erhebt sich von ihrem Stuhl, um das Gerangel zu beobachten.

»Er wird ihn umbringen«, sagt Darcy.

Camilla hält ihr Handy hoch und filmt verzückt. »Ich wette zehn Pfund, dass er ihn im Gemüsecurry ertränkt.«

Rob baut sich vor Jade auf, die ihre Hände an seine Brust gepresst hat und beschwichtigend und entschuldigend auf ihn einredet. Zwei weitere Kellner treten vor, um ihn zu besänftigen, aber er stößt sie beiseite und schreitet zum Buffet, wo Antoni sich mit dem Koch am Pfannkuchenstand unterhält. Anspannung und Unbehagen liegen in der Luft. Die anderen Gäste beobachten, wie Antoni sich umdreht und plötzlich Rob vor sich sieht.

»Willst du meine Frau ficken, ist es das?«, schreit Rob, packt Antoni am Hemd und zieht ihn zu sich heran. Hinter ihm ist Jade erstarrt, die Hände an den Mund gepresst.

Darcy sieht schweigend zu, wie Antoni versucht, Robs Hände von seiner Kleidung zu lösen und mit ihm zu reden. Rob lässt los und stößt ihn angewidert von sich, und in Gedanken nimmt Darcy die nächsten Schritte vorweg – atemlos und erwartungsvoll rechnet sie damit, dass Rob Antoni niederschlägt. Sein rechter Arm holt nach hinten aus, die Faust geballt. Antoni sieht im Vergleich zu ihm schmächtig aus, alt und gebrechlich.

Sie sieht, wie drei Kellner angesichts der drohenden Eskalation erneut das Risiko eingehen und Rob bitten, an seinen Tisch zurückzukehren. Einer legt eine Hand auf seinen rechten Arm, woraufhin Rob explodiert.

»Hände weg!«, schreit er und stößt den Kellner zurück. Der Kellner ist jung, aber groß und muskulös. Er taumelt nach hinten, wobei sich ein Topf mit roter Soße wie Blut über sein Hemd ergießt.

Ein Raunen erhebt sich an den Tischen, als Rob sich auf dem Absatz umdreht und eine Besteckkiste auf den Boden fegt. Das Klirren des Metalls auf den Kacheln hallt in Darcys Ohren nach. Gebannt sieht sie zu, wie er durch das Restaurant zum Ausgang stürmt. Jade folgt ihm rasch, mit eingezogenem Kopf und aschfahlem Gesicht.

Nach Robs Abgang hält das Restaurant für einige Sekunden den Atem an, ehe alle gleichzeitig zu reden beginnen.

»Was zum Teufel war das denn?«, fragt Camilla und bricht damit das Schweigen an ihrem Tisch.

»Ich dachte wirklich, er würde ihn umbringen«, sagt Darcy.

»Wir sollten ihr hinterhergehen«, meint Kate und scannt mit den Augen auf der Suche nach Jade das Fenster ab.

»Was für ein Riesenarschloch«, sagt Camilla spöttisch und steckt ihr Handy weg. »Absolut bodenlos. An einem Ort wie diesem eine Szene zu machen.«

Darcy beobachtet, wie sich eine Gruppe von Mitarbeitern des Resorts um Antoni schart. Der junge, kräftige Kellner, den Rob in die rote Soße geschubst hat, versucht, die klebrigen Reste mit einem Geschirrtuch von seiner Uniform zu wischen – mit wenig Erfolg. Ein anderer hat eine Flasche Wein für Antonis Tisch geholt, offenbar ein Versuch der Wiedergutmachung, während zwei Mitarbeiterinnen in einer anderen Uniform – von der Verwaltung, wie Darcy vermutet – ihn mit Entschuldigungen überhäufen. Antoni fegt die Aufregung lächelnd beiseite und hält hier und da an den Tischen inne, um mit Gästen zu plaudern, die sich nach seinem Wohlergehen erkundigen.

Kate zückt ihr Handy und beginnt, eine Nachricht zu tippen.

»Schreibst du Jade?«, fragt Darcy.

»Ja«, sagt Kate, ohne aufzublicken. »Ich will sie fragen, ob wir uns später treffen können. Damit ich weiß, ob es ihr gutgeht.«

»Später könnte zu spät sein«, bemerkt Darcy.

»Meinst du, wir sollten ihr nachgehen? An die Tür der Villa klopfen?«

»Ich würde sagen, lasst sie in Ruhe«, widerspricht Camilla. »Rob ist so unberechenbar, dass es alles wahrscheinlich nur noch schlimmer macht, wenn wir uns einmischen.«

Darcy blickt zu ihr, dann zu Kate, die hin und her gerissen zu sein scheint, ob sie Jade hinterherlaufen oder hierbleiben soll.

Du musst es ihnen sagen, denkt sie. *Jetzt mehr denn je.*

21

CAMILLA

Was für ein beschissener Tag.

Camilla sitzt allein in der Bar, nachdem sie sich von Kate und Darcy verabschiedet hat. Es ist kurz nach neun. Sie kann jetzt einfach nicht zurück in ihre Villa gehen. Der Jahrestag der Spinnaker-Morde ist nur noch wenige Stunden entfernt. Sie trinkt bereits ihren vierten Cocktail – eine Piña Colada mit extravaganter Garnierung und Zuckerrand am Glas – und ist bereit, weiter zu trinken, solange der Knoten in ihrem Bauch dadurch nicht noch schlimmer wird. Vielleicht trinkt sie auch einfach so lange, bis sie ohnmächtig wird. Darcy und Kate werden es sicher verstehen, wenn sie morgen früh nicht auftaucht. Aber besser, sie wird in ihrer Villa ohnmächtig und nicht in der Öffentlichkeit.

Sie steht gerade auf, um zu gehen, als eine Gestalt neben ihr auftaucht.

»Guten Abend. Darf ich mich zu dir setzen?«

Sie blickt auf und sieht Antoni, der von einem schlaksigen Achtzehnjährigen mit kantigem Kiefer und braunen Augen begleitet wird.

»Antoni«, sagt er und legt die Hand auf seine Brust. »Falls du es vergessen haben solltest. Und das ist mein Neffe, Salvador.«

Sie lächelt. »Nein, hab ich nicht vergessen. Mir entgeht so schnell nichts.« Sie wirft Salvador ein beschwipstes Grinsen zu. »'n Abend.«

Sie setzt sich wieder hin, denn der Gedanke, allein zu sein, ist plötzlich wenig attraktiv. Antoni wendet sich an den jungen Mann und sagt etwas auf Spanisch. Salvador nickt und antwortet etwas, auch wenn sie keine Ahnung hat, was er sagt, mit Ausnahme von »*sí, sí*«.

»Salvador spricht leider kein Englisch«, erklärt Antoni. »Er geht gleich mit einem Mädchen etwas trinken, das er vorhin kennengelernt hat.«

Salvador lächelt Camilla unbeholfen an und hebt zum Abschied eine Hand. »*Mucho gusto.*«

»*Mucho gusto*«, echot Camilla, hebt ihr Glas und verschüttet ein wenig von ihrem Cocktail, als Salvador sich in Richtung einer jüngeren Frau bewegt, die erwartungsvoll an der Bar sitzt.

Antoni nimmt ihr gegenüber Platz. Er scheint stocknüchtern zu sein und sieht adrett aus mit seinem frischen Leinenhemd, das am Hals so weit geöffnet ist, dass man seine Brustbehaarung sieht. Auch die Arme sind kräftig, am Ärmelsaum deutet sich ein ausgeprägter Bizeps an.

»Antoni«, sagt sie, als ihr die Auseinandersetzung beim Abendessen wieder einfällt. »Gott, das war verrückt vorhin. Das mit Rob, meine ich.«

Er nickt. »*Sí*, er war sehr wütend. Seine junge Frau war auch aufgebracht. Ich wollte ihr nur ein paar Tipps für die Pilates-Übung geben, die du uns gezeigt hast. Aber ...« Er macht ein zischendes Tzz-Geräusch und schüttelt den Kopf. »Ihr Mann ist ein *torracollons*.«

Sie lacht laut auf. »Ein was?«

»Ein *coñazo*.«

»Vielleicht kannst du mir ein paar Schimpfwörter auf Spanisch beibringen«, sagt sie und hebt ihr Glas.

»*Catalán*«, korrigiert er sie.

»Ist das ein anderes Wort für *coñazo*?«

»Ja und nein«, sagt er. »Es ist meine Nationalität. Ich komme aus Katalonien.«

Sie erkennt ihren Irrtum und lacht erneut, wobei sie den Kopf zurückwirft und die Blicke der Gäste in der näheren Umgebung auf sich zieht.

»Wie geht es Kate?«, fragt er.

»Es geht ihr gut«, lügt sie. »Alles gut bei ihr.«

»Das freut mich zu hören. Ich habe mir Sorgen gemacht.«

Sie setzt ein gekünsteltes Lächeln auf. Offenbar ist er nur hier, um sich nach Kate zu erkundigen. »Ich kann ihr gute Besserung von dir ausrichten, wenn du willst?«

»Was ist das?«, fragt er und deutet auf ihr Glas.

»Rum mit einem Schuss Sorgen.«

Sein Gesichtsausdruck ändert sich, er mustert sie. »Oh, das ist nicht so gut. Haben die auch fröhlichere Cocktails?«

Sie blickt sich in der Bar um. Rattanstühle und Tische stehen unter einem Strohdach verteilt, aus den Lautsprechern über ihnen ertönt leise Jazzmusik. Kerzen flackern in Gläsern, der Nachthimmel ist voller Sterne. Sie nickt dem Kellner zu, und er tritt mit einem Tablett an ihren Tisch.

»Eine Piña Colada für meinen Freund Antoni«, sagt sie.

»Gern. Und für Sie?«

»Ich nehme auch noch eine.«

Der Kellner verschwindet in Richtung der Bar. Sie leert den Rest ihres Glases.

»Ich habe von Kates anderem Unfall gehört«, sagt Antoni.

»Sie ist echt ein Glückspilz«, sagt Camilla und klingt gehässiger als beabsichtigt. »Sie war in dem Bereich schwimmen, wo Kajaks und Paddleboards unterwegs sind. Hat ein Ruder vor den Kopf gekriegt. Aber sie ist wohlauf.«

Er nickt und verschränkt seine Finger. »Das ist gut. Nicht, dass sie ein Ruder vor den Kopf bekommen hat, natürlich. Aber ich bin froh, dass es ihr gutgeht.« Er lächelt, seine Augen mustern sie. »Ich finde, Urlaube können ein zweischneidiges Schwert sein.«

Sie legt den Kopf schief. »Wie das?«

»Na ja, es ist wunderbar, sich mal auszuruhen, nicht wahr? Aber wir setzen uns auch enorm unter Druck, jede Sekunde genießen zu müssen. Und manchmal entspannt sich der Geist vielleicht ein wenig zu sehr. Wir haben jede Menge Zeit, um darüber nachzudenken, was gut läuft und was nicht so gut.«

Sie lässt beeindruckt die Augen über ihn gleiten. Er ist tiefgründig, das muss man ihm lassen. »Ich weiß. Manche von uns arbeiten ohne Ende, nur damit wir nicht zu viel nachdenken, sonst würden wir verrückt werden.«

»Genau. Man sollte so einen Urlaub nicht auf die leichte Schulter nehmen. So ein Urlaub kann *gefährlich* sein.« Bei dem Wort »gefährlich« senkt er die Stimme und lacht, aber sie hört an seinem Tonfall, dass es ihm ernst ist.

»Ich habe seit ungefähr zwölf Jahren keinen Urlaub mehr gemacht«, sagt sie. »Ich war zwar öfter im Ausland, aber immer beruflich.«

Sein Lächeln schwindet, als er merkt, dass sie sich ihm anvertraut. »Das tut mir leid zu hören.«

»Es macht mir Angst, wenn ich zu viel Zeit habe, herumzusitzen und nachzudenken.«

Er legt den Kopf schief. »Warum Angst?«

Sie zuckt mit den Schultern und streicht sich eine lange schwarze Haarsträhne über die Schulter. »Ich weiß auch nicht. Das macht gar keinen Sinn, oder? Ich muss ständig an meine Tochter Natasha denken. Nicht falsch verstehen, es geht ihr gut, aber ich mache mir Sorgen.«

»Angst ist Angst.«

»Ja, vermutlich. Ich weiß nur nicht ... Ich weiß nicht, was ich tun würde, wenn ich sie auch noch verliere.« Ihre Kehle schnürt sich zusammen. »Ich glaube nicht, dass ich das überleben würde.«

Er hört das Beben in ihrer Stimme, beugt sich vor und legt seine Hand sanft auf ihre. Schlagartig ist sie ein wenig nüchterner. Sie starrt hinunter; das Gefühl einer warmen Berührung, der Hand eines anderen Menschen auf ihrer, hat sie schon lange nicht mehr gespürt.

»Morgen ist der Jahrestag ... der Tag jährt sich, an dem ich meinen Zwillingsbruder verloren habe«, sagt sie und zögert bei dem Wort *verloren*. »Das ist immer eine schwierige Zeit für mich.«

»Einen Zwilling zu verlieren muss sich anfühlen, wie einen Teil von sich selbst zu verlieren«, sagt Antoni leise.

Bevor sie antworten kann, erscheint der Kellner und stellt die Cocktails vor ihnen auf den Tisch. Camilla wendet ihren Blick nicht von Antoni ab. Entweder ist sie sturzbesoffen oder gebannt von diesem Mann und seiner sanften Art, der freundlichen und sensiblen Art, mit der er heikle Themen anspricht. Wie den Tod ihres Bruders. Wie Trauer.

Und ihr wird plötzlich klar, dass ihr gesamtes Erwachsenenleben von Trauer bestimmt war, so eindeutig klar, dass sie sich fragt, wie sie die letzten zwei Jahrzehnte gelebt hat, *ohne* sich dessen bewusst zu sein. Dass jede ihrer Entscheidungen eine unmittelbare Folge der Nacht war, in der ihr Bruder ermordet wurde.

»Wie hieß dein Bruder?«, fragt Antoni.

»Cameron«, sagt sie und spürt, wie ihr das Blut in den Adern gefriert, sobald sie es laut ausspricht. Sie sagt seinen Namen selten, obwohl sie ihn manchmal ausspricht, um die Erinnerung an ihn lebendig zu erhalten. Sie überlegt, ob man das nicht Trauernden empfehlen sollte: *Sprechen Sie die Namen der Verstorbenen laut aus.* Einen Namen mit Schweigen zu umgeben ist der direkteste Weg, jemanden ein zweites Mal zu töten, denkt sie.

»Was ist mit deiner Frau?«, fragt sie. »Wie war ihr Name?«

Antoni holt eine Schachtel Zigaretten aus einer Tasche. »Stört es dich, wenn ich rauche?«

»Nein.«

Er zündet sich eine an, sein Gesicht entspannt sich, während er langsam und genüsslich daran zieht. »Estella. Estella de Quirós.«

»War sie auch Tänzerin?«

Er nickt und lächelt. »Viel, viel besser als ich. Als Teenager wurde ihr gesagt, sie könne keine Kinder bekommen, das trieb sie in gewisser Weise dazu, all das zu tun, was den Frauen in ihrer Familie verwehrt geblieben war. Außerdem war sie begabt und hat hart gearbeitet.«

Sie erhebt ihr Glas. »Auf all die hart arbeitenden, begabten Menschen, die nicht mehr unter uns sind.«

Antoni hebt seines. »*Salud.*« Er trinkt, stellt dann sein Glas ab und zieht wieder genüsslich an seiner Zigarette. »Was ist mit deinem Bruder? Standet ihr euch nahe?«

Sie erschaudert, als sie Camerons Stimme in ihrem Kopf hört. Dieser letzte, beängstigende Anruf. Sie hat viele Therapiestunden gebraucht, um ihn zu verarbeiten.

»Cameron und ich wurden im Abstand von sechs Minuten geboren«, sagt sie. »Wir waren zwei schwarzhaarige philippinische Kinder, die einzigen Filipinos in unserer winzigen Kleinstadt. Die ersten Jahre waren wir unzertrennlich. Aber dann haben wir uns als Teenager auseinandergelebt. Mit zwanzig lebten wir schließlich in völlig verschiedenen Welten. Wir waren nicht gut aufeinander zu sprechen, als er starb.«

In einem unaufhaltsamen Redeschwall erzählt sie, wie Cameron als Teenager in die falschen Kreise geraten war und immer weiter abrutschte. Er war ein begabter Gitarrist gewesen und hatte vorgehabt, als Musiker Karriere zu machen. Man konnte seinem schleichenden Verfall zuschauen wie einem Horrorfilm in Zeitlupe: die Drogen, der Knastaufenthalt, die Schlägereien, das Klauen bei den Eltern, um seine Sucht zu finanzieren.

Er fing wieder an, Gitarre zu spielen, und bekam ein Baby mit seiner Freundin, was ihren Eltern Hoffnung gab – vielleicht würde dieses neugeborene Kind ihn dazu bringen, ein neues Leben zu beginnen. Und vielleicht würden sie ihr Enkelkind sehen können.

Beides sollte nicht eintreffen: Cam vermasselte es wie alles andere auch. Seine Freundin verweigerte ihm den Umgang, weil sie befürchtete, Cam würde vor dem Kind Drogen nehmen. Ihre Eltern haben ihr Enkelkind, ein Mädchen, noch nie gesehen. Sie muss inzwischen Mitte zwanzig sein.

Aber dieser letzte Anruf ... *Ich glaube, da ist jemand ... Was soll ich tun?*

Antoni streichelt ihre Hand und holt sie zurück ins Hier und Jetzt. Wo ist sie? Sie sieht sich um, durch den Alkohol sieht sie verschwommen, der Boden schwankt ein wenig. Ah ja, sie ist in der Bar, im Resort, auf den Malediven. Sie ist neunundvierzig. Zweiundzwanzig Jahre sind seit Cams Tod vergangen. Und doch ändert die Zeit nichts, heilt keine Wunden. Die Vergangenheit ist erstaunlich präsent, immerzu.

Antoni schlägt vor, dass sie am Strand spazieren gehen, der von Lichtern beleuchtet wird, die ihre Farbe ändern und über die dunklen Wellen flackern.

»Er hat ausgerechnet *mich* an diesem Abend angerufen«, erzählt sie Antoni, während sie langsam am Ufer entlangschlendern. »Nicht seine Ex-Freundin, nicht unsere Eltern, nicht seine Freunde. Er wusste, dass er sterben würde, und hatte schreckliche Angst. Wir hatten seit vier Jahren kein Wort mehr miteinander gewechselt. Und trotz allem, was vorgefallen war, trotz all der Lügen und all der Male, die er mich bestohlen hat, war ich diejenige, der er mehr vertraute als allen anderen.« Sie schluckt schwer, ihr wird ganz kalt ums Herz. »Und ich konnte nichts, rein gar nichts für ihn tun, außer ihm beim Sterben zuzuhören.«

Antoni fixiert sie lange mit seinem dunklen Blick, während sie die Zehen ins Wasser steckt, den Schrecken jener Nacht noch einmal spürt, Camerons Stimme hört, die Angst darin.

»Das mit deinem Bruder tut mir leid«, sagt Antoni.

Sie nickt. »Ich hatte es mir schon so oft ausgemalt. Ein Anruf aus irgendeinem Krankenhaus. Die Polizei, die bei meinen Eltern vor der Tür steht und ihnen mitteilt, dass man ihn tot aufgefunden hat, mit einer Nadel im Arm. Aber er war clean geworden, schien sich an sein Ausstiegsprogramm zu halten. Unsere Erwartungen waren *sehr* niedrig. Er arbeitete für eine Baufirma in Dover, wo er ein paar Wochen bleiben musste.« Sie seufzt. »Stattdessen wurde er ermordet. Am Ende haben ihn nicht Drogen oder Gangs das Leben gekostet. Sondern irgendein Angreifer.«

Antoni sieht bedrückt aus, das ist auch der Grund, warum sie nie jemandem von Camerons Tod erzählt. Falls es doch mal zur Sprache kommt, erzählt sie, er sei bei einem Autounfall gestorben. Ein Mord wirft zu viele Fragen auf, erfordert zu viele Erklärungen. Einige Leute haben ihr sogar schon vorgeworfen, sie hätte sich das alles nur ausgedacht.

»Was ist mit dem Mörder?«, fragt Antoni und lässt sich den Schock nicht anmerken. Er ist viel zu cool, um sich aus dem Konzept bringen zu lassen, selbst angesichts einer solchen Nachricht. Das gefällt ihr. »Wurde er verurteilt?«

Antoni reicht ihr seine Zigarette, und sie nimmt einen langen Zug, hebt den Saum ihres Kleides, als die Flut heranrollt. Zu spät – ihr Kleid ist durchnässt.

»Er ist im Gefängnis gestorben«, sagt sie und tritt beiseite auf den trockenen Sand.

Antoni folgt ihr nachdenklich. »Aber er hat dir trotzdem deinen Bruder genommen. Es spielt keine Rolle, dass der Gerechtigkeit Genüge getan wurde.«

Sie lacht bitter. »*Gerechtigkeit.* So ein kleines Wort für so großen Bullshit.«

Antoni lacht auf, wodurch ihr eigenes Lachen eine hellere Note bekommt. Sie blickt ihm ins Gesicht. Er ist genauso groß wie sie, vielleicht einen Zentimeter größer, und sie genießt es, wie er sie ansieht. Vielleicht ist es aber auch nur der Alkohol. So oder so: Aus seinem Gesicht spricht eine solche Freundlichkeit, eine solche Charaktertiefe, und es fällt ihr auf, dass diese Dinge viel zu sehr unterschätzt werden.

Wer hätte das gedacht? Die ganze Zeit über suchte sie sich komplizierte, egozentrische und oft perverse Männer mit bizarren Fetischen, in der Annahme, sie wären besonders intelligent und sexy. Eine ungünstige Kombination. Und jetzt steht sie hier mit einem ganz offensichtlich unkomplizierten und geradlinigen Mann mit freundlichen schwarzen Augen und ist völlig gebannt.

Er tritt vor, streckt eine Hand aus, um ihren Kopf sanft zu seinem zu ziehen, und küsst sie; ein langsamer, schmerzhaft leidenschaftlicher Kuss, der all die Irritation und Bitterkeit wegschmelzen lässt.

»Tut mir leid, falls ich eklig zu dir war«, sagt sie leise, als sie sich voneinander lösen.

Er zuckt mit den Schultern und verschränkt langsam seine Finger mit ihren. »Ich habe dich sofort durchschaut.«

Dann küsst er sie erneut.

22

KATE

Es ist kurz nach zehn Uhr abends, und sie wartet am Bootssteg auf Jade, wie per SMS vereinbart. Es ist immer noch schön warm, quer über den Nachthimmel zieht sich das Sternenband der Milchstraße, doch Kate schlingt sorgenvoll die Arme um den Körper. Wie Rob durchs Restaurant gepoltert ist ... hochaggressiv, wie ein Stier, der auf ein rotes Tuch losgeht. Nach dem Essen ist sie mehrfach an Jades Villa vorbeigegangen, um nachzusehen, ob es ihr gutging, aber alles war still gewesen.

Im Scheinwerferlicht sieht sie lange Schatten, die sich durch das Wasser unter dem Steg bewegen. Haie, denkt sie, die zum Fressen ans Ufer kommen.

Sie schaut schnell auf ihr Handy, falls Jade eine SMS geschickt hat, um abzusagen. Keine SMS, aber in ihrem Posteingang ist eine neue E-Mail von Jacob Levitt.

Darcys Ex-Ehemann.

Mit Herzrasen öffnet sie die Nachricht und erwartet halb, dass es sich um eine dieser Spam-Mails handelt, in denen um Geld oder Nacktfotos gebeten wird. Das trifft nicht zu, aber der Inhalt ist nicht weniger verwirrend.

Von: j.levitt@immersiveAI.com
An: katetheconstantwriter@oncloud.ws

Liebe Kate,
ich weiß, dass Sie im Urlaub sind, aber ich schreibe Ihnen wegen eines Softwareproblems in meinem Unternehmen. Insbesondere möchte ich einige Informationen über Adrian Clifton erhalten. Könnten Sie mir so bald wie möglich eine E-Mail schicken oder mich unter der unten angegebenen Nummer anrufen?
Danke, Jacob

Sie starrt auf die Nachricht, und ihre Gedanken kreisen. Ein Softwareproblem? Warum erwähnt er Adrian Clifton? Hat Darcy es ihm gesagt? Und wie zum Teufel ist er an ihre persönliche E-Mail-Adresse gekommen?

Sie liest die Mail noch mal und noch mal, ehe sie rasch antwortet.

Von: katetheconstantwriter@oncloud.ws
An: j.levitt@immersiveAI.com

Lieber Jacob,
Ihre E-Mail beunruhigt mich etwas. Könnten Sie bitte klarstellen, was Sie mit »Softwareproblem« meinen und welche Informationen ich Ihrer Meinung nach über Adrian Clifton liefern kann?
Herzlich, Kate

Hinter ihr ertönen Schritte, und mit einem Seufzer der Erleichterung erkennt sie Jades schlanke Gestalt, die den Weg entlangkommt. Sie hat sich nach dem Abendessen umgezogen und trägt nun ein schlichtes weißes Bikini-Set und einen rosa Sarong. Schnell steckt Kate ihr Handy in die Tasche und verdrängt ihren Schock über die E-Mail.

»Hi, da bin ich«, sagt Jade. »Rob schläft.«

»Gut«, sagt Kate und lächelt. Sie hatte befürchtet, dass Jade grün und blau geschlagen auftauchen würde, aber es gibt keine Hinweise auf neue Verletzungen, zumindest keine sichtbaren. »Sollen wir ein Stück gehen und reden?«

Sie gehen schweigend an der Ostseite der Insel am Strand entlang, mit Blick auf das Schwesterresort auf der anderen Seite der Lagune, wo eine Plattform violett beleuchtet wird. Kate will sie nicht sofort mit Fragen löchern, sondern geht neben Jade her, um ihr zu vermitteln, dass sie nicht allein ist. Um ihr den Raum zu geben, sich mitzuteilen, wenn sie möchte.

»Es begann vor etwa einem Jahr«, sagt Jade, sobald sie die Villen weit hinter sich gelassen haben. »Anfangs wirkte es wie ein Ausrutscher.«

»Was ist passiert?«, fragt Kate.

Jade bleibt stehen und blickt über die Lagune, die Arme vor der Brust verschränkt. »Er ... er hat mich geschlagen. Er hat sich sofort entschuldigt, versprach, dass das nie wieder vorkommen würde. Und dann ist es doch wieder passiert, aber erst Monate später. Und dann wieder und wieder.«

Dieser Mistkerl, denkt Kate. Jade tut ihr wahnsinnig leid, aber es ist mehr als das – sie sieht genau, wohin Jade steuert, falls sie nichts unternimmt.

Sie gehen langsam durch die heranrollenden Wellen, als aus

dem Restaurant in der Ferne lauter Jubel ertönt. Offenbar feiert jemand – genau das, was sie eigentlich auch tun sollten, immerhin sind sie im Urlaub.

»Gibt es jemanden in deiner Familie, an den du dich wenden kannst?«, fragt Kate sanft.

Jade schüttelt den Kopf. »Eigentlich nicht. Alle sind von Rob inzwischen total angetan. Er kann sehr charmant sein und Leute um den Finger wickeln. Sie würden sagen, ich denke mir das alles nur aus.«

»Weil er älter ist?«, fragt Kate, und Jade nickt.

»Ich bin bloß eine Nageldesignerin«, sagt Jade, und es klingt, als würde sie jemanden imitieren, der sich in der Vergangenheit über sie lustig gemacht hat. »Mein Vater ist trockener Alkoholiker. Er liebt mich, das weiß ich, aber ich weiß auch genau, was er sagen würde, wenn ich ihm die Wahrheit über Rob erzählen würde.« Sie seufzt. »Es ist kompliziert.«

»Ist Familie immer«, bestätigt Kate.

»Mum macht ihr eigenes Ding«, sagt Jade und zieht ihren Sarong nach oben um die Knie. »Wenn es nach ihr geht, sollte ich dankbar sein, dass jemand wie Rob sich überhaupt die Zeit für mich nimmt.«

»Was ist mit Freundinnen?«, fragt Kate. »Jemand, bei dem du vielleicht eine Weile unterkommen kannst?«

Jade wirkt kraftlos. »Ich bin für Rob nach London gezogen«, sagt sie. »Bislang habe ich noch keine neuen Freunde dort gefunden. Ich meine, ich unterhalte mich zwar mit den Mädels auf der Arbeit, aber wir kennen uns nicht gut. Rob will immer, dass ich meine Freizeit mit ihm verbringe. Zu Hause hatte ich eine beste Freundin, aber die redet nicht mehr mit mir. Ich habe es geschafft, alle zu vergraulen.«

Ein paar Augenblicke lang gehen sie schweigend. Jade ist nervös und zuckt beim kleinsten Geräusch zusammen.

»Ich möchte dir etwas erzählen«, sagt Kate. »Aber du musst mir versprechen, dass du es für dich behältst.«

Jade nickt. »Versprochen.«

»Als ich ungefähr in deinem Alter war, habe ich etwas erlebt, das mein Leben verändert hat«, sagt sie vorsichtig.

»Warst du verheiratet?«

»Nein. Ich war damals Studentin und machte meinen Master in Archäologie an der Universität Leeds. Ich hatte ein Stipendium bekommen. Das war ein echter Glücksfall für mich und die Möglichkeit, meiner Familie zu entkommen. Unser Kurs hatte eine Exkursion zu einer Ausgrabungsstätte in Dover geplant, mit vierzehn Studierenden. In der Nacht, bevor es losging, mussten wir alle in Hotels in der Gegend übernachten. Ich und ein paar andere wohnten im Spinnaker Guesthouse, am Stadtrand.« Sie holt tief Luft und erinnert sich lebhaft an den Tag, als wäre es gestern gewesen. »Mein Taxifahrer hatte sich verfahren, der Zug hatte Verspätung, so dass es bereits kurz nach Mitternacht war, als ich eincheckte.«

Kate erzählt ihr stotternd und abgehackt von dem Mann an der Rezeption, davon, wie sie am nächsten Morgen aufwachte und Professor Berry fand. Davon, wie sie losrannte, um Hilfe zu holen, aber feststellen musste, dass jeder einzelne Gast ermordet worden war.

Jade bleibt stehen, ihr Mund vor Entsetzen offen. Sie sind an der Spitze der Insel, wo Dunkelheit auf ihre Gesichter fällt. Jades Augenhöhlen wirken so tief, dass sie für einen Moment aussieht wie eine Leiche.

»Du hast also in diesem Gästehaus geschlafen«, sagt Jade

langsam, sichtlich erschüttert von dem, was Kate gerade erzählt hat, »und all die anderen Leute ... waren schon tot?«

Kate nickt und spürt ein vertrautes Gefühl der Angst in ihrer Magengrube.

»Oh mein Gott«, sagt Jade. »Kate ... Ich meine ... das ist ja furchtbar. Ich kann gar nicht ... Haben sie ... haben sie jemals herausgefunden, wer das getan hat?«

»Oh, ja«, sagt Kate. »Es war der Mann, der mich eingecheckt hat. Ein Sexualstraftäter.«

Jade ist immer noch fassungslos. »Aber warum? Warum sollte jemand so etwas tun? Menschen im Schlaf töten?«

Kate zuckt mit den Schultern. »Niemand weiß das so richtig. Es heißt, er sei einfach ausgeflippt. Er ist inzwischen verstorben.«

»Ach du Scheiße«, sagt Jade und wird dabei lauter. Plötzlich packt sie Kates Arm, als sie etwas noch Beängstigenderes begreift. »Warte mal. Warum hat er *dich* nicht erstochen?«

Kate denkt an den Prozess zurück. Lange, surreale Tage in dem kleinen Gerichtssaal, wo sie die gebeugte Gestalt in einem billigen Anzug im Zeugenstand beobachtete, die in ein Taschentuch hustete.

»Er hätte es tun können, wenn er gewollt hätte. Er hatte den Schlüssel zu meinem Zimmer. Eine Psychologin erklärte mir, dass er mich am Leben ließ, weil er wollte, dass ich den Rest meines Lebens in dem Wissen verbringe, dass ich nur dank ihm noch atme und denke.«

Jade verengt ihre Augen. »Das ist so abgrundtief böse.«

Kate nickt. »Das ist es.« Sie bückt sich, um eine hübsche weiße Muschel aufzuheben, und befühlt die glatte Innenseite. Wie immer ist sie froh über die Jahre, die zwischen ihr und jener Nacht liegen. Darüber, dass sie den Schrecken von damals ein wenig gelindert haben, gerade genug, um damit fertigzuwerden.

»Das ist jetzt über zwanzig Jahre her«, sagt Kate. »Morgen ist der Jahrestag. Die meiste Zeit habe ich das Gefühl, dass ich darüber hinweg bin. Ich bin glücklich. Ich führe ein schönes Leben. Ich könnte genauso gut tot sein, so wie die anderen.«

Sie drehen um und gehen vertieft in nachdenkliches, mitleidiges Schweigen den Strand entlang zurück.

»Wie gesagt«, fährt Kate nach einer Weile fort, »das hat alles verändert. Und es hat mir klargemacht, dass das Leben kurz ist.« Sie hält inne und betrachtet die Muschel, bevor sie sie Jade in die Hand drückt.

»Du musst rasch handeln«, sagt sie ihr. »Wenn du noch länger zögerst, kann dich das dein Leben kosten.«

Jade nickt, sieht aber erschrocken aus. »Ich weiß nicht, wohin ich gehen soll«, sagt sie. »Außer Rob habe ich niemanden mehr. Ich habe alle vergrault. Mein Gehalt geht auf unser gemeinsames Konto. Rob hat eine Tracking-App auf meinem Handy installiert. Er sieht alles, was ich mache.«

»Ich habe ein kleines Sparkonto«, sagt Kate und wartet Jades Reaktion ab.

Jade schaut überrascht, die Augenbrauen hochgezogen. Sie öffnet den Mund, scheint aber zu verdattert zu sein, um etwas zu sagen.

»Es ist nicht viel«, fügt Kate hinzu. »Aber es reicht, um dich da rauszuholen, ein paar Monatsmieten woanders zu zahlen.«

Jade wendet den Blick ab, ihre Hände sind verschränkt. »Ich weiß nicht, was ich sagen soll.«

»Du solltest es nehmen«, drängt Kate sie und fügt dann eindringlich hinzu: »Bevor es zu spät ist.«

23

JADE

Kate kehrt zurück zu ihrer Villa. Ich sage ihr gute Nacht, bevor ich in die entgegengesetzte Richtung zu der Brücke auf die kleine Insel gehe.

Oh Gott, mir schwirrt der Kopf. Kates Geschichte ist so abgefahren. Und die Vorstellung, dass der Mann, der all diese Menschen getötet hat, sie am Leben gelassen hat, damit sie weiß, dass sie jeden Atemzug ihm verdankt. Wie krank ist das denn? Wie konnte sie nach so etwas überhaupt weitermachen? Und dann ist Kate auch noch so großzügig, mir Geld für meine Flucht anzubieten. Ich konnte sehen, dass sie es ernst meint. *Verflucht nochmal.* Ja, sie hat überlebt, aber ich will mir gar nicht ausmalen, wie schwer es hinterher für sie war. Ich meine, da wacht man in einem verdammten Gästehaus auf und stellt fest, dass alle abgeschlachtet worden sind ...

Ich muss mich bewegen, um zu verhindern, dass ich zu viel grüble und mir vorstelle, was Kate gesehen hat. Aber es ist auch so, als hätte sie die Gitterstäbe meines Gefängnisses aufgebrochen und mir einen Ausweg gezeigt. Zum ersten Mal seit langem fühlte ich mich weniger allein, als ich mit ihr sprach. Als wäre ich nicht die Einzige, die Probleme hat. Der Aufenthalt hier hat mich tatsächlich noch unglücklicher gemacht, und das nicht nur wegen der Situation mit Rob. Auf den Malediven sehen alle so verdammt glücklich aus. Und ich stehe derweil daneben und versinke im Unglück.

Ich gehe zwischen den Bäumen hindurch, weg vom Sandweg, für den Fall, dass Rob nach mir sucht. Am Strand sitzen immer noch Leute im Kerzenschein an den Tischen und genießen das Abendessen, während über ihnen Lichterketten hängen, die die Kellner für eine romantische Atmosphäre aufgehängt haben. Lauter Paare in den Flitterwochen. Sie sehen so glücklich aus. Vielleicht sehen Rob und ich nach außen hin auch glücklich aus.

Ich fand es immer süß, dass Rob sich jedes Mal nach den Leuten erkundigte, mit denen ich gesprochen hatte. *Wer war das? Was haben sie gesagt? Und was hast du gesagt?* Ich dachte, er zeige einfach Interesse. Heute weiß ich, dass er alles kontrollieren muss. Vermutlich wusste ich das schon immer, aber ich habe gelernt, dass Kontrolle nichts mit Liebe zu tun hat.

Kate hat recht. Ich muss schnell handeln. Aber ich habe auch Angst, denn als wir mit dem Kajak unterwegs waren, sagte ich ihm, er solle die Richtung ändern. Ich sah, dass jemand direkt vor uns schnorchelte, und er war fürs Steuern zuständig. Aber stattdessen sind wir immer weiter auf sie zugefahren, und er ist sogar absichtlich genau in ihre Richtung gesteuert.

Das habe ich Kate gegenüber nicht erwähnt. Was würde sie sonst denken? Dass er sie absichtlich verletzen wollte? Dazu hatte er doch gar keinen Grund.

Aber er hat auch keinen Grund, mich zu schlagen. Das hält ihn trotzdem nicht davon ab, richtig?

Ich wende mich nach links und sehe ein Licht, das eine Tür erhellt. Auf dem Schild steht »Sauna«, und als ich hineingehe, sehe ich, dass es eine Herren- und eine Damenabteilung gibt. Erleichterung durchströmt mich. Ein Moment des Aufatmens.

Ich ziehe mich bis auf meinen Bikini aus. In dem kleinen Raum sitzt eine Frau. Als sie aufschaut und lächelt, erkenne ich sie. Es ist Darcy.

»Hallo«, sage ich. »Du kannst wohl auch nicht schlafen?«

Sie lächelt und seufzt. »Ich hoffe, die Hitze hilft mir dabei, meine innere Uhr wieder ins Gleichgewicht zu bringen. Hey, geht's dir gut? Ich hab mir Sorgen um dich gemacht, nach dem, was vorhin im Restaurant passiert ist.«

Ich nicke und setze mich neben sie. »Ja, danke. Rob war nur ein bisschen aufgebracht.«

»Was sind eure Pläne für morgen?«, fragt Darcy. »Vermutlich geht ihr erst mal nicht mehr Kajak fahren, was?«

Ich lache. »Vielleicht fahren wir zu der Sandbank. Ich habe gehört, dass es dort schön sein soll.«

Ihr Gesicht leuchtet auf. »Oh ja, Camilla hatte das erwähnt. Ich glaube, das werde ich auch mal ausprobieren.«

Ich nicke und versuche, Begeisterung aufzubringen, aber meine Gedanken kreisen immer wieder um Kates Angebot. Ich meine, ich kenne sie kaum. Und ich leihe mir nicht gerne Geld von anderen. Aber ich weiß auch nicht weiter.

Ich lege meine Hände auf den Bauch und bete, dass ich nicht schwanger bin. Robs plötzlicher Entschluss, ein Baby bekommen zu wollen, ist merkwürdig. Mir scheint, es steckt mehr dahinter, als dass er tatsächlich Vater werden will. Ich meine, wir haben zwar darüber gesprochen, eine Familie zu gründen, aber wir haben immer gesagt, wir würden warten, bis wir eine

Wohnung gekauft haben. Ich bekomme nur den gesetzlichen Mutterschaftsurlaub. Mit nur einem Gehalt können wir die Miete nicht bezahlen. Aber ich habe zu große Angst, das offen anzusprechen. Er wird mir vorwerfen, dass ich ihn nicht liebe, dass ich ihn mit falschen Versprechungen hingehalten hätte, nur um ihn dann zu enttäuschen.

»Jade?«

Ich sehe zu Darcy hoch. Ich weiß nicht, wie lange ich schon so dasitze. Tränen kullern über mein Gesicht. Darcy rückt näher an mich heran und berührt meinen Arm.

»Was ist passiert?«

Ihr Gesicht ist voller Sorge, aber ich kann es nicht aussprechen. Ich kann ihr nicht einmal ansatzweise beschreiben, was los ist.

»Kann ich dich etwas fragen?«, sage ich.

»Na klar.«

»Glaubst du, dass jemand einen anderen Menschen so sehr lieben kann, dass er sich ändert?«

Sie sieht überrascht aus. »Ja«, sagt sie, und ich bin so erleichtert, dass ich weinen möchte. Darcy ist fast doppelt so alt wie ich. Sie versteht etwas von diesen Dingen. »Und nein«, sagt sie, und mir wird schwer ums Herz. »Es kommt darauf an. Menschen *können* sich ändern, aber meistens tun sie es nicht.« Sie lächelt traurig. »Hilft dir das weiter?«

Ich nicke, um meine Enttäuschung zu verbergen.

»Als ich jung war«, sagt sie dann und wendet sich mir zu, »war ich bis über beide Ohren in jemanden verliebt. Und ich glaubte, ich könnte ihn ändern. Ich habe wirklich geglaubt, dass unsere Liebe all die Gewohnheiten und Ansichten überwinden könnte, die uns im Weg standen. Ich dachte, wenn ich ihn nur genug liebe, könnte ich ihn zu dem Menschen formen, den ich gern an meiner Seite gehabt hätte.«

Ich mustere ihr Gesicht und fühle mich ein wenig besser. Sie scheint mich zu verstehen.

»Und ist es dir gelungen?«

Sie zögert, den Blick auf mich gerichtet. »Nein. Und es war töricht zu glauben, dass ich das könnte.«

Sie streicht mir über den Rücken, und ich versuche, nicht wieder in Tränen auszubrechen.

Ich wollte, dass sie ja sagt. Ich wollte, dass sie mir sagt, dass es einen anderen Ausweg gibt.

24

CAMILLA

Sechs Monate zuvor

Sie wartete, bis die Eingangstür hinter Bernie zufiel, bevor sie den Deckel ihres Laptops aufklappte. Von wegen *mit Freunden auf einen Drink treffen,* dachte sie. Camilla wünschte, er wäre einfach ehrlich. Würde einfach sagen: *Hör zu, ich habe eine Affäre mit Lucia. Ich mag dich immer noch, und ich lebe gern mit dir zusammen, aber ab und zu will ich Lucia vögeln.*

Mittlerweile war sie der Meinung, dass es manchmal besser funktionierte, wenn man seine Beziehung öffnete. Sie und Bernie waren seit fast zwei Jahrzehnten verheiratet, und es lief gut zwischen ihnen, außer was den Sex betraf. In der Hinsicht hatten sie kein Interesse aneinander, schon seit Jahren nicht mehr. Sie mochten sich, aber liebten sich nicht.

Sie hatte Bernie nichts von Darcy und Kate erzählt, nicht von den Zoom-Treffen, die sie abgehalten hatten. Sie hatte ihm von Cameron erzählt, davon, dass er 2001 bei einem Massaker ermordet worden war. Wie alle anderen war auch Bernie erstaunt gewesen, dass er nie davon gehört hatte.

»Ein *Massaker*? Hier, in England?«

Camilla hatte ihm die Zeitungsberichte gezeigt. Davon gab

es jede Menge, aber wie sie ihm erklärte, waren direkt am Tag nach den Morden im Gästehaus die beiden Flugzeuge in die Zwillingstürme in Manhattan gestürzt. Soziale Medien, Smartphones – all das gab es damals nicht. So kam es, dass das Massaker unter dem Radar lief.

Das hatte auch seine Vorteile: Den Familien der Opfer blieben einige der Unannehmlichkeiten erspart, die normalerweise mit öffentlichkeitswirksamen Prozessen einhergehen. Die Polizei hatte ihren Täter, einen achtundfünfzigjährigen Pädophilen namens Hugh Finnegan, der starb, nachdem er nur einen Monat seiner Strafe abgesessen hatte.

Natasha wusste ein wenig mehr über Camerons Tod. Als Natasha geboren wurde, beschloss Camilla, dass sie nicht aufwachsen sollte, ohne Cameron zu kennen. Das war für sie undenkbar. Er war immerhin Natashas Onkel, und sie sollte ihn so gut kennen, als wäre er noch am Leben.

Also erzählte Camilla Natasha von Motsi und der Facebook-Gruppe. Sie erzählte ihr, dass sie sich mit Kate, der einzigen Überlebenden, und Darcy angefreundet hatte, die ebenso sehr trauerte wie Camilla und sich so sehr für die Facebook-Seite engagierte, dass sie darum bat, Administratorin zu werden. Doch ihre Tochter sollte nicht erfahren, dass sie den Fall noch einmal aufrollten und vermuteten, dass es noch jemanden gab, der an den Morden beteiligt gewesen sein könnte. Und sie erzählte ihr nichts von Adrian. Dieses Versäumnis diente mehr ihrem Schutz als allem anderen. Camilla wusste, dass sie sich auf potenziell gefährliches Terrain begaben. Sie suchten nach jemandem, der mit den gewaltsamen Morden an sechs Menschen zu tun hatte. War sie dem gewachsen? Darauf wusste sie keine Antwort.

Doch dann dachte sie an diese schreckliche Nacht zurück, an das Klingeln des Telefons und die Stimme ihres Bruders. Die Furcht, die darin lag ...

Der Typ von nebenan, er ... er wurde erstochen ... Ich weiß nicht, was ich tun soll ...

Camilla öffnete ihre Zoom-App und betrat das Meeting. Im nächsten Moment erschienen Kate und Darcy auf dem Bildschirm, beide an ihren üblichen Plätzen: Kate an ihrem Esstisch, hinter ihr das Bild einer alten Ruine; Darcy in ihrem Arbeitszimmer, im Hintergrund ein Bücherregal aus Eichenholz, das bis an die Decke reichte. Sehr kultiviert. Camilla besaß ein einziges Regal mit Büchern, allesamt über Pilates. Sie machte lieber Sport, als zu lesen.

»Guten Abend in die Runde«, sagte Kate. Eine ihrer Katzen, eine weiße Perserkatze namens Agatha, flitzte am Bildschirm vorbei. Hitchcock, der kleine schwarze Kater, lungerte auf der Rückenlehne von Kates Stuhl.

»Guten Abend«, sagte Darcy.

»Darcy, wie geht es dir, Liebes?«, fragte Camilla.

Darcy lachte unsicher. »Ich hatte schon bessere Wochen.«

»Du hast es fast geschafft«, sagte Kate ermutigend. Sie und Camilla hatten beide per WhatsApp Updates über Darcys Scheidung erhalten. Jacob würde nur noch über seinen Anwalt mit ihr kommunizieren, selbst bei Kleinigkeiten.

»Er fechtet erneut den Ehegattenunterhalt an«, sagte Darcy schwach. »Ich überlege, das Haus zu verkaufen.«

»Gott, nein«, sagte Camilla.

»Wollte er nicht von Anfang an, dass du das Haus verkaufst?«, fragte Kate, und Darcy nickte. Aufgewühlt griff sie nach einem Taschentuch.

»Ich habe ihm gesagt, dass das unfair gegenüber den Jungen ist«, berichtete sie. »Es ist schon schwer genug für sie, auch ohne das Haus zu verlieren, in dem sie aufgewachsen sind. In dem Ben geboren wurde, verflucht nochmal. Daraufhin hat Jacob nachgegeben, aber jetzt lässt er mir keine andere Wahl. Die Anwaltskosten sind astronomisch.«

»Darcy ...«, sagte Camilla beruhigend.

Darcy fing sich wieder und rang sich ein Lächeln ab. »Aber deshalb sind wir nicht hier, richtig? Entschuldigt ...«

»Du brauchst dich doch nicht zu entschuldigen«, sagte Camilla. »Er versucht, dich zu zermürben.«

»Bist du sicher, dass dir das heute nicht zu viel wird, Darcy?«, fragte Kate, und Camilla verdrehte die Augen.

»Alles gut«, erwiderte sie. »Ich habe Adrian gesagt, dass er sich um zehn nach einloggen soll, damit wir vorher noch ein wenig Zeit haben, uns zu unterhalten.«

»Oh, da ist er auch schon«, sagte Camilla. Im vierten Kästchen tauchte das Gesicht eines Mannes auf. Er saß in einem Büro, hinter ihm ein schwarzer Aktenschrank und eine Schrankwand voller Pflanzen und Bücher. Er trug eine Brille und hatte eine Glatze, und seine Nase sah aus, als hätte er sie sich schon einmal gebrochen. Camilla registrierte außerdem den Kragen eines marineblauen Poloshirts, weiße Bartstoppeln und Ohrenhaare. Er wirkte auf Camilla wie ein Mitt- bis Endsechziger. Im Ruhestand.

»Hallo«, sagte er. »Könnt ihr mich hören?«

»Wir hören Sie, Adrian«, sagte Kate. »Schön, Sie endlich kennenzulernen.«

»Da hätten wir also Kate, Camilla und Darcy«, sagte er und las die Namen vom Bildschirm vor. Ein Londoner Akzent, dachte Camilla, obwohl das nichts heißen musste, er konnte sich von überallher eingewählt haben. »Wie geht es Ihnen?«

»Gut, danke«, sagte Camilla.

»Nun, das ist ein recht außergewöhnlicher Fall«, sagte Adrian. »Ziemlich ... traumatisch, nehme ich an.«

»Sehr sogar«, sagte Camilla bestimmt. »Darcy hat uns erzählt, dass Sie früher Detective Sergeant bei der Metropolitan Police waren?«

Adrian nickte. »Dreißig Jahre. Ich war zwölf Jahre lang als IO – das heißt Ermittlungsbeamter –, als Familienkontakt der Mordkommission und als Sachbearbeiter in der Spezialeinheit für Kriminalverbrechen tätig, die sich mit den größten Mordfällen in London befasste.«

»Beeindruckend«, sagte Kate.

»Und Sie sind inzwischen seit zwölf Jahren als Privatdetektiv tätig?«, fragte Camilla zaghaft.

»Ja«, sagte Adrian mit einem stolzen Grinsen. »Ihr Fall ist ziemlich ungewöhnlich, aber er weist ähnliche Merkmale wie andere Fälle auf, an denen ich in der Vergangenheit gearbeitet habe.«

Camilla spürte, wie eine Last von ihr abfiel. Sie hatte sich Sorgen gemacht, dass der Fall zu viele Variablen beinhaltete und zu lange zurücklag, als dass ihn jemand hätte bewältigen können. Aber Adrian klang zuversichtlich und kompetent.

»Ich habe begonnen, Nachforschungen zu den damaligen Ermittlungen anzustellen«, sagte er. »Soweit ich das sehe, waren die ziemlich dünn.«

»Erbärmlich trifft es eher«, sagte Camilla, und er gluckste leise.

»In der ersten Phase möchte ich mich vor allem darauf konzentrieren, wer sich in dieser Nacht in der Gegend aufgehalten hat. Welche Videoüberwachungsaufnahmen erfasst wurden. Und ich würde gerne einen Weg finden, einen Blick auf die forensische Analyse zu werfen.«

»Ist das nicht schwierig?«, fragte Kate. Sie klang skeptisch.

Adrian wiegte den Kopf und schürzte die Lippen. »Nach dem Informationsfreiheitsgesetz sollte ich in der Lage sein, das meiste zu bekommen.«

»Das meiste?«, fragte Camilla. »Was meinen Sie damit?«

»Falls sie bestimmte Akten sperren, wird es ein bisschen aufwendiger. Aber überlassen Sie das mir. Soweit ich es verstanden habe, ist Ihr Hauptziel, genügend Beweise zu sammeln, um die Polizei davon zu überzeugen, den Fall wieder aufzurollen, richtig?«

»Richtig«, antworteten alle drei. Camilla spürte, wie ihr Herz pochte. Der Gedanke, dass es möglich sein könnte, endlich die Wahrheit ans Licht zu bringen, was den Mord an ihrem Bruder betraf, stimmte sie euphorisch.

»Wissen Sie, Adrian«, hörte sie sich sagen, »selbst wenn sich herausstellt, dass Finnegan ein Einzeltäter war, wäre das für mich in Ordnung.«

Er nickte. »Ich verstehe.«

»Ich für meinen Teil möchte nur wissen, was wirklich geschah. Ich möchte die Gewissheit, dass die Untersuchung gründlich und sorgfältig durchgeführt wurde.«

»Wie ich heraushöre, haben Sie die ursprüngliche Untersuchung als nicht sehr gründlich empfunden?«

Sie schüttelte den Kopf und bemerkte, dass Darcy und Kate dasselbe taten.

»Nein, auf keinen Fall«, sagte Kate.

»Nun, der Zeitpunkt war etwas unglücklich«, sagte Adrian. »Nach dem 11. September wurden die meisten uniformierten Beamten in Dover vermutlich zur Hafenpatrouille abgestellt. Die Terrorismusbekämpfung hatte schlagartig Priorität, wie Sie sich vorstellen können. Und angesichts dessen, dass die Polizei bereits ein Geständnis hatte ...«

Er sprach nicht weiter, aber Camilla verstand. Sie blies ihre Wangen auf, spürte die alte Frustration.

»Aber keine Sorge«, sagte Adrian. »Ich glaube, ich habe alles, was ich brauche. Es wird etwa sechs bis acht Monate dauern, denke ich.«

»Sechs bis acht Monate!«, rief Camilla aus.

»Das ist ein großer Fall«, sagte er. »Ich verspreche, mich zu melden, sobald sich etwas ergibt.«

»Danke«, sagte Camilla, ehe sie das Zoom-Fenster schloss. Sie legte ihre Stirn auf dem Schreibtisch ab und spürte, wie ihr Körper vor Adrenalin zitterte. So viele Emotionen, die unter ihrer Haut brodelten.

Aber zum ersten Mal seit langer Zeit regte sich dort auch etwas anderes.

Ein Fünkchen Hoffnung.

25

CAMILLA

Camilla wacht vom Surren der Klimaanlage auf, während sich das Moskitonetz um ihr Bett sanft aufbauscht. Sonne dringt herein, ein himmlischer Lichtstrahl, der durch einen Spalt in den Jalousien fällt.

Die Erinnerung an die vorige Nacht kehrt wie ein warmer Windhauch zu ihr zurück. Gott, das war ein verdammt guter Fick. Genauer gesagt drei, und es war mehr als nur ein Fick. Es war das erste intensive, echte Liebesspiel, an das sie sich erinnern kann seit ... Jahren. Camilla ist inzwischen zurückhaltend, was One-Night-Stands betrifft, nachdem sie ein paar Männer kennengelernt hat, die anständig wirkten, sich aber im Schlafzimmer als totale Freaks entpuppten. Aber sie hatte diese Reise herbeigesehnt, und Antoni kam genau im richtigen Moment. Eine köstliche Ablenkung.

Antoni ist ein gutaussehender Mann, aber erst als er sich auszog, glaubte sie wirklich, dass er professioneller Tänzer war. Was für ein Körper! Und was für ein Liebhaber ... Sie haben alles ausprobiert, alle Hemmungen abgelegt. Von hinten, auf dem Esstisch, sie in den höchsten High Heels, die sie in ihrem Koffer finden konnte. Auf der Treppe, unter der Dusche …

Und das, nachdem es so düster begonnen hatte. Sie waren am Strand entlangspaziert und hatten über ihren Bruder gesprochen. Antoni hatte ihr von seiner toten Frau Estella erzählt, und sie hatten gemeinsam ein wenig geweint. Nicht der übliche Vorlauf zum One-Night-Stand. Normalerweise versuchte sie, *nicht* über ihren Bruder zu sprechen, möglichst nicht an ihn zu denken, aber am Ende hat sie Antoni ihr Herz ausgeschüttet. Sie ist an einem anderen Ort, weit weg von zu Hause, mit leichtem Jetlag, und wird übermannt von den Erinnerungen, die immer wieder hochkommen, wie Eiskappen, die schmelzen und lang unter der Oberfläche schlummernde Gifte freisetzen.

Und dann all die Fragen zu Camerons Tod, auf die sie nie eine Antwort bekommen hat.

Antoni und sie haben vor, heute Morgen gemeinsam zu frühstücken. Sie mag seine Gesellschaft. Sie mag *ihn*. Aber er ist weder im Bett noch in der Küche oder unter der Dusche. Normalerweise ist sie die Erste, die sich am Morgen danach aus dem Staub macht, oder, wenn sie zu Hause ist, so tut, als ob sie schläft, bis der Typ den Wink versteht und geht. Nun aber ist sie enttäuscht, dass Antoni weg ist, dass er sich rausgeschlichen hat, bevor sie aufgewacht ist.

Sie steht im Wohnzimmer, nur in ein Bettlaken gewickelt, und ist verwirrt. Oh Gott. Wie dumm von ihr. Natürlich. Die tote Ehefrau, das Mitleid … das war alles reine Taktik. Vermutlich hatte es keinerlei Bedeutung für ihn gehabt. Sie stößt einen Seufzer aus und bereut alles. Vor allem, dass sie ihm so viel von sich erzählt hat.

Die restlichen Tage hier werden unangenehm werden, denkt

sie. Sie wird ihm aus dem Weg gehen müssen, was auf einer Insel von der Größe eines Fußballfeldes leichter gesagt als getan ist.

Sie sieht etwas auf dem Beistelltisch liegen, einen kleinen schwarzen Gegenstand. Ein Handy. Nicht ihres, und als sie es hochhebt, erscheint auf dem Bildschirm ein Foto von Antoni und seinem Neffen. Ihr Herz macht einen Sprung. Er hätte sein Telefon nicht dagelassen, wenn er nicht vorhätte, wiederzukommen, oder?

Sie spürt einen Luftzug von irgendwoher und blickt nach oben. Er kommt von den Fenstertüren, die zum Essbereich auf dem Balkon führen. Plötzlich denkt sie, dass Antoni vielleicht dort draußen auf sie wartet. Warum hat sie nicht früher nachgesehen?

Sie geht hinaus zum Esstisch und stellt fest, dass einiges umgestellt wurde, seit sie das letzte Mal hier war – am Tag ihrer Ankunft. Der Tafelaufsatz in der Mitte wurde zur Seite geschoben und der Aschenbecher ein paar Zentimeter Richtung Rand gerückt, als hätte sich jemand zum Rauchen hierhergesetzt. Nur ein paar winzige Krümel Asche liegen darin, als hätte der Raucher den Stummel weggeworfen.

Also war er heute Morgen hier. Aber wo ist er jetzt?

Sie blickt die Leiter hinunter, die von der Seite des Balkons zur Terrasse und von dort zum Meer führt. Vielleicht ist er schwimmen gegangen.

Ein Fleck auf dem hellen Holz der Terrasse unter ihr erregt ihre Aufmerksamkeit, und sie starrt ihn an, versucht herauszufinden, worum es sich handelt. Er sieht rot aus, glänzend, aber es könnte auch nur eine kleine Pfütze sein, in der sich die Sonne spiegelt. Es ist zu grell, um etwas zu erkennen. Mit rasendem

Herzen steigt sie auf die Leiter und klettert rasch hinunter auf die Terrasse im Erdgeschoss, um es sich genauer anzusehen. Ihre Gestalt spiegelt sich in der Fensterfront des Wohnzimmers, als sie sich auf den Fleck zubewegt, nahe am Rand, wo das Meerwasser plätschert und ein Schwarm dunkler Fische in den klaren Wellen schwimmt.

Sie starrt auf die Stelle, aber der Fleck ist verschwunden, eine Welle ist auf das Holz geschwappt und hat ihn weggewaschen. Camilla sucht das Meer ab, ihre Gedanken rasen. Sieht sie jetzt schon Gespenster, oder war das ein Blutspritzer? Ist Antoni schwimmen gegangen und hat sich den Kopf gestoßen? Die Leiter ist aus rostfreiem Stahl. Sie sieht sie sich an, beide Teile: den Teil, der von der Terrasse direkt ins Wasser führt, und den Teil, der zum Balkon hinaufführt. Nichts.

Ganz ruhig, denkt sie. *Niemand ist ertrunken.* Die Erkenntnis, dass heute der Jahrestag ist, trifft sie mit einem Schlag. Das wird der Grund sein, warum sie glaubte, Blut gesehen zu haben. Ein altes Trauma, das wieder hochkommt und ihr Streiche spielt.

Nichtsdestotrotz nimmt Camilla Antonis Handy und geht schnell zu seiner Villa. Nach ein paarmal Klopfen regt sich jemand hinter der Tür. Es ist Antonis Neffe Salvador, der nur mit einer Pyjamashorts bekleidet ist. Er starrt sie entgeistert an, offensichtlich kommt er geradewegs aus dem Bett. Sie erinnert sich, dass er kein Englisch spricht.

»Ist Antoni da?«, fragt sie und spricht die Worte deutlich aus, falls er sie plötzlich doch verstehen sollte.

»Antoni?«, sagt er und blickt auf das Telefon in ihrer Hand. Er dreht sich um und schreit in die Villa: »Antoni!«

Keine Antwort. Salvador wendet sich wieder ihr zu und sagt etwas auf Spanisch, das sie interpretiert als: *Er ist nicht da.*

»Okay, es ist nur ... Ich habe sein Handy.«

Er nickt, streckt die Hand aus, um es entgegenzunehmen, und einen Augenblick lang zögert sie. Er sieht sie unsicher an. Er scheint sich keine Sorgen um seinen Onkel zu machen, und es kommt ihr in den Sinn, dass so etwas vermutlich ständig bei Antoni vorkommt.

Mit abgespreiztem Daumen und kleinem Finger an Ohr und Mund deutet sie einen Telefonhörer an.

»Richtest du Antoni aus, dass er mich anrufen soll?«, sagt sie, und er nickt. Noch mehr Spanisch. Gott, sie wünschte, sie hätte die Sprache gelernt.

Mit Antonis Telefon in der Hand drückt Salvador die Tür zu, und sie beschließt, zum Frühstück ins Restaurant zu gehen. Zweifellos wird sie dort Antoni vorfinden und bestimmt auch Kate und Darcy. Ein wenig Ablenkung wird ihr guttun, damit sie nicht ständig an ihren Bruder denken muss.

Doch Antoni ist nicht beim Frühstück, ebenso wenig Kate und Darcy. Camilla inspiziert die Brotkörbe, Joghurts und Cornflakes und stellt fest, dass sie keinen Hunger hat. Sie schnappt sich eine Glasflasche mit Wasser von der Theke und öffnet sie, um ihren Durst zu stillen, während sie zu den aufgereihten Holzliegen am Außenpool hinüberschaut. Sie dreht eine Runde um die Insel, um zwei Fliegen mit einer Klappe zu schlagen – so kommt sie auf ihre Schrittzahl und kann gleichzeitig nach Antoni Ausschau halten. Als sie ihn nirgends findet, kommt sie zu dem Schluss, dass er Salvador wohl vorgeschickt hat, um sie abzuwimmeln. Offenbar hatte der arme Kerl Reißaus genommen und bei seiner Flucht sein Handy liegengelassen. Wenn das der Fall ist, ist das für sie in Ordnung. Aber der Fleck auf ihrer Terrasse geht ihr einfach nicht mehr aus dem Kopf ...

Sie steuert die Verwaltung an. Bestimmt wird es ihr bessergehen, wenn sie jemandem davon erzählt. Das hält sie vom Grübeln ab.

Die Verwaltung ist in einem kleinen weißen Gebäude an der Anlegestelle untergebracht, wo die bunten Boote vertäut liegen, mit denen die Gäste Ausflüge unternehmen. Drinnen verschafft ein Luftzug Erleichterung von der Sonne, und sie mustert die Frau am Schreibtisch, die passend zu ihrer Uniform einen weißen Hidschab trägt. Camilla schaut auf ihr Namensschild. Nura, die Resortmanagerin. Sie erinnert sich an sie aus dem Restaurant, als sie sich bei Antoni nach Robs Wutanfall entschuldigte.

»Hallo«, sagt Camilla und verbeugt sich leicht. »Ich wollte fragen, ob ich etwas melden kann. Einen Unfall womöglich.«

Nura hält inne, hebt den Blick von ihren Büchern und betrachtet Camilla mit gerunzelter Stirn.

»Einen Unfall?«

»Na ja, eventuell.«

Nura deutet auf den Stuhl vor dem Schreibtisch, und Camilla setzt sich, aufgeregt und verlegen.

»Ich habe etwas auf der Terrasse meiner Villa entdeckt«, sagt sie. »Ich glaube, es könnte Blut gewesen sein.«

»Blut?«, wiederholt Nura und richtet sich auf. »Welche Villa war das?«

»Nummer vier«, sagt Camilla und wünscht sich fast, sie wäre gar nicht erst hergekommen. Es ist ja nicht so, dass sie gesehen hätte, wie jemand verletzt wurde. Sollte sich irgendwie herausstellen, dass es nur verschüttetes Essen war, wird sie sich in Grund und Boden schämen. »Ich meine, ich glaube, es war Blut. Direkt am Rand der Terrasse. Aber jetzt ist es weg.« Sie muss völlig verrückt klingen.

»War es vielleicht Ihr Blut?«

Camilla schüttelt den Kopf, und als er pocht, merkt sie, dass sie immer noch Restalkohol im Blut hat. »Nein. Ich habe auch niemanden gesehen, der verletzt wurde. Ich dachte nur, ich sollte es melden, falls …« Sie beißt sich auf die Lippe und verstummt. Sie kommt sich blöd vor. Sie ist verkatert, und es ist der Jahrestag des Mordes an ihrem Bruder. Die Emotionen gehen mit ihr durch.

Sie steht abrupt auf, weil sie spürt, dass ihre Stimmung kippt, und Nura schaut noch verwirrter.

»Entschuldigen Sie«, sagt Camilla, und Nura erhebt sich ebenfalls. Camilla kommt der Gedanke, dass sie viel zu angegriffen ist, um klar zu denken. Sie wird ein Nickerchen machen, das wird das Beste sein. Das macht sie meist am Jahrestag. Normalerweise schaltet sie ihre E-Mail-Abwesenheitsbenachrichtigung ein und bleibt den ganzen Tag im Bett, mit Gras oder einer großen Flasche Wodka.

»Danke, dass Sie mir Bescheid gegeben haben«, sagt Nura. »Wir werden uns die Villa ansehen.«

Camilla nickt und fühlt sich etwas weniger peinlich berührt.

»Wahrscheinlich ist es nichts«, sagt sie, und Nura schenkt ihr ein freundliches Lächeln und ein höfliches Nicken.

Es ist gerade mal kurz nach zehn Uhr. Camilla geht langsam an Antonis Villa vorbei, blickt nach oben zum Balkon und dann auf die Handvoll Kajakfahrer ein Stück vom Ufer entfernt. Es ist die italienische Familie, die mit der süßen Vierjährigen, die Camilla im Restaurant gesehen hat, ein kleines Mädchen mit einem wunderschönen italienischen Akzent. *Non voglio, mamma! Non voglio!*

Keine Spur von Antoni.

Sie steht einen Moment lang vor der Villa und überlegt, ob sie es riskieren soll, Salvador erneut zu stören und ihn in einer Sprache zu belästigen, die er nicht versteht.

Normalerweise hätte sie kein Problem damit, jemanden zu belästigen, aber heute ist das anders. Es ist, als hätte jemand ihre Schutzhülle entfernt, sie fühlt sich angreifbar und verletzlich. Sie könnte es nicht ertragen, wenn Antoni die Tür öffnet und ihre Anwesenheit ihm sichtlich unangenehm wäre, als würde sie ihm hinterherlaufen.

Keine gute Idee, jetzt, da die Wunden wieder aufgerissen wurden.

Sie klopft an Darcys Villa, aber es kommt keine Reaktion. Sie versucht es bei Kate. Keine Reaktion, aber die Tür ist offen, und sie tritt ein.

»Kate?«

»Hiiier.«

Sie folgt Kates Ruf ins Esszimmer. Eine Spur von Verzweiflung liegt in ihrer Stimme. *Was ist denn los?,* denkt sie.

»Morgen, Liebes«, ruft Camilla und entdeckt Kate am Esstisch. »Sollen wir frühstücken gehen?«

Doch als sie näher kommt, sieht sie, dass Kate stockstein dasitzt, eine Hand vor den Mund gepresst, und entsetzt auf etwas auf dem Tisch starrt. Camilla folgt Kates Blick und sieht einen Strauß langstieliger Rosen, eingewickelt in weißes Seidenpapier. Was für ein prächtiger Strauß. Die Rosen sind blutrot. Aber Kate sieht entsetzt aus.

»Was ist passiert?«, fragt Camilla und schaut wieder auf den Strauß, sucht ihn nach einem Kärtchen oder Ähnlichem ab. »Kate, was ist los?«

»Sie haben mich gefunden«, flüstert Kate. »Sogar hier haben sie mich gefunden.«

TEIL 2

Mantarochen. Sie gleiten durch das Wasser wie fliegende Teppiche oder Engel, Wesen aus einer anderen Welt. Trotz ihrer Größe sind sie scheu und sanft. Ich berühre einen und stelle fest, dass seine weiße Unterseite weich wie Butter ist, und mir fällt ein, dass sie keine Knochen haben. Einen Moment lang bin ich von dieser Tatsache fasziniert. Jetzt, wo ich sie sehe, kann ich nicht anders, als mir vorzustellen, wie ich einen von ihnen aufschneide, ein so riesiges Wesen, dessen starke Wirbelsäule, lang wie eine Leiter, sich ohne einen einzigen Wirbel biegt. Vor allem die Kiemenschlitze an der Unterseite sind wunderschön, paarig angeordnet wie Rippen.

Die Rochen schwimmen spiralförmig dahin, etwa dreißig an der Zahl, als würden sie einen Tanz aufführen. Die Münder stehen offen in einem gefrorenen Schrei.

Der Schwanz ist allerdings ein seltsames Produkt der Evolution – dünn wie eine Peitsche und scheinbar nutzlos. Das erinnert mich an ihren Cousin, den Stachelrochen, dessen Schwanz als Dolch fungiert.

Sein Schwanz ist, anders als bei seinen Artgenossen, ein bemerkenswertes Beispiel für die Effizienz der Evolution: ein gezackter Widerhaken, der Gift enthält. Damit ersticht der Stachelrochen seine Feinde.

Viel besser.

Ich beobachte die anmutigen Mantarochen, die in die blaue Ferne dahinschweben.

Wie schwierig es mitunter ist, Unschuldige und Bösewichte zu unterscheiden.

26

CAMILLA

Camilla steht im Esszimmer von Kates Villa, die Verwirrung schlägt ihr in Wellen entgegen. Sie blickt auf den prächtigen Strauß roter Rosen auf dem Tisch, sechs faustgroße, samtige Blüten an meterlangen Stielen.

»Was ist los?«, fragt sie Kate, die die Hand vor den Mund presst, als wäre ihr schlecht. »Kate?«

»Ich habe es ihnen gesagt, ich habe es ihnen immer gesagt«, flüstert Kate, und die Worte sprudeln in einem weinerlichen Durcheinander aus ihrem Mund. »Ich habe ihnen gesagt, dass mich jemand beobachtet, aber sie haben nicht zugehört ...«

Sie hyperventiliert wieder, aber diesmal ist Camilla vorbereitet. *Nicht schon wieder eine Panikattacke*, denkt sie. Kate wird auf keinen Fall ein drittes Mal auf der Erste-Hilfe-Station landen.

Camilla legt ihre Hände auf Kates Schultern und führt sie von den Rosen weg in das Wohnzimmer ihrer Villa, drückt sie aufs Sofa.

»Okay«, sagt sie bestimmt und kniet sich vor sie. »Fang noch mal von vorn an. Was ist passiert? War heute Morgen jemand hier? Wer hat die Rosen gebracht?«

Kate ringt zitternd noch immer nach Luft, und Camilla ist genervt. Sie will wieder nach draußen und die Insel ablaufen, um Antoni zu finden.

»Kate«, sagt sie laut. »Katey Baby.« Sie schnippt mit den Fingern vor ihrem Gesicht und versucht, sie ins Hier und Jetzt zurückzuholen. Kates Augen richten sich auf sie. »So ist's gut, Liebes«, sagt sie. »Schau mich weiter an und sprich mir nach: ›Ich bin in Sicherheit. Ich bin nicht in Gefahr. Ich bin hier, in meiner schönen Villa auf den Malediven mit Camilla ...‹«

Kate versucht, die Worte auszusprechen, doch die Stimme versagt ihr. Ihre Wangen sind gerötet, und sie schließt die Augen, ballt die Hände zu Fäusten.

»Nein«, schnauzt Camilla sie an. »Konzentrier dich, Liebes. Bleib bei mir. Ich bin hier bei dir, okay?« Es funktioniert nicht so, wie sie gehofft hatte. Sie schaut sich um, sieht den Weinkühler und zieht eine Flasche Moët heraus. »Wenn wir schon mal hier sind, nicht wahr?« Sie schenkt zwei Gläser ein und reicht Kate eines davon.

»Heute ist der Jahrestag«, sagt Kate, ihre Stimme nur mehr ein Flüstern.

Camilla nickt, und ihr dreht sich der Magen um. »Ich weiß. Zweiundzwanzig Jahre.«

Tränen treten in Kates Augen. Camilla reibt ihr den Rücken. »Erinnerst du dich, was ich dir über die Rosen erzählt habe?«, fragt Kate und wischt sich die Tränen von den Wangen.

Camilla zögert und betrachtet Kates Gesicht. »Was meinst du?«

Kate ringt nach Luft und versucht, sich zu sammeln. »Seit

einundzwanzig Jahren schickt mir jemand jedes Jahr sechs Rosen.« Sie setzt das Glas etwas zu heftig ab. »Für die sechs Menschen, die im Gästehaus ermordet wurden.«

Camilla erinnert sich, dass Kate das bei ihrer ersten Begegnung im Café erwähnt hat. Sie blickt hinüber zu dem Strauß im Esszimmer, als würde sie ihn mit neuen Augen sehen.

»Ich dachte, dieses Jahr würde ich dem entgehen«, sagt Kate und zittert, als würde sie frieren. »Sie wurden immer nur an meine Privatadresse geschickt.«

»Wer hat dir die Rosen überreicht?«

»Sie wurden geliefert. Mein Butler Rafi hat sie gebracht.«

»Hast du ihn gefragt, wer sie geschickt hat?«

Kate schüttelt den Kopf. »Das werden sie nicht wissen. Sie werden uns auch nichts sagen können. Glaub mir ...«

»*Mir* werden sie es sagen«, entgegnet Camilla und sieht sich nach dem Festnetztelefon um. »Ich rufe an der Rezeption an ...«

»Glaubst du, ich hätte nicht alles versucht, herauszufinden, wer der Absender ist?«, fragt Kate. »Das geht jetzt schon seit einundzwanzig Jahren so, Camilla. *Einundzwanzig Jahre.*«

Camilla schlägt nun einen sanfteren Ton an, weil sie merkt, dass Kate kurz vor der Hysterie steht. »Als du mit der Polizei gesprochen hast ...«

»Nichts!«, entgegnet Kate entrüstet. »Ich habe es dir gesagt. Es interessiert sie nicht, es sei denn, man wird direkt bedroht. Sie sagten, es sei wahrscheinlich jemand, der Mitleid mit mir hat.« Sie lacht höhnisch.

»Du hättest es uns gegenüber noch mal erwähnen sollen«, sagt Camilla. »Adrian Clifton hätte sich das ansehen können.«

Kate schnaubt resigniert und presst ihre Hände auf die Augen. »Ich habe Adrian eine E-Mail dazu geschrieben. Er hat sich nie bei mir gemeldet.«

»Das lässt sich ändern«, sagt Camilla. »Wir werden ihn noch mal fragen. Das wird ein Ende haben, das verspreche ich dir.«

»Ich habe mich ... beobachtet gefühlt«, sagt Kate müde. »Die ganze Zeit über. Ich bin so wütend. Ich habe keine Privatsphäre. Was, wenn sie hier sind, auf der Insel?«

Camilla geht auf und ab, ringt die Hände. Sie denkt an den roten Fleck, den sie auf ihrer Terrasse entdeckt hat, und atmet langsam ein. Könnte es Blut gewesen sein? Antonis Blut? Sie denkt an Jacobs E-Mails. Könnten die Rosen etwas damit zu tun haben?

»Wer auch immer sie geschickt hat«, sagt Camilla und wendet sich wieder Kate zu: »Ich wette mit dir, dass sie nicht auf der Insel sind. Irgendwer hat herausgefunden, wo du bist, und hat sie liefern lassen. Wahrscheinlich irgend so ein erbärmliches Muttersöhnchen, das im Gästezimmer seiner Mama in Swindon vor sich hinvegetiert.«

Kate fängt wieder an zu zittern, ihr Atem geht ruckartig, als würde sie gleich ohnmächtig werden. Camilla verliert langsam die Geduld. Sie hebt eine Hand, um Kate zu ohrfeigen, aber sie zögert. Gewalt ist wahrscheinlich nicht der beste Weg, um jemandem zu helfen, der an einer PTBS leidet.

»Piss Kink!«, schreit sie Kate an. »Piss Kink! Sag es!«

Kate sieht sie an, als hätte sie den Verstand verloren. »Was?«

»Piss Kink!«

»Was zum Teufel ist ein Piss Kink?«

»Sag es einfach. Es wird dir helfen, die Panikattacke zu überwinden.«

»Pink Kiss ... Ich meine, P-Piss Kink!«

»Noch mal!«

»Was *ist* ein Pink Kiss?«

»Piss Kink, Liebes, Piss Kink. Du weißt schon, Natursekt.«

Kate verzieht angewidert das Gesicht. »Oh Gott.«

»Schrei es!«

»Piss Kink!«

»Fühlst du dich jetzt besser?«

Kate holt tief Luft, dann noch mal, und nickt etwas benommen. *Gut,* denkt Camilla. *Wenigstens kann sie wieder atmen.* Camilla lässt sich neben ihr auf das Sofa sinken, erschöpft vom Adrenalinrausch, während Kate ihren Kopf an ihre Schulter lehnt.

»Ganz ehrlich, wie schwer kann es sein, einen Rosenstrauß zurückzuverfolgen?«, sagt Camilla. »Hör mal, ich rede mit der Resortmanagerin, okay? Wir werden der Sache auf den Grund gehen.«

27

KATE

Kate betritt das Bad, dreht den Kaltwasserhahn auf und sieht zu, wie ein kleiner Tropfen Blut aus der Wunde an ihrer Hand ins Waschbecken tropft. Die Rosen haben sie geschnitten, die scharfen, unnachgiebigen Stacheln haben die weiche Haut an ihrem Handballen aufgerissen, als sie sie in den Mülleimer gestopft hat.

Eine Benachrichtigung piept auf ihrem Telefon wie ein Vögelchen. Sie nimmt es hoch und registriert sofort den Namen von Darcys Ex-Mann auf dem Display. Jacob Levitt hat erneut eine E-Mail gesendet.

Von: j.levitt@immersiveAI.com
An: katetheconstantwriter@oncloud.ws

Liebe Kate,
vielen Dank für Ihre Antwort. Ich befürchte, dass Adrian Clifton und Sie in einen Sicherheitsverstoß bei einer von mir entwickelten Software verwickelt sind. Womöglich ohne Ihr Wissen ... Vielleicht hat Darcy ihn engagiert?

Mir liegt eine Telefonnummer vor, die eventuell ihm gehört: 07011 213012. Erkennen Sie sie?
Jedenfalls muss ich der Sache so schnell wie möglich auf den Grund gehen.
Danke, Jacob

Sie schließt ihren Posteingang, ohne zu antworten, und ärgert sich, dass sie sich überhaupt die Mühe gemacht hat, sie zu lesen. Eine weitere E-Mail von Darcys Ex ist das Letzte, was sie im Moment gebrauchen kann.

Darcy hat gleich zu Beginn geschworen, dass Adrian ihr Geheimnis bleiben würde. Nur sie drei wussten davon. Eine Woche nach diesem ersten, schicksalhaften Treffen im Café hatte Darcy Camilla und sie per FaceTime angerufen.

»Ich habe jemanden gefunden«, sagte sie. »Ein alter Schulfreund arbeitet bei der Polizei. Er hat mir einen Mann empfohlen, der nach seiner Pensionierung eine Privatdetektei gegründet hat. Adrian Clifton.«

Kate hatte ihre Erwartungen bewusst runtergeschraubt. Das Massaker lag lange zurück. Selbst wenn sich ihre Vermutung bewahrheiten sollte, dass Finnegan nicht allein gehandelt hatte, war es unwahrscheinlich, dass irgendwelche Beweise dafür gefunden würden. Und insgeheim begann sie, an ihrer Theorie zu zweifeln. Finnegan war glimpflich davongekommen. Tatsächlich hatte er nur einen Monat abgesessen – einen einzigen Monat für den Mord an sechs Menschen. Ja, er war an Krebs gestorben, aber das konnte man kaum als gerechte Strafe bezeichnen, nicht wahr? Es war eine Krankheit, die auch unschuldige Menschen traf.

Nein, der Gerechtigkeit war nicht Genüge getan worden.

Vielleicht war das die treibende Kraft hinter ihrer Vermutung – vielleicht *wollten* sie, dass es einen zweiten Mörder gab, jemanden, der die Strafe verbüßte, der Finnegan entgangen war. Und Kate bekäme die Gelegenheit, demjenigen zu zeigen, dass sie ihr Leben ausgekostet hatte.

Wenn man das Leben nennen kann.

Sie hört das Surren der Zimmerkarte, hört, wie die Haustür aufgeht. Camilla ist wieder da und sieht hoffnungsfroh aus. Sie wollte Nura, die Managerin des Resorts, nach der Rosenlieferung fragen, und die Zuversicht in ihrem Schritt lässt Kate aufhorchen. Sie wirft sich ihren Kimono über und steckt ihr Handy in die Tasche. Vielleicht, aber nur vielleicht, hatte Camilla ja Glück.

»Ich hab ihn«, sagt Camilla und errötet vor Stolz. Sie öffnet die Notiz-App auf ihrem Handy und zeigt Kate, was sie aufgeschrieben hat. »Robin Y. Ceylon. Klingelt da was?«

Kate schüttelt den Kopf. Die Aufregung bei Camillas Rückkehr fällt in sich zusammen.

»Zwar ohne Adresse, aber ich arbeite daran«, fährt Camilla fort und tippt den Namen in die Suchleiste ihrer Facebook-App. »Überlass das mir, Katey Baby, ich werde diesen Bastard finden …«

Kate presst ihre Hände aufs Gesicht. »Es ist ein Anagramm«, sagt sie schwach.

Camilla schaut von ihrem Handy auf. »Was?«

»Die Buchstaben ergeben Briony Conley. Mein richtiger Name.«

Camilla hält das Handy dichter an ihre Augen und studiert den Namen, den sie aufgeschrieben hat. »Woher weißt du das?«, fragt sie.

»Es ist jedes Mal das Gleiche, jedes Jahr. Yoni Le Corbyn. Robyn Y. Nicole. Byron I. Ceylon.« Sie seufzt. »Es ist ein Spiel. Ein krankes, perverses Spiel.«

Sie sieht, wie Camilla ungläubig dreinblickt, kennt das Gefühl, das ihr ins Gesicht geschrieben steht – warum tut jemand so etwas?

»Ich habe für die Information bezahlt«, sagt Camilla. »Hundert Pfund.«

»Shit. Das tut mir leid.«

Camilla kneift in die Hautfalte zwischen ihren Augen. »Was ist mit den Zahlungsdaten? Bestimmt können wir doch zurückverfolgen, wie die Rosen bezahlt wurden …«

»Normalerweise ist es eine Prepaid-Debitkarte«, sagt Kate. »Oder PayPal. Jeder kann so etwas einrichten, vor allem heutzutage. Es ist sehr schwer, den Ursprung zu finden, wenn es ein virtuelles Konto ist.«

»Was ist mit Adrian?«, wirft Camilla ein. »Wir könnten ihn bitten, sich die Sache anzusehen? Ich wette, er kriegt es heraus.«

Kate seufzt. Sie hat Adrian Clifton bereits eine E-Mail geschickt, aber ohne Erfolg. Vielleicht arbeitet er nur für Darcy, da sie ihn engagiert hat. Andererseits hat Jacob ihr Adrians Nummer geschickt …

»Warte mal«, sagt sie zu Camilla und holt ihr Handy aus der Tasche. Sie tippt auf das Display und beschließt, Adrian anzurufen und direkt um Hilfe zu bitten.

28

DARCY

Von: a.wallis@wallisbennett.com
Cc: k.moko@wallisbennett.com
An: darcy_levitt@redmail.com

Hallo Darcy,
ich verstehe Ihre Einwände, aber da das Gericht die Einleitung des Verfahrens bekannt gegeben hat, können wir nicht viel tun. Sobald Sie von den Malediven zurückkehren, können wir über das Sammeln von Beweisen sprechen, um die Behauptungen Ihres Ex-Mannes hinsichtlich seines Antrags auf das volle Sorgerecht zu widerlegen. Das Gericht wird sich dafür interessieren, bei welchem Elternteil die Jungs am liebsten wohnen möchten und wie Ihr Verhältnis zu Ihren Söhnen ist.
Notieren Sie sich bitte derweil den Gerichtstermin am 24. Oktober um 12 Uhr.
Alles Gute,
Anthea Wallis
(sie/ihr)

Leiterin der Abteilung Scheidung, Familie, Finanzen und Kinder für und im Namen von Wallis Bennett LLP, Solicitors

Darcy starrt auf die E-Mail auf ihrem Handy, und ihr wird schwer ums Herz. Sie wusste, dass Jacob in ihrer Abwesenheit etwas ausheckte. *Die Behauptungen Ihres Ex-Mannes … Das Gericht wird sich dafür interessieren, wie Ihr Verhältnis zu Ihren Söhnen ist.*

Da Charlie sie abgrundtief hasst, wird das nicht gutgehen. Jacob hat ihn offenkundig gegen sie aufgehetzt und Charlie auf seine Seite gezogen. Bei Teenagern kommt es letztlich darauf an, welcher Elternteil ihnen die meiste Bildschirmzeit zugesteht oder erlaubt, dass sie sich Snapchat herunterladen. Sie war vehement dagegen: keine sozialen Medien vor dem gesetzlichen Mindestalter von dreizehn Jahren. Und dann fand sie heraus, dass er Snapchat, TikTok und Instagram längst auf seinem Handy hatte, ebenso wie ein paar andere Apps, von denen sie noch nie gehört hatte – Swipr, Yubo, Wizz. Wie sollen sich Eltern in diesem verdammten Dschungel noch zurechtfinden?

Nur Gott weiß, was er sich alles angesehen hat oder mit wem er Kontakt hatte.

Sie zwang Charlie, die Apps von seinem Handy zu löschen, woraufhin er einen Wutanfall bekam.

Was das Gericht jedoch zu hören kriegen wird, ist, dass sie eine schlechte Mutter ist. Sie ist zu streng, respektiert keine Grenzen. Kinder sind heutzutage so aufgeklärt. Erst letzte Woche hat sie Ed gesagt, dass er bis zum Wochenende kein Schokomüsli essen darf. »Das ist Kindesmisshandlung!«, schrie er daraufhin.

Und dann die Reise, auf die sie Charlie mitgenommen hat, um ihn auf seinen Auftritt bei der Schulaufführung vorzubereiten. Gott, ist das nach hinten losgegangen.

Sie schließt den Posteingang und wählt Jacobs Nummer, der nach dem fünften Klingeln rangeht und sich verschlafen anhört.

»Um Himmels willen«, sagt er. »Es ist früh am Morgen …«

»Warum tust du das?«, fragt sie ohne Umschweife.

»Dafür ist es noch zu früh, Darcy. Wir werden das vor Gericht besprechen.«

»Nein«, erwidert sie brüsk. »Ich möchte das nicht im Gericht besprechen. Sondern jetzt. Ich möchte verstehen, warum du *unseren Kindern* so etwas antust.«

»Wie ich schon sagte«, erwidert Jacob, »wir werden das zu gegebener Zeit und am richtigen Ort besprechen.«

»Du willst meinen Ruf zerstören, ist es das?«, fragt sie mit wackliger Stimme. »Du willst mein Leben zerstören, oder? Sag es mir, Jacob. Was habe ich getan, dass du mich so sehr hasst?«

Er seufzt. »Ich hasse dich nicht, Darcy …«

»Warum tust du das dann? Warum beraubst du die Jungs ihrer Mutter?«

Er zögert kurz. »Weil Charlie mich darum gebeten hat.«

Sie schluckt schwer. »Du lügst.«

»Tue ich nicht. Und es ist interessant zu hören, dass du *mich* der Lüge bezichtigst, Darcy.«

»Was zum Teufel soll das heißen?«

»Hör zu, Charlie will nicht bei dir wohnen. Und ich möchte, dass auch Ed und Ben bei mir leben. Es ist unfair, sie zu trennen.«

Sie holt scharf Luft, Galle steigt ihr in die Kehle. Hier geht es nicht um ihre Kinder. Hier geht es um Kontrolle.

»Wer hat dir von Adrian Clifton erzählt, Jacob?«

»Es spielt keine Rolle, wer«, sagt er. »Warum sagst du mir nicht einfach, was er mit meiner Software angestellt hat, Darcy? Oder muss ich dazu meinen Anwalt einschalten?«

»Wovon redest du?«

»Also doch über den Anwalt.« Er legt auf.

Sie starrt auf das Handy und beginnt zu schluchzen. *Es ist vorbei*, denkt sie. Sie hat ihren Alltag auf die Jungs ausgerichtet, ihr ganzes Leben um sie herum arrangiert. Aber Jacob ist charismatisch und souverän. Er wird diesen Fall gewinnen, das weiß sie.

Irgendwo in der Villa klingelt ein Telefon. Kurz blickt sie verwirrt auf das Handy in ihrer Hand, bis sie sich daran erinnert, dass sie ihr anderes Handy mitgenommen hat. Aber dieses Telefon sollte gar nicht klingeln.

Sie eilt die Treppe hinauf und horcht aufmerksam. Wo zum Henker hat sie es hingelegt? Sie ist sich sicher, dass sie es ausgepackt hat. Sie geht ins Schlafzimmer und sucht mit den Augen den Raum ab, aber es ist schwierig, das Klingeln zu lokalisieren. Es ist irgendwo hier, die Frage ist nur, wo. Sie schaut in den leeren Koffern nach, die ordentlich verschlossen im Kleiderschrank verstaut sind, dann in den Schubladen der Kommode.

Nach der dritten Schublade hört das Klingeln auf. Sie hält den Atem an, schaut zum Schminktisch, zu ihren Kosmetiktaschen. Dort, in der Reißverschlusstasche des Orla-Kiely-Kulturbeutels, der Duschgel in Urlaubsgröße und Binden enthält, liegt das kleine schwarze Rechteck ihres Prepaid-Handys.

Sie nimmt es heraus und drückt auf »Zurück«, um zu sehen,

wer sie angerufen hat. Es ist eine Handynummer aus dem Vereinigten Königreich, die mit +44 beginnt. Die letzten drei Ziffern sind 606. Sie ruft sie zurück und hält den Atem an, während es klingelt. Nach dem sechsten Klingeln geht jemand ran.

»Hallo?«

Sie kennt diese Stimme. Darcy erstarrt, dann beendet sie schnell das Gespräch. Sie sinkt auf dem Bett zusammen und fährt sich mit den Händen durch die Haare.

Warum zum Teufel sollte Kate diese Nummer anrufen?

29

JADE

Ich rekele mich, und einen Moment lang fühle ich mich glücklich und zufrieden. Ich habe davon geträumt, wie Rob und ich damals zusammengezogen sind. Wir waren wieder in der kleinen Wohnung in Bow, die wir das erste halbe Jahr gemietet hatten, wo sich die Ratten durch die Fußbodenleisten fraßen. Im Traum bauten wir unser Hochbett zusammen, alle Teile lagen auf dem Fußboden im Schlafzimmer verstreut, und ich war aufgekratzt, weil ich mich das erste Mal in einer ernsten Beziehung befand, das erste Mal mit jemandem zusammenzog. Rob nannte mich immer wieder »meine Angetraute«, und jedes Mal war es, als würde jemand ein Licht in mir anknipsen.

Dieser Teil entsprang der Erinnerung.

Ich drehe mich um und blinzle, als mich die beschissene Situation vom Vorabend wie eine eiskalte Dusche erwischt. Das Restaurant. Robs Wut. Wie er mich beschuldigte, mit Antoni zu flirten. Mich an den Haaren zog.

Aber jetzt liegt Rob neben mir, die Augen auf mich gerichtet, aller Zorn ist aus seinem Gesicht gewichen. Er ist nackt und steif. Er greift nach meiner Hand und legt sie auf seinen Penis. Er stöhnt, dann berührt er meine Brüste. Ich trage kein Nachthemd, nur ein schwarzes Spitzenhöschen, und er zieht es aus und rollt sich auf mich. Er küsst mich und verbringt viel Zeit damit, an meinen Brustwarzen zu saugen. Früher habe ich das geliebt. Der Sex mit Rob war immer phantastisch, aber ich weiß, was jetzt kommt. Er wird kein Kondom benutzen.

Er stößt in mich und stöhnt, sein Kopf neben mir im Kissen vergraben. Ich empfinde nichts als Angst. Wenn ich den richtigen Zeitpunkt erwische, kann ich ihn vielleicht wegstoßen … Aber zu spät – er brüllt in Ekstase und rammt in mich. Ich will aufstehen und ins Bad rennen, aber er bleibt in mir, stützt sich auf die Ellbogen und küsst mich.

»Lust auf noch eine Runde?«, sagt er.

Ich zwinge mich zu einem Lächeln. »Sonst geht das bei dir doch nicht.«

Seine Mimik verändert sich.

»Ich meine, ja«, setze ich schnell nach. »Noch eine Runde klingt gut.«

Er dreht mich um und nimmt mich von hinten. Ich kann es nicht fassen. Wir hatten seit Ewigkeiten nicht mehr zweimal hintereinander Sex. Er fordert mich auf, ihm zu sagen, wie sehr ich es will, und ich presse die Worte durch die Zähne hervor, während ich gedanklich nachzähle, der wievielte Tag meines Zyklus heute ist.

Wenn ich daran denke, wie froh ich war, als meine Monatsblutung eine Woche vor unserer Hochzeit aufhörte. Das heißt, dass ich genau in der Mitte bin, um den Eisprung herum.

Hinterher muss ich mich zwingen, nicht sofort ins Bad zu stürzen, und ringe mir ein Lächeln ab.

»Meinst du, es hat geklappt?«, fragt er und streichelt mir übers Gesicht. »Glaubst du, ich habe dich geschwängert?«

Ich zucke mit den Schultern. »Vielleicht.«

Oh Gott!

»Ich habe gehört, dass es besser funktioniert, wenn man zwanzig Minuten oder so auf dem Rücken liegt und die Hüfte anhebt«, sagt er und steht auf. »Versuch's doch mal.«

Ich blinzle. »Das ist nur ein Ammenmärchen.«

»Es ist einen Versuch wert, oder?«, sagt er. »Würdest du nicht alles tun, damit wir ein Kind bekommen? Das Kind, das wir uns so verzweifelt wünschen?«

Ich lächle. *Das Kind, das* du *dir wünschst, nicht ich.*

Er geht nach unten, um eine zu rauchen. Ich warte, bis ich ihn in der Küche summen höre, ehe ich mich vom Bett hinunterrolle und leise ins Bad schleiche, um unter der Dusche alles auszuspülen.

Und dann stehe ich nackt da und betrachte mich im Spiegel. Der blaue Fleck um mein Auge herum ist verblasst und die Schwellung zurückgegangen, dafür hat er sich gelblich grün gefärbt. Ich sehe deutlich älter aus als dreiundzwanzig. Rob zuliebe trage ich blonde Extensions. Als wir uns kennenlernten, gestand er mir, dass er auf lange Haare stehe und sich gern finanziell beteilige, wenn ich sie verlängere. Das hat er auch getan, beim ersten Mal, aber seither bezahle ich sie selbst, nur um ihm zu gefallen. Mein Kopf juckt davon, besonders bei dieser Hitze. Meine natürliche Haarfarbe ist Hellbraun, aber als er mich zum Friseur mitnahm für die Extensions, sagte er, ich solle es mal mit einer helleren Farbe versuchen, was ich auch tat. Aber der Unterschied in meinem Aussehen geht tiefer. Ich erkenne das Mädchen im Spiegel kaum wieder.

Was machst du hier, Jade? Was zum Teufel tust du?

Robs Rasierer liegt neben einer Flasche mit Rasierschaum. Ich hebe ihn hoch und betrachte ihn. Ich könnte es tun, denke ich. Wenn er schläft, könnte ich die kleine Klinge aus dem Rasierer nehmen, sie ihm an die Kehle drücken und das Ganze innerhalb von Sekunden beenden.

Ich stelle mir vor, wie das Blut herausspritzt, heiß und dunkel. Wie würde ich mich fühlen?

Erleichtert. Ich würde mich erleichtert fühlen.

Andere Männer gehen mir jetzt durch den Kopf. Männer aus meiner Vergangenheit, Männer aus dem Resort. Der Pilates-Lustmolch. Antoni und seine Art, mich ständig ungefragt anzufassen. Ich habe es so satt, *benutzt* zu werden.

Ich lege den Rasierer hin und erschrecke plötzlich über die Gedanken, die in meinem Kopf herumschwirren.

Aber vielleicht ist das ja die neue Jade. Und ich bin mir noch nicht sicher, wozu sie fähig ist.

30

KATE

»Geht niemand dran?«, fragt Camilla, während Kate das Telefon an ihr Ohr hält.

Kate legt auf und starrt auf das Telefon. »Wir wurden unterbrochen. Und jetzt komme ich nicht mehr durch.« Sie seufzt. »Ich werde es später noch mal versuchen.«

Sie machen sich auf den Weg zur Anlegestelle, wo sie sich mit Darcy zu einem Doppelausflug verabredet haben – eine Schnorcheltour mit Mantarochen und ein Kajakabenteuer auf Emerald Island. Kate war auf beides nicht erpicht, aber nun kann sie es kaum erwarten, die Villa zu verlassen. Camilla hat recht – wer auch immer diese Rosen geschickt hat, befindet sich wahrscheinlich am anderen Ende der Welt. Aber jemand, der so krank ist, dass er jedes Jahr Blumen schickt, ist auch krank genug, um ihre Reaktion miterleben zu wollen.

Sie zwingt sich, den Gedanken zu verdrängen, vorerst. Das muss sie auch. Es ist Darcys Urlaub, und sie wird nicht zulassen, dass irgendetwas ihn ruiniert.

»Was hast du eigentlich gestern Abend gemacht?«, fragt Camilla und holt sie damit in die Gegenwart zurück.

»Nicht viel«, sagt sie. »Hauptsächlich geschrieben. Was ist mit dir?«

Camilla bricht in ein dreckiges Lachen aus. »Die Frage ist eher, was habe ich gestern Abend *nicht* gemacht?«, sagt sie. »Ich habe mich mit Antoni getroffen.«

»Antoni?«, echot Kate. »Der Mann, den Rob verprügeln wollte? *Der* Antoni?«

»Mmh-mmh.«

»Na, das nenne ich mal eine Überraschung«, sagt Kate und bemerkt, wie verunsichert Camilla wirkt. »Ich dachte, du kannst ihn nicht leiden.«

»Konnte ich auch nicht«, sagt Camilla. »Aber dann kamen wir ins Gespräch, und eins führte zum anderen, und dann haben wir die ganze Nacht lang durchgemacht und …«

»Schach gespielt?«

»Ha! Die Stellung kenne ich noch gar nicht.« Sie zwinkert Kate zu. »Es gibt wirklich eine Verbindung zwischen uns. Wir haben uns stundenlang unterhalten. Ich glaube, ich habe noch nie so einen *interessanten* Mann getroffen.«

»Interessant? Heißt das, er ist gut bestückt?«, fragt Kate, und Camilla lacht wieder.

Das Boot kommt an, und sie gehen an Bord, froh, die Einzigen zu sein, die den Ausflug gebucht haben. Der Tauchlehrer ist damit beschäftigt, eine Kiste mit Ausrüstung zu sortieren, so dass sie das Deck für sich allein haben.

»Du wirkst ein wenig besorgt«, sagt Kate zu Camilla, während die Motoren aufheulen. »Ist wirklich alles in Ordnung?«

Camilla setzt ein entgeistertes Gesicht auf, das jedoch zu übertrieben ist, um überzeugend zu wirken. »Klar, wieso? Ich habe ihn nur heute Morgen noch nicht gesehen, aber bestimmt geht es ihm gut.«

»Verstehe«, sagt Kate. Sie blickt zum Steg und überlegt, wie sie es formulieren soll. Sie weiß, dass Camillas heftige Reaktion den Rosen geschuldet war, aber sie vermutet, dass noch etwas anderes dahintersteckt. Doch ehe sie etwas sagen kann, kommt Darcy aufs Boot geklettert.

»Was ist los?«, fragt sie. Offenbar hat sie Camillas letzte Worte gehört. »Wem geht's gut?«

»Antoni«, antwortet ihr Kate.

»Ich habe ihn gevögelt«, sagt Camilla und grinst. »Es war *phantastisch.*«

»Antoni?«, sagt Darcy und lacht. »Der Typ, den Rob im Restaurant beinahe zu Brei geschlagen hätte?«

»Genau der«, sagt Camilla und atmet tief und zufrieden durch. »Kleiner Tipp, Ladys. Ihr wollt den besten Sex eures Lebens? Sucht euch einen Mann, der Flamenco tanzt.«

»Das war also mein Fehler«, sagt Darcy und legt sich auf den Bauch. »Flamenco. Ist notiert.«

»Das Geheimnis ist die Beweglichkeit der Hüfte«, sagt Camilla. »Und das Durchhaltevermögen. Es ist bestimmt zwanzig Jahre her, dass ich jemanden hatte, der die ganze Nacht durchvögeln konnte.«

»Die ganze Nacht durch?«, sagt Darcy. »Und da kannst du noch gehen?«

Camilla versetzt Darcys Arm einen Klaps. »*So* alt bin ich nun auch wieder nicht.«

»Bist du gar nicht müde?«, fragt Kate.

Camilla unterdrückt mit der Faust ein Gähnen. »Überhaupt nicht.«

»Und willst du ihn wiedersehen?«, fragt Kate, die unheimlich froh ist, dass Camilla so viel Gossip bereithält. Ihre Aufgekratztheit ist ansteckend und Balsam an einem ansonsten nervenaufreibenden Tag.

»Wir wollten heute Morgen zusammen frühstücken, aber ...«

»Aber was?«, fragt Darcy.

Camilla presst die Lippen zusammen und wendet den Blick ab, und Kate sieht, wie die Sorge in ihr Gesicht zurückkehrt.

»Wahrscheinlich ist er Kajak fahren gegangen«, sagt Camilla etwas geistesabwesend. »Er sagte, er fährt gerne mit dem Kajak nach Emerald Island, so wie wir später. Und es hat sich definitiv nicht wie eine einmalige Sache angefühlt.«

»Vielleicht triffst du ihn ja dort«, sagt Kate.

»Vielleicht«, stimmt Camilla zu.

Der Tauchlehrer erscheint oben auf der Leiter und fordert sie mit einer Geste auf, herunterzukommen. Sie legen Flossen und Schnorchel an. Kates Magen grummelt vor lauter Angst; das letzte Mal, als sie schnorcheln war, bekam sie ein Ruder vor den Kopf.

Sie blickt hinaus auf den endlosen Horizont. Das Resort liegt weit hinter ihnen, und das blaue Meer breitet sich vor ihnen aus wie ein unbeflecktes Tuch, keine Spur von Booten oder Menschen. Wer auch immer diese Rosen geschickt hat, denkt offenbar, er könne ihr das Leben vermiesen, wohin sie auch geht. Und dennoch steht sie nach dem Vorfall hier draußen und hält das Gesicht in die Sonne. Sie hört Camilla hinter sich lachen, die lautstark verkündet, ihre Schnorchelmaske habe sich in ihren Extensions verfangen. Darcy lacht auch. Der Klang ist belebend, und Kate spürt, wie ihr altes Feuer erwacht, ihre Unerschrockenheit.

Sie wird sich nicht einschüchtern lassen, denkt sie. Weder von den Rosen noch vom Jahrestag. Sie weigert sich.

»Springen Sie!«, ruft der Tauchlehrer und ermutigt sie, sich ins Wasser zu stürzen. Sie steht auf der letzten Sprosse der Leiter, das warme Wasser kitzelt an ihren Füßen. Und dann sieht sie sie: ein Geschwader von Mantarochen, die wie schwarze Diamanten im Wasser liegen und mit ihren federlosen Flügeln flattern.

»Die beißen nicht«, sagt der Tauchlehrer lächelnd, und er greift nach unten, um einen zu berühren, der an der Oberfläche treibt. Er ist riesig, groß wie ein Esstisch, und Kate erwartet, dass er davonjagen wird. Aber das Tier, dessen Schwanz wie ein Degen herausragt, lässt sich streicheln.

Entschlossen ballt sie die Faust, lehnt sich nach vorn und springt ins Blaue hinein.

31

CHARLIE

»Charlie, komm schon«, sagt sein Dad. Aber Charlie schüttelt den Kopf und verschränkt die Arme.

Sie sind im Schwimmbad zum Schwimmunterricht, seine Brüder Ben und Ed sind bereits mit dem Trainer und dem Rest der Gruppe im Wasser. Charlie kann nicht gut schwimmen, deshalb nimmt er noch Unterricht.

Die anderen Eltern starren zu ihnen rüber. Charlie befürchtet, gleich weinen zu müssen, also sagt er lieber nichts, obwohl sein Vater immer wütender wird. Dad beugt sich zu ihm runter.

»Was zum Henker ist denn?«, faucht er. »Das ist deine Schwimmstunde, Charlie. Die anderen sind schon im Becken.«

Charlie weiß das, aber er will nicht. Er geht los, zurück zur Umkleidekabine, aber Dad knurrt ihn an.

»Setz dich«, sagt er. »Hierher. *Sofort.*«

Er deutet auf den Platz neben ihm am Beckenrand. Charlie trottet zu ihm. Er trägt ein Schwimmoberteil und Shorts, setzt sich wie befohlen hin und ist insgeheim froh, dass sein Vater nachgegeben hat und er nicht mitmachen muss.

»Verrat mir einfach, warum du nicht reingehst«, sagt Dad

nach ein paar Augenblicken. »Ich muss dringend arbeiten, und du führst dich auf wie ein verdammtes Kleinkind. Tu mir wenigstens den Gefallen und erklär mir, wieso.«

Charlie beißt sich auf die Lippe. »Mum«, murmelt er nach einem Moment.

»Mum?«, wiederholt Dad. Er schnaubt spöttisch. »Du willst wegen der Sache mit deiner Mutter nicht ins Wasser? Um Himmels willen, Charlie. Ich habe dem Anwalt gemailt, wie du es verlangt hast. Ich habe dir gesagt, dass wir auf das volle Sorgerecht plädieren können. Was willst du noch?«

Obwohl er merkt, dass sein Vater wütend ist, beißt sich Charlie wieder auf die Lippe und weigert sich zu antworten. Und als sich sein Vater mit einem frustrierten Seufzer seinen E-Mails zuwendet, lässt Charlie die Schultern hängen und schluckt schwer. Er denkt an den schrecklichen Urlaub vor über zwei Jahren zurück, als er zum ersten Mal merkte, dass etwas zwischen seinen Eltern nicht stimmte.

In den Osterferien waren sie in Südfrankreich, als seine Mum eines Tages draußen im Freien weinte. Charlie war geschockt. Er hatte noch nie einen Erwachsenen in der Öffentlichkeit so weinen sehen. Sie gingen am Strand entlang, vorbei an den Sonnenschirmen und dem glitzernden Meer, und seiner Mutter liefen Tränen übers Gesicht. Er schaute zu seinem Vater, öffnete den Mund, um ihn zu fragen, warum Mum weinte, aber das Gesicht seines Dads war wie versteinert. Sie hatten sich gestritten.

Später in der Nacht hörte er laute Stimmen aus dem Schlafzimmer seiner Eltern in der Villa. Er schlich sich auf Zehenspitzen in den Flur und presste sein Ohr an die Tür. Er konnte seinen Vater hören, der seine Mutter anflehte, vom Fenster wegzugehen.

»Tu das nicht!«, schrie er, und Charlies Herz begann zu klopfen, da er seinen Dad noch nie so verängstigt gehört hatte. »Denk an die Jungs, Darcy. Komm schon. Nimm meine Hand.«

Charlie lauschte gespannt auf die Antwort seiner Mum, aber es gab keine, nur ein polterndes Geräusch. Das Geräusch der Fensterläden, die an die Wand schlugen.

»Ich rufe die Polizei, wenn du nicht runterkommst«, sagte sein Dad.

»Dann ruf sie doch, verdammt!«, schrie Mum, so laut und untypisch für sie, dass ihm vor Schreck Tränen in die Augen stiegen. Vor Angst taumelte er von der Tür weg. Mit einem Mal fühlte er sich nicht mehr wie ein großer Junge. Nicht wie ein Zehnjähriger. Irgendetwas stimmte nicht mit seiner Mum, und auch wenn er nicht sehen konnte, was vor sich ging, wusste er, dass es sehr schlimm war.

Im Zimmer war es still geworden.

Vorsichtig näherte sich Charlie wieder der Tür, drückte sein Ohr ans Holz und lauschte. Sein Dad sprach ganz leise.

»Komm schon«, sagte er. »Du wirst dich verletzen, wenn du nicht aufpasst, und das wollen wir doch nicht.«

»Nimm es zurück«, schnauzte seine Mum. »Sag, dass du es nicht so gemeint hast!«

Charlie hielt den Atem an und wünschte sich sehnlichst, sein Dad möge das, was er gesagt hatte, zurücknehmen und seine Mum dazu bringen, nicht mehr so zu klingen.

»So ist's gut«, sagte Dad. »So ist's recht.« Er klang angestrengt, als würde er etwas Schweres heben. Da ertönte ein neues Geräusch – die Fensterläden wurden geschlossen und verriegelt.

Mum begann zu weinen. Das heißt, das stimmte nicht – es war kein stilles Weinen wie am Strand. Sie heulte vielmehr herzzerreißend, heulte wie ein Baby. Charlie fing auch an zu weinen, hielt sich die Hand vor den Mund und zitterte am ganzen Körper. Er wusste nicht, was in dem Zimmer vorgefallen war, aber es war beängstigend. Seine Eltern hatten nicht wie sie selbst geklungen.

Am nächsten Tag beobachtete er sie genau und war ständig kurz davor, sie anzuflehen, das, was sie im Zimmer getan hatten, nie wieder zu tun. Mum trug den ganzen Tag über eine dunkle Sonnenbrille, sogar drinnen, und sagte nicht viel. Dad verfiel immer wieder in ein Stirnrunzeln, und selbst wenn Ben und Ed Witze erzählten, war es, als wäre sein Lächeln nicht echt.

Achtzehn Monate später setzten sich seine Eltern eines Nachmittags nach der Schule mit ihm und seinen Brüdern zusammen und teilten ihnen mit, sie hätten Neuigkeiten.

»Was für Neuigkeiten?«, wollte Ed wissen.

Seine Eltern sahen sich nicht an.

»Deine Mum und ich werden in verschiedenen Häusern wohnen«, sagte Dad. »Mein neues Haus ist gleich um die Ecke.«

»Eine Meile entfernt«, warf Mum ein.

»Immer noch ziemlich nah«, sagte Dad. Er hielt inne, um ein breites Lächeln aufzusetzen. Charlie beobachtete, wie seine Mum den Blick seines Dads erwiderte. Sie sah wütend aus, auch wenn sie lächelte.

Es entstand eine lange Pause, als hielte der Raum den Atem an. »Warum?«, fragte Ben dann.

Dad holte tief Luft und presste die Hände zusammen. »Weißt du noch, als sich Leos Eltern getrennt haben?«, sagte er. »So wird es auch bei uns sein. Du wirst zwei Zimmer haben. Zwei Weihnachten, zwei Ferien.«

»Hasst du Mummy?«, fragte Ben.

»Ich hasse eure Mutter ganz und gar nicht«, sagte sein Vater.

Charlie sah zu seiner Mum. Sie hatte den Blick jetzt auf ihren Schoß gerichtet.

»Warum wollt ihr dann woanders wohnen?«, fragte Ed, und Dad fuhr sich mit der Hand durchs Haar, wie er es immer tat, wenn die Dinge nicht nach Plan verliefen.

»Hör zu, wir probieren das erst mal aus, okay?«, sagte Dad. »Und wir werden es für alle so angenehm wie möglich machen.« Zuletzt sah er zu Mum rüber, wie um sie um Hilfe zu bitten.

Charlie spürte, wie sich ihm der Magen verknotete. Das lag nicht nur daran, dass seine Eltern sich trennten – die Eltern von drei seiner Freunde lebten getrennt, und es schien gut zu funktionieren –, sondern vielmehr daran, wie Mum aussah, blass und starr, als hätte man sie in die Luft gejagt und sie müsse sich zusammenreißen, um nicht in tausend Teile zu zerfallen.

Ein Kreischen aus dem Schwimmbecken holt ihn schlagartig in die Gegenwart zurück. Er sieht seinen Brüdern und dem Schwimmlehrer zu, während sein Vater neben ihm eine E-Mail nach der anderen in sein Handy tippt. Charlie steigt nicht ins Becken. Er kann nicht.

Es ist Zeit zu gehen. Er beobachtet, wie Ed und Ben aus dem Wasser steigen und sich die Schwimmbrillen vom Kopf ziehen.

Sein Vater steht auf und wendet sich ihm zu. »Wir reden später darüber«, sagt er. »Du wirst mir sagen, was los ist.«

32

DARCY

Nach dem Mantarochenausflug und der Tour mit dem Kajak durch die Lagune sind sie auf Emerald Island angekommen. Der weiße Sand und die Palmen sind genauso wie auf ihrer Insel, Sapphire Island, die in der Ferne über dem Wasser schwebt.

Die E-Mail ihres Anwalts, die sie heute Morgen erhalten hat, bereitet Darcy Kopfzerbrechen. Sie hat letzte Nacht auch nicht gut geschlafen. Charlies furchtbare WhatsApp-Nachricht, dann dieser Antrag auf alleiniges Sorgerecht – das ist alles, woran sie denken kann. Sie hat einen Großteil ihrer Zeit damit verbracht, das zu tun, was man in Unternehmen »strategische Planung« nennt, und sich größte Mühe gegeben, dafür zu sorgen, dass ihr Leben sorgfältig geplant ist, bis ins letzte Detail. Deshalb war sie auch so gut darin, Jacob beim Aufbau seines Unternehmens zu helfen. Sie hatte keinerlei Erfahrung im technologischen Bereich, brachte sich aber alles selbst bei und erwies sich als sehr lernfähig. Und es war Darcy, die Jacob vorschlug, auf künstliche Intelligenz zu setzen; er wollte in die Spielebranche einsteigen.

Ihr Magen krampft sich zusammen, als sie an das Telefonat

mit Jacob denkt. Was erwartet sie bei ihrer Heimkehr? Drei Jungs, die ihren Vater bevorzugen, und einen Ex-Ehemann, der sie nie wirklich geliebt hat.

Hat sie Jacob geliebt? Sie ist sich nicht sicher. Dabei dachte sie, sie würde ihn lieben. Sie hat es so glaubwürdig gespielt, dass sie sich beinahe selbst überzeugt hätte. Und dann sind da ihre gemeinsamen Freunde, die Freunde, die zuletzt überaus beschäftigt waren, die kaum noch mit ihr geredet haben. Das Leben nach der Scheidung fühlt sich furchtbar einsam an.

Und jetzt fragt Jacob auch noch nach Adrian Clifton ... Es ist überhaupt nicht gut, dass er so viele Fragen stellt.

Vielleicht war es ein Fehler, hierherzukommen, denkt sie. Die Auslandsreise hat ihre Situation noch verzwickter gemacht. Aber dann ist es eben so.

Sag es ihnen, denkt sie und schaut Kate und Camilla hinterher, die sich Richtung Buffet begeben. *Jetzt ist der richtige Moment.*

»Ich gehe spazieren«, verkündet Camilla plötzlich und unterdrückt ein weiteres Gähnen.

»Willst du gar nichts essen?«, fragt Kate.

»Ich hole mir auf dem Rückweg etwas«, erwidert Camilla und ist schon unterwegs zum Strand.

»Ich hätte Lust auf ein kaltes Getränk«, sagt Kate und nickt zum Restaurant hinüber.

Darcy hakt sich bei Kate ein. »Ich komme mit.«

Sie sitzen an einem Tisch mit Blick über die Lagune, an deren anderem Ende ihr Resort emporragt. Sie bemerkt grüne Papageien, die auf den Ästen der Bäume in der Nähe sitzen und deren hübsches Gefieder in der Sonne leuchtet.

»Darf ich dich was fragen?«, sagt Kate dann.

»Klar.«

»Erinnerst du dich, wie ich dir erzählt habe, dass mir jemand seit einundzwanzig Jahren an jedem Jahrestag Rosen schickt?«

Darcy betrachtet Kates Gesicht und versucht, sich auf das Gespräch zu konzentrieren. »Ich glaube schon. Ja, doch, ich glaube, das hast du erzählt.«

»Jemand hat mir heute Morgen Rosen in meine Villa geschickt.«

Darcy schnappt nach Luft, ihre Aufmerksamkeit gilt jetzt ganz ihrer Freundin. »Was, hier? Auf den Malediven?«

Kate nickt.

»Scheiße. Ist alles okay bei dir?«

»Nicht wirklich. Ich glaube, ich hatte mich schon darauf gefreut, es dieses Jahr zu verpassen. Von zu Hause weg zu sein ...«

Darcy legt ihre Stirn in Falten. Kate sieht verstört aus.

»Du glaubst also, dass dahinter böswillige Absicht steckt?«, fragt Darcy. »Könnte nicht vielleicht eine der Opferfamilien die Blumen geschickt haben?«

Kate runzelt die Stirn. »Das glaube ich nicht. Ich denke, es ist jemand, der mir übelnimmt, dass ich überlebt habe.«

»Was, wenn es deine Eltern sind, die versuchen, Kontakt zu dir aufzunehmen?«

Kate reagiert gereizt. »Das sind definitiv nicht meine Eltern. Der Name des Absenders ist immer ein Anagramm meines Geburtsnamens, Briony Conley. Da zieht jemand ein krankes Spiel ab.«

»Oh mein Gott«, sagt Darcy. Sie drückt Kates Hand. »Es muss beängstigend gewesen sein, all die Jahre. Vor allem, wenn du davon ausgehst, dass dir jemand übel mitspielen will.«

»Das war es«, flüstert Kate. »Es war wie ein beschämendes Geheimnis. Ich hatte das Gefühl, ich hätte sie verdient.«

Sie vergräbt ihr Gesicht in den Händen, und Darcy reibt ihre Schulter.

»Oh, Kate. Es zerreißt mir das Herz.«

Darcy spürt, dass ihr die Worte auf der Zunge liegen. *Jetzt ist der Moment gekommen*, denkt sie. *Sag es ihr.*

Sie öffnet den Mund. Sie hat ihre Argumente zurechtgelegt. Trotzdem weiß sie, dass dies sowohl der günstigste als auch der ungünstigste Zeitpunkt ist, um es Kate zu sagen.

Also schaltet sie um und beschließt, die Aufmerksamkeit auf das zu lenken, was sie alle ignorieren. Sie muss Kate auf die Wahrheit vorbereiten, sie behutsam heranführen.

»Hast du gestern Abend noch mit Jade geredet?«, fragt sie. »Nach dem Abendessen?«

Kate legt den Kopf schräg. »Ja?«

Darcy räuspert sich und überlegt, wie sie es am besten formulieren soll. »Ich habe mich nur gefragt ... du weißt schon, der Streit im Restaurant gestern Abend. Zwischen Rob und Antoni.«

»Was ist damit?«

»Camilla hat gesagt, Rob hätte sich beim Pilates-Kurs Jade gegenüber übergriffig verhalten«, sagt Darcy. »Warum hat Jade dann nicht, du weißt schon ...?«

Kate hebt eine Augenbraue. »Warum hat Jade was nicht?«

»Ich denke nur, dass ... Ach, vergiss es.«

»Nein, sag schon«, sagt Kate.

Darcy versucht, die richtigen Worte zu finden, und kommt völlig durcheinander. »Okay. Ich liege wahrscheinlich falsch. Aber ... Ich habe Jade gestern Abend beobachtet. Sie war diejenige, die Antoni im Restaurant angesprochen hat, nicht andersherum.«

»Und?«

»Na ja, sie kennt Rob besser als jeder andere, nicht wahr? Sie muss gewusst haben, wie er reagiert, wenn er sie und Antoni plaudern sieht. Und nach dem, was beim Pilates-Kurs passiert ist...«

Kate starrt mit gerunzelter Stirn auf den Ozean. »Glaubst du, sie wollte Rob absichtlich auf die Palme bringen?«

»Das ist mir schon untergekommen. Frauen, denen es Spaß macht, ihre Männer zu reizen.«

»Das ist aber keine sehr feministische Sicht auf die Dinge, oder?«, fragt Kate. »Jade kann reden, mit wem sie will.«

»Kate, komm schon«, sagt Darcy und verschränkt die Arme. »Du kennst mich doch. Ich stimme dir natürlich zu, hundertprozentig. Und wie ich schon sagte, ich liege wahrscheinlich falsch. Ich nehme an, die Scheidung hat mich dazu gebracht, die Menschen mit anderen Augen zu sehen.«

Kate scheint jetzt doch darüber nachzudenken. »Sie hat Antoni angesprochen?«

Darcy wirft ihr einen langen, bedauernden Blick zu. »Ich habe nur darüber nachgedacht, dass Jade ... na ja, du weißt schon ... das Opfer zu sein scheint. Eine schöne junge Frau in den Fängen eines brutalen, eifersüchtigen Mannes. Aber ich frage mich, ob es wirklich so einfach ist. Vielleicht steckt da mehr dahinter.« Sie seufzt traurig. »Die Wirklichkeit ist nie schwarz-weiß, nicht wahr?«

Kate scheint ihre Worte zu verarbeiten. »Nein«, gibt sie schließlich zu und lässt den Blick übers Meer schweifen. »Nein, ist sie n–«

»Keine Spur von Antoni«, fällt ihr eine Stimme ins Wort.

Darcy blickt auf und sieht, dass Camilla einen gequälten Gesichtsausdruck hat, der so gar nicht zu ihr passt.

»Alles in Ordnung?«, fragt Kate, die offenbar dasselbe denkt.

»Er sagte, er käme gerne mit dem Kajak her«, sagt Camilla, zieht einen Stuhl von einem anderen Tisch heran und setzt sich zu ihnen. »Ich dachte, ich würde ihn hier treffen.«

»Bestimmt geht es ihm gut«, sagt Kate.

»Nimm einen Drink«, sagt Darcy. »Das hier sollte eine Auszeit werden, schon vergessen? Ein Neuanfang. Wir haben nur noch fünf Tage. Die vergehen wie im Flug.«

Camilla sieht aufgewühlt aus, also steht Darcy auf und geht zur Bar, um einige Minuten später mit einem Tablett mit bunten Getränken zurückzukehren.

»Fünf Drinks?«, wundert sich Kate, als Darcy das Tablett auf dem Tisch abstellt. »Erwarten wir Besuch?«

»Ich dachte mir, Camilla könnte es gut gebrauchen, sich ein wenig Mut anzutrinken«, sagt Darcy. »Also habe ich ein paar zusätzliche Negronis besorgt. Ich bin sicher, dass wir die geleert bekommen, oder?«

»Prost, meine Liebe.« Camilla erhebt ihr Glas. Alle drei beugen sich vor und stoßen an.

»Tut mir leid, dass ich ein wenig die Stimmung verdorben habe«, sagt Camilla. »Antoni taucht wahrscheinlich heute Abend beim Abendessen mit einem anderen Mädchen im Arm auf und tut so, als würde er mich nicht kennen.«

»Sei nicht albern«, sagt Darcy. »Er wirkt auf mich nicht wie die Art von Mann, der so abgebrüht wäre.«

Camilla nippt an ihrem Getränk. »Oh, das hat nichts mit Abgebrühtheit zu tun. Sondern mit Urlaubsflirt.«

»Ich glaube, *ich* sollte mich entschuldigen«, sagt Kate. »Ich hatte gleich am zweiten Tag hier eine Panikattacke.«

»Du brauchst dich nicht zu entschuldigen«, sagt Camilla. »Schließlich hat mir das einen Fick eingebracht. Hey, vielleicht könntest du noch mal umkippen, damit Darcy auch einen abbekommt.«

Darcy stößt ein schrilles Lachen aus.

»Ach, kommt schon«, sagt Camilla. »Was wäre ein Mädelsurlaub, so ganz ohne Sex?«

»Sehr viel entspannter?«, sagt Kate, und Camilla verdreht die Augen.

»Ich glaube nicht, dass ich dafür bereit bin«, sagt Darcy und betrachtet ihr Getränk. »Ich glaube, es wird eine Weile dauern, bis ich mich wieder bereit für ein Date fühle.«

»Blödsinn«, sagt Camilla. »Das ist wie ... Wildbaden.«

»Wildbaden?«, wiederholt Kate.

»Man kann nicht langsam, Stufe für Stufe reingehen. Man muss direkt reinspringen, sonst verlässt einen der Mut.«

Darcy ist nicht recht überzeugt. »Ich bezweifle, dass es viele alleinstehende Männer gibt, die sich mit einer Frau mit drei Kindern verabreden wollen.«

»Wer hat etwas von verabreden gesagt?«, sagt Camilla. »Ich rede von vögeln.«

»Das sind zwei Paar Schuhe, richtig?«

»Oh, *absolut*!«

»Kate«, sagt Darcy und wechselt schnell das Thema. Sex gehört nicht zu ihren Prioritäten. Jacob und sie haben seit Jahren kaum miteinander geschlafen. »Wie läuft's mit deinem Buch, Süße?«

»Ärgs«, sagt Kate.

»So schlimm?«

»Weißt du nicht, was man sagt?«, fragt Camilla Darcy und verschüttet etwas von ihrem Drink, als sie die Position wechselt. »Es gibt zwei Dinge, die man eine Schriftstellerin niemals fragt – ob sie etwas geschrieben hat, wovon man gehört haben sollte, und wie das aktuelle Buch vorankommt.«

»Kannst du einen Rückzieher machen?«, fragt Darcy.

»So schlimm ist es gar nicht, ehrlich gesagt«, erwidert Kate. »Es *triggert* mich nur ein wenig, wie die Kids heute sagen.«

»Babe«, sagt Camilla mitfühlend. »Das ist doch scheiße. Wieso triggert es was in dir?«

»Ich muss über psychopathische Mörder recherchieren. Die Hauptfigur ist einer, und ich muss zeigen, wie sein Gehirn funktioniert. Anfangs klang es interessant, aber …« Sie bricht ab, bemüht, unbeschwert zu klingen.

»Ted Bundy«, sagt Camilla. »Orientier deine Figur an ihm. Charmant, attraktiv, böse. Recherche erledigt.«

»Was macht einen Menschen zu einem Psychopathen?«, fragt Darcy und leert ihren Drink. Sie fühlt sich besser, die E-Mail und Charlies WhatsApp-Nachricht verblassen in der Ferne.

»Sie sind völlig hemmungslos«, sagt Kate. »Aber in jeder erdenklichen Hinsicht.«

»Ich glaube, ich habe mal gehört, dass Abraham Lincoln ein Psychopath war«, fügt Darcy hinzu.

»Abraham Lincoln?«, ruft Camilla aus. »Aber war der nicht so total *durch das Volk, für das Volk*, und so?«

Kate nickt. »Ja, aber das ist die Sache mit Jekyll und Hyde. Sie sind nicht die *ganze* Zeit über Monster.«

»Es ist also eine Art Teilzeitjob«, mutmaßt Camilla. »Was ist mit Frauen? Warum sind immer nur Männer Psychopathen?«

»Die Forschung hat sich immer nur mit Männern beschäftigt«, sagt Kate. »Wie bei Autismus. Aber man sagt, dass einer von hundert Menschen ein Psychopath ist, also ist die Wahrscheinlichkeit groß, dass du einen kennst.«

»Ich bin einer«, beteuert Camilla und verschränkt die Arme, woraufhin Kate lacht. »Das ist kein Witz. Zwei Tage ohne Pilates, und ich würde eine Oma abstechen.«

Darcy prustet los, ein Kopf-zurückwerf-aus-dem-Bauch-heraus-Lachen. Kate stimmt ein und dann Camilla. Die Gläser sind leer, die Sonne steht hoch, die Bäume wiegen sich sanft und farbenprächtig vor lauter Vögeln. Darcy erinnert sich daran, dass sie nicht einsam ist, ganz und gar nicht. Sie ist hier, an diesem wunderschönen Ort, mit zwei der tollsten Frauen, die sie je getroffen hat.

Und heute wird sie ihnen die Wahrheit sagen. Denn sie hat sie beide die ganze Zeit belogen.

In ihrer Villa bittet sie die beiden, sich zu ihr ins Wohnzimmer zu setzen.

»Stimmt etwas nicht?«, fragt Kate und setzt sich in einen der Sessel. Darcy zuckt innerlich zusammen, als sie bemerkt, wie angespannt Kate ist. Sie setzt sich ihr gegenüber und faltet die Hände.

»Nun, es gibt da etwas, das ich euch beiden sagen wollte.«

»Was denn?«, fragt Camilla. Sie scheint sich nicht dazu durchringen zu können, sich hinzusetzen.

Darcy zögert, bevor sie antwortet: »Adrian hat sich gemeldet.«

Kate schaut verwirrt. »Adrian Clifton?«

»Wir können auch später darüber reden ...«

Camilla blickt von Kate zurück zu Darcy. »Na ja, das klingt nach etwas, das nicht wirklich warten kann. Warum hast du es nicht früher angesprochen?«

Darcy beißt sich auf die Lippe. »Ich wollte den Urlaub nicht ruinieren und dann den Ausflug heute … und du warst so damit beschäftigt, Antoni zu finden …«

»Und?«, fragt Camilla, verschränkt die Arme und zieht die Schultern hoch. »Was hat Adrian gesagt?«

»Er will sich später mit uns allen treffen«, sagt sie. »Um neun Uhr Londoner Zeit.«

»Heute Abend?«, erwidert Camilla schockiert. »Ist etwas passiert?«

»Gibt es neue Entwicklungen in den Ermittlungen?« Kates Mund bleibt offen stehen.

»Ja«, sagt Darcy und faltet die Hände zwischen den Knien. »Adrian hat jemanden gefunden, von dem er glaubt, dass er an den Morden beteiligt war.«

»Oh mein Gott«, flüstert Kate.

»Wer?«, faucht Camilla. »Scheiß auf neun Uhr Londoner Zeit, sag es uns jetzt!«

Darcy holt ihren Laptop von der Ablage neben dem Sofa und stellt ihn vor sich auf den Tisch. Kurz darauf öffnet sie eine E-Mail von Adrian und klickt auf den Anhang. Auf dem Bildschirm erscheint das Bild eines Mannes, der von oben zu sehen ist, wie er aus einem Auto aussteigt.

»Nein.« Camilla beugt sich vor und studiert mit zusammengekniffenen Augen das Bild. »Auf keinen Fall«, sagt sie, ihre Stimme ein leises Knurren.

33

KATE

Kate beobachtet, wie Camilla in die Küche rennt und sich lautstark in die Spüle erbricht. Ihre eigene Reaktion auf die Bombe, die Darcy hat platzenlassen, ist weniger explosiv – sie spürt, wie ihr ganzer Körper taub wird, eine schleichende Lähmung. Spürt, wie sie immer kleiner wird auf dem Sessel, in dem sie sitzt, wie sie schrumpft und schrumpft. Sie kann nicht sprechen, sich nicht bewegen.

Camilla kehrt zurück und weint in ihre Hand, aber anstatt sich wieder zu setzen, strebt sie zur Tür. Darcy stürzt zu ihr und lenkt sie mit Nachdruck zurück zum Sofa.

»Woah«, sagt Darcy. »Wir sollten nicht zu voreilig sein …«

»Ich bringe ihn um!«, schreit Camilla ihr ins Gesicht. »Rob Marlowe hat meinen Bruder getötet!«

Kate spürt, wie sie langsam in ihren Körper zurückkehrt, sie bewegt ihre Finger, um zu prüfen, ob die Lähmung verschwunden ist. Rob Marlowe, der Brutalo, der Antoni im Restaurant angegriffen hat. Er ist der Mann auf dem Foto. Der Mann, den Adrian im Verdacht hat, der zweite Gästehaus-Mörder zu sein.

Sie erinnert sich an das, was die Psychologin ihr beigebracht hat. *Konzentrieren Sie sich auf Ihren Atem.* Er fühlt sich schwach an, die Lungen schlapp wie kleine Ballons. Allmählich ist sie in der Lage zu sprechen. »Wann hat Adrian dir das geschickt?«, fragt sie Darcy mit dünner, hoher Stimme.

»Vor zweieinhalb Wochen«, sagt Darcy, die durch Camillas Reaktion sichtlich verunsichert ist.

»Zweieinhalb Wochen?«, schreit Camilla, und Kate ergreift ihre Hand. Camilla zieht sie zurück, als hätte sie sich verbrannt, schafft es aber, sich ein wenig zu sammeln.

»Bitte«, fleht Darcy. »Lass es mich erklären. Ich hatte gute Gründe, versprochen.«

Camilla setzt sich langsam, nur auf die Stuhlkante, als wollte sie jeden Moment wieder aufspringen. Kate ist wie versteinert, ihr Geist arbeitet auf Hochtouren, um präsent zu bleiben. Sie spürt, wie die Angst in ihr aufsteigt, wie ihr Körper sich versteift, um sie vor Schaden zu bewahren.

»Adrian hat mir das im August geschickt«, sagt Darcy ernst. »Meine erste Reaktion war wie deine, Camilla. Ich wollte ihn aufspüren, ihn zur Strecke bringen. Adrian hat mir das ausgeredet. Er sagte, er müsse noch Informationen sammeln und ich solle warten. Was er aber wusste, war, dass Rob seine Flitterwochen auf den Malediven verbringen würde. Und ich wollte sowieso eine Scheidungsreise unternehmen, mit euch beiden. Als ich dann hörte, dass er hierherkommt, habe ich einfach gebucht. Nur für den Fall.«

»Für welchen Fall?«, fragt Kate.

Darcy denkt darüber nach. »Als ich das Foto sah, wusste ich es einfach«, antwortet sie. »Adrian hat mich davor gewarnt, etwas zu unternehmen, bis er seine Ermittlungen abgeschlossen hat, aber ich hatte einfach dieses Bauchgefühl, dass Rob Marlowe der zweite Mörder ist. Das fehlende Puzzleteil.«

»Du hast es nicht direkt an die Polizei geschickt?«, fragt Camilla und wischt sich die Tränen weg. Ihre Wimperntusche ist verschmiert.

»Nach dem Schlamassel, den sie bei der ersten Untersuchung angerichtet haben?«, sagt Darcy. »Ganz sicher nicht.«

»Verstehe ich das richtig?«, sagt Camilla mit wachsender Wut in der Stimme. »Du findest die Person, die meinen Bruder kaltblütig abgeschlachtet hat, und beschließt dann, anstatt – ach, ich weiß nicht – *Kate und mich anzurufen* oder die Polizei zu verständigen, stattdessen einen Urlaub für uns drei auf derselben Insel zu buchen, auf der er seine Flitterwochen verbringen wird?«

Darcy hält ihrem Blick stand und schaut dann weg. Kates Zorn lässt nach. Sie weiß, was für ein kompliziertes Gefühl Trauer ist. Oh, und wie sie das weiß.

»Merkt eigentlich irgendwer, wie ich zu kämpfen habe?«, fragt Camilla niemand Bestimmten und gestikuliert wild. Eine Ader pulsiert in der Mitte ihrer Stirn.

»Ich dachte, es wäre eine Gelegenheit«, sagt Darcy und senkt den Kopf. »Oder gar Schicksal. Wir sind hier, auf einer kleinen Insel, weit weg. Er ist in den Flitterwochen. Das Letzte, womit er rechnet, sind wir drei.«

»Warte mal«, sagt Kate. »Was meinst du damit, er rechnet nicht mit uns dreien?«

»Ich dachte, wir könnten mit ihm reden«, flüstert Darcy. »Okay, na gut, ich habe das falsch eingeschätzt. Aber ich wusste, wenn ich euch das zu Hause erzählen würde, würdet ihr entweder auf weitere Beweise warten oder zu seinem Haus fahren und ihm die Eier abschneiden wollen.«

Camilla wirft den Kopf zurück und lacht wie irre.

»Hier kann er sich zumindest nicht verstecken«, fährt Darcy fort. »Wir haben ihn in die Enge getrieben.«

»Wenn du sagst, wir sollten mit ihm reden«, fragt Kate Darcy, »was genau hast du dir darunter vorgestellt?«

Darcy seufzt und presst ihre Hände an die Wangen. »Ich weiß auch nicht. Dass wir die Wahrheit herausfinden? Für mich ist die Situation genauso ungewohnt wie für euch.«

»Wir könnten ihn mit den Tatsachen konfrontieren«, sagt Camilla, und man sieht, wie die Rädchen in ihrem Kopf rattern. »Wir drei.«

Kate kann nicht glauben, was sie da hört. »Habt ihr nicht gesehen, dass der Mann unberechenbar ist?«, sagt sie. »Und wir reden hier über jemanden, der möglicherweise imstande ist, sechs Menschen kaltblütig zu ermorden.«

»Er ist in den Flitterwochen und ahnt von nichts«, wiederholt Darcy. »Das ist ja gerade das Schöne.«

Kate ist von dieser Wortwahl angeekelt. »Das *Schöne*?«, echot sie und denkt an Jade. Für Jade bestimmt nicht.

Darcy seufzt. »So habe ich das nicht gemeint.«

»Ich will ehrlich zu dir sein, Darcy«, sagt Camilla und wischt sich die Mascara aus dem Gesicht. »Ich bin gerade stinksauer auf dich.«

»Ich auch«, sagt Kate. »Und unfassbar enttäuscht. Ich dachte, wir würden einen schönen Urlaub verbringen, um deinen Neuanfang zu feiern. Aber darum ging es wohl nie, was?«

»Und heute ist der Jahrestag, verdammt!«, ruft Camilla empört, und ihr stehen erneut Tränen in den Augen. »Und jetzt sagst du uns, dass wir in Wirklichkeit hier sind, um jemanden zur Rede zu stellen, der *eventuell* meinen Zwillingsbruder getötet hat!«

Sie steht auf und beginnt, auf und ab zu gehen, wobei sie laut ausatmet und ihre Hände ausschüttelt.

»Es tut mir leid«, sagt Darcy zerknirscht. »Ich dachte ... Gott, ich weiß auch nicht, was ich mir dabei gedacht habe. In dem Moment kam es mir völlig logisch vor ...«

»Blödsinn«, sagt Camilla und dreht sich um. »Man wirft keine fünfzig Riesen für eine Reise auf die Malediven aus dem Fenster, ohne zu wissen, was man tut.«

Darcy versinkt in ihrem Sessel, vergräbt das Gesicht in den Händen und schluchzt. »Es tut mir leid«, sagt sie wieder. »Ich hätte nichts sagen sollen. Ich hätte euch nicht hierher einladen sollen.«

»Was geschehen ist, ist geschehen«, sagt Kate leise und resigniert.

Die Stille im Raum ist ohrenbetäubend. Kate behält Camilla genau im Auge, denn sie weiß, dass sie drauf und dran ist, rauszustürmen und Rob zu suchen.

»Adrian will also mit uns reden?«, fragt Kate Darcy. »Über Zoom, nehme ich an? Oder ist er auch hier?«

»Ja, genau, wer ist denn noch alles auf der Insel?«, erwidert Camilla verbittert. »Meine Ex-Ehemänner? Willst du mir erzählen, dass meine Schwiegermutter im Whirlpool einen Manhattan schlürft?«

»Wir treffen uns mit Adrian per Zoom«, sagt Darcy leise. »Und ... falls ihr wollt, kann ich uns einen Transfer zu einem anderen Resort buchen. Oder einen Flug nach Hause, je nachdem, was euch lieber ist.«

Camilla prustet laut und spöttisch.

»Ich denke, es ist das Beste, wenn wir direkt von Adrian hören, was er uns zu berichten hat«, sagt Kate. »Schließlich kann Rob genauso gut völlig unschuldig sein!«

Es liegen schon genug Emotionen in der Luft. Sie denkt an Jade, daran, dass eine unschuldige, frisch vermählte Braut ins Kreuzfeuer von alldem geraten könnte. Aber vielleicht ist Kate auch naiv, zu vertrauensselig. Darcy hatte recht mit der Szene im Restaurant – Jade hatte sich Antoni genähert, obwohl sie wusste, dass Rob bereits auf hundertachtzig war.

Camilla dreht sich um und geht auf die Tür zu.

»Camilla«, ruft Kate ihr nach, eine Warnung in der Stimme.

»Ich werde diesen verfluchten Rob Marlowe schon nicht umbringen!«, ruft Camilla zurück. »Ich muss nur meinen Kopf frei kriegen.«

34

JADE

»Ich geh dann mal ins Fitnessstudio«, sagt Rob und erhebt sich von seiner Sonnenliege.

Unsere Villa befindet sich auf der Westseite der Insel, nicht weit von Emerald Island Resort entfernt. Die Lagune glänzt an diesem Nachmittag wie türkisfarbene Seide, und im Resort ist es heute erstaunlich ruhig. Ich glaube, viele Leute sind bei einem der Ausflüge. Ich bin erleichtert, dass wir Antoni nicht mehr begegnet sind. Es ist mir unheimlich, wie sich Männer an mich ranpirschen. Und ich bin ein wenig über mich selbst erschrocken, als mein Blick auf den Rasierer fiel. Mir ist, als stünde ich am Rande des Abgrunds. Als könnte ich jeden Moment austicken.

Der Sex hat Rob besänftigt, aber ich weiß, dass er bei der kleinsten Sache wieder ausflippen könnte. Er dreht sich um und grinst mich an, während er den Bizeps anspannt. Er sieht aus wie ein griechischer Gott, die Schultern breit, die Arme kräftig und gebräunt. Früher hat er seine Beine vernachlässigt, aber jetzt sind sie vom vielen Laufen durchtrainiert, ein dicker Muskel zieht sich von den Knien bis zu den Hüften hinauf, die Waden sind von Adern durchzogen.

Er sieht den leeren Ausdruck auf meinem Gesicht, und sein Blick wird sanft. »Jade?«

»Ja?«

»Was ist los, Baby?«

Sein Tonfall ist so zärtlich, so sehr der alte Rob, dass meine Haut prickelt. Er tritt vor und nimmt meine Hand. »Du hast einen Moment lang so traurig ausgesehen.«

Ich bin verwirrt. Macht er Witze? Ich möchte fragen: *Hast du vergessen, dass du mich gestern an den Haaren gezogen hast? Dass du mich eine Hure genannt hast, weil ich mit einem anderen Mann gesprochen habe?* Aber stattdessen lächle ich, als hätte ich mich gerade daran erinnert, dass ich Millionärin bin, und sage: »Es ist nichts.«

Er grinst, und die Sanftheit in seinen Augen verschwindet rasch. »Hol dir was zu essen. Ich will dich nackt im Bett haben, wenn ich zurückkomme.«

Ich beobachte, wie er über die Terrasse in die Villa geht, um sich fürs Fitnessstudio umzuziehen. Sein Training wird drei Stunden dauern. Ich habe seinen Blick eben gesehen. Ich habe keine Wahl. Ich muss gehorchen.

Und ich habe weniger als drei Stunden Zeit, um mir eine Form der Verhütung zu überlegen. Eine, die Rob nicht bemerkt.

Ich gehe in den Insel laden und versuche, unverdächtig zu wirken, während ich das Apothekenregal durchstöbere. Es gibt Kondome in allen Größen und Geschmacksrichtungen, ein paar Sexspielzeuge, aber keine Portiokappen oder Diaphragmen. Ich konzentriere mich so sehr auf die verschiedenen Verpackungen, dass ich nicht bemerke, wie die Verkäuferin sich nähert.

Sie nimmt etwas aus dem Regal. Ich beobachte, wie sie zum Eingang des Ladens zurückgeht und etwas zu einem Kunden sagt. Sie ist älter, ungefähr im Alter meiner Mutter, und hat einen australischen Akzent. Ich warte, bis die anderen Kunden gegangen sind, bevor ich mich ihr nähere.

»Entschuldigen Sie«, flüstere ich. »Ich nehme an, es ist nicht möglich, die … Pille danach zu bekommen?«

Sie stutzt. »Wir haben keine vorrätig«, sagt sie. »Aber ich kann versuchen, welche zu bestellen? Es könnte allerdings ein paar Tage dauern.«

Ich nicke eifrig, obwohl der Zeitrahmen nicht ideal ist.

»Darf ich Ihren Namen notieren?«, fragt sie und holt ein Notizbuch und einen Stift hinter der Kasse hervor.

Ich verziehe das Gesicht. »Warum das?«

»Wir müssten einen Apotheker bitten, es zu verschreiben«, sagt sie.

»Oh«, sage ich und wende mich ab. Sie ruft mir etwas hinterher, aber ich bin schon weg, mein Herz rast, und ich murmele eine fadenscheinige Ausrede.

Ich kann nicht riskieren, dass Rob es herausfindet.

Es muss einen anderen Weg geben.

35

CAMILLA

Sie sitzt auf dem Balkon ihrer Villa, nippt am Champagner, blickt auf den Indischen Ozean und fühlt nichts als Wut. Ihre Therapeutin sagte mal, dass Trauer und Wut wie Geschwister seien, was bedeutet, dass sie sich oft überschneiden. Die Formulierung war unbedacht, aber nun denkt sie an Cameron und daran, wie sie manchmal das Gefühl hatte, dass sie ihn ins Leben zurückholen könnte, wenn sie nur wütend genug wäre. Das ist natürlich Unsinn, aber ihre Wut ist so hartnäckig geblieben, dass sie der Realität trotzt.

Es ist fast Mitternacht.

Die Sonne ist dramatisch und blutrot in den Wellen versunken, und in der Ferne hört sie Schreie und Gelächter, als einige Gäste über einen Streifen heißer Kohlen in der Nähe des Piers laufen. Es ist, als würde in ihrem Kopf ein Erdbeben stattfinden. Ein anhaltendes Erdbeben, das den Planeten aufreißt und sie verschlingt.

Es ist der Jahrestag des Massakers, und gerade hat sie erfahren, dass Hugh Finnegan nicht allein gehandelt hat – genau wie sie die ganze Zeit vermutet hat.

Und der zweite Mörder sitzt möglicherweise in der Villa nebenan.

Es ist eine Qual, auf den Zoom-Call mit Adrian zu warten. Sie hat den Abend hier auf ihrem Balkon verbracht, aufs Meer gestarrt und geweint. Sie hat sich nicht getraut, zum Abendessen zu gehen oder die Villa überhaupt zu verlassen. Wenn sie Rob begegnen sollte, ist nicht abzusehen, wie sie reagiert.

Aber Kate hat recht. Sie müssen geduldig sein und abwarten, bis Adrian ihnen seine Erkenntnisse mitteilt. Sie denkt an das Essen gestern Abend. Wie Rob durch das Restaurant stürmte, mit hochrotem Kopf, die Fäuste bereit, aus Antoni Kleinholz zu machen. Und das hätte er wahrscheinlich auch getan, wenn die Kellner nicht dazwischengegangen wären.

Von Antoni keine Spur.

Camilla verlässt sich gern auf ihr Bauchgefühl. Und im Moment sagt ihr Bauchgefühl, dass Rob Marlowe der Mörder ist. Darcy weiß es auch. Sie können die Beweise ihres Detektivs den ganzen Tag lang drehen und wenden, aber sie hat Robs wutverzerrtes Gesicht gesehen, und sie weiß, dass er Jade weh tut. Alles ergibt Sinn.

Manchmal sorgt das Schicksal dafür, dass Dinge geschehen, dass das Unmögliche eintritt. Und jetzt weiß sie, dass das der Grund ist, warum sie wirklich hier sind.

Ihr Bruder wird Gerechtigkeit erfahren.

Sie zittert am ganzen Körper, hat sich schon mehrfach übergeben, ihre Mascara und ihr Eyeliner sind vom vielen Weinen übers ganze Gesicht verschmiert.

Ihr Handy hat die ganze Nacht gebrummt, als lauter Beileidsbekundungen reinkamen.

Ich denke an dich, Mum

Ich hoffe, es geht dir gut, Camilla. Ich weiß, heute ist es besonders schwer xo

Wir schließen dich in unsere Gebete ein xxx

Aber Camilla hält sich damit zurück, ihnen die neueste Sensation mitzuteilen. *Noch nicht*, denkt sie. Erst wenn sie es aus erster Hand erfahren hat.

Jetzt ist es zwei Minuten vor eins. Darcy und Kate sitzen neben ihr auf dem Sofa in ihrer Villa, Kerzen sind angezündet, Gläser mit Wein eingeschenkt. Camillas Augen sind geschwollen und schmerzen, aber sie hat geduscht, saubere Kleidung angezogen und frisches Make-up aufgelegt. Sie fühlt sich weniger orientierungslos. Sie stellt ihren Laptop auf den Couchtisch.

»Bereit?«, fragt sie sie.

Kate hebt ihr Glas. »Bereit.«

Camilla klickt auf den Zoom-Link. Die Kamera blinkt grün. Ein paar Sekunden später erscheint Adrian in seinem Büro in London.

»Guten Abend, meine Damen«, sagt er.

»Darcy hat uns von den Neuigkeiten erzählt«, sagt Kate. »Ich glaube, wir sind noch dabei, das zu verarbeiten.«

»Was können Sie uns über diesen Mann, Rob Marlowe, erzählen?«, fragt Camilla, um gleich zur Sache zu kommen.

»Dazu werde ich Ihnen gleich einen umfassenden Überblick geben«, sagt Adrian, »per PowerPoint-Präsentation, wenn das in Ordnung ist. Ich habe einige Bilder, die ich Ihnen zeigen möchte.«

»Sehr gern«, sagt Kate. »Hoffentlich spielt das WLAN mit – es gibt eine kleine Verzögerung.«

»Dann teile ich als Erstes mal meinen Bildschirm.«

Die Präsentation erscheint, auf deren Deckfolie ein Fahndungsfoto von Rob zu sehen ist. Anhand des Datums stellt Camilla fest, dass es drei Jahre alt ist. Ihre Lippen kräuseln sich. Wie sie diesen Mann hasst. Der Gedanke, dass er ihren Bruder angerührt hat, weckt finsterste Erinnerungen. Schon jetzt denkt sie daran, was sie ihm antun will.

Sie spürt, wie Kate ihre Hand drückt. »Alles okay?«, fragt Kate, und sie nickt und täuscht ein Lächeln vor.

Nein, nichts ist okay. Camerons Stimme erklingt laut und deutlich in ihrem Kopf. Sie denkt an ihn als kleinen Jungen, wie er sie stets beschützt hat. Wie sie manchmal aufwachte und ihn schlafend neben sich fand. Sie denkt an die Beerdigung. Wie ihre Mutter auf die Knie fiel.

»Ich erzähle Ihnen, wie ich auf ihn gestoßen bin«, sagt Adrian und zeigt eine Folie mit einem weiteren Foto von Rob. Es sieht aus wie ein Screenshot, vielleicht aus einem Facebook-Profil. »Sie werden sich erinnern, dass der Besitzer des Gästehauses, Mike Rotzien, in Drogengeschäfte verwickelt war und es kurz vor den Morden Ärger mit seinen Dealern gab. Rob Marlowe war einer dieser Dealer. Ich hatte Zugang zu einigen Vernehmungsprotokollen aus der ursprünglichen Untersuchung. Marlowes Vernehmung war für mich am interessantesten, weil er zweimal befragt wurde.«

»Zweimal?«, wiederholt Camilla erstaunt.

»Warum wurde er zweimal befragt?«, erkundigt sich Kate.

»Seine DNA wurde im Gästehaus gefunden«, sagt Adrian, und Camilla atmet tief ein. »Marlowe hat zwar früher mal in

Dover gewohnt, aber das erklärt nicht, warum seine DNA an einem Tatort auftauchen sollte.«

Kate und Darcy tauschen Blicke aus.

»Und was ist dann passiert?«

»Um es kurz zu machen – man ließ ihn laufen. Er konnte beweisen, dass Mike Rotzien ein Kunde von ihm war und sich deshalb seine DNA in dem Gästehaus befand.«

»Das wird der Grund sein, warum sie so lange Rotziens Drogengeschichte untersucht haben«, zischt Camilla Kate zu und bezieht sich auf den ausufernden Teil der Ermittlungen, der Rotziens Familie verärgert hatte. Er war ermordet worden, aber die Ermittler hatten lange Zeit damit verbracht, ihn als möglichen Mittäter darzustellen.

»Wie ich Darcy schon erklärt habe«, fährt Adrian fort, »hat sich die Forensik seit 2001 enorm weiterentwickelt. Das bedeutet aber auch, dass sie damals erschreckend primitiv war.«

»Warum zum Teufel sollten sie jemanden laufen lassen, dessen DNA am Tatort eines Massakers gefunden wurde?«, sagt Camilla und spürt, wie die Wut in ihr aufsteigt.

»Meine Vermutung ist, dass sie dachten, sie hätten ihren Mann«, sagt Adrian. »Hugh Finnegan leugnete, dass jemand anderes beteiligt war. Und Rob Marlowe hatte ein Alibi, wenn auch ein zweifelhaftes.« Adrian zeigt ihnen das Fahndungsfoto einer Frau mit blondierten Haaren und verschmiertem rotem Lippenstift, die Augen glasig, die Pupillen geweitet. Camilla nimmt an, dass es sich um eine Sexarbeiterin handelt.

»Aber es gibt noch mehr Beweise, die mich dazu bewogen, mir Marlowe näher anzusehen«, fährt Adrian fort. »Er hat eine Vorgeschichte in Sachen Körperverletzung. Insgesamt zwölf frühere Fälle, von denen vier nie vor Gericht kamen. Fünf der

Anklagen standen im Zusammenhang mit Drogenhandel. In seinen späten Teenagerjahren ist er viel herumgezogen. Er war eine Weile obdachlos und verbrachte einige Zeit in der Nähe von Glasgow in diesem Wohnheim.«

Als Nächstes zeigt Adrian ihnen das Bild eines verfallenen Gebäudes in einer Straße in Motherwell. »Zufälligerweise gab es in der Nacht vor Marlowes Flucht nach Cornwall eine Messerstecherei in einer Wohnung zwei Straßen von dieser Adresse entfernt. Die Polizei hat den Mörder nie gefunden.«

Ein weiteres Bild einer Wohnung erscheint auf dem Bildschirm, beschriftet mit einer Adresse in Cornwall. »Dann zieht Marlowe im Sommer 1999 an diesen Ort. Er hat keinen Job, schafft es aber, sich eine Wohnung zu besorgen. Höchstwahrscheinlich verkauft er zu diesem Zeitpunkt Drogen, wie er es gelegentlich immer wieder tut.« Er zeigt ihnen ein weiteres Bild – eine an Rob Marlowe adressierte Stromrechnung mit der Postleitzahl von Perranporth, datiert auf Juni 1999.

»Erneut eine Messerstecherei. Das Opfer war Drogendealer. Am nächsten Tag zieht Marlowe nach Norfolk. Im August 2001 nimmt er eine Ausbildungsstelle bei einer Klempnerfirma in Dover an.«

Ein weiteres Bild: eine Stromrechnung vom August 2001 mit Robs Namen darauf. Dann eine Karte mit einem roten Pfeil, der auf das Spinnaker Guesthouse zeigt, und einem blauen Pfeil, der auf einen anderen Ort verweist.

»Der blaue Pfeil ist die Wohnung von Marlowe. Wie Sie sehen können, ist sie etwas mehr als eine Meile vom Gästehaus entfernt. Die Befragten gaben an, dass das Gästehaus bei Drogendealern bekannt war. Ich vermute, dass Marlowe sich mit dem Besitzer wegen Drogen zerstritten hat. Und dann hat er sich gerächt.«

»Welche Verbindung besteht zwischen Rob Marlowe und Hugh Finnegan?«, fragt Camilla. »Und wenn Rob darin verwickelt war, warum hat Finnegan der Polizei nichts gesagt?«

Adrian klickt sich zur nächsten Folie durch. Bei dem Bild dreht sich Camilla der Magen um. Es ist ein altes Polaroidfoto von Rob als Teenager, der den Arm um Finnegans Schultern gelegt hat und mit der anderen Hand den Daumen nach oben streckt. Beide grinsen. Sie befinden sich in einem Haus, im Hintergrund hängen verblichene geblümte Vorhänge. Seine Augen und sein Kopf sind Finnegan zugewandt. Robs ganze Körpersprache deutet darauf hin, dass er als jüngerer Mann Finnegan sehr zugetan war.

»Oh mein Gott«, hört sie Kate mit einem Wimmern sagen.

»Finnegan hatte zuvor wegen sexueller Vergehen an Teenagern gesessen«, sagt Adrian. »Ich habe das Gefühl, dass er auch auf Jungs stand. Marlowe war zu der Zeit neunzehn Jahre alt. Sie lernten sich kennen, als Marlowe in einer Pflegefamilie lebte. Die Körpersprache hier ist ziemlich intim. Marlowe war einer von vielen Jungen, die Finnegan unter seine Fittiche nahm und dazu brachte, andere Jugendliche für ihn anzuwerben. In Anbetracht der Tatsache, dass bei Finnegan Krebs diagnostiziert worden war, könnte man argumentieren, dass er nichts zu gewinnen hatte, wenn er Marlowe bei der Polizei anzeigte.«

»Sie meinen also, sie hatten ein Verhältnis?«, fragt Kate.

»Ich denke, das Foto spricht Bände«, sagt Camilla und holt ihr Handy heraus, um es abzufotografieren. »Und seine DNA war in dem verdammten Gästehaus.«

»Tut mir leid, ich verstehe, dass das nicht leicht zu verdauen ist«, sagt Adrian. »Ich würde mich freuen, wenn wir uns wiedersehen, sobald Sie sich bereit fühlen.«

»Danke, Adrian«, sagt Darcy.

»Ja, danke«, sagt Camilla heiser.

Die drei sitzen einen Moment lang in fassungslosem Schweigen da.

»Können wir uns unterhalten?«, sagt Kate schließlich. »Draußen? Ich brauche frische Luft.«

36

KATE

Sie steht vor den Überresten der Feuerstelle, dort, wo der Feuerlauf stattgefunden hat. Unter der Asche glimmen sanft ein paar Kohlen. Zwei Mitarbeiter des Resorts stellen ein Schild auf, das vor Verletzungsgefahr warnt, und machen sich auf den Weg, um Wassereimer und Harken zu besorgen und die Glut zusammenzufegen.

Kate atmet tief durch, bevor sie auf die Kohlen steigt. Die Hitze ist viel weniger intensiv als erwartet, aber sie bleibt in Bewegung, froh über die Chance, sich von den Erinnerungen abzulenken, die sie wie ein Sumpf hinabgezogen haben.

Ihr fällt auf, dass sie vergessen hat, Adrian zu sagen, dass sie versucht hat, ihn anzurufen, um herauszufinden, ob er den Absender der Rosen ermitteln kann. Sie hätte es während des Zoom-Calls erwähnen können, aber sie war zu abgelenkt … Die E-Mail von Jacob geht ihr nicht mehr aus dem Kopf, das Wort »Softwareproblem«. Vielleicht hat Adrian Jacobs Technologie benutzt, um Rob zu finden. Vielleicht sollte sie Jacob anrufen, um sich Klarheit zu verschaffen.

Zunächst einmal muss sie aber sorgfältig über alles nachdenken, was sie erfahren hat. Und was sie damit anfangen soll.

Sie springt in den Sand und dreht sich zu Camilla um, die auf Zehenspitzen über die Kohlen läuft und den Saum ihres Kleides hochhält. Darcy ist direkt hinter ihr, und beide sind rot erleuchtet von den kleinen Flammen, die in ihrem Windschatten zwischen den Kohlen aufflackern.

Camilla stößt einen Schrei aus, irgendwo zwischen Angst und Freude, vielleicht auch beides. Eine Bacchanal-artige Szene, zwei Furien, die auf den Seelen der Sünder tanzen.

Die drei Frauen entfernen sich von dem Feuerlauf und dem Pier, weit weg von den Leuten, die an der Bar sitzen und die üppige Wärme der Nacht genießen.

Kate schaut auf ihr Handy und sieht eine neue Nachricht von Jade:

Ich möchte dich um einen Gefallen bitten x

Die Sympathie, die sie zuvor für Jade empfunden hat, wird durch Adrians Bericht ein wenig getrübt, und sie versucht, sie wiederzubeleben – schließlich weiß Jade vielleicht nichts von Robs Vergangenheit. Sie ist noch jung. Sie war kaum ein Jahr alt, als das Massaker geschah.

Dennoch muss sie erst mal einiges verarbeiten. Sie alle müssen das.

Sie hört zu, wie Camilla all die Details wiederholt, die Adrian ihnen mitgeteilt hat, als wären Darcy und sie nicht dabei gewesen. Sie ist sich bewusst, dass Camilla es laut aussprechen muss, um es selbst zu verinnerlichen, wohingegen Darcy und sie in sich gekehrte Menschen sind, die die Stille brauchen, um in ihre Gedanken abzutauchen.

Der Jahrestag ist der Wendepunkt in Kates Jahr, ist es stets gewesen seit jener schrecklichen Nacht, und vor einer Stunde ist sie in einen neuen Zyklus eingetreten.

Noch immer fassungslos darüber, dass sie überlebt hat.

37

KATE

»Wie hast du geschlafen?«, fragt Camilla. Es ist kurz nach neun Uhr morgens, und sie sind in der Küche von Kates Villa, wo sie eine Kanne Tee kocht.

»Nicht gut«, sagt Kate. »Du?«

Camilla seufzt. »Scheiße.«

»Hallo?«, ruft eine Stimme. »Ist jemand da?«

Darcy steht am Eingang und späht zur Tür herein.

Camilla schaut verwirrt. »Ich hatte die Tür geschlossen.«

»Das ist seltsam«, sagt Kate. »Sie sollten sie eigentlich repariert haben.«

Darcy kommt in die Küche und blickt in die Runde. Kate sieht, dass ihre Augen vom Weinen geschwollen sind, und ihr Ärger lässt nach.

»Geht's dir gut?«, fragt Camilla nach langem Schweigen. Ihre Arme sind verschränkt, und es ist klar, dass sie Darcy noch nicht verziehen hat, sie beide unter falschem Vorwand hierhergelockt zu haben. Immerhin hat Darcy angeboten, einen Transfer zu einem anderen Resort zu organisieren. Sie könnten alle nach Hause fliegen oder versuchen, das Beste aus ihrer Zeit hier zu machen. *Unmöglich*, denkt Kate. Nach dem, was Adrian ihnen erzählt hat, könnte sie nicht einmal im Paradies entspannen.

Sie tragen die Teekanne zum Esstisch, die Stimmung ist angespannt. Kate hatte Rafi gebeten, eine Platte mit Obst, Croissants und Brötchen für sie alle bereitzustellen, zusammen mit frischem Saft und einem Krug Eiswasser mit Zitronenscheiben, aber alles bleibt unangetastet.

»Also dann«, sagt Camilla. »Was denkt ihr?«

»Ich denke, wir sollten direkt zur Polizei gehen«, sagt Kate. »Die sollen sich darum kümmern.«

Darcy nickt. »Das ist eine Möglichkeit.«

»Die örtliche Polizei wird nichts unternehmen«, sagt Camilla ablehnend. »Sie kennen die Zusammenhänge nicht. Ihr wisst doch, wie das läuft. Und selbst wenn wir die britische Polizei anrufen, werden sie auf keinen Fall wegen solch dürftiger Beweise hierhergeflogen kommen.«

»Also, was dann?«, fragt Darcy. »Tun wir einfach so, als wäre er nicht der, für den Adrian ihn hält?«

Camilla schüttelt den Kopf. »Gott, nein. Nach zweiundzwanzig Jahren? Nach der ganzen Scheiße, die sie bei den sogenannten Ermittlungen abgezogen haben?« Sie hält sich die Hand vor den Mund, sichtlich überrumpelt von ihren eigenen Emotionen. »Nein«, sagt sie und fängt sich. »Ich möchte ihm in die Augen sehen und ihn fragen, ob er meinen Bruder getötet hat.«

»Ich möchte dasselbe für Elijah tun«, sagt Darcy traurig.

»Wir sollen also einfach an die Tür seiner Flitterwochensuite klopfen und fragen: ›Hallo, könnten Sie uns bitte sagen, ob Sie sechs Menschen ermordet haben?‹«, sagt Kate.

Es herrscht lange Stille.

»Wir entführen ihn«, sagt Camilla schließlich. »Genau das tun wir.«

Kate lacht, merkt dann aber, dass Camilla es ernst meint. »Ihn entführen?«

Camilla nickt grimmig. »Wir sind zu dritt«, sagt sie. »Wir können es schaffen. Ihn zwingen, uns alles zu sagen, was er weiß.«

»Das ist nicht dein Ernst«, sagt Kate.

»Wir könnten sein Geständnis aufnehmen«, sagt Darcy zu Camilla, die Augen zu Schlitzen verengt. »Es an die Polizei schicken.«

»Wie soll das gehen?«, fragt Kate und blickt von Darcy zu Camilla. »Der Typ könnte es mit Mike Tyson aufnehmen, selbst wenn man ihm einen Arm auf den Rücken bindet.«

»Wir schützen uns«, sagt Camilla mit finsterem Blick. »Wir nehmen ein Messer mit.« Kate schaut noch entsetzter. »Nur für alle Fälle. Und wir benutzen ein Codewort, falls eine von uns in Gefahr gerät: Ananas.«

»Ananas?«, echot Darcy und hebt eine Augenbraue.

»Das ist Wahnsinn«, sagt Kate. »Ihr könnt das doch unmöglich ernst meinen.« Erschüttert beobachtet sie die beiden. Tief in ihrem Inneren beginnt eine andere Stimme zu sprechen. Die Stimme, die schon immer suggeriert hat, dass bei den Ermittlungen etwas nicht stimmte, dass Finnegans Geständnis zu konstruiert wirkte, dass das Ermittlungsteam sich selbst zu enthusiastisch zur Lösung des Falles gratuliert hat.

Camilla und Darcy besprechen bereits, wie sie sich Rob nähern könnten. Ihn mit Alkohol betäuben könnten. Oder vielleicht besser nicht – das könnte ihre Chancen verringern, dass die Polizei seine Aussagen ernst nimmt ...

Kate traut ihren Ohren kaum. Sie starrt auf ihre Tasse Tee und merkt, dass sie ihn nicht verträgt.

Camilla wendet sich ihr zu. »Bist du dabei?«

Kate blinzelt. »Bin ich dabei ... wobei?«

»Bist du bereit, mitzumachen?«, fragt Camilla beharrlich. »Uns bleibt nicht mehr viel Zeit.«

Kate schaut in ihre Gesichter. »Das ist irre«, sagt sie schließlich. »Was ihr da vorhabt, ist Selbstjustiz.«

Camilla springt aufgebracht auf. Kate fühlt sich hin und her gerissen, kommt sich wie eine Abweichlerin vor. Wie ein Feigling.

»Vielleicht können wir es ohne Kate tun«, sagt Camilla zu Darcy. »Nur wir beide.«

»Es tut mir leid«, sagt Kate, die sich überrumpelt fühlt. »Es ist einfach zu riskant ...«

»Dieser Mann hat sechs wehrlose Menschen in ihren Betten abgestochen«, zischt Camilla. »Er hat Elijah ermordet. Er hat Cameron ermordet.«

»Das wissen wir nicht«, sagt Kate. Sie stockt. »Man ist unschuldig, bis das Gegenteil bewiesen ist, richtig?«

Camillas Augen blitzen auf. »Du hast *keine Ahnung*, wie das ist ...« Sie hält inne, ein Schluchzen raubt ihr die Luft.

»Ich weiß, was du sagen wolltest«, erwidert Kate leise. »Dass ich kein Recht auf eine eigene Meinung habe, weil ich überlebt habe.«

Camilla starrt sie an. »Das habe ich nie gesagt.«

»Ich weiß, dass dein Bruder ermordet wurde«, sagt Kate und sieht hoch zu Camilla. Dann wendet sie sich an Darcy. »Und ich weiß, dass du Elijah verloren hast. Und diese armen Menschen hätten niemals sterben dürfen, keiner von ihnen. Aber ich war hinterher *jahrelang* traumatisiert. Innerhalb weniger Monate wurde ich von einer gesunden Vierundzwanzigjährigen zu einer chronisch kranken Agoraphobikerin.«

»Oh, Kate …«, sagt Darcy und ergreift ihre Hand.

»Ich habe *zweiundzwanzig Jahre lang* Angst gehabt«, sagt Kate und bricht in Tränen aus.

Camilla sitzt da und betrachtet Kate, die weinend den Kopf in den Händen vergräbt. »Aber du warst am Leben«, sagt sie kalt.

»Camilla«, sagt Darcy tadelnd.

Kate hört auf zu weinen und sieht zu ihr auf. »Du hast recht«, sagt sie. Dann resigniert: »Ich war am Leben.«

38

JADE

Kate hat immer noch nicht auf meine SMS geantwortet.

Ich hatte gestern einen Geistesblitz, nachdem ich mit der Frau im Inselladen gesprochen hatte. Wenn die Pille danach verschreibungspflichtig ist, könnte ich Kate fragen, ob sie bereit ist, ihren Namen auf das Rezept zu schreiben, damit Rob nichts davon erfährt. Ich weiß, dass das viel verlangt ist, aber ich hoffe, dass sie es verstehen wird.

Zum Glück machen wir heute Morgen einen Ausflug, einen Schnorchelausflug zu den Mantarochen am Hausriff, und Rob will keinen Sex. Trotzdem bin ich besorgt. Laut Google kann die Pille danach bis zu drei Tage nach dem Sex wirken oder fünf Tage, je nachdem, um welche Pille es sich handelt. Noch keine Antwort von Kate. Aber jede Minute, die verstreicht, fühlt sich an wie ein Damoklesschwert, das über meinem Kopf schwebt.

Ich ziehe mich an und sage ihm, dass ich nach Kate in Villa zwei sehen werde.

»Warum?«, fragt er verständnislos.

»Es geht ihr schlecht«, lüge ich. »Ich will nur nach dem Rechten sehen.«

»Hat sie keine Freundinnen, die das übernehmen können?«
Ich lächle. »Ich brauche auch nicht lang.«

An Kates Villa will ich die Klingel drücken, aber die Tür ist bereits einen Spaltbreit geöffnet. Ich hebe eine Hand, um trotzdem zu klopfen. Aber dann höre ich laute Stimmen.

»Das ist Wahnsinn, Camilla. Hörst du dir eigentlich selber zu?«

Es ist Kate. Sie klingt ziemlich gestresst, als gäbe es Streit. Ich sollte später wiederkommen.

Aber die Uhr tickt.

Darcy sagt etwas, und obwohl ich die Worte nicht verstehen kann, klingt sie genauso aufgebracht. Mist. Ungünstiger Zeitpunkt. Ich werde Kate noch mal eine SMS schicken.

Doch gerade als ich mich abwenden will, höre ich Camilla Robs Namen sagen. Seinen vollständigen Namen.

»… Rob Marlowe!«

Camilla klingt wütend und verheult. Mir bleibt das Herz stehen. Habe ich richtig gehört? Ich trete zurück zur Tür und lehne mich gegen den Spalt.

»… ermordet«, sagt sie, das Gespräch dringt nur bruchstückhaft zu mir durch. »Ich weiß, dass er es getan hat … das Foto kommt doch nicht von ungefähr!«

»Beruhige dich, Camilla«, sagt Kate, woraufhin Camilla zurückblafft und lauter wird.

»Sag mir nicht, dass ich mich beruhigen soll, verdammt!«

Jetzt hämmert mein Herz in meiner Brust. Was zum Teufel ist hier los? Ich drücke mein Ohr dicht an die offene Tür.

Da huscht etwas vorbei, direkt über meinen Fuß und in das Gebüsch hinter mir. Ich zucke zusammen und stoße einen leisen Schrei aus.

»Jemand ist an der Tür«, höre ich Kate sagen, und ich erstarre. Zu spät – Camilla reißt die Tür auf und sieht mich dort stehen, wir sind beide entsetzt.

»Ich ... Es tut mir leid«, stottere ich und trete mit erhobenen Händen einen Schritt zurück. »Ich wollte nicht ...«

Sie schaut sich nach links und rechts um, bevor sie mich am Arm packt und ins Haus zieht, die Tür fest verschließt und sich mehrmals vergewissert, dass sie verriegelt ist.

Im Inneren der Villa folge ich Camilla nervös ins Esszimmer, wo Kate und Darcy sitzen. Es steht Essen auf dem Tisch, außerdem eine Teekanne, aber alle sehen aufgewühlt aus. Die Luft im Raum fühlt sich an, als wäre gerade ein Blitz eingeschlagen.

»Das Schloss an der Tür ist defekt«, sagt Kate mit brüchiger Stimme. Sie hat geweint. Sie dreht sich zu mir um. »Wie viel hast du gehört, Jade?«

Ich schüttele den Kopf und blicke auf die rot glänzenden Äpfel auf dem Tisch. »Nichts«, sage ich. »Ich habe gar nichts gehört.«

Sie glauben mir nicht. Ich stehe da wie ein Reh im Scheinwerferlicht.

Darcy steht auf und kommt auf mich zu, mit einem Lächeln im Gesicht, das seltsam und falsch aussieht. Shit.

»Ich bin nur vorbeigekommen, um zu fragen ...«, sage ich, aber Darcy unterbricht mich.

»Jade«, sagt sie schnell. »Es ist wirklich wichtig, dass du uns genau erzählst, was du gehört hast, denn du könntest einen falschen Eindruck bekommen haben, okay?«

Ich starre sie an, mein Herz pocht laut in meiner Brust. »Ich ... habe gehört, wie Camilla Robs Namen gesagt hat.«

»War das alles?«, fragt Darcy.

Ich schlucke schwer. »Ja.« Das Wort »ermordet« hallt in mir nach. Habe ich das wirklich gehört? Ich erschaudere.

Darcy schenkt mir ein Glas Wasser aus dem Krug auf dem Tisch ein und reicht es mir. »Warum setzt du dich nicht?«

Ich starre sie stocksteif an. Ich möchte einfach nur noch weg. Die drei machen mir ein bisschen Angst. Angst davor, was sie als Nächstes sagen könnten. Aber sie deutet auf einen Platz am Kopfende des Tisches, und ich setze mich und beobachte, wie sie es mir nachtun.

»Warum habt ihr drei über Rob gesprochen?«, frage ich vorsichtig. »Ist etwas passiert?«

Camilla dreht sich mit zusammengekniffenen Augen zu mir um. »Wie lange kennst du ihn schon?«

»Etwa drei Jahre.«

»Okay. Und was weißt du über seine Vergangenheit?«

Ich blinzle verwirrt. »Er ist in Bromley zur Schule gegangen, mit fünfzehn abgegangen und hat eine Lehre als Klempner gemacht. Den Großteil seiner Kindheit hat er bei seinen Pflegeeltern verbracht. Aber er steht seiner Nana sehr nahe. Und seine Mutter hat ihm etwas Geld hinterlassen, als sie starb.«

»Hat er dir erzählt, was er in Dover gemacht hat?«, fragt Camilla, und ihre Stimme verhärtet sich.

»Dover?« Ich schüttle verwirrt den Kopf. »Nein, ich glaube nicht. Wann soll das gewesen sein?«

»2001«, sagt Darcy. »Das war vor deiner Zeit, glaube ich.«

»Ich war 2001 ein Jahr alt«, sage ich und blicke von einer zur anderen.

»Erinnerst du dich, was ich dir erzählt habe, davon, was mir vor langer Zeit passiert ist?«, fragt Kate. »Im Gästehaus?«

Ich nicke. Natürlich erinnere ich mich. Wie könnte ich das vergessen?

»Wir glauben, dass Rob etwas damit zu tun hatte«, sagt Kate und rutscht auf ihrem Stuhl herum. »Ein anderer Mann wurde wegen sechsfachen Mordes angeklagt, ein Mann namens Hugh Finnegan. Aber es gibt neue Beweise. Beweise, die auch Rob belasten.«

»Rob? Meinen Rob?«, sage ich, ihre Worte sind wie ein Tritt in die Magengrube.

Camilla zeigt mir ein Foto auf ihrem Handy. Es ist Rob in jüngeren Jahren, ungefähr im Teenager-Alter. Er steht so vertraulich an einen älteren Mann gelehnt, dass sich mir die Nackenhaare aufstellen. Die Hand des älteren Mannes liegt auf seinem Bauch.

»Wer ist dieser Mann?«, frage ich.

Camilla zögert, ehe sie antwortet. »Das ist Finnegan.«

Ich habe das Gefühl, als würde jemand den Brustkorb zusammendrücken. Ich sehe noch mal hin, sehe mir das Foto genauer an. Robs Nana hat ein paar alte Bilder von ihm an der Wand hängen, auf denen er genauso aussieht wie hier. Aber seine Körpersprache ... Es sieht aus, als wären sie ein Paar.

»Sechsfacher Mord?«, höre ich mich sagen.

»Mein Zwillingsbruder war einer von ihnen«, sagt Camilla mit hartem Blick. »Außerdem zwei Mädchen, dreiundzwanzig und vierundzwanzig Jahre alt. Der Besitzer des Gästehauses, ein Mann in den Sechzigern mit Enkelkindern, ein Professor um die vierzig, Darcys Freund Elijah ...«

Ich schaue zu Darcy hinüber, die bestätigend nickt. »Er war gerade neunzehn geworden.«

»Robs DNA wurde im Gästehaus gefunden«, sagt Kate.

»Aber die Polizei hat ihn wegen mangelnder Beweise laufenlassen.«

Es fühlt sich an, als hätte mir jemand den Boden unter den Füßen weggezogen. All die Lügen, die Rob erzählt hat, all die Male, die sich sein Gesicht in etwas ... Ungeheuerliches verwandelt hat. Ich stelle mir vor, wie er jemanden ersticht, den Blick in seinen Augen. Die Kälte, die ich darin schon so oft gesehen habe.

»Was werdet ihr tun?«, frage ich. Meine Stimme ist kaum mehr als ein Flüstern.

Ich beobachte, wie sie Blicke miteinander wechseln. »Wir wollen versuchen, mit Rob zu reden«, sagt Camilla. »Es ist klar, dass er eine Beziehung zu Finnegan hatte und in der Nähe des Gästehauses wohnte. Unser Detektiv glaubt, dass es auch ein mögliches Motiv gab. Kann es sein, dass Rob in der Vergangenheit mit Drogen gedealt hat?«

Ich nicke, und meine Kehle wird eng. »Ja, davon weiß ich. Seine Nana hat es mal beiläufig erwähnt.«

Sie tauschen wieder Blicke aus. »Der Besitzer des Gästehauses war auch als Drogenhändler bekannt. Es könnte Streit gegeben haben. Und Finnegan könnte Rob hinzugezogen haben, um ihn ... aus dem Weg zu räumen.«

»Du darfst Rob nichts verraten«, sagt Kate zu mir. »Bitte. Kein einziges Wort.«

Ich nicke. »Ich werde nichts sagen, versprochen. Aber ... glaubt ihr, dass er es getan hat? Ich meine, die sechs Morde. Glaubt ihr wirklich, dass es Rob war?«

»Wir wissen es nicht, ehrlich gesagt«, antwortet Kate. »Aber es ist das erste Mal, dass wir erfahren haben, dass Rob damals befragt wurde. Und er kannte Finnegan eindeutig.«

Ich presse meine Hände aufs Gesicht und möchte weinen. Das darf nicht wahr sein. Ich bin mit einem Mörder verheiratet. Mir wird schlecht. Außerdem begeben sie sich in Gefahr, in große Gefahr, wenn sie ihn darauf ansprechen.

Und er weiß, dass ich mit Kate befreundet bin. Er weiß, dass ich hier bin, in ihrer Villa. Ich werde in die Sache hineingezogen. Er wird denken, dass ich etwas damit zu tun habe.

Plötzlich ergreift Camilla meine Hand. »Du kennst Rob besser als jeder andere«, sagt Camilla. »Nicht wahr?«

Ich nicke und blicke auf meinen Verlobungs- und Ehering. Oh ja, und ob ich Rob kenne. Und ich weiß, was er tun wird, wenn er das hier erfährt.

Ich sehe zu ihr hoch und merke, dass ich das Ganze in die Hand nehmen muss. Ich bin jetzt ein Teil davon, ob ich will oder nicht.

»Lasst mich euch helfen«, sage ich.

39

DARCY

Darcy beobachtet Jade aufmerksam und blendet das Gespräch zwischen ihr, Kate und Camilla aus, um in ihrem Kopf einige schnelle Überlegungen anzustellen.

Wie konnte Jade ihr Gespräch über Rob belauschen? Darcy erinnert sich, dass sie die Tür zu Kates Villa hinter sich geschlossen hat, als sie hereinkam. Hat sie ein Klicken gehört? Kate sagte, die Tür habe einen digitalen Defekt gehabt. Oder hatte sie Jade gesagt, sie solle um diese Zeit kommen? Nur ein Narr würde den Zeitpunkt für Zufall halten. Jades Tränen scheinen echt zu sein, und ihr blauer Fleck ist es auch. Und Rob – nun, Darcy weiß, dass er ein Mistkerl ist. Sie weiß alles, was es über Rob Marlowe zu wissen gibt.

Aber Jade? Darcy weiß sehr wenig über Jade. Das hat sie übersehen. Und es könnte sie alle teuer zu stehen kommen.

Sie denkt über Jacobs E-Mail nach. Er weiß über Adrian Bescheid, und die Frage nach dem Wie und Wann quält sie weiter. Hat er etwas auf dem Computer gefunden? Nein, denkt sie. Sie hat ihre Spuren verwischt, da ist sie sich sicher.

Hat es ihm jemand gesagt? Wenn ja, wer?

Jade sitzt am Kopfende des Esstisches, verschiedene Emotionen wechseln sich in ihrem Gesicht ab. Sie scheint aufrichtig zu sein, aber Darcy weiß, dass man dem äußeren Anschein nicht trauen sollte. Vertrauen ist gut, Kontrolle ist besser. Es besteht kein Zweifel, dass jede neue Person, die sie einweihen, ein Risiko darstellt.

Aber Jade könnte auch nützlich sein.

Darcy sieht, wie Jade damit kämpft, alles zu verarbeiten, und ihr die Tränen über die Wangen kullern. Sie stellt Fragen und viele davon doppelt, als ob ihr Gehirn den Schock nicht verkraften kann. Camilla und Kate erzählen ihr alles, was Adrian ihnen mitgeteilt hat: Robs Vorgeschichte mit Drogen- und Gewaltdelikten, die DNA, das fragwürdige Alibi. Finnegans Missbrauch von Mädchen und Jungen.

Jade kennt natürlich nur die Realität, die Rob konstruiert hat. Er ist fast doppelt so alt wie sie und hat ein ganzes Leben gelebt, bevor sie ihn das erste Mal traf. Und natürlich wollte er das alles vor ihr geheim halten.

Vielleicht aber auch nicht. Vielleicht weiß Jade über alles Bescheid.

Könnte Jade ein trojanisches Pferd sein, fragt sich Darcy, das hierhergeschickt wurde, um herauszufinden, was sie vorhaben?

40

CAMILLA

Das Resort ist klein genug, um es in einer halben Stunde zu umrunden, in zügigem Schritt sogar in noch kürzerer Zeit, aber es gibt viele Ecken und Winkel, die es möglich machen, dass sich zwei Personen nicht über den Weg laufen, wenn es einer von ihnen oder beide darauf anlegen. Als Camilla Kates Villa verlässt, beschließt sie, einen Spaziergang über die Insel zu machen, in der Hoffnung, Antoni zu treffen. Darcys Enthüllung hat ihn ein paar aufwühlende Stunden lang aus ihren Gedanken verdrängt, aber jetzt ist sie entschlossen, sich zu vergewissern, dass es ihm gutgeht.

Am Pool sieht sie Antonis Neffen Salvador und ein hübsches junges Mädchen in einem roten Bikini stehen, und ihr Herz macht einen Hüpfer. Mit den Augen sucht sie die Bar hinter den beiden nach Antoni ab. Als sie ihn nicht entdeckt, geht sie auf Salvador zu und winkt ihm. Er spricht mit jemandem auf seinem Handy und wirft ihr einen merkwürdigen Blick zu. Sie fragt sich, ob er sie nicht wiedererkennt.

»Hallo«, sagt sie. Er senkt das Telefon. »Geht es deinem Onkel gut?«, fragt sie.

Salvador beginnt auf Spanisch, heftig auf sie einzureden. Panik steigt in ihr auf. Salvador fleht sie an, sagt Dinge, die sie nicht versteht. Das Mädchen sieht ebenfalls besorgt aus, blickt sich um, eine Hand an die Wange gepresst.

»Wo ist Antoni?«, fragt Camilla. Schnell zückt sie ihr Handy und tippt die Worte bei Google Translate ein. Sie hält es hoch, und Salvador blickt darauf, seine dunklen Augenbrauen zusammengezogen. Vorsichtig nimmt er ihr das Handy aus der Hand, um seine Antwort einzutippen.

Ich weiß nicht, wo er ist.

Camilla blickt zu Salvador auf und sieht die Sorge in seinem Gesicht. Schnell tippt sie:

Ist Antoni verschwunden?

»*Sí*«, sagt er. Dann tippt er wieder.

Seit Samstagabend.

Sie schreckt auf. Es ist Montag. Sie hat Antoni am Sonntagmorgen gegen zwei oder drei Uhr zum letzten Mal gesehen, bevor sie in einen betrunkenen, postkoitalen Dämmerschlaf versank.

Sie drückt Salvadors Arm, dreht sich um und geht schnell zur Resortverwaltung.

Nura sitzt an ihrem Schreibtisch und ergreift noch vor Camilla das Wort. »Wir haben Ihre Terrasse auf Blut überprüft«, sagt sie. »Konnten aber nichts finden. Wir haben versucht, Sie zu erreichen.«

»Ich mache mir eigentlich Sorgen um einen Gast«, sagt Camilla. »Antoni Caballé. Er wohnt mit seinem Neffen in Villa achtzehn. Ich habe ihn den ganzen Tag nicht gesehen, und sein Neffe sagt, er sei verschwunden.«

Nura nickt. »Ja, Salvador hat das gemeldet. Wir stellen Nachforschungen an.«

Camilla bemerkt, dass Nura nicht sehr besorgt aussieht.

»Er fährt manchmal mit dem Kajak zum Emerald Resort rüber«, sagt Camilla.

Nura notiert es und schenkt ihr ein Lächeln. »Ich rufe Sie an, sobald ich was höre. Machen Sie sich bitte keine Sorgen.«

Dreiunddreißig Stunden. Weder sein Neffe noch Camilla haben Antoni seit dreiunddreißig Stunden gesehen.

41

CAMILLA

Es ist Abend; der heutige Ausflug ist eine private Bootsfahrt für Darcy, Kate und sie zu einer Sandbank mitten im Meer, die Camilla schon vor ihrer Ankunft arrangiert hat.

Kate ist davon ausgegangen, dass sie den Ausflug absagen würden, und hat Camilla gefragt, ob sie stattdessen Darcys Angebot in Betracht ziehen sollten, umzuziehen, und sei es nur in das Resort auf Emerald Island. Aber Camilla hat abgelehnt. Sie will hierbleiben, bis Antoni wieder auftaucht, und solange ein Auge auf Salvador haben. Er wirkte vorhin so jung, so verletzlich angesichts einer beunruhigenden Situation.

»Komm schon, Camilla«, ruft Darcy vom Boot aus, und Camilla wirft einen letzten Blick auf den Sandweg hinter ihr.

Sie wird das ungute Gefühl in der Magengrube nicht los. Ihr Kopf pocht, und ihr sitzt ein Kloß im Hals. Gott, es ist so schwer, klar zu denken. Wie auch, bei dem, was sie weiß?

Letztlich haben sie sich darauf geeinigt, diesen Ausflug zum Reden zu nutzen, ohne Jade. Adrians Enthüllungen müssen sorgfältig erörtert werden. Wo könnte man das besser tun als auf einer winzigen Sandbank mitten im Indischen Ozean, während das Boot mit der Crew mehrere hundert Meter von der Küste entfernt liegt, und weit weg von Rob Marlowe?

Während der Bootsfahrt sehen sie zu, wie die Sonne als goldenes, flüssiges Licht über dem Meer untergeht, umrahmt von roten und apricotfarbenen Wolken vor dem tiefblauen Himmel. Es ist bereits dunkel, als sie die Sandbank erreichen, ein silberner Streifen inmitten des warmen, marineblauen Meeres, über dem ein Baldachin aus hellen Sternen glitzert.

Die Besatzung bittet sie, im Boot zu warten, während sie einen großen runden Teppich und drei kuschelige Kissen für die Frauen auslegen und Lichterketten aufhängen.

Sie warten, bis sich die Crew auf das Boot zurückgezogen hat, bevor sie sich dem kleinen Tisch nähern, der mit vergoldeten Champagnergläsern und einem kleinen Tablett mit Petits Fours gedeckt ist.

»Sollen wir?«, fragt Darcy, steigt auf den Teppich und lässt sich auf eines der Kissen sinken. Sie sieht angespannt aus. Ja, denkt Camilla, sie hätten den Ausflug abblasen sollen. Es fühlt sich alles falsch an. Aber wo sie schon mal hier sind, nimmt sie resigniert die Flasche Champagner und schenkt Kate und Darcy ein Glas ein.

Niemand trinkt.

Die warme Brise legt sich wie eine Decke über sie, am Nachthimmel funkeln die Sterne. Es sollte ein glücklicher Moment sein, ein Moment, in dem sie die Schönheit des Ozeans genießen können. Stattdessen denken sie nur an die Gefahren in der Dunkelheit.

»In Ordnung«, sagt Camilla nach ein paar Augenblicken. »Was machen wir mit Jade?«

»Oh, kommen wir direkt zum geschäftlichen Teil?«, sagt Kate und setzt sich aufrecht hin.

»Ich glaube, wir sollten reden«, sagt Camilla. »Das war eine ziemliche Wendung der Ereignisse, findet ihr nicht?«

»In der Tat«, sagt Kate.

»Darcy?«, sagt Camilla und bemerkt, dass sie am Kissen herumfummelt, weil sie offenbar etwas umtreibt.

»Ich würde gerne wissen, wer von euch Jacob von Adrian erzählt hat«, sagt Darcy nach einem Moment.

Camilla starrt sie an, sicher, dass sie sich verhört hat. Sie blickt von Darcy zu Kate und dann wieder zu Darcy. »Entschuldige. Könntest du das noch mal wiederholen?«

»Eine von euch hat Jacob von Adrian erzählt«, sagt Darcy. »Ich würde gerne wissen, wer. Oder vielleicht wart ihr es beide?« Ihr scharfer Tonfall durchschneidet die Luft.

»Du denkst, ich oder Kate hätten Jacob von Adrian Clifton erzählt?«, wiederholt Camilla.

»Ja«, sagt Darcy. »Woher sonst sollte er davon wissen?«

Camilla sieht Kate an, die ihr kurz in die Augen schaut, ehe sie ihren Blick wieder auf Darcy richtet.

»Darcy, Liebes«, sagt Kate sanft. »Ich weiß, dass das alles sehr stressig ist, aber das ist nicht der Zeitpunkt, um wahllos Anschuldigungen zu erheben.«

»Ich will die Wahrheit wissen«, sagt Darcy ungerührt. »Und trotz unserer Vereinbarung, vollkommen ehrlich zueinander zu sein, scheint es, als hätten einige von uns Geheimnisse. So wie du, Kate.«

Kate schaut erstaunt. »Ich?«

Camilla beobachtet Kate aufmerksam und spürt, wie ihr Herz zu rasen beginnt.

»Ich habe ein separates Handy, das ich benutze, um mit Adrian zu kommunizieren, für den Fall, dass Jacob oder einer der Jungs zufällig mein privates Telefon in die Hände kriegt«, fährt Darcy fort. »Du weißt davon, nicht wahr?«

Kate sieht noch verwirrter aus. »Ich weiß nicht, wovon du ...«

»Hast du Jacob die Nummer gegeben?«, hakt Darcy nach.

Kate blinzelt wütend. Sie sieht Camilla hilfesuchend an. »Jacob hat *mir* die Nummer gegeben«, verteidigt sie sich nun sichtlich aufgebracht.

»Du hast also mit ihm *gesprochen*?«, fragt Darcy schockiert.

»Was? Nein, ich ...«

»Und was hast du ihm gesagt?«

»Wenn du mich kurz ausreden lässt«, sagt Kate, »kann ich dir genau erklären, was ich gesagt habe und zu wem.«

»In Ordnung.«

»Aber zuerst«, sagt Kate und richtet sich auf, »habe ich selbst ein paar Fragen. Da der heutige Abend sich ja offenkundig in ein Verhör verwandelt hat.«

Camilla rollt mit den Augen. »Das ist kein Verhör ...«

»Was ich auch gerne wüsste«, wirft Darcy ein und sieht zuerst Kate, dann Camilla an, »ist, ob Jade jemand ist, dem wir vertrauen können. Sie könnte uns genauso gut nur etwas vorspielen, um ihren Ehemann zu schützen.«

Camilla nimmt ihr Glas in die Hand und nippt daran, den Blick auf Kate gerichtet. »Ich glaube, du kennst die Antwort.«

»Wieso ich?«, fragt Kate.

Camilla zuckt mit den Schultern. »Ihr scheint euch gut zu verstehen, du und Jade.«

»Komm schon«, sagt Kate versöhnlich. »Du weißt, dass du mir vertrauen kannst.«

»Weiß ich eben nicht«, sagt Camilla. »Es scheint, dass keine von uns der anderen trauen kann. Unsere Freundschaft basiert auf einer entsetzlichen Tragödie, um Himmels willen. Ansonsten kennen wir uns kaum.«

»Natürlich tun wir das ...«, entgegnet Darcy, aber Camilla schüttelt den Kopf. Sie spürt, wie ihr die Tränen in die Augen schießen bei dem Gedanken daran, wie verwirrend und bitter diese Reise geworden ist. Ob sie bei ihrer Rückkehr nach Hause noch miteinander reden werden? Sie glaubt es nicht.

Und doch steht so viel mehr auf dem Spiel.

»Wir wissen gegenseitig um unseren Kummer«, sagt Camilla, und ihre Brust wird eng. »Und wir wissen, wie es ist, den Mord an einem geliebten Menschen zu erleben. Aber wir *kennen* uns nicht. Und keine von uns sollte der anderen vertrauen. Nicht angesichts der neuesten Infos. Es steht zu viel auf dem Spiel. Wenn es darauf ankommt, müssen wir uns auf uns selbst verlassen.«

»Na dann«, sagt Kate in verletztem Tonfall. »Konzentrieren wir uns auf die anstehende Aufgabe, ja? Je eher wir mit Rob Marlowe reden, desto eher können wir wieder getrennter Wege gehen und unser Leben weiterführen.«

Darcy zuckt mit den Schultern. »Okay, na dann. Sieht so aus, als wolle keine von euch zugeben, dass sie Jacob von Adrian erzählt hat.«

»Ich glaube, *keine* von uns hat ihm von Adrian erzählt«, schnauzt Kate, und Darcy lächelt, ohne ihr zu glauben.

Camilla seufzt. Nun, da sie Zeit hatte, gründlich nachzudenken, kommen ihr neue Zweifel. Es ist alles so kompliziert, so verrückt. Wie können sie davon ausgehen, dass Rob irgendetwas preisgibt? Selbst wenn er damit herausplatzen würde, dass er all diese Menschen umgebracht hat – und das würde er niemals tun –, müssten sie es der Polizei sagen und darauf vertrauen, dass die Polizei handelt. Die alte Camilla – die das Justizsystem nicht aus nächster Nähe kannte – hätte geglaubt, dass die Polizei natürlich an der Wahrheit interessiert wäre, dass sie sofort Hilfe bekommen würde, wenn sie sich an sie wendete.

Aber sie hat gelernt, dass Leute mit den ungeheuerlichsten Verbrechen davonkommen. Je dreister sie sind, desto größer ist die Chance, dass sie durch eine lächerliche Formalität, ein Schlupfloch oder die Art von Glück davonkommen, das eigentlich den guten Menschen dieser Welt widerfahren sollte.

Stattdessen scheint diese Art von Glück Mistkerle wie Rob Marlowe zu begünstigen.

»Ich sage es freiheraus«, sagt Camilla. »Ich würde es mir nie verzeihen, wenn wir diese Insel verlassen, ohne wenigstens zu versuchen, ihn zu einem Gespräch zu zwingen.«

»Trotz des Risikos?«, fragt Kate. »Trotz der hohen Wahrscheinlichkeit, dass er eine von uns angreift oder uns alle drei?«

»Wir haben Jade, denk dran«, sagt Camilla. »Vielleicht kann sie ihn dazu überreden, Dinge zu tun, die nicht in unserer Macht stehen.«

»Damit setzen wir das Leben von Jade aufs Spiel«, sagt Kate mit ernster Miene.

»Ihr Leben ist bereits in Gefahr«, sagt Darcy. »Häusliche Gewalt hört nicht bei einem blauen Fleck auf.«

»Falls sie es schafft, uns zu helfen, könnte er eingesperrt werden«, sagt Camilla. »Dann ist sie sicher.«

»Ich glaube nicht, dass das so einfach funktioniert«, sagt Kate.

Darcy zuckt mit den Schultern. »Das ist doch wenigstens etwas, oder?«

Camilla sieht zu Kate hinüber. Die Wut, die sich zwischen ihnen aufgestaut hat, wandelt sich in Feindseligkeit. Sie hat sich den ganzen Tag gefragt, warum Kate so zögerlich ist, Rob zur Rede zu stellen, nach allem, was sie durchgemacht hat. Und jetzt glaubt sie es zu wissen.

Es hat nichts mit Furcht oder Trauer zu tun, zudem nimmt sie Jade, die ihr relativ fremd ist, schon sehr in Schutz.

Still beobachtet sie Kate und fragt sich, ob der zweite Mörder nicht die ganze Zeit direkt vor ihr gestanden hat.

42

KATE

Mit einem Seufzer betritt sie die Villa und überprüft, ob die Tür richtig schließt.

Was sollte das alles?, denkt sie. Darcys Frage auf der Sandbank – »Wer von euch hat Jacob von Adrian erzählt?« – war eine dreiste Unterstellung, so als würde man fragen: *Wie lange schlägst du deine Frau schon?*

Wann haben sie drei aufgehört, sich gegenseitig zu vertrauen?

Als Darcy den wahren Grund für diese Reise enthüllt hat, denkt sie. Apropos Hintergedanken. Sie glaubt zu verstehen, warum Darcy so gehandelt hat: Weil sie nach dem langwierigen Scheidungskrieg bereits so angeknackst war, dass sie aus einem Impuls heraus gehandelt hat, als Adrian ihr von Rob erzählt hat. Darcy hatte einfach beschlossen, auf die Malediven zu fliegen, weil Rob hier sein würde. Aber sie hat nicht darüber hinaus nachgedacht, und jetzt stecken sie in einem Dilemma.

Trotzdem. Es gibt so vieles zu verarbeiten. Sie sind alle drei seelisch angeschlagen.

Sie fühlt sich durch den Abend aufgewühlt, und das nicht

nur wegen dem, was sie zu tun gedenken. Zuvor sind sie ein Team gewesen, oder zumindest einte sie ein gemeinsames Interesse. Aber etwas hat sich verändert. Darcy und Camilla glauben, dass sie Jade gegenüber zu vertrauensselig ist. Camilla ist entschlossen, Kate zur Außenseiterin zu machen, und sie fragt sich, warum. Sie sind sehr unterschiedlich, so viel ist gewiss. Camilla schaut auf sie herab, hält sie für schwächer, nur weil sie nicht jede Sekunde damit verbringt, ihre Körpermitte zu trainieren.

Oder vielleicht hat es etwas mit dem Massaker zu tun. Weil sie überlebt hat und Cameron nicht. Survivor Blaming. Die Psychologin, Dr. Luxton, hat es vor Jahren erwähnt. Kate hat sich an Dr. Luxton gewandt, als sie zum ersten Mal mit Camilla und Darcy in Kontakt kam. Sie war die Einzige, die wusste, dass Kate mit ihnen gesprochen hatte. Kate wollte wissen, ob es irgendetwas gab, womit sie rechnen musste, irgendetwas, das sich aus ihrer Beziehung ergeben könnte und auf das sie vorbereitet sein sollte.

»Hoffentlich ist genug Zeit vergangen und es hat genug Heilung stattgefunden, damit daraus etwas Gutes erwächst«, sagte Dr. Luxton. »Aber es könnte sein, dass sie Ihnen den Tod ihrer Angehörigen anlasten. Das ist nichts Persönliches. Es ist nur der Groll den Überlebenden gegenüber. Eine weitere Facette der Trauer.«

Ach ja. Die Trauer. Der Soundtrack zu Kates Leben, nur dass die Person, um die sie trauert, sie selbst ist.

Sie kann sich kaum noch daran erinnern, Briony gewesen zu sein. Wer war sie damals, vor jenem Tag, der alles veränderte? Sie weiß, dass Briony gerade aufblühte und sich aus einer Kindheit und Jugend herausarbeitete, die von Armut und einem toxischen Elternhaus geprägt gewesen war. Heute ist Kate von ihren Eltern entfremdet und weiß nicht, ob sie noch leben oder bereits tot sind. Das ist auch gut so, auch wenn es schwer ist, das Leuten zu erklären, die auf Social Media Dinge posten wie: »Niemand wird dich jemals mehr lieben als deine Eltern.« Vielleicht wäre Kate nicht in der Lage gewesen, sich von ihnen loszusagen, wenn das Massaker nicht passiert wäre. Vielleicht würde sie ein anderes Leben führen, ein kleineres Leben.

Doch ihre Erinnerungen sind meist nur noch Nebelschwaden. Das Massaker hat die Vergangenheit komplett vereinnahmt und überschattet alle anderen Ereignisse mit den knallbunten Technicolor-Szenen jener Nacht und der Zeit danach. Helle Lichtblitze, die sie auch jetzt noch mit Macht erreichen.

Jahrelang dachte sie, sie sei aus dem Gästehaus gerannt, nachdem sie die zweite Leiche entdeckt hatte. 2010 fing es wieder an mit den Flashbacks. Ihr Hausarzt verschrieb ihr mehr Medikamente und schickte sie zur Therapeutin. Neue Erinnerungen tauchten auf, die das alte Narrativ widerlegten – sie hatte *versucht*, rauszurennen, aber die Tür klemmte, und sie stürzte in Panik zum Hinterausgang, nur dass sie den Ausgang mit einer Zimmertür verwechselte. Dort stolperte sie über zwei weitere Leichen. Zwei ihrer Kommilitonen, Bao und Chan-Juan, beides Postgraduierte aus China, die sich ein Zweibettzimmer teilten.

Während des Prozesses hörte sie immer wieder eine seltsame Verdrehung ihrer Situation: dass sie *überlebt* habe. Das Wort verwirrte sie. Ja, sie war nicht ermordet worden – aber überlebt? War das wirklich das, was man unter Überleben verstand? Sie existierte kaum noch. Den Großteil ihrer Zwanziger hatte sie das Gefühl, den Verstand zu verlieren. Gleichzeitig schien die Tatsache, dass sie überlebt hatte, sie davon abzuhalten, zu verstehen, dass man so traumatisiert sein kann, dass man kaum die eigene Adresse kennt, nur mit Mühe funktioniert. Bizarre Krankheiten suchten sie mit Vehemenz heim und verschwanden wieder, nur um einer anderen Erkrankung, einem anderen Symptom Platz zu machen. Ein Jahr lang litt sie unter schwerer Schuppenflechte, die sich in Form von roten Krusten an ihren Ellbogen und Knien und auf ihrer gesamten Kopfhaut äußerte. In ihrer Familie gab es keine Schuppenflechte. Der Stress, sagten die Ärzte.

Und jetzt fangen auch noch die verdammten Wechseljahre an, anscheinend sehr viel früher als üblich. Sie füllt ein Glas Wasser aus dem Hahn und trinkt es gierig. Es hat keinen Sinn, sich selbst zu bemitleiden.

Immerhin hat sie tatsächlich überlebt.

Später am Abend stellt sie fest, dass sie nicht auf Jades SMS geantwortet hat. Sie muss mit ihr reden und sich nach der Diskussion mit Darcy und Camilla mit ihr austauschen.

Sie schickt ihr eine Nachricht.

»Ich habe nur wenig Zeit«, sagt Jade zehn Minuten später atemlos. Sie blickt hinter sich und vergewissert sich, dass die Tür zu Kates Villa geschlossen ist.

»Was war der Gefallen?«, fragt Kate.

Jade sieht aus, als würde sie zögern. »Ich wollte fragen, ob du mir helfen kannst, die Pille danach zu bekommen.«

Das ist ganz und gar nicht das, was Kate erwartet hat. »Oh.«

»Normalerweise würde ich dich nicht darum bitten, aber ich

habe Angst, dass Rob es herausfindet, wenn das Rezept auf meinen Namen ausgestellt ist.«

Kate nickt. »Verstehe. Kriegt man die hier überhaupt?«

»Ja, ich habe nachgefragt. Rob würde durchdrehen, wenn er es erfährt. Er wünscht sich so sehr ein Baby.« Sie ist den Tränen nah. »Aber ich kann das nicht. Ich kann das nicht ...«

Kate nickt erneut und sieht, dass Jades Gesicht aschfahl wird. »Wir können das Rezept auf meinen Namen ausstellen. Sag mir einfach, was ich tun muss.«

Jade fängt sich und schenkt ihr ein Lächeln. »Danke.«

»Mein Angebot steht noch«, sagt Kate. »Ich habe zweitausend Pfund auf einem Konto, die du sofort nehmen und untertauchen kannst. Ich kann meinen Butler bitten, ein Wasserflugzeug zu buchen. Die Mädels und ich werden dich decken und Rob auf eine wilde Verfolgungsjagd in die falsche Richtung schicken. Dir Zeit verschaffen.«

Jade überlegt kurz, dann schüttelt sie den Kopf. »Ich kann euch helfen, das zu bekommen, was ihr braucht. Ich mache das gern. Aber danke für das Angebot.«

Sie lächelt, und Kate ist enttäuscht. Es wäre in jeder Hinsicht sicherer für Jade, wenn sie einfach von hier verschwinden würde.

»Wir denken darüber nach, ihn morgen Abend zur Rede zu stellen«, sagt Kate, der der Gedanke daran noch immer unangenehm ist. »Darcy sagt, das Fitnessstudio wäre der beste Ort. Außer Rob benutzt es niemand, und man kann nicht hineinsehen. Außerdem findet morgen Abend in der Bar eine Disco statt, also werden wohl die meisten Gäste dort sein.«

Sie sieht, wie die Angst in Jades Augen pulsiert. »Morgen?«

»Ja. Ist das in Ordnung?«

Jade beißt sich auf die Lippe. »Wir machen morgen früh einen Tauchausflug. Aber bis dahin sind wir sicher wieder zurück.«

Kate holt tief Luft und kann kaum glauben, wozu sie ja gesagt hat. »Camilla möchte, dass du Rob dorthin begleitest. Vielleicht kannst du ihn … in eine kompromittierende Lage bringen.«

Jade verzieht das Gesicht. »In Ordnung.«

»Wir lassen es so aussehen, als hättest du nichts damit zu tun, okay?«, sagt Kate. »Wir kommen rein und übernehmen.«

»Was, wenn er mich verdächtigt?«, sagt Jade, mehr zu sich selbst als zu Kate.

»Das wird er nicht«, sagt Kate. »Dafür sorgen wir. Wenn wir ihn zu dritt in die Enge treiben, könnte er einen Fehler begehen und etwas preisgeben, dem die Polizei nachgehen kann. Camilla will es aufzeichnen, für alle Fälle.« Sie wartet darauf, dass Jade Einspruch erhebt, ihr sagt, wie verrückt das alles klingt. Aber sie schweigt. »Ich weiß, es klingt verzweifelt, aber so eine Chance bekommen wir nicht noch einmal.«

»Scheiße, das klingt alles saugefährlich«, sagt Jade nun.

Kate nickt. Was macht sie eigentlich hier? Worauf hat sie sich da nur eingelassen?

»Was passiert danach?«, fragt Jade.

»Wir sperren ihn ein.«

Jades Augen weiten sich, und Kate wartet darauf, dass sie vor der ganzen Sache zurückschreckt. Aber das tut sie nicht, und so fährt sie fort.

»Man wird ihn erst am Morgen finden, wenn das Fitnessstudio öffnet. Darcy hat ein Wasserflugzeug organisiert, das uns alle sofort von der Insel fliegt. Du kommst auch mit, zurück nach Großbritannien. Du wirst in Sicherheit sein.«

Sie sieht, wie Jade tief Luft holt, und wird sich wieder bewusst, wie furchteinflößend das alles für sie sein muss.

»Ich gebe dir mein Wort«, sagt sie ihr und drückt ihre Hand. »Ich werde nicht zulassen, dass dir etwas zustößt.«

»Alle meine Sachen sind bei uns zu Hause«, sagt Jade und bekommt wieder diesen Reh-im-Scheinwerferlicht-Blick. »Dann habe ich nichts mehr und kann nirgends wohnen.«

»Du kannst bei mir wohnen, wenn du willst«, sagt Kate. »Ich lebe in Carmarthenshire.«

Jade lächelt schwach, aber als sie eine Hand hebt, um sich die Haare aus dem Gesicht zu streichen, bemerkt Kate, dass sie zittert.

»Alles gut?«, fragt sie. »Bitte fühl dich nicht gezwungen, das zu tun. Du kannst dich immer noch rausziehen …«

Jade schüttelt entschlossen den Kopf. »Nein. Es ist richtig, dass ihr hier auf den Malediven mit ihm redet. Zu Hause könnte er euch leicht entwischen, oder ihr sitzt in der Falle. Und außerdem hat er eine Menge Freunde – einige davon sind ziemlich zwielichtig. Die machen mir Angst.«

»Oh Mann«, sagt Kate und stellt sich vor, wie gut Rob vernetzt sein muss. Dass er Netzwerke in die Unterwelt hat, lange Tentakel, die in dunkle Ecken reichen.

»Morgen Abend«, fährt sie fort. »Um acht Uhr. Bring ihn ins Fitnessstudio. Du hast zehn Minuten, um es dir mit ihm … gemütlich zu machen. Sorg dafür, dass nur ihr beide da drin seid. Dann kommen wir rein und kümmern uns um alles Weitere.«

Jade nickt und wendet sich zur Tür. »Danke, dass du mir vertraust«, sagt sie noch und verschwindet in der Nacht.

43

JADE

Scheiße, wozu habe ich gerade ja gesagt?

Ich gehe zurück zur Villa und spiele das Gespräch in Gedanken noch einmal durch. Aber ich muss besser so tun, als wäre alles in Ordnung. Nachdem Darcy und Camilla mir erzählt haben, was sie über Rob erfahren haben, hat er mich immer wieder gefragt, was mich bedrückt. Schließlich habe ich ihm gesagt, dass mir übel sei, und er war ganz aus dem Häuschen, weil er dachte, ich sei schwanger, wodurch ich mich nur noch schlechter fühlte.

Ich bleibe am Strand stehen, betrachte die Lichter der Boote auf dem Meer und versuche, mir vorzustellen, wie es wäre, mich von ihm zu befreien. Gott, allein der Gedanke daran gibt mir das Gefühl, leichter atmen zu können. Ich müsste nicht mehr darauf achten, was ich sage und wie ich es sage oder wie ich schaue, wenn ich es sage, oder wie ich schaue, wenn ich gar nichts sage.

Und jetzt, wo ich weiß, dass er all diese Menschen getötet haben könnte, achte ich umso mehr darauf, wie ich mich in seiner Nähe verhalte. Ich laufe wie auf Eierschalen, versuche, nur ja nicht zu laut zu atmen.

Ich grabe meine Zehen in den Sand und bekämpfe den Drang zu weinen. Sonst fragt er mich, warum ich geweint habe, und ich muss wieder lügen. Er kennt mich zu gut.

Die Sache ist die, es ist wahrscheinlich Irrsinn, diesen Frauen zu vertrauen. Ich mag Kate wirklich, und ein großer Teil von mir glaubt, dass sie es ernst meint. Glaubt, dass sie mir wirklich das Geld geben und mich bei sich wohnen lassen würde. Aber eine Stimme in meinem Kopf schreit mich auch an: *Was soll der Scheiß, Jade? Du kennst nicht einmal die Nachnamen dieser Frauen! Du weißt nichts über sie! Und trotzdem hilfst du ihnen, deinen Mann in die Enge zu treiben?*

Ich beschließe, es bei Google nachzuschlagen. *Spinnaker Gästehaus Massaker.* Scheiße, da ist es. Keine Erwähnung von Kate, Camilla oder Darcy, aber ich finde ein Bild von einem der Opfer. Cameron, Camillas Bruder. Und ein Mädchen, etwa in meinem Alter, namens Briony Conley. Sie sieht aus wie Kate. Nein, es *ist* Kate. Das Mädchen, das überlebt hat.

Ich verbringe längere Zeit damit, alle Artikel durchzulesen, die ich dazu finden kann. Es sind nicht viele, aber genug, um zu beweisen, dass es passiert ist. Rob wird nicht erwähnt, aber ich finde jede Menge über den Mörder, Hugh Finnegan. Der Mann, der auf dem Foto neben Rob stand. Plötzlich erinnere ich mich an einen Zoobesuch mit Rob und seinem Stiefneffen Reece. Wir sahen uns die Elefanten an, und Rob sagte etwas Seltsames. »Wann wachsen einem Elefanten tausend Flügel?« Ich wusste darauf keine Antwort. »Im Tod«, sagte er. »Wenn er von Fliegen gefressen wird.«

Ich sagte ihm, das sei eklig, und er entgegnete, jemand namens Hugh habe ihm das beigebracht.

Gott. Das alles ist tatsächlich real.

Ich hatte gehofft, Rob würde noch schlafen, aber er steht im Wohnzimmer der Villa, nur mit einem Handtuch um die Hüften, und sobald ich hereinkomme, stürmt er auf mich zu.

»Alles in Ordnung mit dir?«, fragt er.

»Ja«, sage ich ein wenig verblüfft. »Ist was passiert?«

»*Ja*, es ist was passiert«, sagt er. »Meine Frau hat sich unerlaubt entfernt, das ist passiert.«

»Entschuldige«, sage ich. »Du hast geschlafen, und Kate aus Villa zwei hat mir eine SMS geschickt.«

»Diese altbackene Trulla?«, spottet er. »Warum hängst du überhaupt mit der rum?«

»Sei nicht so gemein«, lache ich. »Sie wollte nur ein paar Schmerzmittel ...«

Er schlingt seine Arme um mich und zieht mich an sich. Einen Moment lang sauge ich seinen Geruch in mich auf, diesen tiefen, warmen Duft, bei dem ich mich früher sicher fühlte. Aber dann nimmt er mich mit ins Bett, zieht mir langsam die Kleider aus, küsst mich, und in meinem Kopf tauchen die Nachrichten auf, die ich gerade gelesen habe. Die Gesichter der Opfer. Wie Camilla vorhin dasaß und ihren toten Bruder beweinte.

Ein toter Elefant, dessen Kadaver von Fliegen zerfressen ist.

Ich möchte ihn fragen, woher er Hugh Finnegan kennt, aber ich traue mich nicht. Er wird wissen, warum ich frage. Rob ist der misstrauischste Mensch, den ich kenne. Er denkt, dass jeder hinter ihm her ist, und schaut ständig über die Schulter.

Und jetzt weiß ich auch, warum.

»Jade! Steh auf. Wir verpassen noch das Boot.«

Ich rekele mich.

»Jade!«

Ich setze mich auf und schaue auf meine Uhr. Draußen ist es hell, aber meine Uhr sagt, dass es erst kurz nach sechs Uhr morgens ist. Ich habe kaum geschlafen und bin alle halbe Stunde aufgewacht.

»Du hast dich die ganze Nacht hin und her gewälzt«, sagt Rob wütend und zieht sich sein T-Shirt über. »Du hast mich bestimmt ein halbes Dutzend Mal geweckt.«

»Tut mir leid«, sage ich. Mein Kopf dröhnt.

»Beeil dich!«, schreit Rob und stopft eine Badehose in seinen Rucksack. »Wir fahren zum Ari-Atoll, weißt du noch? Um nach dem Schiffswrack zu tauchen?«

Die Erinnerung an den gestrigen Abend kehrt zurück. Kate hat mir gesagt, ich solle Rob heute Abend um acht ins Fitnessstudio lotsen.

»Wann kommen wir zurück?«, frage ich Rob.

Er zuckt mit den Schultern. »Weiß nicht. Es ist ein Ganztagesausflug, glaube ich.«

»Sind alle an Bord?«

Der Bootsmann zählt die Teilnehmer und hebt dann einen Stift, um auf einem Blatt Papier zu unterschreiben.

»Acht Personen. Das sind alle.«

Er gibt dem Besatzungsmitglied an der Seite des Bootes ein Daumen-hoch-Zeichen, der das Boot daraufhin losmacht. Der Motor heult auf, und wir fahren los.

Rob legt seinen Arm um mich und hält sein Handy für ein Selfie hoch. Ich lehne meinen Kopf an seine Schulter und grinse, die rundum glückliche Ehefrau in den Flitterwochen. Er bearbeitet das Foto und stellt es auf seiner Facebook-Seite ein. Er liebt es, Bewunderung zu ernten, eine Realität zu erschaffen, die sich so sehr von der unterscheidet, die wir leben. Ich möchte mich übergeben.

»Willst du was trinken?«, fragt er mich, und ich nicke und betrachte die Kühlbox, die Farug, der Tauchlehrer, geöffnet hat – eisgekühlte Flaschen mit Cola, Eiskaffee und Fanta.

»Ich nehme einen Eiskaffee«, sage ich.

Rob wirft mir einen Blick zu, dann nimmt er eine Fanta heraus und reicht sie mir. »Du solltest Koffein vermeiden«, sagt er. »Für den Fall, dass ein Braten in der Röhre ist.«

Er macht sich einen Eiskaffee auf und trinkt ihn demonstrativ vor meinen Augen, grinsend.

»Babe«, sagt er und reibt mit dem Handrücken über meinen Arm. »Sei nicht traurig. Es lohnt sich. Du wirst sehen.«

Und da ist er wieder: der Wunsch in mir, dass der alte Rob zurückkehrt. Ich trage ihn immer noch in mir, auch wenn ich weiß, dass das total meschugge ist. Eine Hälfte von mir ist sich sicher, dass alles, was Kate, Camilla und Darcy mir über ihn erzählt haben, wahr ist, dass er ein kaltblütiger Mörder ist. Und die andere Hälfte liebt ihn immer noch, würde alles für ihn tun.

Die Insel schrumpft hinter uns und verschwindet schließlich hinter dem Horizont. In der Ferne erscheinen neue Inseln, als wären sie gerade aus dem Nichts aufgetaucht. Ich betrachte die anderen Leute, die mit uns auf dem Boot sind. Ein weiteres Paar und eine Familie mit zwei Mädchen im Teenageralter, die auf ihre Handys starren. Sie sehen gelangweilt aus. Ich behalte den Horizont im Auge und versuche, einen Fluchtweg zu finden. Ich bin wie elektrisiert von der Angst. Ich könnte bereits schwanger sein. Ich könnte mit einem Mörder verheiratet sein. Sollte ich versuchen zu fliehen, wird er mich umbringen.

Ich ertappe mich dabei, wie ich mir ausmale, wohin ich gehen, was ich tun könnte. Es arbeiten nur wenige Frauen auf den Inseln, aber die, die es tun, arbeiten in den Massagezentren. Ich könnte leicht ein Nagelstudio auf einer der Inseln eröffnen. Ich wette, das würde super ankommen.

»Worüber denkst du nach?«, fragt Rob und schlingt einen Arm fest um mich.

»Nichts«, lüge ich.

Er küsst mich auf die Seite des Kopfes. »Du denkst doch nicht etwa daran, mich zu verlassen, oder?«

»Wohl kaum«, sage ich mit einem nervösen Lachen. »Du hast mich schließlich fest im Griff, nicht wahr?«

»Superfest«, sagt er. Dann leckt er mir übers Ohr. »Genau, wie ich es mag.«

Nach eineinhalb Stunden kommt das Boot mitten im Nirgendwo zum Stehen, keine Inseln in Sicht. Auch keine anderen Boote. Das Wasser um uns herum ist neonblau und glasklar, als könnte ich hineinsteigen und feststellen, dass es mir nur bis zu den Knien reicht. Einen Moment lang frage ich mich, ob wir uns verirrt haben. Doch dann fängt die Crew an, Plastikkisten aus den Schränken zu holen, sie zu öffnen und Trockenanzüge, Westen und Schwimmflossen zum Vorschein zu bringen. Mein Herz beginnt zu rasen. Es sieht so kompliziert aus, all die Ausrüstung, die man tragen muss. Ich habe zwar meinen Tauchschein, aber wir sind zu Hause immer nur in einer Flussmündung getaucht.

Ich sehe Rob an, plötzlich in Panik.

»Das wird schon«, sagt er leise. »Es ist ganz einfach. Sie zeigen dir, was du tun musst.«

Farug breitet die Ausrüstung aus, viele verschiedene Geräte und Schläuche. Ich beobachte, wie sich die anderen die Anzüge überziehen und Sauerstoffflaschen auf den Rücken wuchten.

»Das ist Ihr Atemregler«, sagt Farug und reicht mir ein Gerät, das wie ein Schlauch aussieht. »Und das Ihr Tiefenmesser.« Dann an die Gruppe gewandt: »Ihr müsst den Druck im Auge behalten. Sonst riskiert ihr eine Dekompression. Sprecht mir nach: Langsam auftauchen. Nicht die Luft anhalten…«

Alle wiederholen es.

»Das ist die Taucherkrankheit«, sagt Rob leise, obwohl ich genau weiß, was Dekompression ist. »Aber keine Sorge. Ich bin ja bei dir.«

»Das Wrack liegt in zehn Metern Tiefe«, sagt Farug. »Also nicht allzu tief. Denkt an eure Tauchzeichen. Wenn etwas nicht stimmt, macht ihr so« – er bewegt seine Hand von einer Seite zur anderen –, »das bedeutet, dass wir abtauchen« – er zeigt mit dem Daumen nach unten –, »und das ist das Notsignal.« Er hebt eine Hand zur Seite, macht eine Faust und pumpt seinen Arm auf und ab. Ich versuche, mir alles zu merken.

»Stellt sicher, dass ihr alle einen Tauchpartner habt.«

Rob nickt mir zu. »Tauchbuddys fürs Leben, was, Babe?«

Die Sauerstoffflasche wiegt eine Tonne, und Farug schnallt mir einen Bleigürtel um die Taille. Ich fühle mich, als müsste ich bis auf den Grund des Ozeans sinken. »Das ist die Idee dahinter«, sagt er und lächelt.

Die Teenager-Mädchen sind die Ersten, die von Bord gehen und kreischend in das sattblaue Wasser springen. Früher war ich wie sie. Ich hätte es aufregend gefunden. Ich hätte die Herausforderung angenommen.

Aber ich habe ein mulmiges Gefühl. Rob ist supernett zu

mir. Ich sollte erleichtert sein, aber ich bin es nicht. Ich glaube, er weiß etwas. Mir läuft es kalt den Rücken herunter.

Was, wenn er gehört hat, wie sie mir von dem Massaker erzählt haben? Was, wenn er etwas auf meinem Handy installiert hat und alles mitbekommt, was ich tue?

Ich beobachte, wie die anderen aus dem Boot steigen, eine Flosse rausstrecken und sich ins Wasser fallen lassen. Ich habe eine Scheißangst, aber ich tue es trotzdem, atme tief ein, während ich mich hinuntersinken lasse, hinunter ins Blau.

Etwa dreißig Sekunden lang ist es beängstigend, bis die Sauerstoffzufuhr einsetzt und ich merke, dass ich atmen kann. Das Geräusch ist allerdings unheimlich, wie bei Darth Vader. Überall Luftblasen. Rob erscheint vor mir und macht das Zeichen für »Okay«, und ich nicke ihm zu und bestätige es. *Okay.* Gott sei Dank. Ich bin nicht ertrunken.

Er nimmt meine Hand und führt mich mit den anderen in die Tiefe, wo das Wasser angenehm kalt und ein wenig milchig ist und die Welt sich in ein traumhaftes Reich aus Schatten und weichen Kanten verwandelt. Ich sehe einen kleinen Hai, der vor uns davonjagt, zu scheu, um in unserer Nähe zu bleiben. Auch ein Mantarochen ist zu sehen, etwa zehn Meter entfernt, der wie ein fliegender Teppich durch das klare Wasser gleitet. Es ist wahnsinnig schön, und ich fange an, mich zu entspannen. Ich bin froh, dass ich mitgefahren bin, um das zu sehen.

Es ist eine völlig andere Welt hier unten. Einen Moment lang habe ich das Gefühl, dass ich so tun kann, als wären die letzten vierundzwanzig Stunden nie passiert. Als wäre alles in Ordnung.

Das Schiffswrack kommt in Sicht, als wir hinabsteigen, ein geisterhaftes Schauspiel, ein Echo der Vergangenheit. Da ist der

Schatten eines Mastes, dann die Kurve des Bugs. Ich spüre mein Herz klopfen, als Rob mich nach vorne zieht, und ich paddle mit den Flossen, um mit ihm gleichauf zu schwimmen. Das Wrack ist viel größer, als ich es mir vorgestellt habe, etwa fünfzig Meter lang. Es ist gut erhalten, auch wenn die Bullaugen mit Fischen gefüllt sind und sich die Korallen sanft am Deck wiegen.

Farug ist voraus und gibt uns ein Zeichen, zu ihm aufzuschließen. Ich lasse Robs Hand los und schwimme voraus, nun viel selbstsicherer.

Farug schwebt über dem Deck und zeigt nach unten. Ich sehe es: das Schiffsrad, noch intakt, mit dicken Holzspeichen, die von Algen umwachsen sind. Es ist gleichermaßen traurig und erstaunlich, dass ein solcher Schatz hier liegt und von neuen Ökosystemen besiedelt wird. Hier wachsen so viele Korallenarten, und ich erkenne einige der Fische von der Karte in der Kajakhütte. Ich sehe Meeresschnecken und Seenadeln, die sich in den Ecken einnisten. Muränen schlängeln sich durch die Reling, Rotfeuerfische und Füsiliere tummeln sich im Heck, ein paar große Quallen hängen im Wasser, ihre gewundenen Tentakel baumeln herab.

Farug gibt erneut ein Zeichen, und wir folgen ihm zum Heck des Schiffes, wo mehrere Riffhaie aufgetaucht sind. Er macht das Okay-Zeichen, was bedeutet, dass es sicher ist, aber ich bin auf der Hut. Diese Haie scheinen nicht so scheu zu sein wie der, den ich vorhin gesehen habe, denn sie kommen so nah an mich heran, dass ich ein rundes Auge sehe, das kalt und furchtlos hin und her blickt.

Plötzlich spüre ich einen Ruck in meinem Rücken, als würde ich festhängen. Blasen steigen neben mir auf, und als ich einatme, merke ich, dass ich es nicht kann. Ich ziehe den Atemschlauch aus dem Mund und setze ihn wieder ein, meine Lunge schmerzt bereits, aber es funktioniert nicht. Irgendetwas stimmt nicht, und ich kann Rob nicht sehen. Ich fange an zu strampeln, die Blasen nehmen mir die Sicht.

Ich weiß nicht mehr, wo oben und unten ist. Mein Bleigurt hat den Auftrieb außer Kraft gesetzt.

Ich spüre, wie etwas nach meinem Arm greift und mich zieht. Ein Hai, denke ich und versuche, meinen Arm zurückzuziehen.

Aber der Griff ist zu stark. Meine Lunge brennt, und ich greife mir an die Kehle in dem verzweifelten Wunsch, Luft zu holen. Ich schlucke Meerwasser, und meine Sicht verschwimmt. Alles wird dunkel.

44

CAMILLA

Sie wird durch lautes Geschrei geweckt.

Zuerst denkt sie, es sei eine Fledermaus. Diese Dinger machen einen furchtbaren Krach. Bevor sie auf die Malediven kam, hätte sie nie gedacht, dass Fledermäuse die lautesten Kreaturen auf dem Planeten sind, aber das sind sie wirklich, besonders mitten in der Nacht.

Sie zieht sich ein Kissen über den Kopf und versucht, wieder einzuschlafen. Wenige Augenblicke später ertönen draußen Schreie, es sind mehrere Stimmen. Sie hört Schritte, wie jemand über den Holzsteg rennt, und das Geräusch, das sie zuvor gehört hat, wird lauter. Die Stimme eines Mannes, der schluchzt.

Camilla setzt sich auf, alle ihre Sinne sind in höchster Alarmbereitschaft.

Irgendetwas stimmt nicht.

Sie steigt schnell aus dem Bett und wirft sich den vom Resort bereitgestellten Bademantel aus Leinen über.

Draußen ist es bewölkt, ein Baldachin aus grellem Weiß lässt sie blinzelnd über den Holzsteg blicken. Sie sieht die italienische Familie, die mit der süßen Vierjährigen, vor Jades Villa stehen. Sie sind alle in Pyjamas gekleidet und starren auf etwas hinter dem Haus.

»Was ist hier los?«, fragt Camilla die Frau.

»Eine … eine Person ist in Schwierigkeiten«, sagt sie in zögerlichem Englisch. »Im Wasser.«

Camilla macht ein paar Schritte vor und versucht, etwas hinter der Strauchreihe an der Seite von Jades Villa zu erkennen. Ihr wird flau im Magen. Was, wenn Jade etwas zugestoßen ist? Vielleicht war es falsch, an ihr zu zweifeln.

Aber es ist nicht Jade – es ist Salvador, Antonis Neffe, weiter oben auf dem Steg. Er hat nur seine Boxershorts an, sein Gesicht ist rot vom Weinen. Zwei Polizisten versuchen, ihn zu überreden, mit ihnen zu kommen, aber er fährt sich mit den Händen durch die Haare und geht auf und ab, als wüsste er nicht, was er mit sich anfangen soll. Er sieht am Boden zerstört aus.

Camilla merkt, wie sie auf ihn zurennt. »Salvador!«, ruft sie. »Salvador! Wo ist Antoni? Wo ist er?«

Er weint und schreit etwas auf Spanisch. Ein Polizist sagt ihr, sie solle zurücktreten – sie müssten Salvador in die Verwaltung bringen.

»Was ist passiert?«, fragt sie, aber der Beamte schüttelt den Kopf.

»Sein Onkel wurde tot aufgefunden«, sagt eine Stimme mit spanischem Akzent hinter ihr, und als sie sich umdreht, erblickt sie einen anderen Gast, eine Frau. »Man hat ihn heute Morgen im Meer gefunden, in der Nähe des Schwesterresorts.« Sie nickt zu Emerald Island in der Ferne hinüber.

»Antoni ist tot?«, sagt sie, während sich der Boden unter ihr zu neigen scheint.

»Sein Neffe hat ›ertrunken‹ geschrien«, sagt die Frau. »Aber ...«

»Ertrunken?«, flüstert sie, und die Frau beugt sich vor.

»Na ja, es wurde noch nicht bestätigt.« Sie richtet ihren Blick auf zwei Männer, die am Rande des Stegs stehen. »Die da haben die Leiche gefunden, und einer von ihnen sagte, seine Kehle wäre durchgeschnitten gewesen.«

Camilla starrt die Frau an, das Blut rauscht in ihren Ohren, und sie fragt sich, ob das alles real ist oder ob sie nur in einem Albtraum gefangen ist.

45

KATE

Kate:
Du musst herkommen. C ist völlig aufgelöst. Antoni wurde tot aufgefunden.

Darcy:
Antoni? Der Typ, mit dem sie geschlafen hat??

Eine Minute später öffnet Kate die Tür, und Darcy stürmt herein.

»Die Polizei ist da draußen«, sagt Darcy, atemlos und mit großen Augen.

Kate wendet sich Camilla zu, die im Wohnzimmer auf dem Boden sitzt, die Beine an die Brust gezogen, das Gesicht zwischen den Knien vergraben.

»Oh Gott«, sagt Darcy und presst eine Hand auf den Mund. Vorsichtig geht sie zu Camilla hin, setzt sich neben sie auf den Boden und legt einen Arm um ihre Schulter. Camilla dreht sich zu ihr und lehnt ihren Kopf an Darcys Schulter.

»Man hat seine Leiche heute Morgen im Emerald Island Resort gefunden«, sagt Kate mit einem Seufzer. »Sein Neffe ist verzweifelt.«

»Ich hätte mehr Aufhebens machen sollen«, sagt Camilla schwach und hebt den Kopf. »Ich hätte sie verdammt nochmal dazu bringen sollen, ihn zu suchen.«

Darcy bittet Kate mit Blicken um eine Erklärung.

»Sie sagt, sie habe Blut auf der Terrasse unter ihrem Balkon gefunden.«

Darcys Augen weiten sich. »Blut?«

»Ich habe an mir selbst gezweifelt«, sagt Camilla verbittert. »Es war der Jahrestag, ich war ganz durcheinander. Aber ich habe es gesehen. An dem Tag, als Antoni verschwand.«

Kate spürt, wie die Luft im Raum dicker wird.

»Wie ist er gestorben?«, fragt Darcy. »Ist er ertrunken?«

»Es geht das Gerücht, dass man ihm die Kehle durchgeschnitten hat.«

Sie wechseln entsetzte Blicke.

»Wo sind Jade und Rob?«, fragt Darcy. »Ich habe sie draußen in der Menge nicht gesehen.«

»Sie wollten heute Morgen zu einem Tauchausflug. Ich bezweifle, dass sie schon zurück sind.«

Kate lässt Camilla und Darcy in der Villa zurück, während sie losgeht, um mehr herauszufinden. Die Menge draußen hat sich zerstreut. Sie läuft zum Restaurant, das gerade für das Frühstück geöffnet hat. Drinnen wirkt das Personal gestresst, einige der Angestellten blicken sich um und sprechen in Walkie-Talkies. Auch die Gäste scheinen beunruhigt zu sein; es spricht sich langsam herum, und als sie durch den Buffetraum geht, hört sie Gesprächsfetzen: *Eine Leiche in der Lagune ... ertrunken? ... möglich, aber ...*

Sie schenkt sich einen Kaffee ein und setzt sich an einen

Tisch mit Blick auf den Saal, nahe bei einigen Mitarbeitern des Resorts, die leise tuscheln, ihre Gesichter gezeichnet.

Ein irischer Gast am Tisch neben ihr telefoniert. »Hallo, ja … wir würden gerne so schnell wie möglich einen Transfer zu einem anderen Resort buchen. Nun, es wurde gerade eine Leiche aus der Lagune gezogen, und jemand sagte, er sei erstochen worden, und ehrlich gesagt macht dies das Schnorcheln hier wenig attraktiv. Ja, ich bleibe dran …«

Kate spürt, wie ihr Körper zu zittern beginnt. Das alles besitzt eine düstere Vertrautheit, das Wissen, dass sie die Nacht in der Nähe einer Leiche verbracht hat. Sie fixiert mit den Augen die Tasse auf dem Tisch, drückt ihre Füße in den Boden und zählt ihre Atemzüge. Die Rosen flammen hell in ihrem Kopf auf.

Draußen verdunkelt sich der Himmel, und die herrlichen Morgenstunden der vergangenen Woche werden durch einen stürmischen Himmel und eine unruhige See ersetzt. Schnell verwandeln sich die Regentropfen, die auf den Sand prasseln, in eine Sintflut. Das Wasser strömt vom Dach, die Fensterscheiben werden blind, und der Sandweg löst sich in Pfützen auf.

Gerade als Kate aufsteht, um zu gehen, tritt die Resortmanagerin Nura in die Mitte des Restaurants und klatscht laut in die Hände. »Entschuldigung, dürfte ich um Ihre Aufmerksamkeit bitten!«, ruft sie. Es dauert ein paar Sekunden, bis es an den Tischen still wird. »Wie Sie sicher alle wissen, ist einer unserer Gäste heute Morgen leider auf tragische Weise ums Leben gekommen. Uns wurde mitgeteilt, dass die Ermittler auf dem Weg hierher sind und das Gespräch mit den Gästen des Sapphire Island Resort und des Emerald Island Resort suchen werden. Alle Ausflüge und Starts der Wasserflugzeuge werden mit sofortiger Wirkung gestrichen, bis die Angelegenheit geklärt ist. Falls Sie in den nächsten achtundvierzig Stunden abreisen müssen, kommen Sie bitte nach dem Frühstück in mein Büro. Ich danke Ihnen.«

Die Menge bricht in Wut und Frustration aus. Der Ire, der neben Kate sitzt, schlägt mit der Faust auf den Tisch, und sie zuckt zusammen. Nura wird bereits von Gästen belagert, die verlangen, dass sie nach Hause fliegen dürfen, dass sie ihnen sagt, was zum Teufel hier los ist.

Kate dreht den Kopf zum Fenster, ihre Augen suchen den Horizont ab. Sie erinnert sich daran, wie sie die Treppe des Gästehauses hinunterlief und unten die Haustür erblickte. Sicherheit.

Sie denkt wieder an Jade, daran, wie sie sich Antoni an jenem Tag im Restaurant näherte. Wie sie aus dem Augenwinkel zu prüfen schien, ob Rob sie beobachtete.

46

JADE

Ich komme auf dem Boden des Bootes wieder zu mir, auf die Seite gedreht. Meine Sicht ist verschwommen, ich würge und keuche. Alle stehen um mich herum, und Rob und Farug knien über mir und sagen immer wieder meinen Namen.

Rob schlägt sich die Hände vors Gesicht, und ich sehe Tränen der Erleichterung in seinen Augen. »Oh, Gott sei Dank«, sagt er. »Gott sei Dank!«

Einer der anderen Gäste steht hinter ihm und legt ihm eine Hand auf die Schulter. Meine Kehle brennt, und ich habe einen schrecklichen chemischen Geschmack im Mund. Alle klatschen und jubeln. Farug leuchtet mir mit einer Taschenlampe in die Augen, dann drückt er zwei Finger an meinen Hals, um meinen Puls zu fühlen.

»Geht es Ihnen gut?«, fragt er.

Ich versuche zu nicken, aber ich fühle mich, als hätte mich ein Lastwagen überfahren. Alles fällt mir schlagartig wieder ein – das majestätische Schiffswrack unter Wasser, die Haie, meine Atemnot.

Rob beugt sich wieder über mich und weint jetzt ganz ungeniert. »Jade, Liebling«, sagt er und berührt mein Gesicht. »Oh mein Gott. Ich dachte, ich hätte dich verloren.«

Eines der Crewmitglieder bringt mir eine Flasche Wasser, und Rob hilft mir, mich aufzusetzen. Ich bemerke, dass sie mir die Sauerstoffflasche und die Ausrüstung abgenommen haben, und jemand hat den Trockenanzug aufgeschnitten – er liegt in Fetzen um mich herum.

»Das ist der Schock«, sagt Farug. »Können wir eine Decke für sie haben?«

Ich weiß, dass es über dreißig Grad sein müssen, da die Sonne immer noch brennt, aber mir ist plötzlich eiskalt. Ich kann nicht aufhören zu zittern. Die Crew findet eine Notfalldecke und wickelt sie um mich, und Rob setzt sich neben mich auf den Boden und hält mich fest.

Er drückt seine Stirn an meine. »Tief einatmen«, murmelt er. »Schön langsam.«

Er klingt genau wie der alte Rob. Ich denke an die erste Nacht, in der wir uns geliebt haben. Er hatte mich in ein schickes Hotel in London ausgeführt. In dieser Nacht habe ich mich in ihn verliebt.

»Gott, Jade«, flüstert er, als das Boot zum Resort zurückfährt. »Ich wüsste nicht, was ich tun würde, wenn ich dich verliere.«

Er küsst mich auf die Wange. Das Atmen fällt mir jetzt leichter. Die anderen Gäste öffnen Bierflaschen und reden über das Schiffswrack. Ich fühle mich schlecht, weil ich allen den Ausflug verdorben habe. Er sollte mehrere Stunden dauern, aber wir waren nur etwa zwanzig Minuten dort unten.

»Du weißt, dass ich dich über alles liebe«, flüstert Rob mir ins Ohr.

Ich werde ganz weich. Vielleicht ist es möglich, dass er nie jemanden getötet hat. Vielleicht haben sich Kate und die anderen geirrt, vielleicht hat ihr Detektiv den falschen Mann im Visier. Rob ist kein schlechter Mensch. Die Hochzeit hat ihn sehr unter Druck gesetzt. Er muss seiner Nana und seinem Bruder etwas beweisen. Deshalb die große Hochzeit. Aber ich weiß, dass er mich liebt.

»Ich weiß«, flüstere ich zurück. »Ich liebe dich auch über alles.«

Das Boot wird schneller, der Wind bläst uns ins Gesicht. Ich spüre, wie die Wärme zurückkehrt und dass meine Lunge nicht mehr brennt.

»Tust du das wirklich?«, sagt Rob und küsst mein Gesicht.

Ich versteife mich. »Natürlich«, sage ich. »Das weißt du doch.«

Sein Ton wird schärfer. »Du hast während unserer Flitterwochen viel Zeit mit anderen Leuten verbracht. Während unserer verdammten *Flitterwochen*, Jade. Ist unsere Hochzeit aus deinem hübschen kleinen Kopf verschwunden? Ich glaube, du hast es vergessen, Dummerchen. Du hast einen Denkanstoß gebraucht. Um dich daran zu erinnern, dass du *meine Frau* bist.«

Er lacht leise und streichelt mein Haar. Ich sehe mich verzweifelt um. Sein Arm um mich wird fester, als ob er spürt, dass ich fliehen will.

»Das heute war nur ein kleines Missgeschick«, flüstert er mir sanft ins Ohr. »Deine Schläuche haben sich von der Sauerstoffflasche gelöst. Aber ich habe dich wieder hochgezogen. Ich habe dich gerettet, mein Schatz. Ich habe dich gerettet, weil ich dich liebe. Und du bist jetzt meine Frau. Vergiss das nicht, okay?«

Mein Herz schlägt mir bis zum Hals. Ich möchte mich übergeben. Mir ist schwindlig.

Und langsam dämmert mir, was er da eigentlich sagt – er hat die Schläuche rausgezogen, die mit meiner Sauerstoffflasche verbunden waren. Es lag gar nicht an meiner mangelnden Erfahrung. Rob hat es absichtlich getan, um mir eine Lektion zu erteilen.

Dass er mir das Leben nehmen kann, wenn ich aus der Reihe tanze.

47

DARCY

Darcy und Kate drehen abwechselnd ihre Runden über die Insel, um herauszufinden, was los ist. Camilla macht sich vor allem Sorgen um Salvador. Vorhin hat Darcy eine Viertelstunde damit verbracht, eine lange Nachricht in Google Translate einzutippen, damit sie mit Salvador kommunizieren kann, sobald sie ihn findet: ein Hilfsangebot, falls er denn Hilfe braucht, und sei es nur, um seine Eltern anzurufen oder einen Flug nach Hause zu buchen. »Er ist erst achtzehn«, sagte Camilla ihr unter Tränen. »Es überfordert ihn, wenn er das allein bewältigen muss.«

Zudem könnte es sein, dass Salvador sich mit rechtlichen Fragen herumschlagen muss, mit der Polizei ... Armer Junge. Ein schreckliches Ende für einen magischen Urlaub.

Darcy geht zum Restaurant und dann zur Verwaltung. Bevor sie ihn sieht, hört sie Salvador, der schluchzend vor dem Schreibtisch der Resortmanagerin sitzt.

Nura blickt zu Darcy auf. »Hallo. Kann ich Ihnen helfen?«

»Ich bin Darcy«, sagt sie und lächelt. »Meine Freundinnen und ich haben uns vor seinem Verschwinden mit Antoni unterhalten ...«

Sie verstummt, und Nura erhebt sich von ihrem Schreibtisch und folgt ihr nach draußen, wo sie sich außer Hörweite unterhalten können.

»Wir machen uns Sorgen um Salvador«, sagt Darcy und späht zurück ins Büro. »Ich wollte nur sehen, ob wir etwas tun können.«

»Seine Eltern sind unterwegs«, sagt Nura. »Wir stehen in Kontakt mit der spanischen Botschaft.«

»Können Sie ihm etwas ausrichten?«, fragt Darcy, und Nura nickt. Darcy reicht ihr ihr Handy mit der Google-Übersetzung.

»Sie können es ihm selbst zeigen«, sagt Nura, und sie folgt ihr ins Büro.

Drinnen hockt sich Darcy neben Salvador und zeigt ihm die übersetzte Nachricht. Er liest sie sich durch, sein Gesicht rot vom Weinen, dann hebt er den Blick. »Danke«, sagt er.

Sie geht wieder nach draußen, und frische Regentropfen prasseln auf ihre Haut. Das Wetter passt zur Atmosphäre im Resort, denkt sie. Der ganze Ort ist in Aufruhr. Die Gäste strömen mit Koffern den Steg entlang, offenbar bereit, sich den Weg zu einem Wasserflugzeug zu erkämpfen. Der Rest scheint sich in der Bar versammelt zu haben, vereint durch das Drama und die Angst. Einige sind bereits betrunken und fordern lautstark ihre Rechte ein.

Sie nähert sich einem Tisch mit vier Frauen, die Eiskaffee trinken, ihr englischer Akzent ist unüberhörbar.

»Hallo«, sagt Darcy und lächelt. »Haben Sie irgendwas davon gehört, was passiert ist?«

Eine Frau mit einem langen blonden Zopf beugt sich vor und senkt die Stimme. »Ich habe jemanden sagen hören, der Ertrunkene wäre jeden Tag mit dem Kajak zur Emerald Island rübergefahren. Offenbar hat er dort Gras gekauft und es dann hier geraucht. Die Malediven haben superstrenge Drogengesetze.«

»Gott«, sagt Darcy und schüttelt bestürzt den Kopf.

Die Frau zuckt mit den Schultern. »Keine Ahnung, ob da was dran ist. Die Polizei ist anscheinend schon hier, und ein anderes Team bringt Spürhunde mit.«

Die Frau neben ihr hebt eine Hand zum Mund und flüstert: »Unser Butler hat sich gefragt, ob sein Drogendealer auf Emerald Island ihn umgebracht hat.«

Darcy zuckt verunsichert zusammen. Ihre Gedanken wandern zu Rob. Wie er wohl reagiert, wenn sie an ihn herantreten? Ein Anflug von Angst durchfährt sie. Es ist riskant. Aber die Zeit läuft ihnen davon.

Sie beschließt, ein paar Teller mit Snacks mitzunehmen. Es ist in dieser Situation wichtig, etwas zu essen, um bei Kräften zu bleiben. Camilla hat nichts gegessen und weigert sich, etwas zu trinken. Darcy nimmt ein paar Brötchen und ein paar Spieße mit gegrilltem Fisch mit.

Als sie sich auf den Weg zurück zu Kates Villa macht, sieht sie ein Boot in den Hafen einlaufen. Das Manöver ist nicht ganz einfach, denn die See ist rau; ein Gast hängt über der Bordwand und übergibt sich. Sie will gerade auf den Sandweg abbiegen, als sie Jade sieht, in ein Handtuch gewickelt, mit Rob an ihrer Seite. Jade blickt hoch und entdeckt sie.

Darcy steht hinter einer Palme und wartet darauf, dass sie von Bord gehen. Es dauert eine Weile, bis die Gäste aussteigen, und als Jade und Rob an der Reihe sind, folgt sie ihnen mit gesenktem Kopf. Rob hat seinen Arm fest um Jade geschlungen, als würde sie gleich zusammenbrechen.

»Entschuldigung?«

Sie dreht sich um und sieht hinter sich einen Mitarbeiter, der zur Besatzung des Boots gehört, das gerade angelegt hat. Auf seinem Namensschild steht Farug, und er trägt ein Handtuch um die Taille und ein trockenes T-Shirt.

»Sie sind Darcy, oder?«

Sie nickt, verwirrt. »Ja?«

Er reicht ihr etwas, das aussieht wie Müll, und sein Blick wandert zu der Schlange von Menschen hinter ihnen. Es ist das Etikett einer Fanta-Flasche, das zu einem kleinen Quadrat gefaltet ist. Sie faltet es auf und findet darin eine gekritzelte Nachricht.

R hat versucht, mich zu töten

Sie starrt die Nachricht einen Moment lang an und ruft dann Farug hinterher, der sich auf den Weg gemacht hat. »Hallo? Entschuldigung?«

Er dreht sich um. »Ja?«

»Wer hat Ihnen diesen Zettel gegeben?«, fragt sie.

»Eine junge Dame namens Jade«, sagt er.

»Ist etwas vorgefallen?«, fragt sie. »Sie waren auf einem Tauchausflug, stimmt's?«

»Sie hat einen ziemlichen Schreckmoment durchlitten«, sagt er. »Der Schlauch der Sauerstoffflasche hat sich gelöst, als sie zehn Meter tief war. Jetzt geht es ihr gut.«

»Danke«, sagt Darcy und beobachtet, wie Jade mit Rob in Richtung ihrer Villa verschwindet.

»Wir haben ein Problem«, sagt Darcy zu Camilla und Kate, als sie in Kates Villa zurückkehrt. Sie übergibt Kate das Stück Papier.

»Was ist das?«, fragt Kate und faltet es auf.

»Einer der Mitarbeiter hat es mir gegeben«, sagt sie. »Es stammt von Jade. Es gab einen Zwischenfall auf dem Tauchausflug. Offenbar hatte ihre Sauerstoffflasche einen ›Defekt‹, als sie in zehn Metern Tiefe war«, erzählt Darcy und zeichnet Anführungszeichen in die Luft.

Camilla und Kate werfen sich einen entsetzten Blick zu.

»Meint ihr, er hat von dem Plan für heute Abend erfahren?«, fragt Kate.

»Ich glaube, er ist der Mörder, wenn du mich fragst.« Darcy fühlt sich von dieser Nachricht wie elektrisiert, ihr ganzer Körper ist von Adrenalin durchflutet.

»Erst Antoni und jetzt das«, sagt Camilla und presst eine Hand auf ihren Mund.

»Antoni wurde auf Emerald Island gefunden«, sagt Kate.

»Gut möglich, dass die Flut ihn rübergespült hat«, sagt Camilla. »Aber es war Rob. Darauf verwette ich meinen Arsch. Er hat Antoni gehasst.«

»Was sollen wir also tun?«, fragt Darcy. Sie sieht zu Kate, die den Blick senkt, und wendet sich dann Camilla zu.

»Wir bringen ihn um«, sagt Camilla. »Er ist eindeutig gefährlich. Und er hat es verdient.«

»Du kannst doch nicht sagen, dass jemand es verdient hat, umgebracht zu werden«, murmelt Kate.

»Doch, kann ich«, pampt Camilla zurück mit loderndem Blick. »Und ich kann verdammt nochmal auch sagen, dass jemand es nicht verdient hatte, getötet zu werden, so wie Antoni.

.Und mein Bruder. Und Elijah. Und jeder andere, der in dieser Nacht abgeschlachtet wurde ...«

»In Ordnung!«, sagt Kate und wird lauter. »Lass es mich anders ausdrücken: Es ist gefährlich zu sagen, jemand hätte den Tod verdient. Es ist gefährlich, weil du ein moralisches Urteil fällst, das einen Tod zur Folge haben kann, selbst wenn es nur hypothetisch ist.«

Camilla beugt sich zu Kate vor. »Ich kann sagen, was ich will ...«

Darcy tritt zwischen sie. »Ladys! Hört auf damit! Das bringt uns nicht weiter!« Sie sieht sie abwechselnd an und hebt ihre Hände, um sie zu trennen. »Wir müssen alle damit klarkommen, okay? Es ist anstrengend und emotional, und sobald der Job erledigt ist, können wir alle unsere eigenen moralischen Urteile fällen, aber im Moment müssen wir zusammenarbeiten, als *Team*.«

Kate atmet tief durch und macht einen Schritt zurück. Darcy kann sehen, dass sie zittert und mental erschöpft ist. Camilla ist zum Kampf bereit, die Hände an den Seiten zu Fäusten geballt. Als Gruppe stehen sie vor einer Zerreißprobe.

»Wenn wir nicht aufpassen«, sagt Darcy leise, »wird Rob entkommen und sich wieder aus dem Staub machen. Vielleicht finden wir ihn nie mehr wieder. Und alles, was wir uns erhofft haben, war vergebens.«

»Und weitere Menschen werden sterben«, fügt Camilla mit finsterer Miene hinzu. »Wir können von Glück sagen, dass Jade heute nicht gestorben ist. Und wenn wir früher gehandelt hätten, anstatt nur rumzulabern, wäre Antoni wahrscheinlich auch noch am Leben.« Sie blickt Kate zornig an. »Damit müssen wir alle leben. Wir hätten Antonis Tod verhindern können.«

»Wir haben keinerlei Beweis, dass Rob Antoni getötet hat«, sagt Kate. »Wir wissen nicht einmal mit Sicherheit, ob er ermordet wurde.«

Camilla schnaubt wütend. »*Rob* hat ihn getötet. Und er wird Jade, uns und Gott weiß wen noch umbringen, wenn wir ihn nicht aufhalten.«

»Wir haben das Recht, Rob zumindest zu Antoni zu befragen, um zu sehen, wie er reagiert«, sagt Darcy und kehrt zu den Fakten zurück. »Einverstanden? Wir haben alle gesehen, wie Rob ihn angegriffen hat, und jetzt ist Antoni tot.«

Camilla braust auf: »Ja. Das schulden wir Antoni.«

Darcy fügt zügig hinzu: »Und wenn wir keine Zeit mehr verschwenden, können wir vielleicht verhindern, dass Rob noch jemanden tötet. Aber wir brauchen unbedingt Jades Hilfe. Wir müssen sichergehen, dass sie noch dabei ist.«

»Wahrscheinlich ist sie zu verängstigt«, sagt Camilla. »Gott weiß, das wäre ich auch, wenn mein Mann versucht hätte, mich in den Flitterwochen umzubringen.«

»Ich habe die Nummer von Jade nicht«, sagt Darcy. »Kann ich dein Handy benutzen, Kate?«

»Klar.«

Darcy nimmt Kates Handy. Ihr Daumen schwebt über der Tastatur auf dem Display, während sie in Gedanken eine Nachricht verfasst.

»Was machst du da?«, fragt Camilla.

Darcy beginnt zu tippen.

Hallo! Ich hoffe, du hattest Spaß beim Tauchen!
Fitnessstudio heute Abend? Xx

Sie klickt auf Jades Namen, dann schickt sie die Nachricht ab. Camilla und Kate rücken näher, und sie warten auf eine Antwort.

»Vielleicht hat er ihr das Handy abgenommen«, sagt Camilla.

Darcy runzelt die Stirn. »Wir könnten einen Zettel unter ihrer Tür durchschieben?«

»Sie haben doch sicher auch einen Butler«, sagt Kate. »Es wäre sicherer, ihr über ihn eine Nachricht zu überbringen.«

Das Telefon gibt einen kleinen Piepton von sich.

Tauchen war toll! Fitnessstudio klingt gut, dann können wir quatschen. 20 Uhr? xx

Alle drei atmen gleichzeitig aus. Darcy blickt zu Camilla, dann zu Kate, die zaghaft aufblickt.

»Sie ist dabei.«

48

KATE

Sie sitzt auf einer Sonnenliege am Meer, die Bar zu ihrer Rechten und der Außenpool hinter ihr. Das Wetter hat wieder umgeschlagen, und die Abendsonne scheint hell, obwohl am Horizont pechschwarze Wolken aufziehen. Für heute Abend sind Gewitter angesagt.

Die Polizei unterhält sich mit dem Personal des Resorts vor dem Restaurant, während in der Ferne weitere Polizeiboote auf Emerald Island eintreffen. Das Resort teilt sich nun in Gäste, die offensichtlich versuchen, die Polizeipräsenz auszublenden und das Beste aus ihrem Aufenthalt zu machen, und in Gäste, die sauer sind, dass ihr teurer, einmaliger Urlaub von einer Leiche unterbrochen wurde. Normalerweise befinden sich am Außenpool nur ein halbes Dutzend Gäste, aber jetzt ist er so belebt wie ein römisches Bad. Auch in der Bar geht es hoch her, die Stille der letzten Woche ist lachenden, johlenden Feierwütigen gewichen. Kate beobachtet die Szene gelassen, denn sie ist sich der seltsamen Wirkung bewusst, die die Sterblichkeit bei ansonsten gleichgültigen Menschen hervorrufen kann. Die Erfahrung eines Todes, insbesondere eines traumatischen Todes, kann eine plötzliche Unbesonnenheit hervorrufen.

Oft ist es von außen nicht leicht zu erkennen, was in jemandem vorgeht. Im Moment hat sie selbst Angst um ihr Leben.

Das Unbehagen, das sie angesichts der bevorstehenden Konfrontation mit Rob Marlowe empfand, weicht langsam der Erkenntnis, dass sie diesen Ort womöglich nicht mehr lebend verlässt. Sie macht sich Sorgen um ihre Katzen und ihren Garten, aber hinter der Liste an Dingen, die im Falle ihres Todes erledigt werden müssten, steht die Frage: War es das alles wert? Sie ist fast ein halbes Jahrhundert alt; noch nicht zu alt, um nicht noch mal eine dramatische Lebensveränderung zu wagen. Was würde sie ändern, wenn sie die Chance bekäme, das alles zu überleben?

Sie würde gerne wieder jemanden in ihrem Leben haben, denkt sie. Abends zu einem anderen Menschen nach Hause kommen, ihm einen Kuss geben, gemeinsam essen. Ein Bett teilen. Mitten in der Nacht nicht vom Schnurren einer Katze aufwachen, sondern von der Anwesenheit eines Menschen. Die Worte »Ich liebe dich« hören und sie im Herzen bewahren.

Sie beobachtet zwei Polizisten, die den Strand entlanggehen, beide in ihren charakteristischen blauen Uniformen, an der Brust die goldumrandeten Wappen ihrer Behörde. Zwei Frauen schlendern ebenfalls durch die Menge in der Bar und unterhalten sich zwanglos mit den Gästen – Polizistinnen in Zivil, denkt Kate und freut sich, dass es Frauen sind.

Eine von ihnen kommt auf sie zu. Sie ist ungefähr fünfunddreißig, hat ihr schwarzes Haar zu einem ordentlichen Dutt zurückgebunden, trägt ein weißes Hemd und eine schwarze Hose. Einen Ehering. Sie lächelt Kate an.

»Hallo«, sagt sie. »Ich bin Detective Sergeant Rasheed. Ich würde mich gerne kurz mit Ihnen unterhalten, wenn das für Sie in Ordnung ist?«

Kate nimmt ihre Sonnenbrille ab, zieht ihren Kimono über dem Dekolleté fester zu und wird sich allzu bewusst, wie sie aussieht. »Natürlich. Setzen Sie sich doch.«

Detective Sergeant Rasheed zieht einen Liegestuhl heran und setzt sich auf den Rand.

»Endlich wieder besseres Wetter, was?«, sagt sie und schirmt ihre Augen ab.

»Ja, auf jeden Fall«, sagt Kate. »Obwohl mir der Regen ganz gut gefallen hat. Es war erfrischend.«

»Sind Sie schon lange auf der Insel?«

»Seit Donnerstag«, sagt Kate, und Detective Sergeant Rasheed zückt ein Notizbuch und schreibt es auf.

»Und Ihr Name?«

»Kate Miller«, sagt sie. »Ich bin Engländerin, lebe aber in Wales.«

»Im Vereinigten Königreich«, sagt Detective Sergeant Rasheed. »Sie wissen sicherlich, dass einer der Gäste vor ein paar Tagen verstorben ist. Antoni Caballé. Kannten Sie ihn?«

Kate runzelt die Stirn. »Ich habe am ersten Tag nach meiner Ankunft mit ihm geplaudert. Er schien ein netter Mann zu sein.«

»Darf ich fragen, worüber Sie gesprochen haben?«

»Ich glaube, es ging um den Grund für seinen Aufenthalt. Er erzählte mir, er sei Witwer und mit seinem Neffen Salvador zum Feiern hier, der bald an der Uni studiert. Er erwähnte auch, dass er gerne mit dem Kajak zur Emerald Island rausfährt, und empfahl mir, ein Glasbodenkajak zu mieten, weil das Wasser so klar sei.«

Detective Sergeant Rasheed nimmt das interessiert zur Kenntnis, nickt und notiert es. »Glauben Sie, er könnte mit dem Kajak übergesetzt haben?«

»Keine Ahnung, tut mir leid.«

»Hat er jemanden hier auf der Insel erwähnt?«, fragt sie. »Irgendwelche Leute, die er treffen wollte?«

Kate spürt eine Enge in ihrer Brust. Sie möchte Camilla nicht anschwärzen. Und Antoni hat sie ja tatsächlich nicht erwähnt. Aber früher oder später wird die Polizei herausfinden, dass er in der Nacht vor seinem Tod mit Camilla geschlafen hat. Dass sie eine der letzten Personen war, die ihn lebend gesehen hat.

»Nein, hat er nicht«, sagt sie. »Ich hatte auf dem Boot eine Panikattacke, und unser Gespräch drehte sich hauptsächlich darum, wie es mir danach ging.«

»Tut mir leid, dass Sie eine Panikattacke hatten. Wissen Sie, was die Ursache war?«

Noch mehr Enge in ihrer Brust. »Nein«, sagt sie und lächelt. »Das ist einfach manchmal so.«

Die Polizistin nickt und notiert sich das. Kate öffnet den Mund und wird von dem Drang ergriffen, der Beamtin mitzuteilen, wessen sie Rob verdächtigen. Fast purzeln die Worte ihr unwillentlich über die Lippen. *Wir glauben, einer der Gäste könnte vor zweiundzwanzig Jahren sechs Menschen getötet haben.* Aber eine innere Stimme sagt ihr, dass die Polizistin ihr nicht glauben wird, dass ihr Geständnis für etwas anderes gehalten werden wird – ein Indiz, dass sie irgendwie in Antonis Tod verwickelt ist –, also hält sie sich zurück.

»Wurde er ermordet?«, fragt sie. »Antoni, meine ich.«

»Ich fürchte, dazu kann ich Ihnen keine Auskunft geben«, sagt die Polizistin.

Camillas Worte klingen in Kates Ohren nach. *Die Polizei wird nichts unternehmen.*

»Vielleicht werden wir Sie noch einmal befragen«, sagt Detective Sergeant Rasheed. »In welcher Villa wohnen Sie?«

»Villa zwei«, sagt Kate. »Ich helfe gern.«

Detective Sergeant Rasheed lächelt und erhebt sich. Kate beobachtet, wie sie zurück zur Bar geht. Was, denkt sie, wenn sie Camilla in den Kreis der Verdächtigen aufnehmen?

Als sie beobachtet, wie Detective Sergeant Rasheed sich einer anderen Gruppe von Gästen nähert, entdeckt sie Rob, der in gewohnter Manier zur Bar stolziert. Ihn scheint das alles nicht zu kümmern. *Das wird sich ändern*, denkt sie und mustert ihn kühl. *Heute Abend wird es ihn kümmern.*

Als sie zu ihrer Villa zurückkehrt, steht die Tür offen. Kate tritt ein, blickt sich um und zuckt zusammen, als jemand in der Küche vor ihr steht.

»Guten Tag«, sagt Rafi. »Ich fülle gerade Ihre Minibar auf. Ich hoffe, ich habe Sie nicht erschreckt.«

»Schon gut«, sagt Kate und zieht ihre Sandalen aus. »Ich habe gerade mit Detective Sergeant Rasheed gesprochen«, fügt sie hinzu. »Ich nehme an, dass sie das Personal und die Gäste befragen.«

Er nickt. »Ja. Auch die Mitarbeiter, die gerade nicht hier sind. Bislang scheint niemand etwas Verdächtiges gesehen zu haben. Vielleicht ist er ausgerutscht und hat sich den Kopf gestoßen.«

»Vielleicht«, sagt sie und entdeckt etwas im Wohnzimmer – der Rosenstrauß, den sie in den Papierkorb geworfen hat, steht wieder dort in einer hohen weißen Vase. Sie erstarrt.

»Rafi?«, ruft sie. »Ich will ja nicht nerven, aber könnte ich Sie bitten, diese Rosen wegzuschaffen?«

Er tritt aus der Küche und wirft einen Blick auf das Arrangement. »Ah, tut mir leid. Ich dachte, Sie würden sie hier gerne stehen haben. Ich bringe sie weg, kein Problem.«

Er durchquert das Wohnzimmer und hebt die Vase mit behandschuhten Händen an. »Sie sind allergisch?«, fragt er.

Kate nickt. Das ist viel einfacher, als ihm die ganze Geschichte zu erzählen.

»Ich weiß nicht, warum sie Ihnen die Blumen nicht selbst überreicht hat«, sagt Rafi, während er in die Küche geht. »Anstatt sie von Malé hierherschicken zu lassen. Das muss ziemlich teuer gewesen sein.«

Kate starrt ihm nach. »Wer hat sie aus Malé schicken lassen, Rafi?«

»Es gab ein Problem mit dem Blumenladen auf Malé. Sie haben von einem auf den anderen Tag dichtgemacht, aber wir wollen die Wünsche unserer Gäste natürlich nicht enttäuschen.«

Sie verengt die Augen und versucht, ihm zu folgen. »Also … haben Sie die Rosen geliefert?«

»Mein Schwager hat gern ausgeholfen. Aber wir mussten zuerst die Zahlung zurückbuchen und uns im Namen der Blumenhandlung entschuldigen. Und Rosen sind natürlich schwer frisch zu halten bei diesem Klima. Es hat eine Weile gedauert, sie zu besorgen. Aber am Ende haben wir es geschafft. Ich habe mich gefreut, Ihre schönen Rosen persönlich zu überbringen.«

»Danke«, sagt sie. »Aber ich meine, wer hat sie bezahlt? Ursprünglich? Hat der Florist diese Information weitergegeben?«

Ihm dämmert, was sie meint. »Oh, ich verstehe. Ja, die Zahlung musste an das Resort umgeleitet werden, also haben wir die Bank kontaktiert, um die Details zu überprüfen. Ich glaube, es war Ihre Freundin aus Villa sechs. Miss Darcy.«

49

CHARLIE

Drei Monate zuvor

»Komm schon, Charlie!«, hörte er Mum rufen. »Wir müssen gehen.«

Er hatte alle seine Kleider, seine Unterwäsche und seine Ersatzschuhe eingepackt, aber er konnte seinen Angst-Teddy Sherlock nicht finden. Er geriet in Panik – wenn er seine Mutter fragte, würde sie ihm wahrscheinlich sagen, er solle Sherlock nicht mitnehmen, er brauche ihn nicht. Er ging auf die Knie und suchte erneut unter seinem Bett. Da war Sherlock, ein schwarzes Fellknäuel hinter dem hölzernen Bettpfosten.

Und dann winkte er Marsha vom Vordersitz zum Abschied zu, während sie mit Mums Auto zum Hotel in Manchester fuhren. Ein ganzes Wochenende weg, um sich auf seine Rolle in der Schulaufführung von *Big Friendly Giant* vorzubereiten. Das war eine große Sache, denn er spielte die titelgebende Figur, den Riesen. Er würde nicht auf der Bühne stehen, sondern den Riesen hinter den Kulissen über ein stimmverändernndes Mikrophon einsprechen, das ihn mürrisch und riesenhaft klingen lassen sollte. Seine Schauspiellehrerin, Ms. Ellis, hatte ihm versichert, dass das immer noch unter Schauspielern fiel. Sie hatte ihm sogar gesagt, dass es womöglich noch schwieriger war, weil er seiner Rolle ausschließlich mit Hilfe seiner Stimme Leben einhauchen müsse, während auf der Bühne eine große Puppe herumgeschoben würde, die den Riesen verkörperte.

In Manchester sahen sie sich *Frozen: Das Musical* im Opernhaus, dann *König der Löwen* im Lowry und dann *Wicked* an, das irgendwie gruselig war. Nach jeder Vorstellung besorgten sie sich etwas zu essen und unterhielten sich über die Aufführung, und wenn es dunkel war, gingen sie zurück ins Hotel und ins Bett. Mum schlief schnell ein, aber Charlie lag da und war frustriert.

Der nächste Tag seines Wochenendausflugs mit Mum war der Sonntag, und sie sahen sich *Life of Pi* an, was er nicht wirklich verstand, und dann gingen sie in ein schickes Restaurant, obwohl er eigentlich zu McDonald's wollte. Er war müde und hatte es satt, in dunklen Theatersälen zu sitzen.

Der Kellner des Nobelrestaurants nahm ihre Bestellung auf.

»Ich nehme den Lachs«, sagte Mum. »Charlie, worauf hast du Lust?«

Er starrte auf den Tisch. »McDonald's.«

»Wir haben Burger«, sagte der Kellner. »Normal oder Cheeseburger?«

Charlie schüttelte den Kopf. »Ich will zu McDonald's.«

»Es gibt jetzt kein McDonald's«, sagte Mum gereizt. Sie sah zum Kellner hoch. »Er nimmt einen normalen Burger.«

»Ich wette, Oscars Mum wäre mit ihm zu McDonald's gegangen«, sagte Charlie, laut genug, dass der Kellner es hörte. Er sah, wie seine Mutter rot anlief. *Gut*, dachte er.

Den Rest des Essens sprachen sie nicht miteinander.

Er ging schweigend zum Hotel zurück und bereute ein wenig, seine Mum in Verlegenheit gebracht zu haben. Auf dem Zimmer reichte sie ihm sein Schwimmzeug. »Komm schon«, sagte sie. »Lass uns zum Pool gehen.«

Charlie konnte nicht gut schwimmen, aber er fühlte sich schlecht, nachdem er sich im Restaurant so respektlos verhalten hatte. Sie gingen hinunter zum großen Pool im Keller des Hotels, in dem das Wasser warm und still dalag. Niemand sonst in der Nähe.

Seine Mum stieg ins Wasser, und er griff nach einer Poolnudel, auf die er sich stützen konnte.

»Komm schon, Charlie«, rief sie und schwamm zum tiefen Ende. »Lass uns Schwimmen üben.«

Er nahm die Poolnudel mit, denn obwohl er ihr nicht sagen wollte, dass es ihm leidtat, wollte er sie stolz machen. Im Pool spürte er, wie ihm der Boden unter den Zehen wegrutschte, es war zu tief, als dass er noch stehen konnte, und die Poolnudel half ihm, sich über Wasser zu halten.

Alles ging so schnell. Seine Mum hatte einen Ausdruck in den Augen, den er nur wenige Male zuvor gesehen hatte, einen Blick, der ihn beunruhigte. Und dann, mit einem schnellen Ruck, war die Poolnudel weg, und Panik durchflutete ihn, als er merkte, dass er sank. Er streckte seinen Hals und versuchte verzweifelt zu atmen. Aus den Augenwinkeln konnte er seine Mutter sehen, die ein paar Meter entfernt auf der Stelle schwamm und ihn anlächelte.

Warum half sie ihm nicht?

Es schien Stunden zu dauern, das Sinken. Er spürte, wie er unter die Oberfläche glitt, seine Lunge brannte. Alles war dunkel, seine Sicht war auf seltsame Weise von Angst getrübt, seine Arme schlugen um sich.

Gerade als er ohnmächtig zu werden drohte, spürte er eine Hand in seiner, und mit einem kräftigen Ruck wurde er aus dem Becken gezogen, wobei sein Kopf gegen die Fliesen schlug.

»Charlie!«, rief Mum. »Charlie, geht es dir gut?«

Er erbrach Wasser und sah, dass mehrere andere Gäste durch die Türen auf ihn zueilten.

»Geht es ihm gut?«, fragte jemand, und er hörte Mum sagen, er habe einen Handstand unter Wasser versucht und es sei schiefgegangen.

Sie hatte gelogen.

50

JACOB

Es klingelt an der Tür. Bevor er öffnet, wirft er einen Blick auf sein Spiegelbild im Flur, richtet sein silbernes Haar und überprüft dann sein Hemd. Eine alte Angewohnheit. Diesmal sind keine Lippenstiftflecken zu sehen. Trotzdem ist er nervös, und das aus gutem Grund – Dembe kommt, um seine Kinder kennenzulernen. Sie ist auch hier, um bei der Softwarefrage zu helfen, die nach wie vor ein großes Problem darstellt. Aber vor allem ist er nervös wegen seiner Söhne. Besonders Charlie, wenn man bedenkt, wie eigensinnig er in letzter Zeit war.

Aber was Charlie ihm heute über Darcy erzählt hat, darüber, was für eine Mutter sie hinter Jacobs Rücken war … Er fühlt sich, als wäre er betrunken und mit einer Kopfverletzung in einem Labyrinth aufgewacht. Nichts ergibt mehr einen Sinn. Charlie ist zwölf, und die Scheidung hat ihm eindeutig zugesetzt. Jacob tut sich schwer damit, herauszufinden, was wahr ist und was gelogen.

»Guten Abend, mein Hübscher«, sagt Dembe an der Tür und küsst ihn auf beide Wangen, ehe sie ihm einen leichten Kuss auf die Lippen drückt. Sie trägt immer noch Businesskleidung und sieht hinreißend aus in ihrem weißen Seidenhemd und der beigefarbenen Hose, mit ihren dicken goldenen Kreolen und Pantoletten aus Schafsleder. Sie bemerkt, wie nervös er aussieht, und berührt sein Gesicht.

»Es ist ein Abendessen, kein Kreuzverhör«, sagt sie.

»Ich weiß.« Er versucht, unbeeindruckt zu wirken, während sich der Schweiß zwischen seinen Schulterblättern sammelt.

Dembe schenkt ihm dasselbe Lächeln, mit dem sie ihn auf dem Sommerfest der Tech Entrepreneurs im Juni umgehauen hat, und er nimmt ihre Hand. »Komm rein.«

Oben streiten sich Ben und Ed, ihre Stimmen dringen bis ins Treppenhaus.

»Jungs!«, ruft er. »Kommt bitte runter!«

Dembes Blick fällt auf die gerahmten Fotos auf dem Tisch im Flur. »Ist das deine Ex-Frau?«, fragt sie und starrt auf das Foto, auf dem sie zu fünft in Disney World vor dem rosa Schloss posieren. Mist, das hat er ganz vergessen. Er lässt die Jungs in Dekofragen mitreden, vor allem was Fotos angeht.

»Tut mir leid«, sagt er und legt es schnell mit der Vorderseite nach unten.

»Nein, ich will es sehen«, sagt sie, hebt es hoch und betrachtet es, während Jacob sich windet. »Oh, sie ist hübsch. Anders, als ich erwartet habe.«

»Was hattest du denn erwartet?«, fragt er, da er nicht weiß, was er sonst sagen soll.

Dembe blinzelt. »Ich glaube, ich kenne sie irgendwoher.«

»Jungs!«, ruft er. »Unser Gast ist da!«

Ben und Ed poltern die Treppe herunter und rennen ins Zimmer.

»Hallo, unser Gast«, sagt Ben und begutachtet Dembe.

»Das ist Dembe«, sagt Jacob. »Dembe, das ist …«

»Aber du hast doch gesagt, dass unser Gast gekommen ist«, wirft Ed frech ein.

»Oh, ich bevorzuge Dembe«, sagt Dembe mit einem Augenzwinkern. »Wer bist du denn? Ben oder Ed?«

»Ben«, sagt Ben, als zur selben Zeit Ed seinen Namen verkündet.

»Das ist Charlie«, sagt Jacob und nickt zu der mürrischen Gestalt hinüber, die sich hinter den Brüdern versteckt.

»Hallo, Charlie«, sagt Dembe, beugt sich vor und reicht ihm die Hand. Charlie ergreift sie, wird rot und murmelt ein »Hallo«.

»Charlie ist zwölf«, sagt Jacob und erklärt damit seine Verlegenheit.

»Das hattest du erwähnt«, sagt Dembe mit einem strahlenden Lächeln. Da bemerkt sie etwas auf Charlies T-Shirt. »Ist das ein FNaF-Abzeichen?«

»Was für ein Abzeichen?«, fragt Jacob.

»Ja, ist es«, strahlt Charlie.

Dembe grinst Jacob an. »Jasmine steht auch auf FNaF, deshalb habe ich es gleich erkannt.«

»Was ist FNaF?«, erkundigt sich Jacob.

»Ich habe alle Bücher«, sagt Charlie, der sich zu Jacobs Erstaunen öffnet. »Mag Jasmine Freddy Fazbear? Er ist meine Lieblingsfigur.«

»Das glaube ich sofort«, sagt Dembe und lächelt.

»Wir können das später beim Abendessen vertiefen«, sagt Jacob und schaut Dembe an. »Dembe muss mir bei einer dringenden Arbeitsangelegenheit helfen, und dann bestellen wir uns was zu essen. Okay?«

»Pizza?«, fragt Ed.

»Indisch?«, wirft Ben ein.

»Pizza und Indisch«, sagt Jacob. »Aber nur, wenn ihr leise seid.«

Im Arbeitszimmer setzt sich Dembe an seinen Schreibtisch, und er schaltet den Computer ein.

»Ich stehe in deiner Schuld«, sagt er.

»Nein, tust du nicht«, sagt sie. »Ich habe ja noch nichts gefunden.«

Sie klickt sich durch das Prüfprotokoll der Shelley-Software, und er erklärt ihr noch einmal, wie es seinem Assistenten Sam gelungen ist, drei Nutzernamen von Personen zu finden, die Zugang zu dem Programm hatten. Zwei von ihnen habe er per E-Mail angeschrieben, aber den dritten, einen Mann namens Adrian Clifton, habe er noch nicht ausfindig gemacht. Er möchte nicht, dass Kabir davon erfährt, aber das Meeting mit den Investoren ist in zwei Tagen, und er kann die Sicherheitslücke immer noch nicht finden.

»Ich glaube, Darcy hat diesen Typen angeheuert«, sagt er. »Sie versucht, mich zu verarschen.«

Dembe sieht ihn an. »Warum sollte sie das tun?«

Er verzieht das Gesicht. »So ist sie.«

»Du meinst also, sie hat einen IT-Spezialisten angeheuert, um sich einzuhacken, und trotzdem hast du es geschafft, die E-Mail-Adressen ihrer Freundinnen herauszukriegen?« Dembe wirft ihm einen Blick zu. »Dann ist das kein besonders guter Spezialist.«

Er fährt sich mit der Hand durchs Haar, erschöpft von den vielen Versuchen, das Problem zu lösen. »Kannst du was finden?«

»Noch nicht.« Sie schließt das Prüfungsprotokoll und loggt sich mit einem Seufzer in das Programm ein. »Ich bin eigentlich nicht diejenige, die du fragen solltest. Kabir wäre da der richtige Ansprechpartner.«

»Ich möchte ihn nicht unnötig beunruhigen«, sagt er. »Ich möchte es erst einmal selbst versuchen. Und wenn wir nichts finden, dann rufe ich ihn an, okay?«

Sie nickt. Dann entdeckt sie ein altes Familienfoto auf dem Bücherregal gegenüber und sieht ihn verwirrt an.

»Was?«, sagt er.

Sie erhebt sich vom Stuhl und geht quer durch den Raum zu dem Foto. *Scheiße,* denkt er. Noch eins mit Darcy darauf.

Dembe holt ihr Handy heraus und tippt auf die Foto-App. »Jasmines Geburtstagsparty«, sagt sie.

Er blinzelt, kann ihr nicht folgen. »Was ist damit?«

Dembe scrollt durch die Bilder von der Party zum achtzehnten Geburtstag ihrer Tochter auf der HMS *Belfast.*

Er wird ungeduldig. »Uns läuft die Zeit davon …«

Dembe bringt ihn zum Schweigen und scrollt weiter. »Ich habe ein gutes Gedächtnis für Gesichter«, sagt sie. »Und ich *schwöre,* ich habe sie gesehen …«

»Wen gesehen?«

Sie hält ihr Handy hoch. »Da«, sagt sie triumphierend.

Er will schon anfangen, sich über die Ablenkung zu beschweren, weil er nur Jasmine und ihre Freundinnen lächelnd an einem Tisch sitzen sieht. Doch dann entdeckt er sie hinter Jasmine, vom Blitzlicht erhellt. Es ist Darcy. Er zoomt heran, bis das Bild pixelig wird. Entweder ist es eine Doppelgängerin oder seine Ex-Frau.

»Ich habe sie gesehen«, sagt Dembe. »Ich erinnere mich, dass ich mich fragte, was sie auf der Party wollte. Sie war nur für geladene Gäste.«

»Wie ist sie dann reingekommen?«

Dembe zuckt mit den Achseln. »Ich habe keine Ahnung. Ich dachte, sie wäre eine Lehrerin.«

Jacob starrt wieder auf das Foto und bemerkt die Kette an Darcys Hals. Es ist die, die er ihr vor Jahren gekauft hat. Und das Kleid erkennt er auch wieder. Sie *ist* es.

»Ganz schön unheimlich«, sagt Dembe. »Stalkt deine Ex-Frau mich?«

»Ich habe ihr nicht einmal von dir erzählt«, sagt er leise. Er versucht, die Kluft zwischen dem, was er sieht, und dem, was er weiß, zu verarbeiten. Ihre Anwesenheit auf Jasmines Party kann kein Zufall sein. Er erinnert sich an das Datum, das war vor zwei Wochen … Darcy hatte ihn gebeten, die Jungs einen Tag früher abzuholen. Er kann sich keinen Reim darauf machen.

In diesem Moment ertönt ein Geräusch an der Tür. Er dreht sich um und sieht Charlie dort stehen.

»Redet ihr über Mum?«, sagt er.

»Verdammte Scheiße nochmal«, flucht Jacob. Er registriert Charlies verletzten Blick, seine Worte, die wie Messer in der Luft hängen, die Missbilligung in Dembes Gesicht.

Charlie macht auf dem Absatz kehrt und stürmt aus dem Zimmer. Ein Augenblick vergeht. Jacob blickt zu Dembe, ehe er ihm hinterherläuft. Auf der Treppe packt er Charlie an den Schultern.

»Es tut mir leid«, sagt er, plötzlich beschämt über sein eigenes Verhalten, seine Gefühllosigkeit. »Ich wollte nicht … Ich hätte das nicht sagen sollen, okay?«

Charlie starrt ihn an, seine blauen Augen weit aufgerissen. »Hat Mum etwas Schlimmes getan?«

Jacob stockt. »Was?« Er studiert Charlies Gesicht. Es ist lange her, dass er seinem Ältesten so nahe war, aber jetzt sieht er das leichte Zucken in Charlies Mundwinkel. Ein Tick. Wann hat das angefangen? Er kann nicht klar denken.

Er lässt Charlies Schultern los und setzt sich zu ihm auf die Treppe. Sein Impuls ist, ihn mit Fragen zu überhäufen, aber stattdessen sitzt er ruhig da, einen Arm um die Schultern seines Sohnes gelegt. Er zwingt sich, zuzuhören. Nicht Fragen zu stellen, sondern einfach *zuzuhören*.

Nach ein paar Minuten sagt Charlie: »Da ist noch was, was ich dir sagen muss. Über Mum.«

Jacob nickt und versucht, ruhig zu bleiben. »Okay.«

»Unser Schuppen, in Mums Garten«, sagt Charlie. »Ich habe dort etwas gefunden.«

»Was hast du gefunden?«, fragt er sanft. Ihm wird übel, als er sich zu seinem Sohn umdreht und er beobachtet, wie Charlies Augen nach hinten zu rollen scheinen, während er sie fest verschließt und das Gesicht verzieht. Voller Panik wartet er, bis Charlie den Mund aufmacht und flüstert: »Etwas, das dir nicht gefallen wird.«

51

CAMILLA

Camilla läuft gehetzt zu Kates Villa. Sie ist mit den Nerven am Ende. Wahrscheinlich hat sie einen Nervenzusammenbruch, ihre Gedanken wirbeln durcheinander.

Sie hat zuvor mit Detective Sergeant Rasheed gesprochen. Sie hat ihr von dem Streit zwischen Rob und Antoni während ihres Pilates-Kurses erzählt und geschildert, wie Rob mitten im Kurs hereingeplatzt kam und Antoni belästigte. Und sie hat ihr erzählt, dass sie in der Nacht vor seinem Verschwinden mit Antoni geschlafen hat. All das war wahr. Aber sie beschönigte es ein wenig. Sie sagte, Antoni hätte ihr gesagt, dass er früh aufbrechen wolle, um Kajak zu fahren. Dass er gerne mit dem Kajak zur Emerald Island rüberfahre und im Morgengrauen losfahren wollte.

Wahrscheinlich hätte sie nicht lügen sollen. Nein, nicht wahrscheinlich – *definitiv*. Aber sie war in Panik. Sie machte sich Sorgen, dass die Polizei sie verdächtigen könnte, da sie die letzte Person war, die ihn lebend gesehen hatte. Was, wenn die Polizei herausfindet, dass sie gelogen hat, und daraus schließt, dass sie in Antonis Tod verwickelt ist? Sie hat keine Ahnung, wie das maledivische Justizsystem funktioniert oder welche Strafen in solchen Fällen verhängt werden. Aber da es hier illegal ist, in der Öffentlichkeit Alkohol zu trinken, ist sie ziemlich sicher, dass Mord als schwerwiegendes Verbrechen gilt.

Fuck.

Das Einzige, was zwischen ihr und der Verhaftung steht, ist die Frage nach dem Zeitpunkt von Antonis Tod. Es wird eine Weile dauern, das zu klären.

Sie atmet tief durch, bevor sie Kates Villa betritt. Sie könnte gut darauf verzichten, was auch immer Kate von ihr will. Wahrscheinlich ihr wieder ihre miese Moral vorhalten.

»Ich bin hier«, ruft sie aus dem Flur. »Ich hab Tee für uns aufgesetzt.«

Kate kommt aus der Küche und hat wie üblich eine Kanne Tee dabei. Camilla hasst Tee, aber Kate scheint das nicht wahrhaben zu wollen.

»Komm und setz dich«, sagt Kate. Dann blickt sie hinter sich. »Und schließ die Tür ab.«

Camilla ist ebenso neugierig wie aufgeregt. Sie beobachtet einen Moment lang, wie Kate zwei Tassen Tee einschenkt.

»Wo ist Darcy?«, fragt Kate.

»Sie ist schwimmen gegangen. Was ist los?«, will Camilla wissen und beobachtet, wie Kate sich in den Sessel gegenüber setzt.

»Etwas beschäftigt mich«, sagt Kate nach einem Moment des Nachdenkens.

»Ach was, *dich auch*?«, entgegnet Camilla sarkastisch. »Ich muss sagen, ich war heute auch ganz gut *beschäftigt*.«

Kate schweigt und starrt in die Ferne.

»Erzähl schon«, sagt Camilla gereizt. »Was soll das alles?«

»Darcy hat mir die Rosen geschickt.«

Camilla reißt die Augen auf. »Vergiss es«, sagt sie. »Das hat sie nicht.«

Kate nippt an ihrem Tee. »Mein Butler hat gesagt, dass Darcy die Lieferung in Auftrag gegeben hat.«

Camilla starrt sie an. »Hat er Beweise?«

»Warum sollte er behaupten, dass sie sie geschickt hat, wenn sie es nicht getan hat?«

Camilla wendet den Blick ab und versucht, diese Info mit der Darcy in Einklang zu bringen, die sie kennt. »Wahrscheinlich ist es ein Fehler im Computersystem«, sagt sie. »Oder eine Verwechslung. Der Butler kann das unmöglich sicher wissen.«

»Was, wenn sie sie geschickt hat?«, sagt Kate leise. »Wer wusste sonst noch, dass ich hier bin?«

»Du hast gesagt, du bekommst sie seit zwanzig Jahren«, sagt Camilla, und ein eisiges Gefühl beschleicht sie. »Willst du damit sagen, dass Darcy es dir verübelt hat, dass du überlebt hast, während Elijah sterben musste?«

»Möglicherweise«, sagt Kate. »Außerdem habe ich Jacob angerufen.«

Camilla lacht. »Willst du mich verarschen?«

»Warum denn nicht?«, sagt Kate mit festem Blick. »Hast du eigentlich jemals mit Jacob geredet?«

»Nein«, sagt Camilla ungläubig.

»Wir haben von Darcy schon viel über ihn gehört«, fährt Kate fort. »Und ich dachte, wenn er mich da mit reinzieht, wenn er so tief sinkt, mich zu kontaktieren, während ich auf den Malediven Urlaub mache, werde ich ihm mal ein paar Takte sagen. Also habe ich angerufen.«

Camilla ist verblüfft. Sie sieht, dass Kate aufgewühlt ist; ihre

Wangen sind gerötet, und wie üblich, wenn sie über das Massaker spricht, bekommt sie auf der Brust rote Flecken.

»Und was hat er gesagt?«

»Er fragte erneut, ob ich eine bestimmte Handynummer wiedererkennen würde.«

»Welche Handynummer?«

Kate seufzt. »Er sagte, sein Sohn Charlie hätte ein geheimes Handy gefunden, das Darcy gehört.«

Camillas Verwirrung wird noch größer. »Ein geheimes Handy? Aber davon hat sie uns doch erzählt.«

»Ja, und er hat auch eine Nummer gefunden, die Adrian gehört, aber als ich sie anrief, ging niemand ran. Erinnerst du dich?«

Camilla zuckt mit den Schultern. »Na und?«

»Na ja, warum haben wir von Darcy nicht Adrians Nummer bekommen? Und wofür braucht sie ein geheimes Handy?«

»Ich nehme an, weil sie, wie sie sagte, sichergehen wollte, dass niemand sie beim Gespräch mit ihm erwischt.«

Kate reibt sich das Gesicht und scheint nun mit ihren eigenen Zweifeln zu kämpfen. »Das passt einfach nicht zusammen. Warum rufen wir nicht noch mal gemeinsam Jacob an? Vielleicht kann er etwas Licht in die Sache bringen.«

Camilla erhebt sich, weil sie die Sache leid ist. »Nein«, sagt sie. »Ich werde Darcys Ex bestimmt nicht anrufen, während wir hier ihre Scheidung feiern!«

»Camilla, die Rosen waren von Darcy«, sagt Kate sanft. »Und wenn sie sie mir hierhergeschickt hat, heißt das, sie schickt sie mir seit *einundzwanzig Jahren*. Ändert das nicht die Lage?«

Camilla zögert. Darauf hat sie keine Antwort. Mit einem weiteren Seufzer holt sie ihr Handy heraus. »Na schön. Dann rufen wir Jacob eben an.«

52

JACOB

Jacob bittet Dembe um einen weiteren Gefallen: Sie soll bei seinen Kindern im Haus bleiben, während er zu Darcys Haus fährt. Das ist eine große Bitte, aber es ist nur eine Meile entfernt, und Dembe weiß, dass es wichtig ist.

Er hält vor dem Tor, gibt den Code ein und fährt dann die Auffahrt zum Haus hinauf. Einen Moment lang überlegt er, ob er Darcys Computer überprüfen soll, falls sie Shelley darauf heruntergeladen hat. Er hat noch hier gelebt, als das Programm entwickelt wurde, so dass sie es kennt.

Aber er geht stattdessen geradewegs durch den Garten zu dem alten Schuppen, den er seit Ewigkeiten nicht mehr betreten hat. Er hatte nie Zeit oder Interesse an der Gartenarbeit, und so ist ihm dieser Ort nicht vertraut.

Er ist überrascht, dass die alte Tür verschlossen ist, aber der Schlüssel liegt dort, wo Charlie gesagt hat – unter dem Vogelhäuschen auf der rechten Seite.

Der Schuppen ist etwa zweieinhalb mal drei Meter groß, eine vor sich hin rottende Hütte, die sie vom Vorbesitzer übernommen und nie renoviert hatten. Er findet verstaubte Gartengeräte, eine verzinkte Blumenbank mit leeren Blumentöpfen und – bizarrerweise – ein Glas mit Zahnbürsten auf den Regalen. Einen Moment lang steht er da und kommt sich albern vor. Die meisten Geräte sehen aus, als hätten sie den Schuppen seit Jahren nicht mehr verlassen, darunter ein altes, zusammengefaltetes Planschbecken, an das er sich vage erinnert, weil er es in einem Sommer für die Jungs aufgeblasen hat. Es ist im Laufe der Zeit mit Moos überwuchert wie die meisten Gegenstände hier drin.

Sein Blick schweift durch den Raum und bleibt an einem Metallschrank in der hinteren Ecke hängen. Er sieht neu aus, und Jacob fragt sich, wann er hinzugekommen ist. Er versucht, sich vorzustellen, wie Darcy ihn montiert hat und zu welchem Zweck. In der Doppelgarage gibt es mehr als genug Stauraum – warum sollte man einen so schweren Gegenstand in die hinterste Ecke des Gartens tragen?

Er ist verschlossen. Jacob tastet nach einem Schlüssel und gibt laut fluchend auf, als er eine große Spinne berührt, die über den Boden davongaloppiert. Er hebelt die Metalltür einen Spalt auf, zieht erneut und spürt, wie das Metall nachgibt. Darcy wird herausfinden, dass er hier drin war, und er hat keine gute Erklärung dafür. Wahrscheinlich wird sie ihm ihre Anwälte auf den Hals hetzen. Aber was soll's. Er hebt eine der alten Schaufeln auf und lässt sie auf das Schloss sausen, so dass die Tür aufspringt.

Ein Geräusch entweicht seinem Mund, irgendwo zwischen einem Schnaufen und einem Stöhnen. Ein eisiger Schauer kriecht seine Arme hinauf und setzt sich in seinem Magen fest. Wenn Charlie ihm nicht davon erzählt hätte, würde er nicht glauben, was er da sieht. Er würde nicht glauben, dass es etwas mit seiner Ex-Frau zu tun hat.

Im Inneren des Schranks liegen Dutzende winzige Schädel – von Vögeln, Nagetieren, einem kleinen Fuchs –, fein säuberlich aufgereiht wie kostbarer Schmuck. Es überkommt ihn Übelkeit, als er hineingreift, um ein schwarzes Tuch anzuheben, und noch mehr findet: Rippen, Oberschenkelknochen, Gabelbeine, alle gesäubert und mit der Präzision einer archäologischen Ausstellung angeordnet. Das Glas mit den kleinen Zahnbürsten auf der Blumenbank ergibt plötzlich Sinn, ebenso wie das Skalpell aus rostfreiem Stahl, das er auf dem untersten Regal des Spinds findet. Und der Geruch, den er als Holzfäule abgetan hat ...

Ein Klingeln lässt ihn hochfahren, und er verfängt sich mit der Hand in den Metalltüren. Er taumelt rückwärts und fällt schwer zu Boden.

Sein Handy vibriert in seiner Hemdtasche.

53

KATE

Kate wartet nervös darauf, dass Jacob rangeht. Camilla starrt sie an, beide sind misstrauisch. Da wird der Anruf angenommen.

»Hallo?«

Die Stimme am anderen Ende der Leitung klingt schwach und gehaucht. Sie fragt sich, ob sie sich verwählt hat.

»Ist da Jacob?«, fragt sie zaghaft.

»Wer ist da?«

Sie stellt ihn auf Lautsprecher. »Hier ist Kate Miller. Camilla ist auch hier. Ist es gerade ungünstig?«

»Nein.« Sie hört, wie er hustet, offenbar den Hörer auf Abstand hält. »Nein, ich kann reden.«

»Okay. Also, Camilla und ich haben beide ein paar Fragen zu den E-Mails, die Sie geschickt haben. Vor allem dazu, dass Sie schrieben, Darcy könnte möglicherweise Adrian engagiert haben. Können Sie das erläutern?«

»Klar«, sagt Jacob. »Hören Sie, das ist alles ein bisschen kompliziert, und mir ist bewusst, dass ich vielleicht wie ein Arschloch rübergekommen bin …«

»Das können Sie laut sagen«, wirft Camilla ein.

»Seit letzter Woche haben sich, sagen wir mal, neue Entwicklungen ergeben. Ich habe Ihre beiden Namen in meinem Prüfprotokoll gefunden, daher war mein erster Gedanke, dass Sie sich in unsere neue Software gehackt haben.«

»In Software gehackt?«, sagt Camilla. »Ich beherrsche kaum Copy and Paste.«

»Hören Sie, ich bin momentan ... nicht in der Stimmung für so was«, sagt er, während im Hintergrund eine Tür zugeht. »Hat Darcy irgendwas davon erwähnt, dass sie Adrian angeheuert hat, um sich in mein Softwareprogramm zu hacken?«

»Welches Softwareprogramm überhaupt?«, will Camilla wissen.

»Es heißt Shelley. Es ist ein KI-Programm.« Er macht eine Pause. »Künstliche Intelligenz.«

Camilla verzieht das Gesicht. »Ich weiß, was KI ist«, sagt sie.

»Adrian ist Privatdetektiv«, sagt Kate. »Darcy hat ihn engagiert, aber das hatte nichts mit irgendeiner Software zu tun.«

»Warum sollte Darcy einen Privatdetektiv engagieren?«

»Um die Spinnaker-Morde zu untersuchen«, sagt Camilla. »Sie wissen schon, wegen Elijah? Der ermordet wurde?«

»Was?«

Camilla verdreht die Augen. Kate weiß, was sie denkt – Jacob führt sie aufs Glatteis und versucht, Darcy die Schuld in die Schuhe zu schieben, weil sie auf den Malediven ihre Scheidung feiert.

»Wie gut kennen Sie Darcy?«, fragt er.

»Ziemlich gut, würde ich sagen«, antwortet Camilla säuerlich.

»Hören Sie, ich will Ihnen nicht den Urlaub verderben«, sagt Jacob. »Ich habe hier einen äußerst verstörten und offen gesagt traumatisierten Zwölfjährigen, der nicht mehr bei seiner Mutter leben will, deshalb habe ich versucht, die einzelnen Puzzleteile zusammenzusetzen. Und nach dem, was ich herausgefunden habe ... glaube ich, Sie sollten vorsichtig sein.«

Camilla und Kate wechseln Blicke. *Traumatisierter Zwölfjähriger?*

»Können Sie uns sagen, was passiert ist?«, fragt Kate.

»Vor ein paar Monaten gab es einen Vorfall mit Charlie, unserem Ältesten. Er hat es mir gerade erst erzählt, und ich möchte auch noch mit Darcy darüber reden. Sie ist mit ihm übers Wochenende nach Manchester gefahren, und dann sind sie im Hotelpool schwimmen gegangen. Charlie kann nicht gut schwimmen – lange Geschichte –, und als er am tiefen Ende des Pools in Not geriet, wollte Darcy ihm nicht helfen. Sie hat einfach nur zugesehen, wie er zu ertrinken drohte.«

Camilla und Kate wechseln erneut einen Blick.

»Geht es ihm gut?«, erkundigt sich Kate, die immer noch versucht, sich einen Reim darauf zu machen.

»Ja, es geht ihm gut«, sagt Jacob. »*Wieder* gut. Aber er will nicht mehr bei seiner Mutter leben. Und ich habe gerade einen Schrank gefunden, der voll ist mit ...«

Er bricht ab, als würde er die Worte nicht über die Lippen bringen.

»Sagen Sie es ruhig«, fordert Kate ihn mit rasendem Herzen auf.

Er holt laut Luft und presst die Worte hervor. »Ich habe lauter Tierschädel gefunden. In Darcys Gartenschuppen.«

Pause. Kate fragt sich, ob sie ihn richtig verstanden hat. »Tierschädel?«

»Ja.«

»Verdammte Scheiße«, sagt Camilla. »Sind Sie sicher? Ich meine, das sind doch nicht Darcys ... Oder doch?«

»Hört sich das so an, als würde ich mir das ausdenken?«, fährt Jacob fort. »Charlie hat sie entdeckt, als er im Garten gespielt hat. Er hat gesehen, wie sie ... Dinge zerteilte.«

Kate spürt, wie sich ihr der Magen umdreht. Sie kann sich nicht mit dem Gedanken anfreunden, dass Darcy Tiere tötet. Die Vorstellung ist zu grausam. Und dann findet ihr Sohn sie auch noch. Armer Charlie.

»Sie hat den Schrank verschlossen, aber irgendwie hat er den Schlüssel gefunden. Ich frage mich, wie ich ihn nach dieser Geschichte wieder beruhigen soll ...«

In diesem Moment klopft es an der Tür der Villa, und Darcy ruft ein fröhliches »Hallo!«. Kate zuckt zusammen, als Darcys Stimme mit der makabren Vorstellung von Tierschädeln kollidiert.

Rasch beendet Camilla das Gespräch. »Alles klar, Liebes?«, fragt sie Darcy.

Kate ist froh, dass Camilla hier ist, mit ihrer teuflischen Fähigkeit, in Sekundenschnelle umzuschalten und Darcy trotz des eben Gehörten fröhlich zu begrüßen. Kate schafft es jedoch nicht, ein falsches Lächeln aufzusetzen, und starrt Darcy einfach nur an. Und als sie auf die Uhr blickt und ihr der Zeitpunkt bewusst wird – fünfundzwanzig Minuten vor acht – und der Grund, weshalb Darcy hier ist, merkt sie, dass sie zu erschüttert ist, um überhaupt zu reagieren.

Der Plan, Rob zur Rede zu stellen, kommt ihr plötzlich wie ein führerloser Zug vor: Sie ist sich nicht mehr sicher, ob es gefährlicher ist, abzuspringen oder an Bord zu bleiben.

54

JADE

Ich gehe den Plan noch einmal durch. Ich soll Rob ins Fitnessstudio locken, sicherstellen, dass wir allein sind, und dann kommen Darcy, Kate und Camilla dazu und befragen ihn zu den Morden im Gästehaus.

Oh Gott. Bei dem Gedanken daran wird mir schlecht. Aber welche Wahl habe ich denn? Er hat versucht, mich umzubringen. Wenn ich zur Polizei gehe, wird er sagen, dass ich mir das nur ausdenke. Wie soll ich das beweisen?

Ich starre auf die Schachtel mit den Tabletten in meinem Koffer. Sechsunddreißig Paracetamol. Einen Moment lang denke ich darüber nach, sie alle auf einmal zu nehmen. Würde das ausreichen, um mich zu töten? Vielleicht, wenn ich dafür sorge, dass niemand mich findet.

»Jade, Baby«, ruft er die Treppe herauf. »Was machst du da oben?«

»Ich mache mich fürs Fitnessstudio fertig«, antworte ich und achte darauf, dass meine Stimme mich nicht verrät. Ich lege die Schachtel zurück. Das traue ich mich nicht.

»Das Fitnessstudio?«

»Ja«, rufe ich zurück. »Kommst du mit?«

Ich versuche, ungezwungen zu klingen. Das ist meine Stärke: Rob besser zu kennen, als er ahnt. Ich kenne ihn so gut, dass ich spüre, wenn es ihn in den Fingern juckt, mich zu verletzen.

Aber ich habe nicht damit gerechnet, dass ich fast ertrinken würde.

Und es ist umso beunruhigender für mich, dass *tatsächlich* ein Mann ertrunken ist. Der Spanier, Antoni, auf den Rob im Restaurant losgegangen ist. Seine Leiche wurde heute Morgen an einem Strand des Emerald Island Resorts gefunden. Rob war die ganze Nacht bei mir im Bett. Ich habe schlecht geschlafen und weiß daher, dass er die ganze Zeit neben mir war.

Die Polizei hat ihn dazu befragt, ihn aber nicht verhaftet.

Er erscheint in der Tür des Schlafzimmers.

Ich drehe mich um, die Haut glänzend von der Aftersun-Lotion, die ich gerade aufgetragen habe, und biete ihm einen guten Ausblick auf meinen nackten Körper. Sein Atem wird langsamer, und ich sehe, dass er steif wird.

»Wie geht es der Lunge?«, fragt er. Er legt eine Hand flach zwischen meine Brüste. »Nach deinem kleinen Unfall heute Morgen?«

Ich lächle. Das ist seit neuestem sein Ding. Sich nach den Verletzungen zu erkundigen, die er mir zufügt, als wären sie ein Unfall. Als hätte er nichts damit zu tun. Ich finde keine Worte dafür, was für ein *Mindfuck* das ist. Ich frage mich langsam, ob ich verrückt werde. Ob ich mir nur *einbilde,* dass er mir weh tut.

»Oh, gut«, sage ich, und es ist die Wahrheit. Meiner Lunge geht es gut. Aber mir ist wahnsinnig übel, und ich fühle mich ohnmächtig, weil ich sicher bin, dass dieser Mann mich eines Tages tatsächlich umbringen wird.

»Also, was sagst du? Sollen wir ins Fitnessstudio gehen?«

Er sieht mich skeptisch an. »*Du* willst ins Fitnessstudio?«

»Ich bin deine Frau«, sage ich und bin von den Worten selbst angewidert. »Du liebst das Fitnessstudio, also liebe ich es auch.«

Er schaut jetzt interessiert, sein Gesicht wird wieder weicher.

»Du weißt, dass ich dich liebe«, sagt er. Dann senkt er seine Hand auf meinen Bauch und sagt: »Und ich liebe unsere zukünftigen Babys.«

In dem Moment zögere ich, weil ich mir so sehr wünsche, diese Worte wären wahr.

Und in seinen Augen sehe ich, dass sie es sind. Auf Robs eigene, perfide Art sind sie wirklich und wahrhaftig wahr.

55

CAMILLA

Camilla fühlt sich wie in Trance, als sie mit Kate und Darcy über den Sandweg geht. Dann fällt ihr wieder ein, was Jacob ihr und Kate am Telefon über Darcy erzählt hat. Tierschädel. Ha! Was kommt als Nächstes? Dieser Tag könnte gar nicht mehr irrer werden.

Der Himmel ist dunkel, hinter ihnen dröhnt die Disco. Es ist fast acht. Vor ihnen liegt das Fitnessstudio, ein Licht scheint durch die Fenster. Jade wartet bereits auf sie.

Als sie näher kommen, ist sie hin und her gerissen, und plötzlich widerstrebt es ihr, die Sache durchzuziehen. Sie hatte ein ungutes Gefühl, als Darcy eben hereinkam, was nach dem, was Jacob erzählt hat, auch nicht verwunderlich ist. Ihr wurde übel bei dem Gedanken, dass Darcy kleine Lebewesen aufschlitzt, und gerade als sie mögliche Erklärungen dafür durchging – *ein Biologieprojekt? Heidentum? –*, warf Darcy ihr einen Blick zu, der ihr das Blut in den Adern gefrieren ließ. »Eiskalt« trifft es am besten. Ihre Augen waren eiskalt.

Aber Camerons Stimme ertönt wieder in ihrem Kopf und fleht sie um Hilfe an. Sie denkt an das Blut, das sie auf der Terrasse vorgefunden hat, am Morgen, nachdem sie mit Antoni geschlafen hatte. Natürlich war es sein Blut. Wie hat sie etwas anderes glauben können? Sie stellt sich vor, wie Antoni mitten in der Nacht aufwacht und nach draußen geht, um eine zu rauchen. Wie Rob die Leiter hochklettert und ihm lautlos die Kehle durchschneidet.

Ihre Hände sind zu Fäusten geballt, und sie beschließt, das Fitnessstudio nicht eher zu verlassen, bis sie die Wahrheit herausgefunden hat, wie auch immer sie aussehen mag. Sie versammeln sich bei einer großen Palme, die etwas abseits des Weges steht, etwa sechs Meter vom Gebäude entfernt.

»Sind sie drinnen?«, flüstert Kate.

»Das Licht ist an«, flüstert Darcy zurück. Sie wirft einen Blick auf die Uhr an ihrem Handgelenk. »Eine Minute.«

Vielleicht stammen die Tierschädel gar nicht von Darcy, denkt Camilla. Ihre Gedanken wandern zu den früheren Besitzern des Hauses. Und zu Charlie ... Oh Gott, was, wenn es seine sind? Jacob würde sich so etwas nie eingestehen wollen, wo der arme Junge doch schon so sehr unter der Scheidung seiner Eltern leidet.

»Jetzt«, sagt Darcy und schreitet auf die Tür des Fitnessstudios zu. Adrenalin durchflutet Camillas Körper, und bevor sie weiß, was sie tut, folgt sie ihr. Die Tür des Studios schwingt hinter ihnen zu, während Kate draußen Wache hält.

Drinnen sitzt Rob auf der Hantelbank, den Kopf zurückgelegt, die Shorts heruntergezogen. Jade ist zwischen seinen Beinen; sie bemerkt Camilla und macht einen Satz nach hinten, weg von Rob, der mit wippendem Penis, die Augen halb geschlossen, seinen Orgasmus erwartet.

»Raus hier«, bellt Camilla Jade an, die sich gegen eine Wand gepresst zurückzieht.

Rob setzt sich auf und greift nach seinen Shorts. »Was zum Teufel soll das?« Er starrt Camilla und dann Darcy an, mit vor Rage und Verwirrung rasendem Blick.

»Wir haben ein paar Fragen«, sagt Camilla und behält die Nerven. »Über die Morde im Spinnaker Guesthouse.«

Rob zieht die Augenbrauen hoch. Sein Blick ist auf Camilla gerichtet. Langsam nimmt er eine Hantel von der Ablage neben sich und hält sie im Schoß.

»Im Fitnessstudio is' grad viel los«, sagt er. »Komm später wieder.«

»Raus!« Darcy schreit Jade an, die schnell zur Tür huscht, aber innehält, anstatt hinauszurennen. Rob hebt die Hantel und zielt auf Darcy, wie um ihr zu drohen. Plötzlich schießt Darcy nach vorn und presst die Hantel mit beiden Händen nach unten, so dass sie in Robs Schoß fällt. Camilla reagiert schnell, schnappt sich ein Nylonspringseil vom Boden und schlingt es ihm hektisch um den Hals. *Okay*, denkt sie, *das geht ein bisschen schneller als geplant*, aber ihre Wut leitet sie. Darcy zieht sich zurück, die Hantel knallt auf den Boden.

Camilla holt ihr Handy heraus und hält es dicht an seinen Mund, um alles aufzunehmen.

Rob stemmt sich nach oben, krallt die Hände um das Seil um seinen Hals. Er versucht, nach der Hantel zu greifen, aber sie ist außer Reichweite gerollt, seine Füße rutschen auf dem Boden herum, ohne Halt zu finden.

»Sag es uns«, keucht Darcy. »Du warst mit Hugh Finnegan am zehnten September im Spinnaker Guesthouse.«

Robs Miene ist verzerrt, und sein Blick wandert zu Jade, die jetzt in der Ecke kauert, aber Camilla zieht an dem Seil und reißt seinen Kopf zurück.

»Du hast sechs Menschen kaltblütig ermordet – sag es.«

»Was zum Teufel?« Rob keucht.

Camilla zerrt wieder an dem Seil. »Warum hast du das getan? Und jetzt auch noch Antoni. Weshalb?«

Sie sieht, wie Darcy in den Ärmel ihres Kimonos greift, und einen Moment lang lockert sie das Seil, weil sie sich fragt, was Darcy wohl vorhat. Sie stoppt die Aufnahme auf ihrem Handy, als sie sieht, dass Darcy ein langes, dünnes Steakmesser hervorholt.

»Wir können dir helfen, dich zu erinnern, wenn du willst«, sagt Darcy und tippt mit der Klinge gegen die Tätowierung an seinem Hals, die über dem Seil zu sehen ist. Robs Augen weiten sich, sein Blick wird panisch.

»Jade?«, ruft er gepresst. »Alles in Ordnung, Babe?«

»Ja«, sagt Jade mit dünner Stimme. »Oh Gott, Rob …«

Camilla versteht den Rest nicht, und für einen schrecklichen Moment befürchtet sie, dass Jade eingreifen wird.

Darcy stößt das Messer schnell in Jades Richtung. »Bleib da«, knurrt sie Jade an, die in sich zusammensackt. Dann richtet sie es wieder auf Rob, der zurückzuckt.

»Das Spinnaker Guesthouse«, wiederholt Camilla, während Stimmen in ihrem Kopf sie anschreien und sie fragen, was sie da eigentlich tut. »Dover. September 2001. Du warst dort, mit Hugh Finnegan.«

»Nein, war ich nicht.« Er spannt die Muskeln an, und sie zieht das Seil an seinem Hals fester, so dass er sich vor Schmerzen windet.

»Du hast sechs Menschen getötet. Einer von ihnen war mein

Zwillingsbruder. Sag mir, warum ich dich nicht für deine Tat umbringen sollte!«

»Ich war es nicht«, grunzt er. »Jade? Wo bist du?«

»Blödsinn«, sagt Camilla, aber selbst in ihren eigenen Ohren klingt es nicht überzeugend.

»Du lässt mich besser gehen«, sagt er mit heiserer Stimme, »oder ich reiße dir deinen verdammten Kopf...«

Er beendet seinen Satz nicht. Noch ehe Camilla sie aufhalten kann, wirbelt Darcy mit wildem Blick herum und rammt ihm das Messer knapp unterhalb der Schulter ins Fleisch. Rob stößt einen animalischen Schrei aus und blickt schockiert hoch zu Camilla. Sie starrt zurück. Dunkles, glänzendes Blut rinnt über Robs Brust, bedeckt den Boden und ihre Hände.

So viel Blut, das sich deutlich vom weißen Boden abhebt. Camilla sieht zu, wie er nach vorne sackt. Das Messer steckt in seiner Haut und glitzert inmitten des roten Nebels.

Sie ist wie erstarrt, das Seil erschlafft in ihren Händen. Doch dann beginnt Jade in der Ecke zu schreien.

Camilla sieht zu Darcy auf, die Rob mit einem seltsam leeren Blick betrachtet.

»Wir müssen von hier verschwinden«, sagt Darcy.

56

CAMILLA

Einen Moment später stürmt Camilla in die heiße Nacht hinaus und stößt fast mit Kate zusammen, die noch immer Wache hält.

»Lauf!«, schreit sie, als auch Darcy auftaucht und Jade hinter sich herzieht.

Technomusik aus der Disco wummert durch die Luft, Neonlichter spiegeln sich in den schwarzen Wellen wie bunte Bänder.

Hinter sich hört Camilla, wie Kates Füße über den Sand stampfen, dicht gefolgt von Darcy und Jade. Sie rennt den Strand entlang und lässt das Meer das Blut von ihren Sohlen spülen. Und just in diesem Augenblick beginnt ein Platzregen, ein Gewitter, das den Himmel in ein leuchtendes Violett taucht.

An der Tür von Kates Villa müssen die drei einen Moment warten, bis Kate ihre Schlüsselkarte gefunden hat. Es ist ebenso bizarr wie beängstigend, dass etwas so Alltägliches wie Warten im Regen so schnell auf die Hinrichtung ihres Hauptverdächtigen folgt, nackt und bis eben noch erigiert.

Keine von ihnen spricht, bis sie drinnen sind und Kate die Tür hinter sich zugemacht hat.

»Was zum Teufel war das?« Camilla schreit Darcy an. Sie stehen im Wohnzimmer, die Luft knistert vor Energie. Kate und Jade stehen offensichtlich unter Schock.

»Ist er tot?«, fragt Jade entsetzt.

»Er muss tot sein«, sagt Camilla und zittert. »Da war so viel Blut, so viel Blut …«

»Was sagst du da?«, fragt Kate. »Was ist passiert?« Sie registriert Camillas blutverschmiertes Gesicht, und für einen Moment sieht es so aus, als würden ihre Knie vor Schreck nachgeben. Sie stützt sich an der Wand ab.

»Er … er hat nach mir gerufen«, stammelt Jade, die von Kopf bis Fuß zittert. »Er hat gefragt, ob es mir gutgeht!«

»Ich habe das Messer zurückgelassen«, sagt Darcy keuchend.

»Die Tür vom Fitnessstudio ist verriegelt«, sagt Camilla und sieht Kate an. »Nicht wahr?«

»Ich … Es tut mir leid, ich bin in Panik geraten«, sagt Kate ängstlich. »Du hast gesagt, ich soll rennen, und da bin ich einfach losgerannt …«

»Verdammt nochmal, Kate!«, schreit Darcy. »Du warst doch für die Tür zuständig!«

»Oh Gott!«, heult Jade los, und Darcy zischt sie unwirsch an, um sie zum Schweigen zu bringen.

»Willst du, dass es die ganze Insel hört?«

Jade sinkt zu Boden und drückt ihre Knie an die Brust. »Du hast ihn getötet«, stammelt sie fassungslos. »Du hast ihn umgebracht!«

»Du solltest ihn doch nicht *erstechen*«, schreit Camilla Darcy an. »Die Polizei ist hier auf der Insel. Oh Gott, warum musstest du ihn erstechen?«

»Er wollte dir weh tun«, sagt Darcy. »Ich musste es tun!«

»Hast du deinen verdammten Verstand verloren?«, schreit Camilla Darcy an.

»Was ist *passiert*?«, fragt Kate und schaut von Darcy zu Camilla, die auf und ab geht und sich die Haare rauft.

»Er hatte keine Ahnung, was wir von ihm wollten«, erzählt Camilla Kate zitternd. »Er hat sich nur Sorgen um Jade gemacht ...«

Darcy schüttelt den Kopf. »Er ist ein Lügner. Er hätte sich als Maggie Thatcher ausgegeben, wenn er dadurch die Chance bekommen hätte, dir den Hals umzudrehen.«

»Er. Hat. Es. Nicht. Getan«, sagt Camilla schrill und unterstreicht jedes Wort mit einer Geste. Sie starrt Darcy fuchsteufelswild an. »Wir können niemandem beweisen, dass wir in Notwehr gehandelt haben.«

»Einen Mann im Fitnessstudio zu erdrosseln ist keine Notwehr«, sagt Darcy. »Er hat bekommen, was er verdient hat.«

»Erdrosseln?«, fährt Camilla auf. »Du hast ihn erstochen, Darcy!«

Aber Darcy sieht die Sache anders. »Du warst doch diejenige, die gesagt hat, dass du Rob töten willst, weil er deinen Bruder ermordet hat.« Sie wendet sich an Jade. »Und er hat dich fast umgebracht, nicht wahr?«

Jade schluchzt immer noch hysterisch. »Was habe ich getan?«, flüstert sie. »Was habe ich getan?«

»Das waren nur *Worte*, Darcy ...«, sagt Camilla.

»Verdammt ernste Worte«, schnauzt Darcy zurück. »Das ist nicht der richtige Zeitpunkt für Gaslighting, Camilla.«

»Gaslighting?«, wiederholt Camilla und funkelt sie an. »Ich hatte ihn am Schlafittchen! Er hätte meine verdammten Fragen beantwortet, Darcy!«

Kate hilft Jade vom Boden auf, setzt sie in einen Sessel und deckt sie mit einer Decke zu.

»Wir müssen zurück«, sagt Darcy bestimmt. »Wir müssen die Leiche loswerden.«

»Wo zum Teufel sollen wir eine Leiche hinschaffen?«, schreit Camilla.

»Sei still«, zischt Darcy. »Wir müssen ...« Sie sieht zu Kate und Camilla hinüber.

»Was?«, hakt Camilla nach. »Was müssen wir?«

Darcy zieht sie und Kate beiseite, damit Jade sie nicht hören kann. »Ihr wisst schon«, flüstert sie. »Ihn zerstückeln.«

»Hast du gerade zerstückeln gesagt?«, fragt Kate.

Darcy seufzt. »Sag mir, dass du eine bessere Idee hast.«

»Ich habe keine bessere Idee«, sagt Kate. »Als ich heute Morgen aufgewacht bin, hatte ich keine Ahnung, dass mein Tag damit endet, mir zu überlegen, wie man am besten eine Leiche verschwinden lässt.«

»Oh, fick dich, Kate«, schnauzt Darcy und tritt einen Schritt von der Gruppe zurück. »Du kanntest die Risiken.«

Es wird still im Raum. Kate sieht Camilla an, und Camilla kann in ihrem Gesicht lesen. Ungläubigkeit. Völliges Unverständnis. Das ist nicht die Darcy, die sie kennen.

Ein Piepton auf Camillas Handy lässt sie aufschrecken. Sie wirft einen Blick darauf. Eine SMS von Jacob. Sie liest die erste Zeile im Benachrichtigungsfenster auf ihrem Bildschirm, dann noch einmal und versucht, sich einen Reim darauf zu machen.

Camilla, Adrian Clifton ist Darcy. Ein und dieselbe Person.

Sie schaut fassungslos hoch. Die Zeit scheint sich zu verlangsamen. Sie sieht Jade, die sich in einem Sessel zusammenkauert.

Kate, die ihr gegenübersteht und sie erwartungsvoll ansieht. Und Darcy, deren weißer Kimono mit dem Blut eines Mannes getränkt ist. Ein Moment vergeht, eine schreckliche Angst macht sich in ihr breit.

»Wer ist Adrian?«, fragt sie Darcy.

Darcy schaut verwirrt. »Was?«

»Jacob behauptet, dass *du* Adrian bist«, sagt Camilla mit einer Stimme, die von Unsicherheit zeugt. »Er will damit sagen, dass Adrian nicht echt ist, glaube ich ...«

»Adrian ist nicht echt?«, fragt Kate. »Wie jetzt?«

Darcy wendet sich Camilla zu. »Ich habe dir gesagt, dass Jacob *alles* behaupten würde, um mir die Jungs wegzunehmen. Alles!«

Camilla sieht, wie etwas über Darcys Gesicht huscht – derselbe Ausdruck, den sie im Fitnessstudio beobachtet hat, gleich nachdem Darcy Rob getötet hatte. Ein Blick, den Camilla bis dahin noch nie bei ihr erlebt hatte. Ein Ausdruck blinder Wut, aber so flüchtig, dass sie sich vielleicht fragen würde, ob sie ihn wirklich gesehen hat, wenn er ihr nicht jetzt wieder begegnen würde, verwirrend in seiner Gefühllosigkeit.

Camilla hebt eine Hand zum Gesicht. Robs Blut ist noch warm auf ihrem Körper. Hat er Antoni getötet? Ihr ist schwindlig vor Ungewissheit.

»Jacob weiß, dass du seine Software benutzt hast«, fährt Camilla fort und wirft einen raschen Blick auf den Rest der Nachricht. »Er sagt, du hättest Adrian Clifton erschaffen. Deshalb hat Jacob sich nach jemandem erkundigt, der seine Software gehackt hat ...«

Kate schnappt nach Luft. »Was soll das heißen, Darcy hat ihn *erschaffen*?«

»Rob Marlowe hat genau das bekommen, was er verdient hat«, faucht Darcy.

»Um deine Frage zu beantworten, Katey Baby«, sagt Camilla außer Atem, »es scheint, dass Adrian kein realer Mensch ist. Das war Darcy, die sich hinter irgendeiner KI-Hexerei versteckt hat.«

Kate greift haltsuchend nach dem Türrahmen.

»Warte«, wirft Jade vom Sessel aus ein. »Willst du damit sagen, Rob hat diese Leute gar nicht umgebracht?«

»Was ist mit Elijah?«, hört Camilla sich selbst Darcy fragen, und der Raum dreht sich. »War er wirklich dein Freund?«

Darcy funkelt sie mit hinterlistig amüsierten Augen an. Camilla möchte schreien. *War er nicht?* Sie hat gesehen, wie Darcy um Elijah, ihre erste große Liebe, geweint hat. Den Jungen, den sie heiraten wollte. Sie hat gehört, wie Darcy von den Albträumen erzählte, die sie danach jahrelang hatte. Manchmal hat sie sich sogar schlecht gefühlt, wenn sie mit Darcy über den Verlust von Cameron sprach, denn Cameron und sie hatten sich nicht gerade gut verstanden. Darcy hingegen liebte Elijah ebenso sehr wie er sie.

Nur hatte Darcy Elijah Morrison, den Chemieingenieurstudenten in Zimmer vier, nie geliebt.

Es war eine Lüge. Von vorn bis hinten erstunken und erlogen.

Camerons Stimme ertönt in ihrem Kopf, bettelnd, flehend. Ein Bild von ihm blitzt auf, so wie er in ihrer Vorstellung in dieser Nacht aussah, ein verzweifelter junger Mann, der sein Handy umklammert hielt. Während das Unheil unaufhaltsam näher kam.

Darcy.

»Du hast sie alle getötet«, sagt Camilla. »Nicht wahr?«

57

HUGH

10. September 2001

Er zündete sich eine weitere Zigarette an und öffnete das Fenster des Gästehauses, um den Rauch in die kühle Nachtluft hinauszublasen. Sie waren in einem winzigen Zimmer im Erdgeschoss mit einem Doppelbett untergebracht, natürlich auf Hughs Namen gebucht. Auf der Gästeliste stand kein Wort über Darcy. Sie war erst neunzehn und er achtundfünfzig. Er hatte auf die harte Tour gelernt, nicht zu versuchen, so zu tun, als wären sie Vater und Tochter. Beim letzten Mal war es nach hinten losgegangen, und jetzt stand er auf der Liste der Sexualstraftäter.

Er zog an seiner Zigarette und genoss die Brise auf seiner nackten Brust. Sein Bauch hing wie ein erschlaffter Fußball über den Bund seiner Jeans. Er hatte so viel Gewicht verloren, dass seine Brustwarzen an den Enden der labbrigen Haut hingen wie billiger Weihnachtsschmuck, als hätte er Titten. Alter und Krankheit hatten ihm alles geraubt, aber Darcy sah ihn mit Herzchen-Augen an, wie in den alten Tom-und-Jerry-Cartoons. Sie sah in ihm die Galionsfigur einer Bewegung, den Anführer einer Sekte. Der Hugh-Kult, scherzte sie manchmal. Er mochte, wie das klang.

Aber in diesem letzten Kapitel seines Lebens empfand er Enttäuschung. Er wollte berühmt werden, hatte aber nicht die Anerkennung erhalten, die er verdient hatte. Selbst seine »Kids«, wie er sie nannte, schienen nicht mehr interessiert zu sein. Ihm nicht mehr so ergeben zu sein. Es waren Kinder, die er unter seine Fittiche genommen hatte, treue Gefolgsleute, die in ihm eine Vaterfigur sahen. Sie begingen hauptsächlich Diebstähle, damit er seine Miete bezahlen konnte. Seine wichtigsten Kids, Rob und Harry, hatten früher bedingungslos zu ihm gehalten und ihn sogar Dad genannt. Aber heutzutage sah er sie nur noch selten.

»Wir sollten früh ins Bett gehen«, sagte Darcy und blickte auf die dunkle Straße hinaus. »Wir müssen morgen früh aufbrechen. Die Fähre legt um sieben Uhr ab, also müssen wir bis fünf hier raus sein …«

Er streckte eine knotige Hand aus. »Komm her.«

Die Straßenlaterne draußen ließ ihr Gesicht in einem goldenen Licht erstrahlen. Sie sah aus wie ein Engel: glänzendes kastanienfarbenes Haar, braune Augen mit feurigen Sprengseln, pralle Lippen. Sie nahm seine Hand in ihre und sah ihn mit einem Hauch von Sorge an.

Er seufzte und schnippte den Rest seiner Zigarette auf die Straße. »Es gibt Dinge, die kann man jemandem nicht schonend beibringen.«

Darcy saß auf der anderen Seite der Fensterbank, ihm gegenüber, ihr Knie berührte seins. »Du kannst es mir ruhig sagen«, ermunterte sie ihn mit offenem, fragendem Gesicht.

»Es wird dir nicht gefallen, was ich dir zu sagen habe«, setzte er an. »Aber du musst etwas für mich tun.«

Sie nickte. »Okay.«

»Na gut. Letzte Woche war ich beim Arzt, und was er mir mitzuteilen hatte, war nicht sehr gut.«

Eine Sorgenfalte erschien auf ihrer Stirn. »Was hat er denn gesagt?«

»Er sagte, der Grund für mein Unwohlsein sei nicht, wie ich dachte, eine Verdauungsstörung. Er sagt, ich hätte einige Tumore in meiner Leber und einige in meiner Wirbelsäule.«

Ihr stand der Mund offen. »Was?«

»Ich habe Krebs«, sagte er. »Ich hätte wohl besser auf mich achtgeben müssen. Mich früher untersuchen lassen sollen.«

Sie schüttelte den Kopf, und ihre jungen, unverbrauchten Augen füllten sich mit Tränen. »Falls das dein Versuch ist, mit mir Schluss zu machen«, sagte sie schnell, »dann solltest du wissen: Mir ist der Altersunterschied egal. Und es ist mir auch egal, dass du deswegen gelogen hast. Ich verstehe, warum du das getan hast.«

»Ich versuche nicht, mit dir Schluss zu machen«, erwiderte er.

»Ich liebe dich«, sagte sie. »Bitte tu das nicht.«

Er streichelte ihr über die Wange. »Ich sage dir die Wahrheit. Die knallharte Wahrheit. Der Arzt meint, ich werde meinen nächsten Geburtstag nicht mehr erleben.«

Sie richtete sich auf, und ihr Gesicht fiel in sich zusammen. »Es sind nur noch zwei Monate bis dahin.«

»Ja, ja, ich weiß. Deshalb können wir auch nicht nach Frankreich fahren.«

»Schwör es mir«, forderte sie gereizt. »Schwöre, dass du wirklich stirbst.«

»Ich schwöre es«, sagte er und hustete in eine Faust. »Ich würde viel lieber mit dir eine Fähre besteigen, als hier rumzusitzen, das kannst du mir glauben.«

»Warum hast du mir das nicht früher gesagt?«

»Ich habe die Prognose erst letzte Woche erhalten«, entgegnete er und rieb sich müde das Gesicht.

»Du lügst«, sagte Darcy, und ihre vor Wut belegte Stimme überschlug sich. Sie war hitzig, das wusste er. »Du willst mit mir Schluss machen. Du willst mit *ihm* zusammen sein.«

»*Ihm?*«, fragte er verwirrt.

Sie schmollte. »Du weißt, wen ich meine.«

»Nein, weiß ich nicht.«

»Rob«, sagte sie, und ihr Blick verfinsterte sich. »Du willst ihn statt mich.«

Hugh gluckste amüsiert. Darcy war also eifersüchtig auf *Rob*. Es stimmte, dass Rob Hugh vergötterte, aber sie hatten nicht miteinander geschlafen. Rob war ein Laufbursche. Eine Art Sohn oder Neffe. Hugh hatte ihn vor fünf Jahren kennengelernt, als der Junge vierzehn Jahre alt war, und ihn dazu gebracht, Drogen zu verkaufen und das eine oder andere Mädchen anzuheuern. Aus irgendeinem Grund, den er nie ganz verstand, hasste Darcy Rob. Sie redeten selten miteinander, aber sie warf ihm jedes Mal einen bösen Blick zu, wenn er in Hughs Haus kam. Jetzt wusste er es: Sie war eifersüchtig.

»Ich lüge dich nicht an, Darcy«, beteuerte er.

Sie sah zu ihm auf, bemerkte sicher den gelben Schimmer in seinen Augenwinkeln und die Schweißtropfen auf seiner Stirn. Er konnte sehen, dass sie ihm nicht glaubte.

»Nichts läuft so, wie ich es will«, erklärte sie nach einer Weile.

»Das ist nicht wahr.«

»Doch, ist es«, sagte sie. »Ich wollte, dass wir nach Frankreich ziehen, ein Haus kaufen und Hühner halten.«

Er lachte. »Klingt gut.«

»Ich habe mir vorgestellt, dass wir im Garten Gemüse anbauen. Wir könnten heiraten, und du könntest zu Hause bei den Kindern bleiben, während ich zur Arbeit gehe.«

»Sehr modern«, bemerkte er. »Ein Hausmann.«

»Genau«, antwortete sie. »Und jetzt ist alles futsch.«

Er stand auf und griff sich seinen Mantel vom Bett.

»Was machst du da?«, fragte sie misstrauisch.

Er zog seine Brieftasche heraus, öffnete sie und nahm einen Zwanzig-Pfund-Schein heraus. Er reichte ihn ihr. »Hör zu, ich möchte, dass du nach Hause gehst«, sagte er. »Wir hatten Spaß zusammen. Aber jetzt musst du gehen. Sag deinen Eltern, dass du mit deinem neunzehnjährigen Freund durchgebrannt bist, wie wir es besprochen haben.«

Sie blinzelte verwirrt. »Das habe ich ihnen auch in meinem Brief geschrieben.«

»Gut. Morgen fährst du zurück. Du kannst den Bus vom Busbahnhof gleich morgen früh nehmen. Sag ihnen, dass du beschlossen hast, nach Hause zu kommen.« Wieder stiegen ihr Tränen in die Augen. »Glaub mir, es ist besser so. Ich weiß nicht, wie lange ich noch habe, verstehst du?«

Sie nickte, Tränen liefen ihr über die Wangen. Sie sah aus, als würde ihr das Herz brechen.

Er zog seinen Mantel an.

»Wohin gehst du?«, fragte sie.

»Ich gehe und besorge uns beiden etwas zu essen. Ich könnte etwas frische Luft gebrauchen.«

»Willst du, dass ich mitkomme?«

Er schüttelte den Kopf. Er brauchte etwas Raum zum Nachdenken, etwas Ruhe.

Draußen lief er langsam, ließ sich Zeit und hielt an Straßenecken inne, um Kraft zu sammeln. Ja, er war krank. Selbst kurze Strecken zu gehen, kostete ihn viel Energie. Und er wurde von Tag zu Tag kränker.

Er kaufte zwei Dosen Cola und einen Nudelsalat in einer Plastikschale für Darcy. Auch zurück ging er langsam und empfand zum ersten Mal in seinem Leben Angst. Wie würde der Tod wohl sein? Er hatte oft über Selbstmord nachgedacht, hatte seit seiner Jugend viele Tage erlebt, an denen der Drang, alles zu beenden, an ihm genagt hatte. Und doch fühlte sich das hier beängstigend an. Er hatte keine Kontrolle darüber, fürchtete sich vor einem schmerzhaften Ende, einem demütigenden Ende.

Die Luft hatte eine andere Qualität, als er zum Gästehaus zurückkehrte: Es lag ein neuer Geruch darin, dachte er, und eine Schwere, wie nach einem heftigen Gewitter.

Er beugte sich in den Empfangsbereich, um nach dem Besitzer zu sehen.

»Guten Abend, Mike«, sagte er.

Keine Antwort.

Zuerst dachte Hugh, Mike wäre auf seinem Stuhl hinter dem Schreibtisch eingeschlafen.

»Mike ...«, begann Hugh, verstummte aber, als er den roten Fleck auf Mikes Poloshirt bemerkte. Er trat einen Schritt vor.

Mikes Kehle wies eine klaffende Wunde auf, sein Kopf war zur Seite gegen die Wand gesackt, seine Augen starrten blind vor sich hin.

Hugh stolperte rückwärts, machte dann auf dem Absatz kehrt und eilte zu seinem Zimmer im hinteren Teil des Erdgeschosses. »Darcy!«, rief er. »Darcy!«

Es hatte einen Raubüberfall gegeben, dachte er. In der Zeit, in der er im Laden gewesen war, war jemand eingebrochen.

Als er das Zimmer erreichte, stand die klapprige Tür offen. Keine Spur von Darcy. Sein Herz schlug ihm bis zum Hals. Hatten sie sie mitgenommen?

Er drehte sich um und lief, verzweifelt vor Sorge, die Treppe hinauf. Er blickte nach oben und sah, dass die Tür zu Zimmer sechs offen stand. Das Blut rauschte in seinen Ohren.

»Hallo?«, rief er. »Ist alles in Ordnung bei Ihnen da drin?«

Hugh warf einen Blick hinein und betrat dann mit weichen Knien das Zimmer. Ein Mann lag auf seinem Bett, der Mund geöffnet, beide Hände mit dunklem Blut bedeckt.

»Oh Gott«, sagte er und taumelte hinaus. Wo war Darcy?

Die Tür des gegenüberliegenden Zimmers stand ebenfalls offen, und er stürzte hinein und nahm die Szene mit einem Blick in sich auf: ein Mann, ebenfalls noch im Bett liegend, mit einer Blutspur an der Wand über ihm.

Hugh hatte das Gefühl, sich selbst von oben zu beobachten, wie er von Raum zu Raum lief.

Ein Geräusch lockte ihn in Zimmer vier. Gott sei Dank. Darcy war da drin, direkt hinter der Tür. Sie stand mit dem Rücken zu ihm, einem schwarzhaarigen Mann gegenüber, der gerade aus dem Bad kam. »Hey«, sagte der Mann. Als er Hugh hinter ihr auftauchen sah, streckte er seine Hand aus, um Darcy schützend zu packen. Aber sie entzog sich seinem Griff und stach mit einem Messer nach ihm. Alles ging so schnell – das Messer, das Hugh in Darcys Hand aufblitzen sah, das Handy des jüngeren Mannes, das plötzlich durch die Luft geschleudert wurde und mit einem splitternden Geräusch auf den alten Granitkamin knallte. Der dunkle Blutfleck auf dem T-Shirt des Mannes, der den Stoff durchtränkte und seine Hände rot färbte.

Niemand sprach, obwohl sich der Raum für Hugh anfühlte, als hätte es über ihren Köpfen gedonnert, und ihm der Geruch von Blitzen in die Nase stieg. Er beobachtete, wie der Mann sich die Wunde an seinem Bauch mit einem Blick des Entsetzens hielt und sich große Blutlachen auf dem Boden bildeten.

Inmitten des Chaos erkannte Hugh das Messer, das Darcy in der Hand hielt. Es war sein Messer, das Jagdmesser, das er zum Schutz immer bei sich trug. Sie musste es aus seinem Koffer geholt haben, um sich zu verteidigen.

Hugh hatte das Gefühl, als würden sich seine Adern mit Blei füllen, als könnte er sich nicht rühren. Er war unfähig zu sprechen oder sich zu bewegen, seine Augen weiteten sich, als er sah, wie Darcy – die junge, süße, schusselige Darcy – ein zweites Mal auf den Mann einstach. Der junge Mann taumelte rückwärts, sein Gesicht fiel in sich zusammen, als würde er weinen. Hugh schlug fassungslos die Hände vor den Mund, als der Mann zu Boden fiel.

Darcy ließ sich neben ihm nieder, und Hugh gelang es, den Schalter umzulegen, sich aus seiner Starre zu lösen und neben sie zu setzen.

»Darcy«, murmelte er. »Darcy.«

Der Mann auf dem Boden neben ihnen stöhnte noch immer, gequält und wortlos keuchend. Er hatte sich in der Embryostellung zusammengerollt, unfähig, sich zu bewegen, neben ihm eine glänzende Blutlache. Ein kurzer Blick verriet Hugh, dass er im Sterben lag.

»Geht es dir gut?«, fragte Hugh Darcy und sah sie von oben bis unten an. Sie hatte einen Blutfleck auf der Stirn, und ihre

Hände waren mit Blut bedeckt. Sie zitterte, ihre Zähne klapperten.

»Ich weiß es nicht«, sagte sie schwach. »Ich weiß nicht ...«

»Hat er dir weh getan?«

Sie schüttelte den Kopf. »Nein. Ich war nur so ... wütend.«

Hugh begriff schließlich, dass sie nicht verletzt war, dass das Blut nicht von ihr stammte. Und dieser Ausdruck in ihrem Gesicht ... den hatte er noch nie gesehen. Ihm war plötzlich sehr kalt.

»Wer war das, Darcy? Wo sind diejenigen, die all diese Menschen getötet haben?«

Sie hob den Blick. »Ich war es«, sagte sie lammfromm. »Ich habe sie getötet.«

Hugh spürte, wie sich etwas in ihm ballte, Abscheu und eine Neugier, die aus seinen tiefsten Tiefen aufstieg. Die Zahnräder seines Verstandes drehten sich schnell in eine andere Richtung.

»Geh dich waschen«, sagte er und half ihr auf die Beine. Der Mann stöhnte erneut.

Das Messer lag noch immer in Darcys Hand, und Hugh nahm es ihr ab.

»Geh«, sagte er.

Als sie gegangen war, beugte er sich über den Mann. Es war ein seltsames Gefühl, auf ihn hinabzusehen, wie er hilflos dalag, mit flehenden Augen. Aber es durfte keine Zeugen geben, und es war wahrscheinlich gnädiger, ihn einfach zu erledigen, dachte Hugh. Er ließ das Messer in die Brust des Mannes gleiten – einmal, zweimal.

Mit einem rasselnden Ausatmen sank der Mann in sich zusammen, den starren Blick auf die fleckige Decke gerichtet.

Wieder in ihrem Zimmer, drehte Hugh das Wasser in der Dusche auf und legte Darcy Wechselkleidung bereit. Als sie sich ausgezogen hatte, nahm er ihr blutbeflecktes T-Shirt und ihre Jeans, packte sie in eine Plastiktüte und verstaute sie in ihrem Koffer. Ein kurzer Blick in den Raum, um sicherzugehen, dass alle ihre Habseligkeiten eingepackt waren – ihr Schal, ihre Brieftasche. Jede Spur von ihr getilgt. Als ob sie nie im Gästehaus gewesen wäre.

Nachdem er sich dessen vergewissert hatte, ging er schnell den Flur entlang und studierte die Gästeliste, die er beim Einchecken unterschrieben hatte. Verdammt. Ein Name war noch übrig.

Eine weitere Person würde heute Abend eintreffen.

Briony Conley.

Draußen leuchteten Autoscheinwerfer auf.

Er lugte nervös durch die Jalousien und sah ein Taxi vorfahren. Jemand stieg aus. Eine Frau. Der letzte Gast. Schnell schob Hugh Mikes Leiche in den Abstellraum hinter der Rezeption und verschob den Stuhl, um den Blutfleck an der Wand zu verdecken.

Eine junge Frau stieß die Tür des Gästehauses auf. Es war spät, und sie schien nicht sicher zu sein, ob noch jemand da war.

»Sorry«, sagte Briony Conley. »Das Taxi hat mich zuerst zur falschen Adresse gefahren.«

Hugh lächelte unbehaglich und schob ihr das Gästebuch hin, damit sie ihren Namen ausfindig machen konnte.

Sie sah ihn misstrauisch an. *Shit*, dachte er, und sein Herz hämmerte in seiner Brust. Hatte er Blut an seinen Händen? Er hatte nicht nachgesehen. Was, wenn sie beschloss zu fliehen? Dann müsste er ihr nachlaufen und auch sie töten.

Aber sie blieb und unterdrückte ein Gähnen. Er hakte ihren Namen auf der Liste ab, gab ihr einen Schlüssel und hörte, wie sie nach oben in ihr Zimmer ging. Wenn sie etwas bemerkte, wäre sie erledigt, dachte er düster. Vielleicht sollte er sie einfach töten und es hinter sich bringen.

Die junge Frau schloss ihre Tür, und alles wurde still. Hughs Herz hämmerte noch immer vor Anstrengung. Er brauchte dringend eine Zigarette. Und dann viel Schlaf.

Er wartete ein paar Augenblicke, bevor er leise in sein Zimmer ging, wo Darcy sich gerade anzog. *Gut*, dachte er mit einem Seufzer. Sie hatte das ganze Blut heruntergewaschen, und ihre saubere Kleidung zeigte keine Spuren der Morde.

»Ich möchte, dass du jetzt gehst«, sagte er ruhig und hob ihren Koffer hoch.

»Was?«, erwiderte sie erschrocken.

»Du gehst jetzt nach Hause. Du wirst deinen Eltern sagen, dass du deine Meinung über deinen neunzehnjährigen Freund geändert hast. Verstanden?«

Sie wollte protestieren, aber er legte einen Finger an ihre Lippen. »Du tust, was ich dir sage«, insistierte er. »Um zwei Uhr sollte ein Nachtbus gehen. Los!«

Sie verzog das Gesicht. »Aber ich liebe dich«, sagte sie.

Er küsste sie auf die Stirn und machte großzügige Versprechungen, die er nicht einzuhalten gedachte. Er würde mit ihr in Kontakt bleiben. Sie würden sich wiedersehen. Die Lügen beruhigten sie, machten sie gefügig, wie es Lügen immer tun.

Und so schickte er sie mit ihrem Koffer in die Nacht hinaus.

Am Fenster zündete er sich mit zitternden Händen eine weitere Zigarette an, während er sie beobachtete, um sicherzugehen, dass sie in Richtung Busbahnhof lief. Dann machte er sich ebenso neugierig wie angewidert auf den Weg nach oben, wobei sich ihm der Magen umdrehte, als er die grausamen Szenen hinter den einzelnen Schlafzimmertüren erneut betrachtete.

Keiner hatte überlebt. Bis auf eine Person wurden alle in ihren Betten erstochen, als sie schliefen. Ein wilder, wütender, entschlossener Angriff. Nein, nicht wild – Darcy hatte so berechnend und lautlos vorgehen müssen wie ein Tiger, der sich durchs Gras anpirscht.

Schwer atmend und mit schweißnassem Hemd stand Hugh vor Zimmer drei und lauschte dem leichten Schnarchen hinter der Tür. Die junge Frau, die eingecheckt hatte, bekam von dem Gemetzel, das sie umgab, nichts mit.

Er hob das Jagdmesser auf, zog seinen Mantel an und ging zur Haustür. Er würde bis zum Morgen warten, wenn Darcy längst weg war, bevor er sich stellte.

Ich weiß nicht, was über mich gekommen ist, Officer. Ich hatte einen Blackout und musste hinterher feststellen, dass ich sie alle getötet hatte.

Ich bin einfach ausgetickt.

Ja, Officer. Ich habe es getan.

58

KATE

Kate spürt, wie sich die Luft um sie herum in einer schrecklichen Erkenntnis verdichtet.

Darcy ist diejenige, die die Rosen geschickt hat, und das nicht nur dieses eine Mal.

Sie hat sie von Anfang an geschickt, jedes Jahr aufs Neue. Sie hat Kate beobachtet und es genossen, wie jede Lieferung der sechs Rosen am Jahrestag des Massakers erneut Salz in die offene Wunde streute. Kate kann nicht fassen, dass ihre Freundin, mit der sie die intimsten Momente ihres Kummers geteilt hat, ein so grausames Spiel mit ihr gespielt hat. Sie war diejenige, die sie zweiundzwanzig Jahre lang leiden lassen wollte.

»Du hast sie getötet«, sagt sie zu Darcy, und ihre Stimme klingt wie aus weiter Ferne. »Alle sechs.«

Darcy blickt der Reihe nach zu jeder der Frauen. Ihre Haltung hat sich verändert, ihre Füße sind breit aufgestellt, ihre Schultern gerade. »Und wennschon?«, antwortet sie.

Ein markerschütternder Schrei ertönt, ein so durchdringender Schrei, dass Kate herumwirbelt und sich sicher ist, dass noch jemand verletzt wurde.

Der Ursprung des Schreis ist Camilla. Sie ist unverletzt, aber sie stürzt sich auf Darcy, die Hände ausgestreckt, als wolle sie ihr das Gesicht zerkratzen. Kate packt sie und hält sie zurück.

»Du Schlampe!«, schreit Camilla, ihr Gesicht vor Wut verzerrt. »*Du* hast Cameron getötet! Du …!«

Dann kommen ihr die Tränen, ein plötzlicher Schwall von Trauer, der das Feuer von Camillas Wut löscht. Sie sinkt auf dem Teppich auf die Knie und bricht in heftige, wortlose Schluchzer aus.

Kate beobachtet Darcy, die Camilla zusieht, wie sie vor ihr auf dem Boden liegt, regungslos, wie versteinert.

»Rob hat nichts getan«, sagt Jade, ihre Stimme schrill vor Wut. »Er hat nichts getan!«

»Machst du Witze?«, spottet Darcy. »Nichts getan? Er hat versucht, dich zu töten.«

»Aber nicht *er* hat diese Leute umgebracht«, schreit Jade. »*Du* hast es getan!«

»Du hast auch Antoni getötet«, sagt Kate. »Stimmt's?«

Darcy zuckt mit den Schultern, und Kate fragt sich, ob das wirklich Darcy ist, ob sie die Frage nicht verstanden hat oder ob sie unter Drogen steht.

»Warum?«, hört sie sich selbst fragen. »Warum, Darcy?«

»Weil ich es konnte«, erwidert Darcy mit einem aufgesetzten Lächeln. Als würde Kate sie nicht nach einem Mord, sondern nach einem Kuchenrezept oder einem Putztipp fragen.

Kate schreckt vor der Fremdartigkeit der Frau zurück, die vor ihr steht. Es ist, als hätte jemand Darcy aus ihrem Körper herausgeholt und sie durch jemand – oder etwas – anderes ersetzt. Sogar ihre Haltung ist anders: die Beine breit, der Kopf hocherhoben. Als wäre sie stolz auf sich selbst.

»Hattest du jemals ... Mitleid?«, fragt Kate und stolpert über ihre Worte. Sie kann es nicht begreifen, kann die beiden Seiten nicht zusammenbringen. Die Morde und Darcy. Wie können diese beiden Dinge zusammenhängen? »Du hast uns um die Menschen weinen sehen, die wir geliebt haben. Cameron. Professor Berry. Du hast Salvador um seinen Onkel weinen sehen. Wie konntest du das tun, Darcy? Wie *konntest* du nur?«

Mit angewidertem Erstaunen stellt sie fest, wie stumm Darcys Reaktion ausfällt. Wie sich ihre Mundwinkel zu einer Grimasse verziehen, ihre Gesichtszüge verhärteter, skrupelloser. Jade, Camilla und sie schauen fasziniert zu, wie der Vorhang zurückgezogen wird und eine Solistin zum Vorschein kommt. Darcy Levitt, die sich im Scheinwerferlicht ihrer Gräueltaten sichtlich sonnt.

»Es war mir egal«, entgegnet Darcy schlicht und einfach. »Es war mir wirklich scheißegal.«

Kate sieht, wie Jades Gesicht entgleist, dann das von Camilla. Mit einem flauen Gefühl im Magen ahnt sie, dass dies ein Moment des Triumphs für Darcy ist. Es ergibt keinen Sinn, aber es ist so – wie bei einem Tiger, der aus seiner Tarnung auftaucht und sich in seiner ganzen furchterregenden, wilden Pracht zeigt. Oh Gott. Jetzt begreift sie es: Darcy will diesen Moment, sehnt sich schon eine ganze Weile danach. Sie hat auf den perfekten Moment gewartet, um ihnen zu zeigen, was sie getan hat. Wozu sie fähig ist.

Ein Geräusch an der Tür unterbricht Darcys Show. Aus den Schatten taucht eine blutverschmierte Gestalt auf, blitzendes Metall, einen Arm zur Seite gestreckt.

Rob.

59

KATE

Kate erstarrt vor Entsetzen, als Rob ins Haus taumelt, blutverschmiert, schweißgebadet und trunken vor Wut. Er ist unsicher auf den Beinen, stolpert ins Wohnzimmer und stößt eine Lampe um, als er mit einem Messer nach Camilla sticht. Er verfehlt sie, aber Darcy stößt ihn in die Seite, so dass er zur Seite fliegt und das Messer auf dem Boden aufschlägt. Darcy versucht, es aufzuheben, aber er tritt nach ihren Beinen, und mit einem Schrei fällt sie nach vorne und knallt auf den Couchtisch.

Rob sieht Kate an, und ihr wird klar, dass sie nicht weglaufen, sich nicht bewegen kann, ihr ganzer Körper ist wie versteinert. Sie hält die Hände hoch.

»Nein«, fleht sie. »Nein!«

Sein Blick wendet sich ab, und aus dem Augenwinkel sieht sie Jade, die weinend vor dem Sofa kauert. Rob bewegt sich unstet auf sie zu. Sein Oberkörper ist blutverschmiert, in seiner Schulter klafft eine furchtbare Wunde, wo Darcy zugestochen hat. *Das kann doch nicht wahr sein*, denkt Kate. *Es ist wie eine Szene aus einem Horrorfilm.*

»Du Miststück«, knurrt er Jade an. »Du hast mit ihnen die

ganze Zeit unter einer Decke gesteckt, stimmt's? Ich sollte dir deinen verdammten Kopf abreißen.«

Er packt Jade an den Haaren und zieht ihren Kopf grob auf die Knie, während er sie mit der anderen Hand an der Kehle packt. Kate kann hören, wie Jade würgt, als er zudrückt. Sie will ihr zu Hilfe eilen, aber sie kann nicht. Ihre Beine versagen ihr den Dienst, und sie fühlt sich hilflos, wie angewurzelt.

»Lass sie los!«, schreit sie. Schnell greift sich Camilla die Delfin-Skulptur vom Beistelltisch, wirft sich auf Rob und zieht sie ihm über den Schädel. Die Scherben fallen zu Boden, aber er scheint es kaum zu bemerken. Rob lässt Jade los, erwischt aber Camilla, versetzt ihr einen schweren Schlag ins Gesicht, der sie zu Boden wirft.

Sie steht nicht auf. Kate hebt mit einem gequälten Schrei die Hände zum Mund. Camilla regt sich nicht, liegt völlig still da. Sie ist sicher, dass sie tot ist.

Das Messer, denkt sie. Das Messer liegt auf dem Boden, in der Nähe von Darcy, aber jetzt bewegt sich Darcy wieder, greift danach, und Kate bleibt völlig gelähmt.

Rob hält inne, steht über Jade gebeugt und keucht. »Ich habe dir vertraut«, sagt er, und seine Stimme ist seltsam schmerzerfüllt.

»Bitte, Rob«, wimmert Jade. »Ich hab nicht ... Ich hab nicht ...«

Er wirft ihr einen angewiderten Blick zu. »Ich hätte wissen müssen, dass du nichts weiter bist als eine ...«

Er beendet den Satz nicht. Mit einem Schrei hebt Darcy ihre Hände und rammt ihm das Messer in den Rücken, eine Blutfontäne schießt in Richtung des Deckenventilators. Rob dreht sich mit einem tiefen Stöhnen zu ihr um, sein Gesicht ist schlaff. Doch mit einer schnellen, präzisen Bewegung zieht Darcy das Messer heraus und quer über Robs Hals, genau durch seine Tätowierung.

Seine Augen weiten sich, und er taumelt würgend nach hinten. Blut sprudelt aus einem tiefen Schnitt, sein Gesicht verrät Überraschung, als er auf die Knie fällt und nach vorne kippt.

Der Raum bebt vor lauter Gewalt.

Darcy steht über Rob gebeugt, das Messer in der Hand. Camilla liegt ebenfalls auf dem Boden, ein paar Meter entfernt, und bewegt sich immer noch nicht. Jade ist auf den Knien, hält sich die Kehle und schnappt nach Luft.

Kate nähert sich langsam. »Darcy?«, sagt sie und hält die Hände hoch. »Leg das Messer weg.«

Darcy nickt und lässt es sinken.

»Jade?«, fragt Kate, ohne Darcy aus den Augen zu lassen. »Wie geht es dir, meine Liebe?«

»So weit okay«, krächzt Jade.

»Das ist gut«, sagt Kate. »Belassen wir es dabei. Nicht wahr, Darcy?«

Darcy bewegt sich nicht. Das Messer liegt noch in ihrer Hand, ihr Spitzenkimono ist mit Robs Blut getränkt. In ihren Augen liegt eine plötzliche Grausamkeit, und sie lächelt Kate an. Ein Lächeln, das zugleich vertraut und unheimlich ist.

»Ich gebe euch fünf Sekunden Vorsprung«, sagt Darcy, während die Klinge in ihrer Hand zuckt.

Kate braucht einen Moment zu lange, um zu begreifen, was Darcy meint. Das kann nicht ihr Ernst sein.

»Eins«, zählt Darcy mit leiser Stimme. »Zwei.«

»Jade, lauf!«, ruft Kate, und Jade rennt in die Küche und schließt die Tür hinter sich ab. Darcy blockiert die Vordertür, und Kate weiß, dass die Tür zur Terrasse im Erdgeschoss verschlossen ist. Es gibt keinen Ausweg aus diesem Stockwerk. Keinen Weg nach draußen.

Schnell nimmt sie die Treppe und rennt zum Schlafzimmer hinauf.

»Drei«, ruft Darcy ihr nach.

Kates Herz klopft wild in ihrer Brust. Ihr bleibt keine Sekunde Zeit mehr. Mit einem erneuten Anflug von Entsetzen stellt sie fest, dass ihr Handy unten liegt.

»Vier.«

Sie hört Darcys Schritte auf der Treppe, als sie ins Schlafzimmer rennt. Das angrenzende Bad, denkt sie. Das ist die einzige Tür mit einem Schloss.

Sie stürzt hinein und knallt die Badezimmertür hinter sich zu – zu spät.

»Fünf.«

Innerhalb weniger Augenblicke ist Darcy da, tritt die Tür ein und stürmt auf sie zu.

Kate presst sich mit dem Rücken gegen die Duschwand und tastet auf der Suche nach einer Waffe ihre Umgebung ab. Ihre Hand fällt auf einen offenen Kulturbeutel, und sie umklammert die kleine Schere, mit der sie Spliss bändigt.

»Diese Schere sieht aus, als wäre sie stumpf wie ein Löffel«, sagt Darcy lächelnd. »Willst du eine Papierkette basteln, Kate?«

Mit einer raschen Bewegung entreißt Darcy ihr die Schere. Kates Reaktion ist reflexartig – sie greift nach der Schere und verfehlt sie zwar, aber dadurch lockert sich Darcys Griff um das Messer. Es fällt mit einem metallischen Klirren auf den gefliesten Boden, und Kate tritt schnell danach, so dass es unter die Badewanne rutscht.

»Du Schlampe!«, schreit Darcy und verpasst ihr einen kräftigen Hieb ins Gesicht. Weiße Lichter blitzen hinter Kates Augen auf, und sie fällt zu Boden.

Und dann ist Darcy auf ihr und fixiert ihre Arme an ihren Seiten. Heißes Erbrochenes schießt aus Kates Mund, als sich Darcy rittlings auf sie setzt. Kate würgt immer noch, als sie das scharfe Ende der Schere an ihrer Zunge spürt und Darcy sie nach unten drückt.

Oh Gott, denkt sie und hat Bilder von ihren Katzen zu Hause im Kopf. Von ihren schönen Sesseln und ihren Büchern. *So sterbe ich also.*

»Du konntest es nicht lassen, oder?«, knurrt Darcy und starrt sie mit einem bedrohlichen Grinsen an.

Kate spürt, dass sich Darcys Stimmung verändert hat, sich etwas Animalisches in ihr regt – sie hebt die Schere an, nur einen Zentimeter, und bereitet sich auf einen letzten, tödlichen Stoß der Klinge in Kates Hals vor.

Schnell beißt Kate auf die Schere, die Zähne machen ein furchtbar schabendes Geräusch, als sie versucht zu verhindern, dass ihr die Klingen in die Zunge schneiden. Sie stemmt sich mit aller Kraft gegen Darcy, aber die hält dagegen, ihre schrecklichen, dunklen Augen lodern vor Bosheit.

Kate schließt die Augen, eine einzelne Träne rinnt über ihr Gesicht.

60

JADE

Mit zitternden Händen schließe ich die Küchentür auf, öffne sie langsam und spähe vorsichtig durch einen zentimeterbreiten Spalt nach draußen. Rob liegt immer noch auf dem Boden. Ich beobachte ihn, ängstlich, dass er jeden Moment mit schwingenden Armen aufspringen könnte. Aber er zeigt keine Regung. Kein Heben und Senken seiner Brust.

Ich trete hinaus und gehe auf ihn zu. Er liegt auf der linken Seite, die Arme merkwürdig verrenkt neben sich auf dem Boden ausgestreckt, der lange Teppich zwischen Küche und Wohnzimmer ist dunkel von seinem Blut. Camilla liegt hinter mir auf dem Boden und bewegt sich nicht.

Ich kann nicht glauben, was passiert ist.

Er sieht aus wie in einem Horrorfilm, splitternackt und blutverschmiert. Ich knie mich vorsichtig hin und betrachte sein Gesicht. Sein Mund ist ein wenig geöffnet, und seine Augen starren geradeaus. Ich wedele mit meiner Hand vor ihnen herum. Er blinzelt nicht.

Er ist tot.

Ich fühle mich wie betäubt, und gleichzeitig möchte ich mir

die Augen aus dem Kopf heulen. Aber hinter beiden Gefühlen verbirgt sich ein unbestreitbares Gefühl der Erleichterung, das mich wie eine sanfte Meeresbrise durchströmt.

Oben ertönt ein Schrei, gefolgt von einem Aufprall. *Kate*, denke ich. Darcy hat den Verstand verloren. Ich fürchte mich, aber ich muss Kate helfen.

Ich gehe die Treppe hinauf und habe eine Scheißangst. Es fühlt sich nicht real an, sondern wie ein Traum. Oh Gott. Wo sind sie? Auf dem Holzboden des Schlafzimmers, das zum Bad führt, sind Blutspuren zu sehen.

Drinnen liegt Kate in einer Lache aus Erbrochenem, Darcy sitzt seltsam zusammengekauert auf ihr, und einen Moment lang frage ich mich, ob Darcy eine Herzdruckmassage durchführt, um sie zu retten.

»Du Miststück«, knurrt sie, und mein Herz rast.

Ich könnte versuchen, auf Darcy einzureden. Blitzartig wird mir klar, dass mein altes Ich – das vor Robs Missbrauch – es getan hätte. Wenn ich ihn nie getroffen hätte, würde ich immer noch glauben, dass jeder Mensch bis zu einem gewissen Grad vernünftig ist, dass die meisten Probleme zwischen Menschen bei einer Tasse Tee und einem Gespräch gelöst werden können. Ich würde immer noch glauben, dass das, was ich hier sehe, das Ergebnis eines Streits ist, der eskaliert ist, dass ich Darcy einfach bitten könnte, von Kate runterzugehen, dass ich sie trennen, den Konflikt entschärfen und sie schließlich dazu bringen könnte, das Ganze aus der Perspektive der anderen zu sehen.

Aber so bin ich nicht. Nicht mehr.

Ich greife nach dem Raffhalter am Vorhang, schleiche mich an Darcy heran und lege ihr die Kordel um den Hals.

»Lass sie los«, rufe ich und ziehe die Schlaufe so fest wie möglich zu.

Darcy spreizt die Hände und greift nach ihrer Kehle, und ich sehe, wie eine Schere auf die Fliesen fällt. Kate rollt rüber, erbricht sich auf die Bambus-Duschmatte und schnappt nach Luft.

Plötzlich wird mein Kopf nach unten gerissen, und in der Duschwand sehe ich Darcys Spiegelbild. Sie hat mich an den Haaren gepackt und zieht mit aller Kraft. Sie zwingt mich auf die Knie, dann stößt sie ihren Ellbogen hart in meine Nase.

Der Schmerz ist atemberaubend. Ein Bogen hellroten Blutes schießt in die Luft, und ich höre mich schreien.

Darcy schnappt sich die Schere vom Boden und stürzt sich auf mich. Ich rolle nach hinten, und sie verfehlt mich. Dann zieht sie sich an der Duschtür hoch.

»Bitte«, sage ich. »Tu das nicht, Darcy.«

Sie grinst, und einen Moment lang denke ich, dass sie einlenkt. Ich kann mir immer noch nicht erklären, was hier los ist. Sie sticht mit der Schere nach mir, aber irgendetwas zerrt an ihrem Hals, so dass sie würgt und die Schere ein zweites Mal fallen lässt.

Kate steht hinter ihr. Sie hat den Raffhalter aufgehoben, den ich fallen gelassen habe, und legt ihn Darcy um den Hals. Aber Darcy tritt nach hinten aus und erwischt Kates Knie. Kate strauchelt, und die Schere liegt neben der Toilette, nah genug für Darcy, um zuzugreifen.

Ich habe noch nie in meinem Leben einen anderen Menschen geschlagen, aber noch ehe ich wirklich weiß, was ich tue, setze ich mein ganzes Gewicht ein und versetze Darcy mit voller Wucht einen Schlag in die Magengrube, so dass sie nach vorne gegen die Vorhangschlaufe um ihren Hals kippt.

»Nein, das tust du nicht!«, schreit Kate, aber Darcy ist wahnsinnig stark und tritt erneut zu. Ich spüre, wie ihre Hände erneut nach meinem Haar greifen, sich ihre Nägel in meine Kopfhaut graben.

Doch dann lockert sich ihr Griff, und ihr Körper erschlafft. Ich spüre, wie ich in einen Schock verfalle, als würde ich meinen Körper verlassen. Nichts davon fühlt sich real an. Nichts.

Kate blickt zu mir herunter.

Sie sieht ziemlich mitgenommen aus, ihr Erbrochenes klebt in ihren Haaren und an der Vorderseite ihres Kleids, die untere Hälfte ist mit Urin und Blut aus meiner Nase getränkt. Ihre Vorderzähne sind abgebrochen und ihre Lippen blutig. Aber ihr steht so etwas wie Erleichterung ins Gesicht geschrieben.

»Es ist vorbei«, sagt sie.

61

CAMILLA

Camilla kommt zu sich und findet sich auf dem Boden wieder. Ihr Kopf pocht, und als sie mit einer Hand nach der Stelle greift, die am meisten weh tut, sind ihre Finger voller Blut. Ihr Kiefer schmerzt, und sie vermutet, dass er ausgerenkt ist. Ihre Ohren klingeln. Ihr ist auch schwindelig, bis sie sich daran erinnert, was passiert ist, und sie hochschreckt.

Rob war hier, und er hatte ein Messer ... Und Darcy ... Sie hat gestanden, Cam und alle anderen im Gästehaus getötet zu haben, genauso wie Antoni.

Schnell rappelt sie sich auf, immer noch unsicher und benommen, aber voller Angst, dass Darcy oder Rob wieder auf sie losgehen könnten. Ihr Blick fällt auf eine Gestalt, die in der Nähe der Küche auf dem Boden liegt. Es ist Rob, und es sieht sehr danach aus, als sei er tot.

Camilla blickt sich um, sieht die über die Fliesen verstreuten Teile der Skulptur. Sie erinnert sich, dass sie Rob damit eins übergezogen hat, bevor er ihr einen Schlag auf den Kiefer verpasste und sie mit dem Kopf gegen die Ecke der Anrichte stieß. Auch auf dem Boden sind Blutspuren zu sehen.

Und ein Handy, das neben der Anrichte liegt, wo sie gestürzt ist.

Es ist ihr Telefon. Camilla stellt fest, dass die Kamera-App immer noch geöffnet ist und oben auf dem Display der rote »Aufnahme«-Button blinkt. Die Aufzeichnung läuft schon seit neun Minuten. Es wurde zwar nur der Boden gefilmt, aber die Tonspur dürfte mehr aufgezeichnet haben.

Schnell drückt sie auf »Stopp« und klickt dann auf die Aufnahme davor. Es ist das Video aus dem Fitnessstudio. Sie löscht es.

Dann richtet sie sich auf und lauscht einen Moment lang angestrengt. Von irgendwoher kommt ein Geräusch, ein Trommeln von Füßen. Es stoppt, und sie hört ein lautes Klopfen an der Tür.

Sie sieht, dass die Tür noch einen Spaltbreit geöffnet ist, seit Rob hereingeplatzt ist. »Herein«, ruft sie.

Zwei Mitarbeiter des Resorts betreten die Villa, den Schrecken und eine Entschuldigung im Gesicht. Es sind Rafi, Kates Butler, und Nura, die Managerin des Resorts.

»Wir haben einen Anruf von einem der Gäste erhalten«, sagt Rafi vorsichtig. »Es hieß, jemand sei in Not, man habe Schreie gehört.« Er mustert sie. Sie ist blutüberströmt. »Ich glaube, wir müssen Sie ins Krankenhaus bringen«, sagt er.

Oben ertönt ein Geräusch, und als sie aufblickt, sieht sie Kate und Jade auf dem obersten Treppenabsatz stehen, beide blutverschmiert, als wären sie gerade einer Löwengrube entstiegen.

Nura tritt vor und bemerkt Robs Leiche auf dem Boden. Sie murmelt etwas, das Camilla nicht versteht, ein Ausdruck des Schocks. Schnell beugt sie sich vor und prüft Robs Puls, blickt dann aber kopfschüttelnd zu Rafi. »Er ist tot.«

»Wir haben Darcy oben im Badezimmer eingesperrt«, sagt Kate grimmig und kommt ins Wohnzimmer herunter. »Man könnte sagen, es war ein Kampf um Leben oder Tod.«

Camilla schaut zu Kate und lässt sich dann dramatisch in einen Stuhl fallen. »Gott sei Dank sind Sie gekommen!«, sagt sie zu Nura und Rafi. »Wir waren in Todesangst!«

62

JADE

Zehn Stunden später

»Mrs. Marlowe?«

Ich blicke hoch und sehe eine Frau an der Tür des Krankenhauszimmers stehen.

»Ich bin Detective Sergeant Rasheed«, sagt sie. »Ist es Ihnen recht, wenn wir jetzt reden?«

Ich nicke und setze mich in dem schmalen Bett ein wenig auf. »Ja«, sage ich. »Nehmen Sie doch Platz.«

Detective Sergeant Rasheed schließt leise die Tür hinter sich, bevor sie sich auf den Plastikstuhl links von mir setzt. Ich liege im Hauptkrankenhaus in Malé und werde wegen eines Schädelbruchs, einer gebrochenen Nase und eines Schocks behandelt. Kate, Camilla und ich wurden gestern Abend mit einem Wasserflugzeug hierhergeflogen. Ich habe zwanzig Schnittwunden und Prellungen, aber ich habe Glück gehabt. In der letzten Woche habe ich oft gedacht, dass ich den nächsten Morgen nicht mehr erleben würde.

Sie haben Darcy in einem separaten Flugzeug ins Krankenhaus geflogen. Ich kann immer noch nicht fassen, wie ich sie in diesem Badezimmer erlebt habe. Wie sie Kate angriff, wie sie mich schlug. So ganz anders als die nette Frau, mit der ich etwas getrunken und gelacht hatte.

»Ich habe mit Kate Miller und Camilla Papaki gesprochen«, sagt Detective Sergeant Rasheed und holt ein Notizbuch heraus. »Ich würde gern von Ihnen wissen, was passiert ist. Anscheinend gab es Reibereien zwischen Ihrem Mann und Ihrer Freundin Darcy Levitt?«

Ich nicke. »Ja. Ich bin mir nicht ganz sicher, was passiert ist.«

»Kannten sie sich, bevor sie auf Sapphire Island ankamen?«

Ich schüttele den Kopf und zögere dann. »Nicht, dass ich wüsste. Aber Rob hat sich die ganze Zeit über Darcy beschwert. Sie hat ihn wirklich genervt. Und dann sind wir im Fitnessstudio, und plötzlich kommt Darcy mit einem Messer hereingestürmt. Sie hat auf ihn eingestochen.«

»Sie hatten Sex im Fitnessstudio?«

Ich nicke unter Tränen. »Wir waren auf unserer Hochzeitsreise. Und ich hatte an dem Morgen während eines Ausflugs ein schlimmes Erlebnis, insofern wollten wir ... na ja, uns ein wenig ablenken.«

Detective Sergeant Rasheed macht sich Notizen.

»Der Tauchlehrer Farug sagte, Sie beide waren auf einem Tauchausflug.«

Ich nicke. »Das ist richtig.«

»Er sagte, er hätte sich Sorgen um Sie gemacht. Er hat den Verdacht geäußert, dass Rob Ihnen gegenüber gewalttätig war. Und die Krankenschwestern hier vor Ort haben uns gesagt, dass einige der Prellungen, die sie an Ihrem Körper gefunden haben, nicht von dem Angriff letzte Nacht stammen. Dass es ältere Verletzungen waren.«

Ich blicke sie nervös an. Wie viel von der Wahrheit kann ich ihr verraten, ohne dass ich verdächtigt werde?

»Ja«, sage ich leise. »Ich habe es niemandem erzählt. Immerhin waren wir in den Flitterwochen, und ich habe mich geschämt zuzugeben, dass mein Mann mich schlägt.«

»Verstehe«, sagt sie und berührt meinen Arm.

Ich merke, dass sie Mitleid mit mir hat.

»Erzählen Sie mir, was geschah, nachdem Darcy mit dem Messer auf Rob losgegangen war.«

»Ich erinnere mich, dass wir Darcy in die Villa verfolgt und versucht haben, ihr das Messer abzunehmen.«

Ich beobachte, wie sie das aufschreibt.

»Wie ist sie in Kates Villa gekommen? Hatte sie die Schlüsselkarte?«

Ich zögere. »Ich glaube, ja.«

»Sie haben Rob im Fitnessstudio zurückgelassen?«

»Ich stand unter Schock«, sage ich. »Ich bin einfach weggelaufen.«

Sie scheint es zu verstehen. »Und was ist dann passiert?«

»Dann hat Darcy zugegeben, dass sie einen Gast, Antoni, getötet hat. Ich glaube, es gibt eine Handyaufnahme, auf der sie das sagt. Und Rob war hinter uns her. Er stürmte in die Villa und griff Darcy an, aber sie ... sie hat ihn getötet.« Ich halte mir die Hand vor den Mund, Tränen laufen mir über das Gesicht. »Ich habe gesehen, wie sie ihm die Kehle aufgeschlitzt hat. Ich habe ihn sterben sehen.«

Sie streckt eine Hand aus und legt sie auf meinen Arm. »Es tut mir so leid«, sagt sie. »Sie können schon bald nach England zurückkehren, zu Ihrer Familie. Das muss unglaublich schwer sein.«

»Ich kann nicht glauben, dass ich Witwe bin«, sage ich verbittert und wische mir das Gesicht ab. Ich verstelle mich nicht völlig. Ich bin erleichtert und am Boden zerstört zugleich. Vielleicht wird es Jahre dauern, bis ich das Geschehene verarbeitet habe. Ich habe Rob einst vergöttert. Ich war das glücklichste Mädchen der Welt. Und dann verwandelte er sich in jemanden, den ich nicht wiedererkannte.

»Obwohl er mich schlecht behandelt hat«, sage ich der Kommissarin und schaue ihr direkt in die Augen, »habe ich ihn geliebt. Alle haben immer gesagt, wie glücklich ich mich schätzen könne, ihn zu haben. Sie können sie selbst fragen.«

63

DARCY

Sieben Monate zuvor

An jenem Tag in London fuhr Darcy, nachdem sie Camilla und Kate persönlich getroffen hatte, durch die Begegnung beunruhigt, nach Hause. Ihr Instinkt war richtig gewesen – beide hatten erwähnt, dass sie Zweifel an dem Prozess hatten, und vermuteten, dass Hugh einen Komplizen gehabt hatte. Im September hatte sie einen Zeitungsartikel über das Spinnaker-Massaker entdeckt, das sich zum einundzwanzigsten Mal jährte. Die Journalistin Motsi Sibanda stöberte jetzt plötzlich in Internetforen herum und stellte Fragen zu Hughs Vergangenheit. Sie hatte sogar mit Camilla gesprochen, und Darcy hatte die Skepsis auf Kates Gesicht gesehen, als sie behauptete, die Journalistin hätte sie nicht kontaktiert.

Sie hatte immer geahnt, dass alles wieder von vorne losgehen könnte, dass neue Fragen zu den Ermittlungen aufgeworfen werden könnten. Sie hatte die Facebook-Seite gefunden, die für die Angehörigen der Opfer eingerichtet worden war. Sie freundete sich mit Camilla, der Administratorin der Seite, an und erzählte ihr, sie sei die Freundin eines der Opfer. Sie fälschte ein Foto, das die beiden zusammen zeigte.

Aber damit nicht genug. Camilla machte viel Aufhebens um ihre Zweifel an der Durchführung der Untersuchung und bekam viel Zustimmung. Motsi Sibanda arbeitete daran, einen großen Zeitungsartikel, vielleicht sogar eine Dokumentation und ein Buch zu veröffentlichen.

Wenn Darcy nicht schnell handelte, würde der Fall wieder aufgerollt werden, und die Polizei würde Dinge finden, die sie mit dem Massaker in Verbindung brachten. Und, fast noch schlimmer, sie würde ihren Ruf verlieren. Die Persona, die sie akribisch aufgebaut hatte, auf die sie unendlich stolz war, würde besudelt, in Fetzen gerissen werden.

Die Leute würden sie als Kriminelle ansehen und nicht als engagierte Mutter. All ihre Abgründe würden in aller Öffentlichkeit breitgetreten werden.

Sie fühlte sich in die Enge getrieben. Und ein alter Juckreiz begann sich zu melden, der darum bettelte, dass man ihm nachgab und kratzte. Wenn die Kacke am Dampfen war, dann würde sie mit einem Showdown abtreten. Das Getratsche über ihre Scheidung hatte bei ihr den Wunsch geweckt, sich die Haut vom Leib zu reißen. Sie würde ihre Macht zurückerobern, das Narrativ selbst bestimmen. Ihnen zeigen, wer sie wirklich war. Sie würde die Angst in ihren Augen sehen und sie auskosten.

An dem Tag, an dem sie die Scheidungsurkunde erhielt, wurde ihr auf ihrem Facebook-Konto, das unter einem Fake-Namen lief, ein Freundschaftsvorschlag angezeigt. Rob Marlowe, mit einem Tiger als Profilbild. Da sie ihr Facebook-Profil gerne benutzte, um Hughs alte Kumpels auszuspionieren und ihnen zu folgen, freundete sie sich mit ihm an. Rob war gut gealtert. Die Jeans, der sorgfältig getrimmte Bart, die Goldkette –

alles schrie: *Ich bin immer noch fünfundzwanzig, ehrlich!*, obwohl sie wusste, dass er genauso alt war wie sie. Viele seiner Beiträge handelten vom Gewichtheben und Marathontraining, und er postete jede Menge Selfies mit seinem charakteristischen eingebildeten Grinsen. Und dem Tigertattoo am Hals.

Sie kannte Rob aus ihrem Leben vor Jacob. Er war einer von Hughs Jungs gewesen, einer seiner Lieblinge. Hugh sprach von Rob wie von einem Sohn, obwohl sie vermutete, dass Sex im Spiel war. Sie hatte ihn nur ein paarmal getroffen, vor vielen Jahren, aber er hatte sie wie Dreck unter seiner Schuhsohle behandelt.

Was glotzt du so?

Wer ist die Schlampe, Hugh?

Während sie sich durch seine Fotos klickte, entspann sich in ihrem Kopf ein finsterer Plan.

Sie behielt ihn über die sozialen Medien im Auge und besorgte sich ein Prepaidhandy, um mit seinem Arbeitgeber und seinen Kollegen zu telefonieren. Mit ihrer angenehm bürgerlichen Stimme und ihrem flüssigen Gesprächsstil entlockte sie ihnen nützliche Informationen: Termine, Beobachtungen über seinen Charakter, Bemerkungen über andere Menschen, mit denen er zu tun hatte.

Nein, er hat am Donnerstag einen großen Klempnerauftrag in Little Portugal. Sie wissen ja, wie er ist, macht immer alles auf den letzten Drücker. Fragen Sie mal Ronnie, der sollte das wissen.

Sie machte Fotos als »Beweise«, um sie Camilla und Kate zu präsentieren, und verknüpfte sie mühelos mit gefälschten Details aus der Nacht des Massakers. Sie kuratierte ihre Geschichte und positionierte ihn darin, machte ihn zu dem, was sie aus ihm machen wollte.

Mit Jacobs KI-Software konnte sie eine Puppe, einen Avatar, erschaffen, der in der Lage war, einem Skript zu folgen. »Adrian« konnte über Zoom auf Fragen antworten, solange sie ihm genügend Informationen lieferte. Es war der perfekte Coup. Obwohl sie die Software ein Dutzend Mal ausprobiert hatte, war sie nervös, dass sie bei dem Zoom-Call mit Darcy und Camilla versagen könnte. Aber das tat sie nicht. Es war perfekt.

Und dann eine voraufgezeichnete PowerPoint-Präsentation mit gefälschten Beweisen, die sie sich alle gemeinsam in der Villa ansehen konnten, um die anderen glauben zu machen, Rob sei in die Morde verwickelt gewesen. Sie konnte kaum glauben, dass sie damit durchgekommen war. Kein Wunder, dass Jacob bestimmte Aspekte seiner Softwareentwicklung unter Verschluss gehalten hatte.

Jacob war nie auf die Idee gekommen, sie könnte sich die Mühe machen, die Software zu benutzen, warum es also vor ihr verheimlichen? Wahrscheinlich wusste er nicht einmal, dass sie die alten Log-ins aus der Zeit aufbewahrt hatte, als sie Angebote für seine Firma erstellte. Potenzielle Kunden wurden aufgefordert, Vertraulichkeitsvereinbarungen zu unterzeichnen, bevor die gesamte Produktpalette zur Verfügung gestellt wurde, und er erwirkte einstweilige Verfügungen gegen Journalisten, denen es gelang, Details in der Presse zu verbreiten.

Denn wenn jemand einen Avatar wie Adrian erschaffen konnte, der in der Lage war, eine virtuelle Videokonferenz abzuhalten ... nun, in den falschen Händen konnte das sehr gefährlich sein.

Aber am Ende reichte es nicht, Rob mit Hilfe der Software

etwas anzuhängen. Sie musste ihn umbringen. Es war ein wunderbares Gefühl, zu köstlich, um ihm zu widerstehen.

Und wenn man etwas fand, das sich in einer Welt, die nur Schmerz lehrt, so gut anfühlt – nun, warum sollte man jemals damit aufhören?

TEIL 3

64

KATE

BRITISCHE FRAU TÖTET ZWEI MENSCHEN AUF DEN MALEDIVEN

25. September 2023

Eine Frau aus Richmond Park ist angeklagt, am 12. September im Sapphire Island Resort & Spa im Nanu-Atoll der Malediven zwei Männer ermordet zu haben. Darcy Levitt, Mutter von drei Kindern, soll Antoni Caballé (58) einige Tage nach ihrer Ankunft auf der Insel ermordet haben, wohin sie gereist war, um ihre Scheidung zu feiern. Levitt tötete auch Robert Marlowe (42) aus Stockwell bei einem Messerangriff.

Die Polizei geht derzeit Hinweisen nach, wonach Levitt für eine Reihe von Morden in einem Gästehaus in Dover im September 2001 verantwortlich war, bei denen sechs Menschen brutal erstochen wurden. Der verurteilte Pädophile Hugh Finnegan, damals 58 Jahre alt, wurde für die Morde verurteilt und starb 2001 im Gefängnis.

Kates Cottage ist klein, aber charmant und wird von der honigbraunen Septembersonne erhellt. Zur Ausstattung gehören ein roter Teppich über die gesamte Fläche, ein Holzofen, ein bequemes Velourssofa und Holzbalken an der Decke. Das Bücherregal ächzt unter dem Gewicht von Kates vielen Büchern, die wahllos angeordnet sind, und einer bunten Vielfalt an Dekogegenständen und Zimmerpflanzen. Die Wände sind mit gerahmten Bildern aller Genres bedeckt: moderne Skizzen, Ölgemälde mit Stillleben und große Plakate, die Lesungen berühmter Schriftstellerinnen und Schriftsteller ankündigen. Ein Esstisch ist ebenfalls mit Büchern bedeckt, und es riecht ein wenig nach Katzen.

Die Malediven waren wunderschön, aber bei diesem Wetter braucht sie nichts als ihren eigenen Garten, eine Kanne frisch gebrühten Tee und ein gutes Buch. Und ein, zwei Katzen, die sich faul im Hintergrund rekeln.

Sie hat ein gebrochenes Schlüsselbein, ein paar abgebrochene Zähne und einen äußerst strapazierten Kiefer davongetragen, aber sie ist zufrieden. Am Ende kommt die Wahrheit immer ans Licht, denkt sie. Auch wenn es Jahrzehnte dauert, Blut vergossen wird und man Ungerechtigkeit erfährt. Die Wahrheit bahnt sich immer ihren Weg an die Oberfläche.

Die britische Polizei will sie ebenfalls noch befragen, und womöglich kommt dabei heraus, dass Darcy sie und Camilla mit einer List dazu gebracht hat, auf die Malediven zu fliegen, um Rob zur Rede zu stellen. Dass Darcy die Software ihres Mannes benutzt hat, um einen falschen Privatdetektiv zu erschaffen, und Fotos von sich mit Elijah gefälscht hat, den sie in Wirklichkeit nie kennengelernt hat. Dass sie Fotos von Rob erstellt hat – gefälschte Fahndungsfotos, mit Photoshop bearbeitete Porträts, auf denen Rob mit Hugh Finnegan zu sehen war. Offenbar wollte sie Rob zum Sündenbock für die Morde machen.

Kate ist erstaunt, wie weit Darcy gegangen ist, und ebenso schockiert über die Mittel, die das ermöglicht haben. Über die Tatsache, dass sie darauf reingefallen sind.

Darcy ist noch am Leben. Sie war eine Zeitlang bewusstlos und konnte sich anschließend nicht bewegen, weil sie sich, wie sich herausstellte, mehrere Rippen gebrochen hatte.

Kate ist inzwischen sicher, dass Darcy eine Psychopathin ist.

Am Tag, nachdem Kate auf Sapphire Island gelandet war, erlebte sie etwas, das eigentlich nebensächlich war, ihr aber nicht mehr aus dem Kopf ging. Vor der Delfintour ging sie zum Buffet, um ein leichtes Abendessen einzunehmen. Sie war gerade eingetreten, als sie sah, wie eine Frau auf den nassen Bodenfliesen ausrutschte, etwa fünf Meter von ihr entfernt. Das Restaurant war fast leer, und Darcy stand der Frau direkt gegenüber und hielt ein Essenstablett in der Hand. Kate beobachtete, wie Darcy, anstatt der Frau zu Hilfe zu eilen, stehen blieb und zusah, wie die Frau stöhnend ihren Knöchel umklammerte. Es dauerte etwa eine halbe Minute, bis ein anderer Gast herbeieilte, erst dann stellte auch Darcy ihr Tablett beiseite und bückte sich, um ihr aufzuhelfen.

Damals hatte sie sich eingeredet, dass Darcy wohl abgelenkt gewesen war oder einen Jetlag hatte. Deshalb hatte sie gezögert. Aber es ließ Kate nicht mehr los. Die Tatsache, dass Darcy einfach nur starrte, als die Frau zu Boden fiel, dass Darcy sich, ihrer Körperhaltung nach zu schließen, gerade abwenden wollte.

Wahrscheinlich litt sie *wirklich* unter einem Jetlag. Allerdings derart, dass sie zu langsam war, um ihre Maske schnell genug aufzusetzen.

Nicht jeder Psychopath ist ein Mörder, so viel weiß Kate. Vielleicht war in Darcys Vergangenheit etwas Traumatisches vorgefallen, das bei ihr den Wunsch auslöste, anderen Schmerz zuzufügen. Niemand kann so verkorkst sein, so grausam, ohne dass ihn etwas dazu gemacht hat.

Stimmt doch, oder?

Warum, fragt sie sich jetzt, hat Darcy so lange damit gewartet, wieder zu töten? Hat sie überhaupt gewartet? Gab es im Laufe der Jahre weitere Morde? Warum tötete sie nicht Jacob, den sie zutiefst verabscheute?

Sie fährt mit der Zunge vorsichtig über die Bruchkante in ihren Vorderzähnen und erinnert sich mit einem Schaudern an den Blick in Darcys Augen, als sie versucht hat, sie umzubringen.

Es war, als würde man in loderndes Feuer blicken.

Ein Jahr später

65

KATE

Heute Abend findet die Mahnwache zum dreiundzwanzigsten Jahrestag der Morde in einer wunderschönen Kapelle in Somerset statt.

Kate steht im Schlafzimmer ihres Airbnb und begutachtet ihre Outfitauswahl, ein grünes Leinenkleid, das von einem breiten hellbraunen Gürtel tailliert wird. Schwarze Stiefeletten mit Pfennigabsatz, kleine goldene Ohrringe und roter Lippenstift. Vor einem Jahr noch hätte sie sich nie getraut, dieses Outfit zu tragen, aber Camilla hat sie überredet, und Jade hat sie unterstützt, und sie ist froh, dass sie nachgegeben hat. Ihr Haar ist kurz geschnitten und das alte Braun einem natürlichen Silber gewichen, auf Hochglanz gebracht durch irgendein magisches Shampoo in einer violetten Flasche. Ihre Zähne waren nach Darcys Angriff kaputt, und es hat etwas gedauert, bis sie sich an die Veneers gewöhnt hatte – aber jetzt hat sie zum ersten Mal in ihrem Leben gerade weiße Zähne, und es ist ihr scheißegal, dass sie unecht sind.

Sie bleibt noch einen Moment stehen und sagt den Stimmen in ihrem Kopf, sie sollen gefälligst die Klappe halten. Nein, sie muss sich für niemanden hübsch machen. Nein, sie muss sich nicht altersgemäß kleiden, und nein, sie macht sich nichts vor, wenn sie glaubt, sie könne Make-up tragen. Sie kann tragen und tun, was sie will, verdammt nochmal. Und *diese* Kate will sich aufbrezeln.

Heute Morgen erhielt sie eine WhatsApp-Nachricht von Jade, in der sie sich erneut dafür entschuldigte, dass sie heute Abend nicht an der Mahnwache teilnehmen kann. Sie fügte einige Fotos von Vietnam bei, wo sie derzeit unterwegs ist. Sie sieht anders aus als die Frau, die Kate auf den Malediven kennengelernt hat. Ihr Haar ist braun und schulterlang, und sie trägt kein Make-up. Sie sieht glücklich aus, wie jemand, der zum ersten Mal das Meer sieht.

Insgeheim hat auch Kate etwas zu feiern: Gestern hat ihr Agent ihr erstes Buch verkauft, das sie unter ihrem eigenen Namen veröffentlichen wird. Na ja, fast. Sie veröffentlicht dieses Buch als Briony Conley. Ein Name, den sie seit über zwanzig Jahren nicht mehr benutzt hat. Er fühlt sich an wie ein alter Pullover, den sie aus den Tiefen ihres Kleiderschranks hervorgekramt hat und von dem sie überrascht und erfreut feststellt, dass er noch passt und die Farben nicht verblasst sind. In dem Buch geht es um Täuschung und um eine Protagonistin, Jane, die ihre Seele um ein Haar an den Teufel verkauft. Das Unterfangen kommt sie teuer zu stehen, aber es sorgt dafür, dass Jane aufwacht und erkennt, wer sie ist.

Zu Hause steht eine Flasche Champagner bereit, die sie in einem Eiskübel kühlen und morgen Abend am Kamin genießen wird. Vielleicht zündet sie auch eine Kerze für Briony an und für Professor Berry, der seit vielen Jahren einen festen Platz in ihrem Herzen hat. Immerhin war er der erste Mensch, der sie in ihrem Leben wirklich ermutigt hatte. Als sie im dritten Jahr ihres Studiums war und sich immer noch wie eine Hochstaplerin fühlte, bat er sie in sein Büro und fragte sie, ob sie einen Master in Archäologie machen wolle. Sie errötete; sie hatte das überhaupt nicht in Erwägung gezogen. Er bot an, ihr dabei zu helfen, eine Bewerbung für ein Stipendium aufzusetzen.

Die Bewerbung war erfolgreich.

Nach dem Massaker konnte sie nicht mehr zu ihrem Studium zurückkehren. Zu so vielen Dingen konnte sie nicht mehr zurück – physisch. Und nun hat sie keine Lust, diese alten Träume wieder aufleben zu lassen.

Aber sie spürt jedes Mal ein Aufflackern von Wärme in ihrem Inneren, wenn sie an den Tag in Professor Berrys Büro denkt, daran, wie seine Worte sie davon überzeugten, dass sie zu mehr fähig war, als sie glaubte.

Ein kurzes Wort der Ermutigung, aber eines, das all die Jahre in ihr geschlummert und nur darauf gewartet hat, zum Leben zu erwachen.

In der Kapelle ist es warm, Lilien säumen die Bänke als Zeichen des Neubeginns. Viele sind zur Mahnwache gekommen, viel mehr als erwartet. Freiwillige Helfer der Kirche sind damit beschäftigt, zusätzliche Reihen von Klappstühlen im hinteren Teil der Kirche aufzustellen, um alle unterzubringen. Auch einige Journalisten sind da. Kates Interview mit Motsi ging über zwei Seiten im *Guardian*, und der Fall hat danach auch in anderen Medien für Schlagzeilen gesorgt. Motsi befindet sich aktuell in Gesprächen mit Fernsehproduzenten über eine mögliche mehrteilige Dokumentation.

Ein spätes mediales Echo – aber was für eins! Darcys Anklage, ihre Ehe mit einem erfolgreichen Tech-Unternehmer und die Entlarvung der wahren Spinnaker-Mörderin lieferten jede Menge Stoff für eine große Story, und viele Journalisten wollten tief in jene Nacht im Jahr 2001 eintauchen. Andere wiederum wollten Darcys Leben ergründen, wollten herausfinden, was die Tochter eines hochdekorierten Marineleutnants dazu gebracht haben könnte, eine Serienmörderin zu werden. Der Prozess wird in Kürze beginnen. Darcys Geschichte bietet eine neue Perspektive auf #MeToo und toxische Männlichkeit und stellt die Diskussionen über Catfishing, Grooming und die Risiken von künstlicher Intelligenz auf den Kopf.

Und das Medieninteresse scheint nicht nachzulassen.

Camilla trifft ein, gefolgt von ihrer Tochter Natasha. Sie trägt ein schwarzes Korsettkleid von Westwood unter einem Trenchcoat von Prada, die Haare zu einem ordentlichen Dutt gebunden, goldene Kreolen in der Größe von Esstellern.

Eine ganze Reihe von Votivkerzen brennt hell auf dem Altar, und Natasha stellt ein Foto ihres Onkels Cameron zu den anderen.

»Jacob ist hier«, flüstert Camilla Kate zu.

Und da ist er – der Mann, von dem sie dachte, er sei ein Arsch, ein Tyrann, und der sich jetzt in den hinteren Teil der Kirche schleicht. Er trägt einen Anzug und wird von einer Frau begleitet. Keine Spur von den Jungs. Nein, natürlich nicht. Nicht hier.

Sie beobachtet, wie er sich ganz hinten hinsetzt, weit weg von allen. Sie begegnet seinem Blick, und er nickt. Er hat sich auf jeden Fall ihren Respekt verdient. Es ist ein Risiko, hierherzukommen – nicht jeder wird ihm wohlwollend gegenüberstehen. Aber die Tatsache, dass er trotzdem gekommen ist, zeigt, dass er sich der Auswirkungen von Darcys Taten auf diese Menschen bewusst ist. Und vielleicht auch auf seine eigenen Kinder.

»Geht's dir gut?«, fragt Camilla und drückt ihre Hand, woraufhin sie nickt. Es fühlt sich gut an, hier zu sein. Es ist auch emotional, und der Schrecken des Massakers wird nie ganz verblassen. Aber es war eine gute Idee, die Mahnwache abzuhalten. Das Gedenken wachzuhalten an die, die sie in dieser Nacht verloren haben.

Der Pfarrer erhebt sich und spricht ein Gebet. Normalerweise geht Kate nicht gern in die Kirche, aber überraschenderweise empfindet sie diesen Ort mit seinen alten Steinmauern und den Heiligen in den Glasfenstern, den Votivkerzen und sogar dem Gebet als überaus angemessen für diese Veranstaltung. Man muss nicht an Gott glauben, um an etwas Heiliges und die Idee einer höheren Macht zu glauben; die Tragödie, die die Familien der Opfer erlebt haben, gepaart mit dem Schweigen der Medien und dem stümperhaften Justizsystem, verdient genau diese Art von Mahnwache, die in Ehrfurcht und Liebe gehalten wird.

Sie sitzen in einem Pub gegenüber der Kapelle, beide sind bei ihrem dritten Drink.

»Ich sehe, die Verjüngung von Kate Miller schreitet weiter erfolgreich voran«, sagt Camilla.

Kate zupft am Ausschnitt ihres Kleides. »Ich hatte ein wenig Hilfe in der Modeabteilung.«

»Und was zum heiligen Tan France hast du mit deinen Haaren angestellt?«

»Ich habe sie schneiden lassen«, sagt Kate und befühlt ihre

Frisur. »Die Stylistin hat mir gezeigt, wie ich sie gelen kann. Sie sind so steif, dass man sie als Gartenschaufel benutzen könnte.«

»Ich meine die Farbe.«

»Ach so. Sie haben die braunen Enden grau gefärbt, damit sie zum Ansatz passen.«

»Steht dir fabelhaft«, schwärmt Camilla. »Besonders mit dem roten Lippenstift. Neben dir sehe ich aus wie ein Schreckgespenst.«

»Sei nicht albern.«

»Vielleicht sollte ich es auch mal mit Grau versuchen … Habe ich dir schon erzählt, dass ich darüber nachdenke, mir ein Tattoo stechen zu lassen?«

»Ah ja?«

»Natasha will es machen. Eine Gitarre, um mich an Cameron zu erinnern.«

»Das ist süß.«

Camilla zieht eine Augenbraue hoch und sieht Kate an. »Du strahlst so. Irgendwie … selbstgefällig. Als hättest du im Lotto gewonnen oder einen richtig guten Fick gehabt.«

Kate zwinkert, und Camilla ruft: »Du hast mit jemandem gevögelt? Oh mein Gott, endlich! Mit wem?«

»Ihr Name ist Sasha«, sagt Kate. »Ich habe sie auf dem Rückflug von den Malediven kennengelernt. Sie betreibt ihr eigenes Geschäft für faire Textilien.«

»Und, läuft es gut?«, sagt Camilla. »Wobei, darauf brauchst du gar nicht zu antworten. Ich kann sehen, wie gut es läuft. Verdammte Scheiße. Das nenne ich mal einen Glow.«

Kate kichert und merkt, wie viel Spaß es ihr macht, Camilla zu überraschen. »Ich verrate dir ein weiteres Geheimnis – ich nehme an deinen Kursen teil.«

Camilla macht große Augen. »Was, online? Folgst du mir bei Instagram?« Kate nickt, und sie reißt ihre Arme in einer »Halleluja«-Geste in die Höhe.

Kate erzählt Camilla, dass sie zum ersten Mal seit Jahrzehnten in der Lage ist, einen Trainingsplan länger als eine Woche durchzuhalten. Sie hatte Fibromyalgie-Schübe, aber anstatt aufzuhören, hat sie sofort wieder mit dem Training begonnen, als es ihr besserging. Beim ersten Mal war sie völlig erschöpft und schämte sich dafür, wie unfit sie war. Sie konnte kaum die Beine vom Boden heben. Aber sie ist stolz auf sich. Denn sie hat nicht nur durchgehalten, sondern stellt auch einen merklichen Unterschied fest: Sie ist stärker, kann mehr Wiederholungen machen als zu Beginn, und ihre Körpermitte – sie wagt es laut auszusprechen – fühlt sich an, als würde sie tatsächlich funktionieren.

»Darf ich dir eine Frage stellen?«, sagt Camilla, als sie mit einer Runde Getränke zurückkommt.

»Das *war* eine Frage«, entgegnet Kate und hebt ihren Negroni.

Camilla setzt sich und denkt kurz nach. »Ich weiß nicht, wie ich damit umgehen soll«, sagt sie zögernd. »Mit den Schuldgefühlen. Ich meine, immerhin habe ich gesagt, dass ich *Du-weißt-schon-wen* töten wollte.«

Kate nickt.

»Aber es war nicht richtig«, fährt Camilla fort. »Selbst wenn er meinen Bruder getötet hätte und all diese Menschen … Selbst wenn er der wahre Mörder wäre, wäre es nicht richtig gewesen, nicht wahr?«

»Fast einen Pakt mit dem Teufel zu schließen ist nicht dasselbe, wie den Pakt mit Blut zu besiegeln«, erwidert Kate langsam.

»Willst du damit sagen, ich habe zwar angekündigt, ihn umbringen zu wollen, es aber letztlich nicht getan, also ist es okay?«, hakt Camilla nach.

»Ich will damit sagen, dass man manchmal auf die Probe gestellt wird und dabei eine wichtige Lektion lernen kann«, sagt Kate. »Es ist nicht leicht, sich mit den Schattenseiten seiner Persönlichkeit auseinanderzusetzen oder zu erfahren, dass die eigenen Moralvorstellungen löchrig sind. Aber ...« Sie wendet den Blick ab und denkt nach. »Also ich kann nur für mich selbst sprechen. Ich werde mich nicht entschuldigen für das, was auf den Malediven passiert ist. Aber ich habe gemerkt, dass ich nicht gelebt habe. Ich habe nach dem Massaker Entscheidungen getroffen, die mich teuer zu stehen kamen. Und ohne allzu viel zu bedauern, habe ich das Leben nicht so gelebt, wie ich es hätte tun können.«

Camilla nimmt ihre Hand. »Ich bin sehr, sehr froh, dass ich dich getroffen habe. Und ich zähle dich zu meinen engsten Freundinnen. Wenn das in Ordnung ist.«

Kate schüttelt den Kopf. »Besteht etwa die Gefahr, dass du sentimental wirst, Camilla?«

Camilla lächelt, ihre Augen strahlen. »Du bist schuld«, sagt sie. »Dein schlechter Einfluss färbt auf mich ab.«

»Du kannst mich mal«, sagt Kate, und Camilla lacht.

66

CHARLIE

»Du musst das nicht tun, wenn du nicht willst«, sagt sein Dad. »Die Entscheidung liegt bei dir.«

Charlie sitzt am Esstisch vor einem leeren Blatt Papier. Sein Dad legt einen Stift daneben, bevor er zurück ins Wohnzimmer geht, wo Dembe sitzt. Charlie weiß, warum sein Vater das tut. Die Familienberaterin hat bei ihrem letzten Treffen gemeint, es könnte für Charlie gut sein, seiner Mutter zu schreiben.

Er kann immer noch nicht glauben, dass irgendetwas davon echt ist. Er fühlt sich wie betäubt. Dad nimmt Ben und Ed mit, um sie zu besuchen, aber Charlie weigert sich. Manchmal betrachtet er sich im Spiegel, um den Teil von ihm zu finden, der ihr ähnlich ist. Er sieht zwar nicht aus wie sie, aber fünfzig Prozent seiner DNA stammen von seiner Mum. Das macht ihm Angst. Er kann an nichts anderes denken. Neulich saß er bei seinen Großeltern auf der Schaukel, und der Nachbarskater kam schnurrend auf ihn zu. Es war ein wunderschöner Kater mit blauen Augen und weißem Fell.

»Das ist Snowball«, sagte seine Grandma. »Ich glaube, er mag dich. Willst du ihn mal streicheln?«

Der Kater machte einen Katzenbuckel, als seine Grandma mit ihrer Hand über seinen flauschigen Rücken strich. Er streckte die Hand aus, doch dann erstarrte er. Was, wenn er der Katze etwas antat, ohne es zu wollen?

Schnell stand er auf, stürzte ins Haus und rannte ins Bad. Dort schloss er die Tür hinter sich und fiel auf die Knie. Er hatte nicht geweint, als sein Dad sich zu ihm setzte und ihm behutsam mitteilte, dass seine Mum auf den Malediven verhaftet worden war. Und auch als die Kinder in der Schule ihm bei WhatsApp Screenshots von der Mordanklage seiner Mum schickten, war er nicht zusammengebrochen. Aber im Badezimmer weinte er so laut, dass seine Grandma an die Tür klopfte und seinen Dad rief, als er nicht öffnete. Und als sie ihn fragten, was los sei, war er zu verängstigt, um die Worte über die Lippen zu bringen: *Was, wenn ich ein Mörder bin?*

Er blickt auf das Blatt Papier hinunter. Was soll er schreiben? Dass er immer noch vom Ertrinken träumt? Von den Schädeln, die er im Schuppen gefunden hat?

Er weiß nicht, was er sagen soll. Ihm fehlen die Worte für das, was er fühlt.

Er steht auf und geht in sein Zimmer, dann geht er ins Wohnzimmer, wo Dad und Dembe sitzen.

»Ich möchte ihr das schicken«, sagt er und reicht seinem Dad ein A4-Blatt.

»Was ist das?«, fragt Dembe. »Ein Zertifikat?«

»Ja«, sagt Jacob und studiert das Blatt. Es ist die Urkunde von Charlies Schwimmverein, darauf steht sein Name, und »Stufe 4« in roter Schrift. Das heißt, er kann zehn Meter ohne Schwimmhilfe schwimmen, sogar im tiefen Wasser. Es hat jede Menge Geduld gekostet, jede Menge Tränen, aber nach diesem schrecklichen Tag hat er es geschafft, wieder ins Wasser zu gehen. Und er hat schwimmen gelernt.

»Gute Idee, mein Sohn«, sagt sein Vater. »Verdammt gute Idee.«

67

DARCY

Sie sitzt in ihrer Zelle im HMP Bronzefield, die Knie an die Brust herangezogen, während sie liest.

Sie liest die Werke von William Blake, und wenn sie Gelegenheit hat, den Computer zu benutzen, wird sie einige der Gedichte aus dem Internet ausdrucken, die ihr am besten gefallen. In ihrem Handarbeitsunterricht arbeitet sie an Stricktigern, die sie Frühchen im örtlichen Krankenhaus schenken möchte, und sie wird jedem Plüschtier eine Kopie des Gedichts beilegen, das sie dazu inspiriert hat.

Die Leiterin der Werkstatt, Heather, ist von Darcys Plänen für die Plüschtiere tief beeindruckt. Das lässt Darcy vor Stolz strahlen. Es spielt überhaupt keine Rolle, dass sie im HMP Bronzefield ist, dass sie ihre Schulablieferuniform aus geblümten Tageskleidern gegen eine triste Gefängnisuniform aus grauer Jogginghose und passendem T-Shirt getauscht hat. Sie hat einen Weg gefunden, trotzdem zu glänzen, und das macht sie für den Moment glücklich.

Sie erhält nicht viel Post, aber heute ist ein Zertifikat gekommen. Bei seinem Anblick hat sie ein wenig das Gesicht verzogen und den Drang verspürt, es zu zerreißen. Aber jetzt faltet sie es zusammen und legt es als Lesezeichen in ihr Blake-Buch. Ein Andenken.

Dieses neue Leben im Gefängnis hat Darcy den Moment bewusst gemacht, in dem sie erkannte, dass sie eine besondere Kraft besaß, die sie von anderen unterschied. Die sie von allen Regeln enthob.

Sie war noch ein Kind, vier oder fünf Jahre alt, und ging mit ihrem Vater durch eine Straße in den Cotswolds. Er war anscheinend auf Heimaturlaub von der Marine; wo ihre Mutter war, weiß sie nicht mehr, das Einzige, woran sie sich erinnert, ist der Garten, den sie beim Spazierengehen bewunderte. Ein wunderschöner Garten an der Vorderseite eines ebenso wunderschönen Cottage. Dort wuchs ein Beet mit wunderschönen Sonnenblumen, und sie sagte ihrem Dad, dass sie sie haben wolle.

»Na los«, sagte er, und sie rannte in den Garten, pflückte sie alle und brachte sie zu ihm zurück.

»Braves Mädchen«, sagte er. »Wenn du etwas siehst, was du willst, nimmst du es dir.«

Da wusste sie, dass in ihr eine wilde, unberechenbare und unbarmherzige Kraft schlummerte: Zärtlichkeit gepaart mit Grausamkeit, Gleichgültigkeit gepaart mit Brutalität.

Für Darcy war immer nur eines wichtig: die Anerkennung ihres Dads. Er sagte ihr, sie sei seine Königin – unermüdlich, unübertrefflich, unvergleichlich. Sie spürte, dass sie Zwillingsseelen waren, dass er die gleiche Kälte im Herzen hatte, die gleiche Unfähigkeit, Dinge zu empfinden, von denen die anderen sprachen: Scham, Mitgefühl, Liebe. Sie fragte sich auch, ob ihr Vater mit seiner Kälte ebenso zu kämpfen hatte wie sie, ob er seinen eigenen Weg hatte finden müssen, um Zufriedenheit oder Erfolg zu erleben. Darcy bewunderte und beneidete manchmal Menschen, die an Dingen Freude zu haben schienen wie Freunde zum Kaffee treffen, Verwandte besuchen oder ein Buch lesen. Darcy las nie Romane, weil ihr jede Figur lächerlich vorkam. Sie konnte sich nicht in sie hineinversetzen, konnte sich nicht einfühlen, konnte sich nicht erklären, warum überhaupt jemand den Wunsch haben könnte, sich um jemand anderen zu sorgen – und Freude daran hatte –, ohne Lob und Anerkennung einzuheimsen. Manchmal machte es sie wahnsinnig, dieses Fehlen von Glücksgefühlen. Die große, eisige Leere, wo ihr Herz hätte sein sollen.

Doch dann fand sie einen Weg, sich zu erfreuen: die Nagetiere und Vögel, die sie in ihrem Garten fing. Sie genoss es, sie in ihrem Schuppen aufzuschneiden und ihre schönen Strukturen zu betrachten. Zu spüren, wie das Leben auf ihrer Handfläche aus ihnen wich.

So entdeckte sie Aufregung und Vergnügen, auch wenn es nie so herrlich war wie in den Momenten nach den Morden im Gästehaus. Als sie der Stille danach lauschte, war es, als hätte sich eine berauschende Glückseligkeit um sie gelegt, ein brennender Überschwang, der in ihrem Herzen aufstieg. Vielleicht genau das gleiche Hochgefühl, das andere Menschen beim Backen eines Geburtstagskuchens für einen Freund empfanden.

Wie kam diese Wildheit überhaupt zustande? Keimte sie in der Trauer, in ihrem tiefen Gefühl des Verlusts nach dem Tod ihres Vaters? Wurde sie durch die Verachtung ihrer Mutter genährt? Oder war sie von dem Moment ihrer Zeugung an da, als sich die schillernden Stränge ihrer DNA kräuselten?

Wer kann das schon sagen?

Darcy hat sich Sorgen gemacht, ihren Ruf, ihre Würde zu verlieren. Diese Angst hat sie viele Jahre lang im Zaum gehalten. Sie auf die Rolle der Ehefrau und Mutter festgelegt und sie davon abgehalten, ihre Impulse an Menschen auszulassen, die ihr in die Quere kamen, und an Menschen, die ihr gar nichts taten, die sie aber in ihren Tagträumen zu töten gedachte. Ihr Vater hätte gewollt, dass sie eine treue Ehefrau ist, und das war sie auch. Bis jetzt. Sie glaubt, dass er immer noch stolz auf sie wäre. *Wenn du etwas siehst, was du willst, nimmst du es dir.*

Im Gefängnis ist sie als bösartige, eiskalte Killerin bekannt, und deshalb lässt man sie in Ruhe. Sie hat auch einen kleinen Fanclub, eine Gruppe katzbuckelnder Frauen, die sich alle darum reißen, ihren Willen zu erfüllen.

Es ist also ganz und gar nicht so, wie sie befürchtet hat – ganz im Gegenteil. Sie tritt endlich aus den Schatten und sagt der Welt:

Das bin ich.
Seht mich an, wenn ihr euch traut.

ANMERKUNG DER AUTORIN

Dieses Buch nahm seinen Anfang in einem B&B in Glasgow, irgendwann zwischen 2014 und 2019, als ich von Whitley Bay zu meinem Lehrauftrag an der Universität Glasgow pendelte. Das B&B im West End war ein baufälliges viktorianisches Reihenhaus mit hohen Decken und bröckelndem Gesims, und gelegentlich huschte eine Maus über den Boden. Oft hatte ich den Verdacht, dass ich der einzige Gast war, vor allem in den dunklen Wintermonaten, was sich ziemlich unheimlich anfühlte. Ich begann mir ein Szenario vorzustellen, in dem ich morgens aufwache und feststelle, dass alle anderen Gäste abgeschlachtet wurden. Bestimmt eine total normale Vorstellung... Jedenfalls hielt ich das für eine gute Idee für ein Buch und legte sie eine Weile beiseite.

In der Zwischenzeit ging mir immer wieder die Szene dreier Freundinnen durch den Kopf, die zusammen Urlaub machten. Ihre Reise war bittersüß – denn sie feierten eine Scheidung. Sie waren die Art von Frauen, mit denen ich gerne in den Urlaub fahren würde – klug, abgeklärt und vor allem darauf bedacht, *Spaß* zu haben.

Inmitten dieser Szenarien hatte ich den Impuls, über weibliche Wut zu schreiben. Mutter zu werden ist geradezu paradox: Man kann seine Kinder abgöttisch lieben und gleichzeitig die von der Gesellschaft auferlegten Geschlechterrollen hassen. Und egal, ob Mutter oder nicht, Frauen werden immer noch als von Natur aus fürsorgliche Wesen, als Friedensstifterinnen angesehen. Wir werden immer noch schlechter bezahlt als Männer, leisten Arbeit, die unsichtbar gemacht wird, und werden sogar unsichtbar, sobald wir ein bestimmtes Alter erreicht haben.

Man kann sagen, dass weibliche Wut ein kleiner Ausdruck für ein riesiges Spektrum ist. Alle Frauen in *Bad Tourists* sind wütend, wenn auch wegen unterschiedlicher Dinge. Sie sind wütend wegen der Menopause, wegen der Trauer, wegen des Zustands der Welt. Wegen geschlechtsspezifischer Gewalt und Ungleichheit, wegen der Fremdbestimmung über den weiblichen Körper. Sie setzen ihre Wut auf unterschiedliche Weise ein. Mein Hauptaugenmerk lag jedoch darauf, über die weibliche Wut im Sinne der absoluten Macht zu schreiben. Weiblichkeit wird oft sowohl ideologisch als auch sozial mit erzwungener oder gewählter Machtlosigkeit gleichgesetzt. Die ideale Frau strebt niemals nach Macht und übt auch keine Macht aus – sie ist schließlich eine Friedensstifterin, und jede Macht, die sie ausübt, ist indirekt.

In meinem Hinterkopf entstand eine Figur, deren Wut nicht von den Umständen herrührte. Diese Frau sehnte sich einfach nur nach Macht, einer hässlichen, perversen Art, und war sehr geschickt darin, die von ihr erwarteten Rollen zu spielen, um sich dahinter zu verstecken. Wie viele Männer es tun, nicht wahr? Und doch wird die Vorstellung einer solchen Frau immer noch als Anomalie betrachtet. Obwohl Freud einst fragte: »Was will das Weib?«, wissen wir immer noch so wenig darüber. Autismus bei Mädchen ist immer noch zu wenig erforscht, ebenso die Wechseljahre, und über Psychopathinnen wissen wir so gut wie nichts.

Als ich etwas tiefer in die Angst einstieg, die meine Zeit in diesem B&B in Glasgow begleitet hatte, erkannte ich, dass die Gestalt, die manchmal im Schatten auf mich zu lauern schien, ein Gesicht hatte. Es war ein gefährliches, überaus bedrohliches Gesicht. Das Gesicht eines Mannes. Doch als ich schließlich darüber nachdachte: *Was, wenn es eine Frau wäre? Was, wenn sie nach außen hin ein freundliches Gesicht machte?,* da wusste ich, dass ich an etwas dran war.

DANKSAGUNG

Dieses Buch ist Alice Lutyens gewidmet, Agentin, Freundin und die allererste Leserin dieses Buches. Danke, Alice, dass du mich und meine Arbeit unterstützt hast. Du bist genial.

Vielen Dank an Sarah Adams und Olamide Olatunji-Bello bei Transworld, Großbritannien, und Carolyn Kelly bei Avid Reader Press, USA. Ich stehe für immer in eurer Schuld.

Vielen Dank an Alison Barrow, Jennifer Porter, Eleanor Updegraff, Barbara Thompson, Lara Stevenson und die gesamte Transworld-UK-Familie.

Anna Weguelin, Emma Jamison, Olivia Bignold, Theo Roberts, Samuel Joseph Loader und allen bei Curtis Brown gilt mein aufrichtiger Dank.

Ebenso Creative Scotland für die Finanzierung einer Auszeit von meiner täglichen Arbeit.

Angharad für *du-weißt-schon-was*.

Graham Bartlett für Fragen zur Detektivarbeit in letzter Minute.

Adam Bell und Dr. Simone Stumpf für die Beratung im Bereich der digitalen Forensik.

Meinem lieben Ehemann Jared und unseren Kindern Melody, Phoenix, Summer und Willow.

Ralph und Winston, unseren geliebten Hunden, dafür, dass sie immer in meiner Nähe waren (und oft auch auf mir drauf), während ich dieses Buch schrieb.

Allen Buchhändlerinnen, Buchbloggerinnen und Leserinnen – ganz viel Liebe und danke für alles, was Sie tun.

Und schließlich vielen Dank an Sie, weil Sie dieses Buch gelesen haben.